朱鹮

重现的翅膀

中国朱鹮保护纪实

莫仲 韩红艳 齐安瑾◎著

西安出版社

图书在版编目（CIP）数据

重现的翅膀：中国朱鹮保护纪实 / 莫伸，韩红艳，齐安瑾著 . — 西安：西安出版社，2023.7

ISBN 978-7-5541-6564-5

Ⅰ . ①重… Ⅱ . ①莫… ②韩… ③齐… Ⅲ . ①报告文学—中国—当代 Ⅳ . ① I25

中国版本图书馆 CIP 数据核字 (2022) 第 240760 号

重现的翅膀

中国朱鹮保护纪实

CHONGXIAN DE CHIBANG
ZHONGGUO ZHUHUAN BAOHU JISHI

莫　伸　韩红艳　齐安瑾 ◎ 著

出 版 人： 屈炳耀
策划统筹： 李宗保　贺勇华
责任编辑： 王　娟
责任印制： 尹　苗
装帧设计： 西安飞铁广告文化传播有限公司
出版发行： 西安出版社
社　　址： 西安市曲江新区雁南五路 1868 号影视演艺大厦 11 层
电　　话： （029）85253740
邮政编码： 710061
印　　刷： 西安盛业印务有限公司
开　　本： 787mm × 1092mm　1/16
印　　张： 25.25
字　　数： 400 千
版　　次： 2023 年 7 月第 1 版
印　　次： 2023 年 7 月第 1 次印刷
书　　号： ISBN 978-7-5541-6564-5
定　　价： 68.00 元

目录

第三章　十万火急的拯救

第四章　可怕的戕害

第五章　不尽的天灾

第六章　政策是第一位的

第七章　胜利接踵而至

第八章　攀登一波三折

第九章　大思路，大战略

第十章　朱鹮飞向世界

第十一章　绝不能功亏一篑

引子

2020年暑季，我们乘坐高铁赶往汉中市洋县，开始了对朱鹮保护历时两年多的采访。

首先采访的是“朱鹮发现第一人”——中国科学院动物研究所的刘荫增。

刘荫增84岁了，耄耋之年，他从北京搬到洋县定居。说起洋县，他充满了感情：这里植被繁茂，气候温润，稻田似网，河流如梳，是颐养天年的风水宝地——他的声音仍然像年轻人一样洪亮，尽管头发近乎全白，但精神矍铄，充满活力。

茶几上，已经放好了他为接受采访而找出的资料。我们注意到，在一份日文报纸上，有一张他穿着西装在中国科学院动物研究所大门口拍摄的照片，那时他40多岁，个子高大，俊朗洒脱。

谈起寻找朱鹮的往事，他信手拈来，如数家珍，风轻云淡且侃侃从容地讲述，很快将我们带进了那段既远又近的历史……

第一章　走遍万水千山

人生的际遇，往往充满偶然，这偶然中似乎又隐藏着某种宿命般的必然，它让人无力挣脱又充满期待。彼时的刘荫增，还是一个意气风发的青年，他无论如何也不会想到，自己会为一只鸟踏遍万水千山，与之相伴一生。

去哪里寻找

1977 年，日本环境厅组织了一个代表团访华。访华期间，代表团向中国政府提出了一个请求：希望帮助他们寻找一种濒临灭绝的鸟——朱鹮。

不久，中国科学院就接到了国务院环境保护领导小组的咨询：

中国还有没有朱鹮？

如果有，在哪里？

鸟类专家迅速行动，一方面通过各种渠道翻查历史遗留的资料，一方面向各地征询朱鹮的现状，并根据资料翻查和现状征询的结果向国务院环境保护领导小组做出答复：

1930 年以前，在中国的 14 个省份普遍可以见到朱鹮。

1950 年前后，在陕西、甘肃一些河坝和稻田里仍能见到朱鹮觅食。

1960 年，朱鹮已经罕见，只是偶尔会在陕西、甘肃的秦岭山区中现身。

1964 年，研究人员在秦岭山区捕获一只朱鹮并制作成标本，从此再无朱鹮的音讯。

……

国务院环境保护领导小组显然不想让问题停留在这样一种答复上，不久又提出：请中国科学院和林业部加大朱鹮调查的力度，并开展具体的寻找行动。

中国科学院将任务落实到著名鸟类学家郑作新身上。

郑作新很快找到负责野外调查的刘荫增，告诉他：从现在开始，国家对各类野生动物的生存状态已经越来越重视了，具体到朱鹮，要求我们开展实际寻找。你一直从事着野外考察工作，要提前做好准备。

又问刘荫增见过朱鹮没有？

刘荫增回答得有些勉强：见过吧。

在哪里见的?

标本室。

一句话让郑作新发愣。

刘荫增回答得并不错，中国科学院动物研究所的标本室里，确实有三件朱鹮标本。据说这三只朱鹮全是在秦岭山区打到的，至少 1964 年最后制成标本的那只朱鹮，可以确认是在秦岭西端的甘肃省康县打到的。当时中国与外界基本处于隔绝状态，加上对野生动物的保护缺乏认识，所以打下这只朱鹮时，考察人员完全不知道这是已经濒临灭绝的稀世珍宝，他们堂而皇之地将其击落并坦坦然然地将其制成标本，随后在报纸上发布了消息。

作为野外调查的专业人员，刘荫增首先想搞清楚的问题是：中国最后的这件朱鹮标本是谁采集到的，是通过什么方式获取线索的，朱鹮具体是在康县的什么地方被打下来的。只有了解了这些，才能够缩小寻找的范围，提高寻找的有效性。

但是很遗憾，始终找不到这个人。

之所以找不到，缘于特定的社会环境和治学氛围。刘荫增是通过查阅报纸得知这只朱鹮是 1964 年在康县被打下的，但报纸上却没有个人署名。这是当时的惯例——所有的成绩都归于集体。问题是这一“集体”，事情就变得含糊了。既不知道朱鹮是谁击落的，也不知道标本是谁制作的，更没有人关心和保护这个不知道该属于谁的成果，何况“文革”中，整个动物研究中遭受冲击最严重的就是鸟类研究。与老虎、狗熊、豹子之类相比，花草虫鸟似乎与“资产阶级”贴得更近，结果批来斗去，资料损失殆尽，许多事情既没有了来龙也消失了去脉。

翻来覆去，始终没有了解到与朱鹮现实存在相关的信息。

刘荫增没有别的选择，只能从头开始。

考察和寻找朱鹮，首先要对朱鹮的情况有基本的了解。

中国有 960 多万平方公里的国土面积，有数不尽的名山大川和湖泊稻田，朱鹮最有可能在哪里存在呢？

此前，郑作新的《中国鸟类分布名录》里，已经详细地记载了中国朱鹮的历史分布点。前辈动物学家寿振黄的《河北鸟类志》上，也有不少与朱鹮相关的记述，尤其是在《浙江鸟类之调查》中，他相当具体地记载了朱鹮在浙江一带的栖息情况……考察队员们在不断了解和熟悉朱鹮的过程中，脑海里也渐渐勾出了中国朱鹮历史上存在的地域范围：

20 世纪 40 年代左右，中国东部地区有大量朱鹮存在。

安徽皖南和江苏北部的丘陵地带，特别适合朱鹮生存。

陕西省和甘肃省的秦岭山脉周边，是考察的重点区域。

……

有一个情况，是我们在采访中逐渐搞懂的——刘荫增带领的“中国朱鹮专题考察队”，在将近四年的时间里，曾三次去陕西和甘肃一带寻找朱鹮，却始终没有将足迹迈向青海和西藏，究其原因，就在于青海和西藏不属于朱鹮的历史分布区。中国这样大，考察人员这样少，考察的技术手段又这样落后，如果瞎子摸象般地去撞大运，成功的概率几乎为零。后来让刘荫增庆幸的是，他们的考察一开始就走上了正确之路：历史上有朱鹮的地方，就一定要去寻找；历史上没有朱鹮的地方，就先不要去寻找。否则不仅不能事半功倍，而且必将事倍功半。

按照历史谱系，朱鹮的分布是：北起中俄边境的兴凯湖，南至天涯之滨的海南岛，西到甘肃中部的兰州，东临中国的海岸线，其中包括福建和台湾。如果在地图上将中国朱鹮的历史分布区做个形象的勾画，可以明显地看到它形成了一个“大三角”。粗粗计算，这个“大三角”的面积占到了中国版图的一半，其中适宜朱鹮生存的浅山丘陵和河滩湿地，多到不可胜数。

此前，在日本政府的请求下，中国的鸟类工作者已经开始了征询调查，客观地说，那只是常规性的调查。国家尚未拨款，前景还不明朗，整个朱鹮的调查任务已经放在了议事日程上，却也谈不上夜以继日。正是百废待兴的日子，无论整个单位还是每一个人，手头的事情都太多了！

就在这样一种状态中，时间迈入了 1978 年。

1978 年，这是一个具有里程碑意义的年份。

3 月，全国科学大会在北京召开，邓小平在大会上作了重要讲话，提出了“科学技术是生产力”的著名论断，并为长期被称作“臭老九”的知识分子正了名。整个会场如掀巨澜，人们以空前热烈和经久不息的掌声来表达自己的激动，中国的科技工作终于迎来了春天。

许多了解情况的当事人都感慨：朱鹮有幸，它是在一个万物复苏的年代被提出并引起重视的。

不久，动物研究所将寻找朱鹮的工作正式列入国家课题，这就理所当然地获得了国家科研经费的支持。郑作新担任“中国鹤鹮课题组”负责人，刘荫增则担任野外朱鹮考察队的负责人。

那一年，刘荫增 42 岁，已经是一名成熟的野外科考工作者。

茫茫中国，第一站该去哪里寻找?

毫无疑问，首先是秦岭和秦岭周边。

但是一句“秦岭和秦岭周边”，范围就大得无边。秦岭借昆仑之势隆起，经甘肃和陕西，抵河南和湖北，它以壁立千仞的雄浑和横亘东西的大气，成为中国南北方的分界线，也成为长江和黄河的分水岭。如此一座气势磅礴的山脉，仅凭考察队员们跋涉，即使倾尽一生，也无法全部走遍。

文献记载，朱鹮春夏两季在中国东北地区产卵繁殖，秋末就会飞到温暖的长江中下游地区过冬，甚至会飞向更南的区域。巧的是，中国科学院着手朱鹮考察的同时，陕西省林业厅也接到了林业部下发的朱鹮调查要求。考虑到陕西已经在启动这项工作，也考虑到秋天到来，气候转凉，朱鹮会按照规律向温暖的长江中下游地区迁徙，考察队决定先向南方走。

首选地是安徽皖南。

皖南地区丘陵起伏，水田纵横，海拔多在 200 米左右。根据各方面的条件判断，这里极有可能找到朱鹮。

临出发前，考察队员们将标本室里那些朱鹮标本看了一遍又一遍，熟

1978 年开始寻找朱鹮时的刘荫增

悉并牢记朱鹮的体貌特征，掌握了识别朱鹮的年龄和骨骼的方法，对朱鹮的营巢①特点、日常活动规律、活动范围以及生存的海拔高度等基础知识进行了全面和反复的学习。

一切就绪，这才正式行动。

给考察队配发的装备很不错，其中给刘荫增的配置最为高档：一杆漂亮的德国雕花双筒猎枪，两台互有特点的德国相机，连胶卷都是从德国进口的彩色胶卷。如果按价格计算，每卷40元，超过了刘荫增半个月的工资。

除此而外，还专门为考察队配备了一台16毫米的手摇电影拍摄机。

到达皖南后，考察队深入农村，一边拿着朱鹮的照片供人观看，一边询问村里的老人，希望捕捉到朱鹮的蛛丝马迹。

村民们看了照片，众口一词，说这是"白鹤"。

有人说："这种鸟我年轻的时候常见，羽毛白里透红。这些年见不到了。"

有人说："以前它们在田里吃虫子，吃泥鳅，晚上落到树上过夜。"

也有人说："这种鸟害羞，喜欢大树和水田。现在大树都砍了，水田冬天都干了，鸟也不见了。"

还有人说："肯定不见了嘛，人以食为天，鸟一样的。没吃没喝，它要么等死，要么飞走。怎么可能还有呢？"

……

点点滴滴的信息，都反映了朱鹮曾经在皖南存在的事实，也无情地告诉了考察队员们：这只是从前，只是曾经。

但是有从前，才会有现在；有曾经，才会有后来。

刘荫增带着他的队员们继续跑，一边跑，一边不断地听到朱鹮的传说。奇怪的是，他们似乎经常能够捕捉到朱鹮的痕息，却又始终无法见到朱鹮的影子。

后来掐指细算，这开局第一趟就跑了老大一个圈。从华北平原起步，直抵江汉平原，再穿过大别山区，进入安徽皖南，之后过芜湖，到滁州，两跨长江，进入江苏北部的丘陵地带，最后来到山东和江苏交界的黄海之

① 营巢即筑巢。营巢是学术用语，本书中大量使用的筑巢、建巢、搭巢等生活用语，和营巢含义相同。

滨——当他们置身海滨，面对着浩渺无垠的大海，也目睹着海鸥在万顷碧波上奋勇掠翅时，心里布满了失望的阴云。

但是失望归失望，工作要继续。他们稍作停留便再次启程。这一回是顺着黄海的边缘地带折返朝南，在中国最富庶的苏锡常地区三跨长江后，向浙江挺进，直抵杭州湾。

就这样凄风苦雨，寻寻觅觅，夜以继日，反复奔波，直到年底，才失望地返回北京过年。

回到北京后，他们写出了当年的考察报告。整篇报告凝结为一句话：自 1964 年以后，中国境内再没有出现过野生朱鹮的消息。

细细品嚼这句话，很有滋味。没有说中国再没有朱鹮了，只是说再没有出现过朱鹮的消息。无论今后朱鹮会出现什么样的情况，他们都给自己留下了足够的空间和余地。

很快，中国科学院将报告送呈国务院。

不久，传来了国务院副总理、国务院环境领导小组组长谷牧的指示，没有朱鹮的消息不等于朱鹮已经灭绝，要下决心继续寻找。谷牧并具体指示中国科学院和林业部：不要拖也不要等，用三年时间，在全国范围内对朱鹮展开详尽的调查，给国际上，也给我们自己一个明确的、负责任的答案。

朱鹮的前尘往事

现在，让我们来认识一下朱鹮。

迄今为止，除过亚洲东部，世界上其他地方再没有发现过朱鹮。也因此，鸟类学家认定朱鹮是亚洲东部特有的种群。

如果站在中国的角度看，朱鹮横跨南北，牵挽西东，算得上分布极广。如果站在世界的角度看，朱鹮又是一种分布区域相当狭窄的鸟种。

但是分布虽狭窄，数量却很多。

历史上，朱鹮无论在苏联的东南部、日本、朝鲜半岛，还是中国的中东部地区都大量存在，谁也没有想到的是，当时间迈入 20 世纪后，朱鹮数量却谜一样地急剧减少。

回望一下朱鹮的减少过程，可谓骇人。

19 世纪中后期，东亚各国普遍存在朱鹮。

1930 年，朱鹮在东亚各国的数量已明显减少。

1950 年前后，在中国和苏联边境乌苏里江一带偶尔还有朱鹮现身。

1963 年，苏联首先宣告朱鹮在境内灭绝。

1974 年，朱鹮已经更加罕见，但“国际鹤类基金会”主席、鸟类学家乔治·阿基博（George Archibald）还是在朝鲜板门店地区意外地发现了四只朱鹮。三年后，当乔治·阿基博再去板门店考察时，朱鹮只剩下两只了。眼看着新一年的冬天即将来临，阿基博几经犹豫，决定捕获这两只朱鹮并将其送往英国泽西动物园。

遗憾的是，由于各种原因，这项计划未能实施。

次年，朱鹮在朝鲜半岛绝迹。

再看日本。

在日本，朱鹮被奉为“圣鸟”。

日本的“须贺利太刀”是御神宝物，这柄刀的手柄上除了镶嵌珠宝，再就是用金丝带缠紧的朱鹮尾羽。在皇室一些重要仪式里，常有朱鹮羽毛现身。包括日本著名的礼仪“茶道”中，最上乘的用具之一，就是用朱鹮羽毛制作的“羽箒”。

历史上，日本与中国交往密切，有着难以切割的渊源。这渊源不仅在于文化习俗、服饰礼仪，而且涉及方方面面，比如日本文字就与中国汉字有许多相近的地方，而由文字形成的书法，是两国人民共同喜爱的一门艺术。

1847 年，日本中医小野职博编纂的《本草纲目启蒙》刊出，令人惊讶的是，书中竟写到了朱鹮：

> 形似白鹭，顶毛长，背灰色，翅腹淡红，翎颈最红，飞翔时翘首望之，其色甚美。羽毛用以张弓之箭。常筑巢深林，飞翔甚远，

申时口含鱼而归，群鸣甚噪，声如鸦而混浊……

一读而知，这和中国鸟类专家对朱鹮的描述完全一致。如果说差别，那么差别不在朱鹮本身，而在朱鹮夜归的时间。小野职博描述朱鹮是“申时口含鱼而归”——按中国古代计时，申时指下午 3 点至 5 点。这时候中国的朱鹮正在振翅游荡，四处觅食，谈不上敛羽归栖。

中国朱鹮归宿的时间是下午 5 点至 7 点。

为什么日本朱鹮会比中国朱鹮提早两个小时归宿?

想来想去，答案只有一个，就是时差。

日本在天涯的东方，每天天亮天黑比中国大约早两个小时。算下来，日本下午的 3 点至 5 点，恰好等同于中国下午的 5 点至 7 点。

一个偶合的现象是：朱鹮之所以在日本的地位很高，除过与它本身的稀少和美丽有关，也与它特殊的际遇有关——朱鹮这个鸟种是西方鸟类学者最先在日本发现的，依据发现地命名是当时的国际惯例，因此朱鹮的拉丁学名叫作“*Nipponia nippon*”，直译过来，就是“日本的日本”——多年前，日本政界一些要员曾有想法，将朱鹮定为国鸟。原因是在各种类别的动物中，唯有朱鹮是以日本国名命名的，但是在广泛征求意见时，却遭到了日本科学界的反对。之所以反对，不是朱鹮的地位不够，而是当时日本朱鹮的数量正在直线下降。科学家们担心，一旦定为国鸟，而朱鹮却无法阻挡地走向灭绝，事情将陷入非常尴尬的境地。

后来的事实证明，科学家的反对绝非空穴来风。

资料显示：明治时期的日本列岛上还到处可见朱鹮，但是到了 1934 年，日本的朱鹮已经仅存 100 余只，栖息范围也蜷缩在佐渡岛和能登半岛。

1952 年，日本只剩下 32 只朱鹮，其中佐渡岛有 24 只，能登半岛有 8 只。鉴于情况紧急，当年，朱鹮被日本定为“特别天然纪念物”进行重点保护。

1960 年，眼看着朱鹮数量在继续减少，国际鸟类保护委员会迅速将其列入“国际保护鸟”名录，使之进入了紧急拯救的范围。

时间进入20世纪70年代，鉴于朱鹮濒临灭绝的状况，有日本议员通过私人关系写信给时任中国科学院院长的郭沫若，提出请中方帮助寻找朱鹮。由于当时中日关系尚未正常化，也由于当时中国正在搞“文革”，郭沫若没有回应。

……

按理说，无论国际国内，也无论政府民间，日本对朱鹮都相当重视，不仅掀起了热爱朱鹮的舆论热潮，并且采取了保护朱鹮的相应措施，朱鹮总该命运向好了吧？

令人诧异的是，情况非但没有向好，反而继续恶化。

20世纪60年代，鉴于野外朱鹮的繁衍形势不妙，日本先后捕获了几只朱鹮进行人工饲养。由于当时对朱鹮的生物习性知之甚少，加上技术手段有限，所以虽经努力，效果始终不理想。截至1968年，日本又捕获了一只叫“阿金”的雌性朱鹮，彼时日本所有的野外朱鹮加在一起，只能勉强凑够十多只了。

1970年，日本只剩下九只野外朱鹮。

1980年，日本野外朱鹮仅剩下五只。

这一年冬天，一场又一场寒流袭来。日本的鸟类专家非常担心，这五只置身于恶劣环境中的朱鹮，将面临怎样一种命运？毫不夸张地说，任何一场突如其来的灾害，都会使它们全部消失，并且这种消失只需一瞬间！

12月下旬，佐渡岛上骤降大雪，气候酷寒，可以预见，所有的河流湖泊都将冰冻，朱鹮将无处觅食。

情况已经不容再有任何犹豫。日本鸟类专家痛下决心，将仅存的五只野外朱鹮全部捕获。他们觉得，人工饲养固然尚未完美，但与野外环境相比，毕竟安全得多。他们期冀着通过人工饲养，逐渐地、小心翼翼地恢复朱鹮数量并保存物种。

事情演进到这个地步，已经糟糕之极，谁知更糟糕的还在后面——起初，日本根据野外观察，认为这五只朱鹮中有两只雄性、三只雌性。但是正式捕获后，这五只分别被取名“阿绿”“阿白”“阿红”“阿青”“阿黄”

的朱鹮，很快就确认了性别，其中除过“阿绿”为雄性，其余全部为雌性。

如果再加上此前的“阿金”，六只归笼朱鹮的性别为一雄五雌。[①]

闻听消息，日本的鸟类专家们瞠目结舌。

生物界阴阳雌雄，最讲平衡。如今性别悬殊如此之大，这究竟该如何是好？

就在人们纷纷担心之际，情况在继续恶化。恶化的结果是没有最糟糕，只有更糟糕——性别鉴定完成仅仅四天，“阿黄”便由于葡萄球菌感染而夭折。

其后不足一个月，“阿红”也染病死去。

再下来，仅剩的四只朱鹮在日本护鹮人无微不至的关怀下，经历了一番繁衍的努力，却始终无后。具体情况是：“阿青”患有残疾，难以交尾，而成功配对了的“阿白”，则由于“难产”死去。它死时，腹中那枚无比珍贵的卵距离产出只剩最后的几厘米！

这样的结果，让日本的鸟类专家和朱鹮热爱者欲哭无泪。

再下来，孤独的“阿绿”和同样孤独的“阿金”交尾。令人遗憾的是，1968 年从能登半岛上最早被捕获的“阿金”，此时已经属于朱鹮中的高龄，步入了“老奶奶”的行列。

结果可想而知。

随着时间的流逝，也随着现实的垂降，在一片难抑的静默中，日本鸟类专家终于向全世界宣布：日本的野生朱鹮已经灭绝，希望能够在世界范围内寻找并保护朱鹮。

在日本，朱鹮被叫作朱鹭。

最初听到这个称呼，我们都非常惊讶，这和中国又是高度的吻合。尽管中国民间对朱鹮有各种各样的叫法，但是真正典籍里记载的叫法，恰恰就是朱鹭。

中国古代流传下来的诸多典籍中，古乐府诗基本来自民间，它最广泛、最生动，也最真实地勾画出历朝历代的生活景状，而在流传至今的古乐府诗中，描述朱鹭的有多篇。

---

① 在不同的地区和不同的介绍朱鹮的书籍中，对日本最后这六只朱鹮的叫法也有着略微的不同。有的叫“小金”“小绿”“小黄”等，也有些直接叫“金”“绿”“黄”等，本书按照中国洋县朱鹮工作者们的叫法，每只日本朱鹮的前面都冠以“阿”字。

南北朝诗人张正见写下的一首诗歌，题目就叫《朱鹭》：

金堤有朱鹭，刷羽望沧瀛。
周诗振雅曲，汉鼓发奇声。
时将赤雁并，乍逐彩鸾行。
别有翻潮处，异色不相惊。

两汉时期的苏子卿——他就是妇孺皆知的《苏武牧羊》中的汉中郎将苏武，同样写下了标题是《朱鹭》的诗歌：

玉山一朱鹭，容与入王畿。
欲向天池饮，还绕上林飞。
金堤晒羽翮，丹水浴毛衣。
非贪葭下食，怀恩自远归。

到了唐代，朱鹭仍然受到人们的广泛喜爱。唐代诗人温庭筠在《题西平王旧赐屏风》写道：

曾向金扉玉砌来，百花鲜湿隔尘埃。
披香殿下樱桃熟，结绮楼前芍药开。
朱鹭已随新卤簿，黄鹂犹湿旧池台。
世间刚有东流水，一送恩波更不回。

令人不解的是：既然日本和中国都将之称为朱鹭，为什么中国的鸟类专家不顺理成章地延续旧称，却将其改叫朱鹮了呢？

后来我们才知道，这是出于专业研究的需要——朱鹮在鸟种的分类上属于鹮科，为了与其他鸟类更科学地进行区分，鸟类学家们认为，将其称为朱鹮更确切。

专家告诉我们：地球上曾经有160万种鸟类，由于天然和人为的原因，许多鸟种都相继灭绝了。到更新世早期，鸟类尚有12000多种；历经几次冰川的大规模侵袭，大约又有1/4的鸟种毁灭；当时代的脚步迈入20世纪后，地球上的鸟类仅有9000种左右了。也正是这个原因，专家们不止一次地呼吁：情况危急，人类再也不能听任鸟类继续灭绝！

进度太慢了

1979年3月，正值春暖花开，刘荫增带着三位队员，再次踏上了寻找朱鹮的征程。这一回他们进入燕山山脉，之后沿着黄海和渤海一路向前，直到走进靠近朝鲜半岛的千山山脉，才折身西行。

回忆那段时间的工作，刘荫增最大的体会就是一个字：慢。

进度确实太慢。之所以如此，是由于他们要跑的范围太大，无论是此前的大别山、天目山，还是如今的燕山、千山，包括后来的吕梁山、中条山，等等，他们只能选择性地进行考察，真要是每一座山脉的每一条沟谷都俯下身子进行细细密密的考察，即使再为他们增加十倍的力量，也仍然不够。

掉头西行后，他们出娘子关，进入山西地界，之后过太原，到临汾，越过中条山直抵西安。

刘荫增首先找到在西北大学做鸟类研究的闵芝兰、做兽类研究的陈服官以及陕西动物研究所的史东仇等同行。此时陕西方面同样在调查和寻找朱鹮，和中国科学院的科考队一样，大家一谈起朱鹮，全都摇头，至少十多年中，没有任何一位专业研究者能够有条件去悉心研究朱鹮，更谈不上见过朱鹮。

陕西省林业厅对刘荫增的到来非常重视，厅长亲自出面，将“陕西朱鹮调查小组”的专家们邀集在一起开会。大家先是交流前一阶段的工作心得，探讨西部朱鹮历史分布的情况，再就是商量继续寻找朱鹮的方向和路线。

散会后，在林业厅的组织下，各路专家分乘车辆，赶往汉中。

其时已是冬天。

到达汉中后，先是听取整体情况的介绍，再根据这些情况做具体分析，大家认为，相比较而言，洋县最具备朱鹮生存所需要的各种条件，于是继续赶往洋县。谁知在洋县问起朱鹮的情况，各行各业的回答高度一致：多年不见这种鸟了。

专家们不死心，他们知道真正要寻找朱鹮，必须下到基层，必须深入民间。但是大海茫茫，究竟朝哪里的基层去，往哪里的民间走，却需要必要的线索。而他们恰恰缺乏线索，于是在一阵紧锣密鼓却也不无茫然的奔波后，仍然无果。

那是中国改革开放的头几年，老百姓还相当穷，表现之一是每个人每个月的吃粮都是定量的，而且每个月都必须搭配一定数量的粗粮。汉中物产丰富，环境幽宜，是难得的鱼米之乡。当考察队的专家们乘车返回西安时，心里满是怅惘，却也满揣喜悦。他们乘坐的车上，满满当当地拉载着大米。

那一回考察，给刘荫增留下了难忘的印象。这些印象是多方面的。比如在汉中，一位领导干部听说考察队千里迢迢赶来是为了寻找一只鸟，大瞪着眼睛不理解。再比如当时吃饭要交粮票，粮票又分地方粮票和全国粮票。只有手里握有全国粮票，地方干部才能够到陕西以外的地区出差吃饭。刘荫增和他的队员们带的是全国粮票，仅此一点，洋县招待所就非常欢迎他们。

但是最让他难忘的还是洋县这片土地。当考察队驱车返程时，他脑子里萦绕的始终是洋县的环境：依山傍水，植被繁茂，气候温润，湖塘密集，无论是汉江两岸还是靠近秦岭的浅山丘陵区，到处可以看见大片的湿地和稻田，可以说，这样一种环境，太适合朱鹮栖息和繁殖了！

为什么就见不到它们呢？

不久，国务院环境保护委员会向中国科学院和林业部了解朱鹮调查的情况，并表示关切：到底是什么情况？中国到底还有没有朱鹮？为什么至今还不见音讯？

考察队据实汇报。

汇报中，他们坦诚地讲到考察进度缓慢的原因：主要是缺乏交通工具。火车只能通到比较大一些的城市，而朱鹮则生存在比较偏僻的山区丘陵地带。

这些地方连一天一趟的公交都没有，这就极大地影响到考察速度。

让他们没有想到的是，谷牧得知情况后，当即为他们特批了一辆 212 吉普车，并指示他们坐车考察，加快进度，争取尽快有个明确的结论。

212 吉普俗称军用吉普，在当时的中国，只有县委书记以上级别才能使用。不仅如此，考察队一直使用的是十二万分之一的地图，有关部门又特事特办，批准他们携带五万分之一的地图。这样的地图属于军用地图，也属于国家机密。至今刘荫增还记得很清楚，在这份地图上，每一个村落都有标示。整个考察过程中，这份地图都必须单独存放在保险箱里，不许轻易取出，更不能公开使用。

五根羽毛的希望

1980 年春季，考察队再次西行。

由于已经配备了吉普车，这一回他们是驱车而行。路况不好，吉普车每小时跑 40 公里就算到顶。

经过两年的考察，他们对寻找朱鹮的认识已经越来越深入：历史上过着南北迁徙生活的朱鹮，存活下来的可能性已经微乎其微。尤其是他们在东部地区跑过后，发现那里的人口密度太大，加上工农业发展较快，环境嘈杂，河池污染，而朱鹮是一种对生态环境要求很高的鸟类，显然不可能在那样一种环境中生活。

与此相反，中西部地区地广人稀，环境闭塞，尽管考察的难度比东部大得多，但恰恰如此，这里藏珠蕴玉的可能性也比东部大得多。在平原地区，一个村庄的人说没有看见过朱鹮，就基本可以确定周边几十里范围内都没有出现过朱鹮。但是在中西部地区——尤其是在秦岭山区，往往隔一条山沟，所见所闻就会有明显的差别。

经过两年的来回奔波，考察队已经初步形成了朱鹮灭绝的结论，这使得考察工作接近了尾声。表现在人数上，是考察队从当初的六个人减少为三个人。这三人中还包括一名司机。

刘荫增一行三人从北京出发后，先是翻过太行山，进入山西南部，在黄河两岸奔波考察了一段时间，进入河南。

5 月中旬，考察队沿着黄河，自东向西进入了秦岭北麓的浅山丘陵区。天下大雨，前行的步伐时时受阻。按原定计划，他们准备在陕西周至县的西南、太白山主峰的东侧翻越秦岭，之后曲折南下，一边考察一边往洋县去，但是没想到暴雨不止，山洪大面积地冲毁了公路，这就迫使他们改变计划，直接向西。

经宝鸡，赴天水，到兰州。

在兰州，他们接触到兰州自然博物馆的一位工作人员。完全是不经意间，这位工作人员告诉他们，他曾于 20 世纪 70 年代初参加过甘肃省野生动物资源调查，那次调查中，他在甘肃东南部康县一个叫岸门口的地方见到过朱鹮！

甘肃康县！又是甘肃康县！

岸门口是一个地名，距离康县县城约 10 公里。

考察队夜以继日地赶到岸门口，发现这里的环境已经发生了很大的变化。岸门口是康南林业总场所在地，已经建起了木材加工厂和算盘厂等。尤其是木材加工厂，电锯整天都在尖利地嘶吼，再加上周边水田大幅减少，污水急剧增多，所有这一切，都预示着朱鹮不可能在这里生存了。

经过反复观察和走访，他们确认，岸门口已经没有朱鹮了。

刘荫增不死心。

康县属于武都地区①。武都和天水地区不仅同属于秦岭西部地段，而且历史上都属于朱鹮的分布区，也理所当然地是考察的重点。鉴于此，考察队在这两个地区所辖的康县、徽县、文县等地，选出 20 余个比较适合于朱鹮栖息繁殖的点，准备逐一考察。

在天气正常的情况下，他们首先会去那些环境安静，有水田，有植被，有河流湿地，有大树矗立的地方考察。尤其是那些沟坡适度、人田皆有的

① 武都地区即现今的陇南市。1985 年 5 月更名为陇南地区。2004 年 1 月，撤销陇南地区，设立地级陇南市。

地方，更是考察的重点。谁知不巧，当年夏季大雨不断，导致河水暴涨和山石滚塌，也使得考察队寸步难行，面对现实，他们只好调整方案，改野外考察为就近走访调查。

他们先是去各县乡的土畜产品收购站打听——许多人打了哺乳动物和鸟类，除过剥皮割肉供自己使用和食用，再就会出售给土畜产品收购站。去收购站打听，是捕获讯息的捷径。

其次是去山区一些三线工厂打听。

从 20 世纪 60 年代开始，秦岭山区陆续迁入了一些三线工厂。这些工厂的工人们有一个共同的特点，即可以用厂里现成的材料和机器为自己制造猎枪。一旦有了猎枪，打猎就蔚然成风。不少职工稍有闲暇，便端着枪四处打猎。真正打那些凶猛的野兽，需要潜入深山，也需要面对危险，一般他们不敢，于是优哉游哉地打鸟就成了他们的最佳选择。

这天，考察队走进了一个三面环山、周边环境和植被都很好的工厂。听说他们是中国科学院的考察队，是专门来寻找一种鸟的，全厂员工顿时兴致勃勃，不少人热情地把平时积攒下来的一扎扎鸟羽拿给他们看。

多年后，刘荫增写文章记录了这一刻：

> 在数百根各色鸟羽中，我们发现了一根朱鹮的第五枚初级羽毛！我的眼睛亮了，潮湿了，继续仔细察看，竟然又找到了一根飞羽和三根尾羽！
>
> “你们什么时候看到过这种鸟？在什么地方？”我们急急地问。
>
> 朱鹮羽毛的收藏者告诉我们，大概是四五年前，夏末的一天早上，他在山脚下的水田中见到三只这样的鸟，起初以为是白鹭。那鸟儿见有人走来，倏地向河边一株大树上飞去，他一眼就看中了那美丽的白里透红的羽毛，便蹑到大树较近处，举枪射击。

这位工人告诉刘荫增：当天他打死了一只，把鸟儿拎回来后，大家都觉得好看，却不知道它叫什么。

又告诉刘荫增：之所以打鸟，就是为吃肉。后来他尝了一下这种鸟的肉，不好吃，不过羽毛很好看，所以把羽毛留下来了。

刘荫增很着急：“不是说一共三只吗，那两只呢？”

“飞走了。”

“飞哪里去了？”

工人回答不出。

“后来又见到过它们吗？”

摇头。

“一直没有见到吗？从此再没有见到吗？”

“没有，一直没有。”

刘荫增心里一阵冰凉。

想了想，只能是这个结果。物伤其类，一只朱鹮被打死，其他的朱鹮就不会再来这里觅食了。

他心里很沉重。踏遍万水千山，终于在这里找到了朱鹮的踪迹。虽然只是五根羽毛，但这五根羽毛给他们带来了多大的希望呀！谁知这希望竟来得快，走得也快！

沉默片刻，他向这位工人周边的同事和朋友继续询问，不放过任何一个细节，直到确认再无人看见过朱鹮，这才彻底失望。

临别，他一再叮嘱工人们：“今后遇见这种鸟，千万不要再打。这种鸟非常珍贵，不光中国重视，全世界都在重视。”

又说：“明年我会再来这里看看。”

……

那天，当吉普车载着考察队返程时，小雨又淅淅沥沥下起来了。天空阴霾，刘荫增心里同样一片阴霾。

这真是糟糕，真是出乎意料，也真是令人失望。

不过……不过这五根羽毛毕竟为他点燃了一丝希望。无论如何，几年前这里出现过朱鹮。这是迄今为止距离他们最近的时间段出现的朱鹮。这五根羽毛至少说明，朱鹮即使在中国灭绝，也只是最近几年的事情。一旦这个时间段被确认，中国存在朱鹮的可能性就大大地增加了！

我下结论，我就得负责任呀

整个夏季，考察队都在武都和天水一带考察。

直到秋季，他们才从秦岭深处的徽县渡过嘉陵江，沿着陕西的凤县、留坝、勉县进入汉中盆地。

汉中盆地北傍秦岭，南依巴山，素有“小江南”之称。这里气候温润，雨量充沛。一条磅礴的汉江，自西向东奔流，形成了两岸大片的滩涂和湿地。秦岭山脉不仅是中国南北方的分界线和长江黄河的分水岭，而且是中国野生动物区系划分的关键地带，是各类野生动物聚集的美丽家园。对考察队而言，最吸引他们的一条是：无论是 1964 年那只最后被制成标本的朱鹮，还是三线工厂发现的那五根美丽的羽毛，都源自秦岭，也都距离汉中很近。如果说概率，那么这里有朱鹮的概率最大。

果不其然，他们很快就得悉了朱鹮的消息。

事情发生得很偶然。有一天，他们在城固县的一个渡口坐摆渡船过汉江。艄公是位 60 岁左右的老汉，他看见刘荫增等人肩背爬山袋，脖挂望远镜，手里还提着有很长镜头的照相机，于是兴趣十足地和他们搭讪。这一搭讪，刘荫增就把朱鹮的各式照片拿给他看，问他有没有见过这种鸟。

艄公信心满满：“见过。这种鸟有。”

“在哪里？”

艄公用手指着远处的一条小河：“顺这条河往山里走。多了。我小时候常看到这种鸟。一到秋初，就飞到河边来吃鱼。”

“近些年你见到过没有？”

“近些年见的时候少。”艄公很诚实，“不过还是见到过。偶然见一次，不多。”

刘荫增还是不放心，想了想，追问了一句：“这种鸟不光羽毛白，身上还有红色。”

“对的。连翅膀都发红。”

一句话让三个人怔住了。

对他们来说,这是个不期而遇的、天大的喜讯。他们开始详细地询问艄公,他最近一次是什么时候看到的这种鸟?是在哪里看到的?又再次追问,他看见的鸟和相片上的鸟有没有区别?如果有,区别在哪里?会不会看走了眼?

询问的结果,艄公说的确实是朱鹮。

就从这天开始,三个人每天顺着这条小河往山里跑,一跑就是三四十里。沿途每个人都睁大眼睛,牢牢地盯着每一只形状与朱鹮相似的大鸟,也细细地观察每一棵大树上搭建的鸟巢。山里的鸟确实很多,鸟巢同样很多,但是遗憾,所有看见的鸟都是白鹭、苍鹭、夜鹭,以及少量的池鹭,包括鸟巢,同样被各色各样的鹭鸟占满了。

连续几天后,他们的信心动摇了,进而怀疑艄公所说的鸟有可能是池鹭。池鹭脖子上也长有棕红色的羽毛,如果不是专业的鸟类工作者,很难分辨。

刘荫增专门赶回城固渡口,拿出鸟类图谱请艄公再看,并特意将池鹭指给他分辨,提醒他注意这两种鸟的区别。艄公多少有些生气,说:“你呀,咋就不相信人呢!这种红脖子的鸟有几种,你们要找的是红鹤。放心,我不会认错!”

充满自信的口气,又给三个人鼓了劲儿,大家沉下心来,继续沿着小河找。找不着,再扩展范围,沿着大河两岸找,足迹遍布洋县和城固。寻找中他们发现,洋县和城固环境大体一样,植被都很好,环境都比较闭塞,打眼一看,就是朱鹮生存的风水宝地。

但是细细观察,不利的环境因素同样很多,而且这些不利的因素在陆续增多,如果不出意外,将一年比一年多。

以洋县为例。

首先,县城周边虽然人口密度不大,但由于树木被任意砍伐,适宜朱鹮做巢的大树已经基本没有了,偶尔见到几棵大树,也都在人来人往的村口或路边,朱鹮显然不会在这样的树上做巢。

其次,汉江两岸浅山丘陵一带,适合朱鹮做巢的大树无疑比县城周围多一些，但多得有限，偏偏这多得有限的大树上，还被白鹭和池鹭一类的鹭鸟占满了。

反复考察形成的第一个结论是：朱鹮缺少住处。尤其是在县城周边一带，无树可居。这就意味着，县城周边存在朱鹮的可能性不大。

再看吃的。

据文献记载，朱鹮的食物一般为河网湿地里的小鱼小虾。其中非常突出的一个特点是它喜欢与农家相伴，之所以如此，是因为有农家才有水田；有水田才有朱鹮易于捕捉的小鱼小虾等水生物——最早洋县种植的是单季稻，稻田里一年四季都有水。如今为了提高产量，许多原有的水田都改成了水旱双种。即每年冬天先要排净田里的水，种植小麦或油菜等旱作物，等收割后再灌水种植水稻，这无形中使得每年相当长的一段时间里，洋县水田里都没有水。水田没水，水生物自然大大减少了。

一缺住的，二缺吃的，朱鹮该怎么在这里生存呢？

……

但是他们不死心，继续鼓着劲儿寻找。生活中有许多事情是完全意想不到的，他们希望能够出现奇迹，也就继续埋头苦干。

足足寻找了半个月，始终没有结果。

年底来临，考察只好告一段落。

蒹葭苍苍，冬雾茫茫。当考察队驱车返程时，大家的内心复杂而纠结。从 1978 年秋到 1980 年底，已经奔波了三年，他们考察的足迹先后到达了 11 个省区的 260 个点。在皖南地带，他们听说了有朱鹮而不得见；在陇南山区，他们眼见了羽毛却无处觅。如今，艄公信誓旦旦地告诉他们有朱鹮，可是顺着艄公指引的方向往来奔波，依旧渺然。

中国到底还有没有朱鹮了？

谁都回答不出来。

唯一能够回答的是，虽然洋县的大环境大生态已经不那么理想了，但相比之下，它仍然是最适宜朱鹮生存的。洋县境内汉江水系流域面积达 2841 平方公里，境内有金水、酉水、瀼水、溢水、湑水五大水系，其中流域面积超过 20 平方公里的河流达到 43 条。洋县不仅有温润的汉江两岸，有大片的稻田湿地，而且顺着秦岭各条支脉下来，由高到低，自北而南，河流和植被布满了丘陵沟谷。粗粗统计，在洋县 3206 平方公里的土地上，有 2000 多汪水塘，80 多座水库，20 多万亩稻田，所有这一切，都为朱鹮的生存提供了得天独厚的条件……

如果中国还有朱鹮，那么它们不在洋县栖息，又能去哪里呢？

按照程序，每年考察结束，刘荫增照例要写一份考察报告。

从 1978 年到 1980 年，三年的考察报告结论始终如一：没有发现朱鹮。

一个让刘荫增倍感压力的情况是：在他带领考察队寻找朱鹮期间，国务院环境保护领导小组已经又催了两次：时间这么长了，怎么还没有找到朱鹮？中国到底有没有朱鹮了？需要尽快拿出结论来。

动物所的领导征询刘荫增的意见：是不是尽快形成定论，上报国务院？

刘荫增非常为难。

彷徨中，中国科学院已经召开了学术委员会。先后两次的学术委员会议上，认真讨论并通过了刘荫增的考察报告，又着手修改了一下报告的文本，准备正式上报国务院，同时做好了对外宣布朱鹮在中国已经灭绝的准备。

40 年后，提起当年的往事，刘荫增记忆犹新。

他说："说中国没有朱鹮了，十几年都没有见到了，这是事实。

"但是作为考察队的负责人，你要给出这个结论，得有切实的根据。你说没有了就没有了吗？你是怎么调查的？都调查了哪些地方？凭什么证明它没有了？如果结论只是对几个朋友随便说说，那好办。问题是你要对全世界发声呀！要是这边刚宣布没有了朱鹮，那边突然飞出来一群，甚至只飞出来一只，你怎么说？你不光是打自己的脸，而且是给整个中国丢人呀！所以虽然学术委员会通过了考察报告，也认可了中国朱鹮已经消失的观点，但是到底向不向国务院递交这份报告，我仍然犹豫，觉得压力太大了。"

刘荫增承受着压力，中国科学院也承受着压力，包括中国政府同样承受着压力。虽然只是一只小小的鸟儿，但全世界都在等待消息，这种鸟到底有没有了？你不能总是拖着，得有个讯儿呀！

中国政府的责任和压力，无形地传递给了中国科学院，也使动物研究所倍感压力。尽管如此，动物研究所仍然没有草率。他们不追逼，更不强迫，只是再一次征求刘荫增的意见，可否上报现有结论？

几经犹豫，刘荫增终于回答了："我想再走一次。"

动物所领导有些不安："国务院已经催了几次了，而且我们也口头报告中国没有朱鹮了，你们辛辛苦苦找了三年，确实没有找到呀。"

刘荫增坚持："再跑一次吧。你们就说我本人请求再跑一次。"

动物所领导仍然担心：问题是能不能跑出来新的结果。

刘荫增回答："跑出来跑不出来都得跑。这件事情太重大了，我下结论，我就得负责任呀！"

动物所领导尊重了他的选择。

尊重不是一句空话。野外考察是列入国家课题的，每年国家要为此拨出专门的经费。按照今天的物价水平，经费不多。一人一年1500元到2000元。但是如果和当时的工资比照一下，就不少了。刘荫增月工资64元，这笔经费相当于他两年的工资。

20世纪80年代初，每年有1500元到2000元的考察经费，确实相当难得。这笔经费不光是吃住行用，而且包括车辆的汽油费和各种杂费，刘荫增必须节省着使用。而另一个情况是：经过几年的寻找，绝大多数人都不能再跟着他去洋县了，包括西北大学生物系和陕西动物研究所那些热情支持他的专家们，都纷纷撤离。不是他们不再热心，而是他们本身都有自己的工作，不可能将精力长期耗费在一件事情上。除此而外，还有一个非常现实的原因就是经济。当时无论单位还是个人，经济上都很困难。不仅缺乏出差的经费，而且吃饭的粮票都很难领出来。

1981年春节过后，考察队再度出征。

说是考察队，其实只剩下最后两人——刘荫增和一位叫小李的司机。

他们从北京出发，先是赶往河南的熊耳山，继而到湖北西部与四川接壤的大巴山，接下来沿着汉水西进，再次进入汉中盆地。

之所以去熊耳山，是因为著名动物学家傅桐在熊耳山对鸟类进行考察时，曾在这里看见过朱鹮营巢。

吉普车驶出北京时，刘荫增的心情是欣慰的。好好歹歹，总算又继续寻找了。虽然很可能还是找不到，但毕竟，有了这次寻找，在做出最终结论时，他心里会多一份踏实。

但是当熊耳山寻找无果，大巴山考察无果，吉普车第三次驶入汉中盆地时，他却再一次忐忑起来。如果说把寻找朱鹮最大的希望寄托在这里，那么这一回等待他的会是什么？假设宣布朱鹮已经在中国灭绝，那么将来究竟打脸还是不打脸，汉中是关键，洋县更是关键。也因此，在这里付出汗水，是值得的，必须的！

吉普车一路颠簸，刘荫增默默地看着春意盎然的汉江两岸。那一刻，满眼是绚丽的风光，内心却满揣着愁绪。

好在，这是最后一回，行不行都在此一举了。

金家河的鹮影

到达洋县，是 1981 年 4 月中旬。

正是春天。

这是一年中最美丽的季节，也是一年中最有希望的季节。在这个季节里，各类大小动物，包括各类植物都蓬勃而活跃。根据文献记载，这也是朱鹮产卵孵雏的季节。后来的事实证明，刘荫增选择这个季节到达洋县，非常关键，极为正确。

刘荫增和司机小李住在洋县林业局的职工宿舍里。林业局距离县城有一段距离，来往不大方便，但这里是一座独立的小院，环境幽静，没有干扰，他们非常喜欢。

县委县政府对刘荫增的到来很重视，专门将干部们集中起来开会。县委书记主持会议，很实在地对大家说："中国科学院来的同志有个事要给大家讲一下，大家一定要认真听，要认真按人家讲的执行。"

于是刘荫增详细地为大家讲述朱鹮。他感觉到了，大家都听得疑疑惑惑，不过疑惑归疑惑，却丝毫不妨碍他们认真按他说的去做，这就好。

刘荫增和县政府商量，请洋县电影院在每场电影放映前，加映一下他制作的朱鹮幻灯片，幻灯片上全是姿态各异的朱鹮。他反复想了，这种形式可以让老百姓很直观地接受，是老百姓喜闻乐见的。

此后的日子里，电影放映员在放映电影时，总是尽职尽责地先播放朱鹮的幻灯片，每到播映结束，还特意要加喊一句："都听好了，哪个发现朱鹮，抓紧时间来报告！国家奖励 100 元！ 100 元呀！"

顿时全场沸腾。

有些观众搭眼一看幻灯片，就认出了这种鸟，说："红鹤嘛！"

但更多的观众不熟悉红鹤，将朱鹮当成了白鹭。白鹭和红鹤外形极像，区别只在于颜色。无论翅膀还是脚爪，红鹤红，白鹤白。但这样一种区别，对那些非专业人士来说，是可以忽略不计的。何况幻灯片上介绍说，这种鸟喜欢在老榆树和大青冈树上建巢，这和白鹭完全相同。于是很快出现了一道风景：隔三岔五就有人跑来报告，说发现了朱鹮。

刘荫增非常疑惑，如果到处都有朱鹮，为什么考察队死活找不到呢？

疑惑归疑惑，他还是要去落实。这一去才明白，观众报告的除过白鹭，再就是苍鹭——类似情况他早已经历过了，无论在安徽还是在河南。

不仅如此，刘荫增还数次"上当"。比如有人来报告家中树上发现了朱鹮，让刘荫增开车去看，报告人在自告奋勇地为他带路的同时，顺势往车上装些东西朝回捎。结果开到家里后，且不说朱鹮，连白鹭和苍鹭都没有，而车上的袋子却急忙卸不完。

就这样一天又一天地放映幻灯片，也一天又一天地接待报讯人，还一天又一天地开车出去考察。日子一长，刘荫增越来越灰心。他想起在甘肃康县附近发现的那五根羽毛，于是收拾行李，准备去那里再看看。

他没有想到，转机就在这时候出现了。

距离洋县县城六公里外有个孤魂庙村，村里有位农民叫何丑旦，也有人将他的名字写成何丑蛋。究竟是“旦”还是“蛋”，没人搞得清，但这个名字很有特点。许多年后刘荫增仍然牢牢地记得何丑旦，一个重要原因就是他的名字。

有一天下着雨，何丑旦干不成农活，跑到县城来看电影，于是很自然地看了幻灯片，这让他一阵狂喜，半个多月前他去山里砍柴还看见过这种鸟。

第二天一大早，何丑旦连早饭都没吃，就乐颠颠地跑到林业局，信心满满地报告说，他知道哪里有朱鹮。

接待何丑旦的是洋县林业局的姚德山，他是部队上转业回来的，也是专门抽出来配合刘荫增工作的。经历了多次报讯，姚德山同样慎重，他反反复复地询问情况，最终觉得这一回比较靠谱，于是急忙联系刘荫增。

谁知刘荫增去了60多公里外的汉中市区。

姚德山就转告何丑旦，请他辛苦一下，明天再来。

第二天，欢天喜地的何丑旦又来了。

姚德山带着何丑旦找到刘荫增，很诚恳也很认真地说：“刘老师，我反复问了，这回有可能是真的。”

刘荫增大为惊奇，想了想，他问何丑旦：“你是在哪儿看见这种鸟的？”

“金家河。”

刘荫增急忙取出地图：“金家河在哪里？”

“马道梁上边。”

一听马道梁，刘荫增暗自摇头。

之所以摇头，是因为他知道马道梁。马道梁的海拔已经上了千米，而他所查阅的文献资料都清清楚楚地记载着，朱鹮栖息在低海拔区域。这些记载不仅符合实际，而且符合逻辑。只有在低海拔区域，才会有滩头、湿地、水田、农家……所有这一切，都是朱鹮生存必备的条件。其他不论，朱鹮待在那么高的海拔上，它去哪儿寻找食物？如果连最基本的食物都解决不了，它怎么朝下活呢？

谁知何丑旦信誓旦旦，说：“没问题，就是这种鸟！肯定是！”

刘荫增就拿出相片，请他再看。

何丑旦看过相片，依然坚持他没有看错，依然坚持他看见的鸟是红鹤，就是电影上放的朱鹮！

刘荫增还是不放心，从各个角度不停地提问。何丑旦感觉到了他的怀疑，心里有些不高兴，他觉得自己振奋了两天，自豪了两天，也早出晚归地奔波了两天，怎么就落下这样的结果呢？

好在刘荫增始终没有催他走，而是很有兴趣地继续和他聊。

聊天中，何丑旦偶然看见屋子里有杆德国造猎枪，顿时双眼发亮。他喜欢打猎，可他打猎用的枪和眼前这杆枪比起来，有天壤之别。这杆猎枪不仅周身雕花，而且是双筒的，那工艺，那质地，只需打眼一看，就能感觉出它的不凡。

何丑旦情不自禁地走过去，拿起猎枪，翻来覆去地把玩。

刘荫增就在一旁继续提问：“你看见的红鹤有窝没有？”

“有。”

“孵出小鸟没有？”

“孵出来了。”

“几只？”

“两只。”

刘荫增有些愣怔，此前几乎所有的农民来报告消息，都说自己看见的朱鹮窝里孵出来四五只小鸟，这其实是典型的白鹭育雏现象。白鹭觅食育雏的能力很强，每窝雏鸟基本都有四五只。如今何丑旦看见的这窝鸟孵出的只有两只，无论如何，这都与众不同。

想了想，刘荫增又问：“你说的这种鸟，窝搭在什么地方？”

“大树上。”

“多大的树？”

何丑旦想了想：“有二三十丈。”

“树上有几个窝？”

“就一个。”

“周围呢，周围还有没有大树？”

“有。”

“有没有其他窝？”

“没有。”

“就这一个窝吗？”

“就这一个。”

刘荫增不再问了，他隐约觉得这一回情况确实不同。白鹭不仅一窝多雏，而且习惯于密集地搭窝——从来到洋县以后，说鸟巢里有四五只鸟，说周边一眼能看见好几个窝，这是常态；而一个巢里只有两只鸟，周边看来看去只有一个巢，这还是头一回。

沉默片刻，他再次提问：“你看见的鸟是什么颜色？”

“去年秋上身子是白的，翅膀发红。”

“现在呢？”

“现在没那么好看了。”何丑旦有些沮丧，“后背灰麻麻的。”

刘荫增眼睛陡然睁大了，一声不响地看着他，突然就下了决心：“这样，抓紧时间准备，明天我们进山！”

第二天一大早，刘荫增在姚德山的陪同下，由何丑旦和一位叫何天顺的小孩子带路，先是开车到达洋县四郎乡①，再往前没有车路了，于是让小李驾车返回，剩下四人徒步入山。

一边走，刘荫增一边观察和记录沿途的地貌植被等特点。实践告诉他，做好记录非常重要。包括周边的树是什么树种，有多少年树龄，高矮程度如何……所有这些平素不起眼的细节，关键时刻都能发挥出意想不到的作用。

峰峦高擎，深谷渺然。他们很快走进了秦岭中山区。与浅山区相比，这里的人烟明显稀少，除了溪流开阔处有个别农家相邻外，其他农舍都稀

① 当时叫四郎公社。20 世纪 50 年代末至 80 年代初，中国所有的乡镇都改叫人民公社，人民公社辖属的村庄改叫生产大队或生产小队。1983 年人民公社撤销后，恢复了乡镇和村庄的建制和称呼。下文中凡遇此情况，统一按现行的乡镇村庄称呼，不再注释。

疏地散布在植被映掩的沟谷中，抬眼四望，偶尔能看见零星和小块的稻田。

马道梁像一条鱼脊，隆起在一道大峡谷旁。山路逶迤，左右盘旋，当他们汗流浃背也气喘吁吁地上到梁顶后，已经是下午快六点钟了。四个人抓紧时间朝金家河的下坡路上走。正在这时，西边天际传来两声“嘎嘎”的鸣叫，随后远远地飞来一只大鸟。刘荫增瞄了一眼，没有在意。洋县境内遍布鹭鸟，他早已见多不怪。天黑在即，他们必须抓紧时间赶路……

几乎是闪电般的一瞬间，他陡然停脚：天已经这么晚了，为什么这只白鹭会飞到这么高的山岭上来?

完全是一种本能，刘荫增再次抬头朝这只鸟看。这一看他呆住了。白鹭飞翔的时候，脖子是朝后缩的，缩到一定程度后再昂起头，整个形态像是甲乙丙丁中的“乙”字。而这只鸟不同，它飞翔时脖子朝前伸着，像丹顶鹤那样，是直着脖子朝前飞。

刘荫增是内行，从鸟的飞行姿态上就能够做出基本的判断。他有些紧张也有些期待地望着这只鸟。它已经越飞越近，越看越清。当鸟终于飞过头顶时，他一眼看见它翅膀底下呈现的是彩霞般的绯红色。

朱鹮!

一点儿不错，是它！是朱鹮!

那一瞬间，浑身的血液像是凝固了，他一动不动地呆立原地。“踏破铁鞋无觅处”“众里寻他千百度”——无数的诗句和字眼接踵而出，所有的语言却又都无法确切地表述那一刻。想想看，整整三年多的跋涉，五万公里的行程，如雨的汗水和无尽的奔波，突然在一个完全预料不到的场合中得到了圆满的收官！他内心激荡，本能地抬头仰望，直到腿脚毫无来由地突然一软，整个人包括肩上背着的爬山袋都朝坡下滑去。

多亏身边的人反应快，将他前堵后拥地拉住。

不需要任何解释，几个人同时明白了所有。那一刻，山河壮丽，日月并辉。他们全都仰脸望着天空，全都聚精会神地看着这只大鸟，看它向哪儿飞，朝哪里落。夕阳已坠，晚霞将消，这只鸟不可能朝更远处去，它只会在附近栖息……

世界上没有如果

确认看见朱鹮后，问题突然变得复杂起来。

此前所有国内外的文献资料，都一致认为朱鹮生活在海拔四百米到五百米以下的低海拔区域，如今这只朱鹮栖息在海拔千米的上空，这意味着此前的结论将被推翻。

形成结论不是个简单事情，推翻结论就更不简单，刘荫增的精神高度紧张，眼下朱鹮飞到了千米的高度，这不容置疑，但这个不容置疑有没有疏漏之处？能不能借此推翻之前的结论？如果推翻，依据是什么？仅仅一只朱鹮出现在这里，能说明什么？说明多少？

而另一个让他高度紧张的事情是：苍茫天空中，他看见那只朱鹮自西朝东飞来，当时他滑了一跤，朝坡下直出溜，在拼命稳住自己的同时，他听见何丑旦喊了一声："朝金家河去了！"

金家河在洋县城北四十里外，是个在地图上几乎找不见的山间小盆地。这个小盆地东西窄长，有十来户人家。这十来户人家顺着沟谷，挨坡傍泉地散居着。刘荫增四人走进金家河时，夜深人静，皓月当空，劳累了一天的农人早已入睡。所幸姚德山和何丑旦对这里很熟悉，在他们的引导下，很快摸到了一户农民家。叩开柴扉，讲明缘由，纯朴的山里人热情地把他们迎进屋子。

当晚他们在这家农户落宿。

刘荫增心情急迫，与主人聊起朱鹮。主人大瞪着眼听不懂。何丑旦就在一旁提醒："红鹤，红鹤。朱鹮就是红鹤。"

主人这才恍然："红鹤呀，有。"

"在哪里？"

"环坝。"

"环坝在哪里？"

"过河向西，往前走三里多，章老汉家屋后面。"

所有人都激动难捺，都怀着殷切的心情等待天明。

让他们完全没有想到的是，第二天一早就天降大雨，根本出不了门。

第三天，仍然在下雨，只是不那么大了。眼看着跋山涉水已无大碍，四个人按捺不住，抓紧去环坝。

刘荫增在自己写的文章中回忆道：

一路上，我们看到山间水田尚未插完秧，田中蝌蚪游嬉，有些水生昆虫幼虫浮在水中。光滑的田坎是新近培修的，除了人的脚印外，不时可以见到鸟兽的足迹。鸟的足迹中大部分是鹡鸰的爪印，其次有些爪印是喜鹊、乌鸦和红嘴长尾蓝鹊等的。在这些爪痕中，有一种看上去比野鸡或锦鸡的爪子要大些的爪印，它的三个前趾会拢的两条趾间夹角处，微有一些蹼痕，从爪印尺度和形状分析，好像是朱鹮在田坎停歇时留下的痕迹。我们好不喜欢，再仔细查找，发现这一带朱鹮的爪印很多。

紧赶慢赶，气喘吁吁，他们终于走到章老汉家时，家中却无人。

四个人站在院舍前，仔细打量着四周。

章老汉的三间瓦顶屋建在山坡下，屋后大约三十度角的斜坡上有五棵大树长在灌丛荆棘之中。我沿屋后小路攀登而上，来到树下。顺着一棵树干向上望去，大约在十五米高的树杈处有一个浅篮子状建造粗陋的巢，巢中无鸟，它是不是朱鹮的巢呢？我们当中没有人见过，不敢断定，只有向章老汉问个究竟了。

等了一会儿，仍不见章老汉回来，四个人干脆去找他。这一找，才知道章老汉年近七十了，正弯腰在水田里插秧。由于年纪大了，他搬了张长脚凳坐在田中，插完一小片秧，再移动长脚凳，坐在凳上继续插。

四个人走上前，热情地向他打招呼，短暂的寒暄后，刘荫增就直奔主题，问他见没见到过红鹤？

章老汉没有立刻回答，而是看了他一眼。刘荫增敏感地发现，这一眼看得有些特别。

果然，章老汉迟疑了一下，似乎没有听清：“你……问啥？”

“红鹤。”

“……哦，红鹤……见到的。”

“在哪里见的？”

“田里。”

“有几只？”

“好像……两只。”

“它们晚上就在你家屋后那棵大树上落窝吗？”

章老汉又一次抬眼看看刘荫增，于是刘荫增又一次发现他眼神的特别。

等了一会儿，章老汉迟迟不开口，刘荫增只好追问：“红鹤晚上在哪里休息？”

章老汉抬手指了指：“在西面山脊那棵大栎树上。”

刘荫增有些奇怪，昨晚那家主人明明说朱鹮栖息在章老汉家屋后的大树上呀。

想了想，他问：“现在呢，现在它们在哪里？”

章老汉语气含糊地支吾了一声，没有回答。

“你是什么时候见到它们的？”刘荫增变换了一个角度。

“前些天。”

“是在哪块田里见到的？”

章老汉又支吾起来。

那天，刘荫增发现章老汉的态度很奇怪。每当话题涉及朱鹮，他就含含糊糊，模棱两可，说的话让人听不懂。后来他们提出再到章老汉家去。章老汉虽然有些犹豫，但没有拒绝。

二十分钟后，他们走进了章老汉的屋子。屋子里摆设简陋，抬眼看去，一切都很破旧。破旧的房屋，破旧的家什，破旧的锅灶，唯独屋角摆放的一副棺材是崭新的。

主客坐定，他们继续问章老汉，屋后那棵大树上的巢是不是红鹤的窝？为什么巢里不见有鸟？章老汉无法回避，只好回答，回答得仍然含糊，仍然模棱两可。连问几遍，刘荫增才终于听明白了：那棵大树上不是红鹤的窝，而是白鹭的窝。

他有些惊诧，觉得不可思议。

整整一下午，刘荫增都像陷入了一个巨大的迷宫中。他明明看见那棵大树上有个鸟巢，却无法确定它是不是朱鹮的巢。他始终想搞清楚红鹤是否栖息在这里，但章老汉怎么都不给他个明确的回答。这到底是怎么回事呀？

眼看着天黑了，四个人只好返回房东家。

第二天下午，章老汉在城里做事的儿子回来了。刘荫增和他儿子聊起来，这才搞清楚：红鹤确实曾经住在章老汉家，确实在章老汉家屋后坡上的大树上筑起了巢，但眼下那棵大树上的巢，也确实不是红鹤原本的巢。原本的巢是建在旁边一棵大树上的。半个月前，章老汉为给自己做寿材，把那棵大树砍了，巢里的雏鸟也全部落地摔死了。雏鸟摔死后，那一对红鹤夫妇曾经围绕着这棵被砍倒的大树，反复哀鸣，久久环飞。

刘荫增目瞪口呆。

世界上的事情竟然这样巧。如果他们早来一个月，甚至早来半个月，两只小朱鹮就完全可能被保护起来。它们很可能是全世界仅存的孤本呀！

可是世界上没有如果。

对不懂朱鹮的章老汉来说，小朱鹮摔死就摔死了，在偏远的秦岭山区，这种事情很平常，他压根儿不往心里放。但是没想到刘荫增等人来到金家河了。刘荫增背着双筒猎枪，说着标准的普通话，村民一看这着装，这派头，马上就感觉出不一般。山里人稀，消息也就传得格外快。尽管昨天下着大雨，村民们还是第一时间就知道了他是来干什么的。再下来，红鹤是宝贝，北京专门派人来找它的消息就传开了。如今红鹤飞走了，雏鸟摔死了，这事不得了！不打勤不打懒，专打不长眼。这章老汉就属于不长眼……

消息同样传进了章老汉的耳朵里，他是个老实本分的庄稼人。让他说谎，他说不圆。不说谎，又怕惹祸，于是面对刘荫增的提问，只能支吾。

当事情终于搞清楚后，刘荫增内心的滋味难以尽述。这到底是怎么回事呀？莫非冥冥之中，真有一股难以捉摸的力量在捉弄他，让他在寻找朱鹮的过程中，总是迟到一步？

好一会儿，他才问章老汉："旁边那棵树上的窝到底是不是红鹤的呢？"

章老汉这回很诚实："是。"

"为什么不见红鹤呢？"

"从搭起新窝，老鸟就有一回来，有一回不来，没准头了。"

刘荫增不再追问。

显然，这对朱鹮夫妇对这个新窝的感情是复杂的，它们心里留下了可怕的阴影。刘荫增心里有一种预感，假设这对朱鹮在其他地方找到了合适的栖息处，恐怕永远不会回来了。

那天，刘荫增再次赶往那棵大树。他变换着角度，反复端详着上面的巢窝，这个巢窝到底是不是朱鹮搭建的？在没有亲眼见到朱鹮卧巢之前，他不能确认。但是根据经验判断，这不是喜鹊窝，也不是乌鸦窝，可以基本认为是朱鹮窝。再就是这个窝搭建得十分简陋，十分马虎。显然，不论是什么鸟搭建的，它都是为应付一时之需临时搭建的。

为了进一步夯实判断，他决定看看窝里的具体情况。

可是树太高，无法看见。

放在后来的岁月中，事情会非常简单，找到一个地势高的地方，用望远镜朝下看，鸟巢里的情况就会看得一清二楚。那些望远镜都是几百倍甚至上千倍的镜头。即使不用望远镜，单纯用照相机的长焦距镜头，同样能够进行有效的观察。

但是遗憾，1981年的中国科考队还无法奢侈，他们不仅没有高倍望远镜，而且五倍到十五倍的照相机镜头就已经是了不起的长镜头了。

想了想，他开价一块八，请一位当地的年轻人上树，去看看窝里面还有没有雏鸟。为了留下资料，他特意将相机挂在年轻人的脖子上。那时还没有"傻瓜"相机，他耐心地教年轻人操作：怎样将镜头对准拍摄物，怎样调整焦点，怎样摁动快门……谁知教来教去，把年轻人教得越来越糊涂。刘荫增一看，这德国相机实在太复杂，干脆把另一台简单些的相机交给他，重新教，却依然教不会。最后只好放弃，说：“行了，你就爬上去看吧，看窝里有什么？”

年轻人学照相机不灵，爬树却是好手。他“嗖嗖”两下爬上去，伸头看了窝里：“没有，啥都没有。”

“有没有鸟蛋？”

“没有。”

“再看，仔细看。”

年轻人便继续伸头，继续嚷道：“没有，没有，真的啥都没有。”

明明金家河有朱鹮，为什么看不见？

几个人你一言我一语地商量，总结出三个原因：

一、由于伤害了朱鹮宝宝，这对成年朱鹮对人类保持着高度的警惕，进而千方百计地回避人类。

二、朱鹮所有的营巢都是为了产卵孵雏。如今它们卵已破，雏亦亡，也就不需要再筑巢了，即使想抓紧时机继续筑巢产卵，也有些勉为其难。很可能，它们重新筑起了巢，却一时产不下卵，于是这个巢就失去了意义，它们也就不再来了。

三、由于金家河水田较少，可供朱鹮吃的食物也相应较少，所以它们去其他地方觅食筑巢了。

接下来的问题是：它们会到什么地方去觅食和筑巢呢？

五万分之一的军用地图这时候起作用了。刘荫增摊开地图搜捡，发现紧挨着金家河有六个村子。

为了寻找朱鹮，这六个村子必须挨个跑到。

根据村民们的反映，金家河这对朱鹮喜欢朝北飞。姚德山在林业局原本就是负责金家河周边片区的林业保护，对这一带很熟悉，他告诉刘荫增，金家河北面是他们走过的马道梁，翻过梁后是一个叫姚家沟的村子。

七只朱鹮

第二天一大早，他们黎明即起，从金家河出发，翻过马道梁，很快就走进了姚家沟。

在姚家沟的沟口，他们碰见了一位农民，刘荫增迫不及待地问："你们这里有没有红鹤？"

农民有些莫名其妙，怔怔地看着他，随后抬手朝沟里指了一下："前面，水田里站着。"

这一回轮到刘荫增发怔了，这也太不可思议了吧！

他迈开腿，疑惑地朝前走，却什么都没有，满沟的树木遮挡着视线，使山水稻田都显得隐绰而模糊。直到拐完一小段弯路，前方突然出现了一片灌木丛，他才陡然愣住：灌木丛后有一块水田，水田里有一只大鸟正在觅食。

所有的人都屏住了呼吸。

刘荫增第一时间就确认了，没错，是朱鹮！是它！

这只朱鹮显然落地不久。它一边觅食，一边不时抬头察看周围的动静。有时还走上田埂，昂首向四处张望。

刘荫增的心怦怦乱跳。这两天他寸步不离地住在山里，也一直处在寻找朱鹮的期待中，却没有通过任何渠道向上级报告发现朱鹮的消息。原因很简单，这样一件大事情的报告，不能凭嘴说，必须有实打实的证据。而最可靠的证据，就是把他看见的朱鹮拍成照片。一旦拍成照片，那就半句废话都不用说，中国有没有朱鹮，照片一摊，结论就摆在那里！

是高兴还是紧张？他说不清。那一刻，全部念头只有一个：不能让这只朱鹮飞走。

他告诉其他人，都原地不动，不要再朝前走。随后一只手端起照相机，另一只手本能地伸向包里去摸长焦镜头。这一摸，他才发现自己犯了一个天大的错误。由于做梦都想不到会这样容易地碰见朱鹮，所以他只带了一个中焦镜头，长焦镜头放在金家河的房东家里了！

那一刻，懊悔之情，翻江倒海。

可又有什么用？

他稳住自己，先是原地拍下几张相片，这几张相片虽然隔得太远，难免模糊，但万一朱鹮飞走，可以留下个基本印记。拍完后，他特意缓了一会儿，让朱鹮继续适应一下周边的氛围，这才迈开脚步，小心翼翼地朝前——说是朝前，其实是绕着弯子迂回。他很清楚，所有的鸟类都有着自己的直觉。如果有人径直朝它走去，它会感觉出来。你必须不着痕迹地迂回，必须让这只朱鹮产生错觉，以免它由于不安而早早飞开。

他朝斜刺里走出十几米，停脚看看，发现没有惊动朱鹮。于是折身，反向走十几米，再看看朱鹮，它还是在水田里觅食。感觉中，它的精神是松弛的，神态很安闲。

就这样“之”字形地绕来绕去，距离朱鹮便越来越近了。当剩下最后三四十米时，他不敢再直着身子迂回了。

想了想，他干脆趴在地下，仍然不敢直对朱鹮，而是先向左侧爬行十米，再向右侧爬行十米。直到距离朱鹮只剩最后十多米时，他已经拍了不少相片。这时即使朱鹮飞走，也没有关系了，他这才大着胆子，满身泥土地站起来。

这一站起，顿时哭笑不得。

朱鹮还是若无其事地在那里觅食，对他的出现满不在乎。

多少年后，刘荫增给我们讲起这段往事，仍然忍俊不禁。

他说：“实际上，姚家沟的朱鹮早就和当地农民处熟了，所以它不怕人。

“当时有几个农民老远看见，都觉得奇怪。这人干吗呢？看他穿得挺好的，怎么就往地上趴？手里还端个盒子，神神秘秘地乱拱。结果他们都不干活儿了，全站在田里看。有人告诉他们，说我是想挨近这只鸟。他们就更奇怪，说那你走过去不就行了，在地上爬什么？”

那天在姚家沟，令刘荫增惊喜的事情绝非一件。

姚家沟有个六七岁的孩子，叫王明娃。他听说刘荫增是北京来的，又背着杆猎枪，还拿着相机拍照，于是第一时间就跟牢了他，而且是那种寸步不离的紧跟。刘荫增觉得很有趣，问他为什么要跟着他，王明娃没有正面回答，只冒了一句：“红鹤在抱娃呢。”

刘荫增心里一咯噔。他知道“抱娃”指什么。

“在哪里？”

“坟前头的青冈树上。”

刘荫增急忙让王明娃带他去。

顺着沟底朝坡上爬，老远就看到半坡有一块平地。走近后，发现平地上有两座坟，坟的四周长有十几棵高大的青冈树，其中一棵青冈树上有一个鸟巢。

刘荫增观察了一下地形，发现平地的后坡上有一条小路，可以通向坡顶。他顺着小路迅速攀高，又迅速选择了一个合适的位置。非常巧的是，这里距离鸟巢不远，既能够登高俯瞰，又能够就近观察。他拿出那副并不先进的望远镜对准目标，才看了第一眼，就不由得发出了惊呼：天哪！

巢里有一只成年朱鹮和三只雏鸟。

三只雏鸟很活跃，毛茸茸的小脑袋不停地乱伸乱探。

刘荫增端着望远镜的双手直抖，他死咬牙关，拼命克制着自己的情绪。

不久，稻田里另一只觅食的成年朱鹮也飞回来给三只雏鸟喂食。

刘荫增屏住呼吸，一动不动地观察着。如果说两个小时前，他有生以来第一次近距离地看见了朱鹮；那么此刻，他有生以来第一次看见了朱鹮的小宝宝，看见了完整的朱鹮家庭！

当天刘荫增就留在了姚家沟。

他派人去金家河取来行李，在姚家沟一户姓夏的农民家里借宿，同时用最快的速度召集人手，在鸟巢北面的高坡上搭起一座简易帐篷，以便随时能够拍摄和观察到鸟巢里的朱鹮。

大树旁边那两座坟分别是清朝道光年间和光绪年间的，坟上刻有碑文。其中一座碑文上显示死者葬于道光十四年（1834）。算下来，已经将近两百年了。另一座虽然没有碑文，但从形状和磨损程度看，同样很有年代了。据此推测，这些青冈树的树龄至少在百岁以上。

很可能，就因为它们是祖坟上的树，不能乱砍滥伐，才意外地为朱鹮提供了安全的栖息之地。

姚家沟是一条不宽的沟，整条沟里只有七户人家，沿沟星星点点地散布着三十多亩水稻田。七户人家除过种水稻，再就是在沟两边的坡地上种一些玉米、土豆和其他杂物。这里海拔接近千米，静心观察，满山植被浓郁，四周环境闭塞。

接下来的日子里，刘荫增携带的照相机和 16 毫米手摇电影机派上了用场，他不停地拍摄朱鹮，直到把胶片全部用完。又几次去金家河，落实了那里确有一对朱鹮，只是它们已经来时少，去时多。显然，它们从感情和行动上都已经疏远了金家河。

一切了然于胸后，他赶回县城。他要抓紧时间整理资料，要把发现朱鹮的时间、地标以及详细过程全都梳理并标注清楚，其中金家河发现的是两只成年朱鹮，姚家沟发现的除过一对成年朱鹮，还有三只雏鸟。

终于将资料整理完成后，刘荫增再也抑制不住自己激动的心情，第一时间给中国科学院发去消息。

一个小插曲是，何丑旦向刘荫增报告朱鹮的消息是五一劳动节期间，之后不到一周就陆续发现并确认了洋县共有七只朱鹮。问题是，究竟确定哪一天为朱鹮的发现日呢？

按理说，应当从马道梁上看见空中飞过的那只朱鹮算起，但是真正完整和准确地发现七只朱鹮，却有一个逐渐深入的过程。何况刘荫增需要拍摄资料并完成资料的整理，彼时山区无电，与外界无法联系；再加上报往中国科学院后，还需要经过学术委员会的审核和认定，于是综合各种因素，最终把发现朱鹮的时间定为 1981 年 5 月 23 日。

接下来，一切都顺理成章，中国政府正式对外宣布：中国境内发现了七只野生朱鹮。当中央人民广播电台及各大通讯社面向全球播出这条消息时，全世界的鸟类学界瞬间沸腾了！

第二章 提心吊胆的日子

那天，路宝忠只觉得草丛越来越深，山势越来越陡。他一边向前走，一边左右张望。他知道在陕西境内，经过多年猎杀后，那些凶残的大型猛兽已经不多了，虽然洋县山里仍会有狗熊和野猪，但他心里并不怕。唯独想起蛇，一种天然的恐惧仿若藤蔓，瞬间缠住了他的心。

秦岭一号朱鹮群体

得知在洋县发现了七只朱鹮，方方面面立即开始行动。

中国科学院和陕西省的同行，包括北京动物园的饲养人员分别从北京和西安赶来，各路专家围绕着这七只朱鹮的生存和保护展开了热烈的讨论，很快形成了保护朱鹮的合力。

洋县方面继续配合刘荫增播放幻灯片，并且将姚家沟附近六个村的村民都集中到姚家沟现场观摩，由刘荫增担任讲解。一边讲朱鹮是怎样的一种鸟，目前在世界上有怎样的一种地位；一边讲朱鹮的习性，应当怎样来保护它。

四天后，洋县政府发布了《关于认真保护世界珍禽朱鹮的紧急通知》，明确提出了“四不准”：

一、不准在朱鹮活动区狩猎。

二、不准砍伐朱鹮营巢栖息的树木。

三、不准在朱鹮觅食田使用化肥农药。

四、不准在朱鹮繁殖巢区开荒、开矿、放炮。

在当时的条件下，能够提出这样的“四不准”不仅意义重大，而且意识超前。

之所以说意义重大，是因为这四条都指向了保护朱鹮的痛点。

以打猎为例，当时人们环保意识普遍淡漠，加上长期物质生活匮乏，使得打猎成风，这对朱鹮的生存造成了极大的威胁。那时使用猎枪的现象很普遍，也没有禁枪的立法，不管是刘荫增还是林业局的工作人员，只能从道理上劝说而无法强制大家不要猎杀朱鹮。一句“怎么了？我打鸟犯法了吗？”就把劝说者怼了回去。

如今政府出台文件，就有了明确的行政约束力。

再比如伐树。

小树当柴，大树卖钱。这是自古延续下来的习俗。山区农民没有其他经济来源，只能砍树扛到集市上卖掉，换几个钱来补贴家用。不仅如此，当时各林业局都有专业的伐木队。可以说整个秦岭除过太白山等个别地区外，基本上已经把成片的树林伐完了。而保护好朱鹮，非常重要的一环就是首先要保护好朱鹮营巢栖息的大树。偏偏人类和朱鹮都在拼命争夺大树——朱鹮需要在大树上筑巢产卵，人类需要大树来制材用料。一个明显的事实是：如果不采取措施制止人类在巢区内砍伐大树，在可以预见的时间内，朱鹮将无“巢”可居。

之所以说意识超前，是因为在当时的条件下，有些“不准”的危害还并未凸显。以施放农药和化肥为例，当时姚家沟和金家河的农业耕作还处在比较原始的阶段，再加上山区农民普遍贫困，根本没有钱去买农药化肥，是后来随着农民的生活越来越好，使用农药和化肥才逐渐兴起的……

在寻找朱鹮的过程中，有不少事情给刘荫增留下了深刻的印象，也让他陷入了深深的思考。

此前，中国科学院考察队员们做野外考察时，通常都是手里端杆猎枪，到各地去采集标本。凡是常规和已经认识的鸟，就不再打。不是出于爱护，而是不需要。恰恰是那些珍稀罕见的鸟，才要追着打，打下来拿回动物研究所制作标本。每年你出外考察，打下多少只鸟，制作出多少标本，回研究所后交给相关专家。专家都是从国外回来的，学富五车。他们根据考察队员们提供的标本，再根据外国的文献进行鉴定：叫什么名字，是什么种类，标本采自哪里，就这样一点一滴地做下去，整个中国鸟类物种的分布区域就有了大体的轮廓。

刘荫增至今记得，无论给兽类还是给鸟类做鉴定，鉴定语中通常都有一句：“皮可用，肉可食。”那时大家还认识不到物种保护和人类生存有什么关系，要说有关系，就是鲜活的两条：

一、有没有用？

二、能不能吃？

也正是这个原因，当时民间对老虎豹子之类打得很凶。以东北虎为例，二十世纪五六十年代，东北地区经常传来打到老虎的消息。老百姓需要虎皮，也常用虎骨泡酒。有些动物药用的价值更大，比如麝香，于是民间对这些动物不仅见到就打，而且不遗余力地跟踪追打。

回过头来看，贫穷导致的捕食，对野生动物的伤害实在太大了！

以那家出示了五根羽毛的三线企业为例，全厂仅有名有姓的持枪打猎的“猎手”就多达几十人。他们每逢节假日，就成群结队地进山打猎。他们没有明确的狩猎对象，碰到什么打什么。这就迫使朱鹮望风而逃，避祸深山。而深山无论气候还是觅食条件，都远不如浅山丘陵区，在这种情况下，朱鹮的减少就成为一种必然。

在后来的岁月中，刘荫增不止一次地感慨：自己真是太幸运了！自己是在朱鹮行将灭绝的最后节点上，发现了朱鹮！

他说：“我经常在想，要是再晚两年——我估计最多再晚上三年，朱鹮就彻底没有了！”

他说：“谢天谢地，朱鹮真是命不该绝呀！”

尽管找到了朱鹮是天大的幸事，但满打满算，全部只有七只，这意味着朱鹮灭绝的可能性仍然极大。日本朱鹮不就是从十只减少到八只，又从八只减少到六只的吗？

刘荫增心里倍感压力。在猎枪泛滥、打鸟成风的环境里，七只朱鹮怎样安全地生存？这是一个天大的问题。毫不夸张地说，这七只朱鹮每走进一块水田，每落宿一棵枝头，甚至每飞临一片天空，都面临着可怕的威胁。尽管洋县已经明确宣布了在朱鹮活动区内不许打猎，但这个活动区太大了，打猎者散布在四面八方，谁能知道他打了没打呢？

反复思考，刘荫增向洋县政府提出建议：为了确保朱鹮安全，不仅要禁止打猎，而且要收缴猎枪！

洋县政府采纳了他的建议。

这期间有三件小事值得一说。

一件是洋县政府宣布禁枪以后，别人的猎枪都禁止了，只有刘荫增仍然背着他那杆猎枪。于是有人建议：“刘老师，你是不是也不要背枪了？”

刘荫增问为什么？

对方说：“在别人眼里，你是领导。你一背枪，别人就会嘀咕，把别人的枪都收了，凭啥你自己背？这样影响不好。”

刘荫增还是犹豫，他的工作就是拿着猎枪打动物标本，这杆猎枪不仅是动物研究所给他配发的，而且公安局还专门给他发有配枪证，这和非专业人士持枪有着本质上的区别。但是想了想，在这样的环境中，是无法进行全面和普遍的解释的，从大局出发，不背枪为好。

从此以后，凡到洋县，他不再带猎枪。

第二件事是他始终牵挂着当初那家出示了五根羽毛的三线企业，种种迹象表明，那里几年前曾经有过朱鹮，也是他应当重点去考察的地方。刘荫增一直惦记着那里，盼望着那里再冒出几只朱鹮。但是眼下第一位的任务是保护好洋县现有的七只朱鹮，这项工作十万火急，必须争分夺秒地实施，所以等他真正抽出身再次去那五根羽毛的发现地时，已经过去了相当长的一段时间。去那里调查一番后，刘荫增用五个字做了总结：没有希望了。

第三件事是当时虽然洋县进行了禁枪，但是洋县有不少央企和省属企业不属于洋县政府管理，所以禁枪没有禁到这些三线企业中去，这就给朱鹮保护留下了极大的隐患。随着朱鹮保护事业逐渐向前走，这些隐患的后果开始越来越严重地显现出来。

那已经是后话了。

发现七只朱鹮后，刘荫增的工作远未结束。

此前，他的任务是调查中国有没有朱鹮，如今调查有了结果，紧接着又涌出来新问题：中国是不是只有这七只朱鹮？

这个问题太浩瀚了，谁也无法回答。中国这么大，仅秦岭就无人能够将沟沟壑壑全部走到。就算真的走到了，恰好朱鹮那几天不在巢呢？

想来想去，这个问题暂时没有答案，也不可能有现成的答案。因此，他能够而且必须抓紧去做的是竭尽全力先保护好这七只朱鹮。感谢上苍，给了他如此的恩赐。日本虽然抓捕了最后的六只野生朱鹮，但那六只朱鹮却无法繁衍后代了。而他发现的这七只朱鹮中的成年朱鹮朝气蓬勃，有着充沛的体能和旺盛的繁殖力。很可能，朱鹮这个种群能不能得到延续，就看它们了！

陕西省林业厅和洋县林业局高度重视此事。5 月发现朱鹮，6 月就成立起朱鹮临时保护和调查四人小组。

组长：路宝忠

组员：赵志厚、王跃进、陈有平

交给他们的任务非常简单：住进姚家沟，保护好朱鹮。

正式进入姚家沟前，四人组首先面临着一个小问题——彼时当地群众已经掀起了报告发现朱鹮消息的热潮，尽管事后证明全是误报，但架不住群众热情似火，并且世界上的事情千变万化，万一有群众和何丑旦一样报准了呢？一旦又出现朱鹮，该怎么与姚家沟、金家河的朱鹮区别开来呢？所以他们首先要考虑怎样为姚家沟和金家河这七只朱鹮定名。鉴于朱鹮的珍贵，这个定名既要庄重严肃，又要鲜明准确，不致被意外出现的情况混淆和误读。

想来想去，刘荫增提出采用学术语言，将这七只朱鹮称作“秦岭一号朱鹮群体”。

之所以这样定名，缘于几个理由：

第一，对动物来说，种群是一个特定的、非常大的科学概念。一般而言，无论动物还是鸟类，只要数量上不了万，就不配称种群。眼下发现的朱鹮仅有七只，所以不宜叫朱鹮种群，只能叫群体。

第二，秦岭一号朱鹮群体是个既涵盖宽泛又有具体限度的概念。群体可大可小，可多可少，这七只朱鹮就在这样一个范围内得到观察和保护。假设以后在其他地方又出现了一群朱鹮，可以顺理成章地用秦岭二号、三号、四号等概念依次冠名。这样一来，不管以后出现多少只朱鹮，都不会在命

1981 年四人小组入驻姚家沟（路宝忠摄影）

名上混淆。即使远在千里以外的其他地方出现朱鹮，也不会影响秦岭一号朱鹮群体名称的使用。

从此，紧挨着姚家沟那棵朱鹮筑巢大树后的三间黑瓦房，就成了朱鹮的观察点和保护站。瓦房门口挂上了一块木牌子，上面赫然写着“秦岭一号朱鹮群体临时保护站”，牌子上的字，是路宝忠亲手用红漆写上的。

坚持就地保护

在怎样保护朱鹮的问题上，北京专家和陕西专家的意见不尽相同。

北京专家认为朱鹮太珍贵了，需要全力保护，最好是易地保护。具体地说，可以向日本学习，把七只野外朱鹮全部捕获，送到北京动物园进行人工饲养，在保证朱鹮安全的前提下，使之不断繁殖。

应当承认，北京的专家说得很有道理。至少在当时，这是国际鸟类专家们形成的共识。他们认为在朱鹮物种极端危险的情况下，这是保护朱鹮最稳妥的方式。能够说明这一点的是日本的教训——从 1976 年到 1979 年，日本对野生朱鹮有过连续四年的野外救助，结果不仅没有使野外朱鹮起死回生，反而让野外朱鹮变得越来越少。这引起了国际同行们的高度重视，他们纷纷向日本政府建言，建言的内容几乎完全一致：立刻就地捕获，在人工饲养中进行繁殖。

值得一说的是，这些建言者都是动物保护方面的权威人士和权威机构。比如从事鸟类保护活动的 ICBP（国际鸟类保护委员会），比如总部位于瑞士的 IUCN（世界自然保护联盟），他们纷纷致信日本时任首相大平正芳，希望日本政府当机立断，尽快捕获野外朱鹮并开展朱鹮的人工养殖，以确保朱鹮物种在地球上不致灭绝。

但是陕西省林业厅森林资源管理处的许树华不同意。

许树华据理力争，他认为既然在姚家沟发现了朱鹮，就说明姚家沟的环境是适合朱鹮生存的，如果把其他方面的工作认真做好，完全可以就地保护。他进一步分析：姚家沟的生态环境非常好，有水有田有人家，而这七只朱鹮和日本抓捕归笼的六只朱鹮最本质的不同，是它们都青春洋溢、身体健康。两对朱鹮夫妻更是具有强烈的交尾欲和旺盛的繁殖力，因此不宜照搬日本模式。

两种观点针锋相对，争辩得很激烈。许树华身体本来就不好，就因为这件事情大病了一场。

所幸的是，陕西省林业厅支持了许树华的观点。

当几十年过去后，人们发现：多亏有许树华的坚持，也多亏有陕西省林业厅的支持，否则中国的朱鹮保护，不知要走一段多么漫长和曲折的道路！

无论是将朱鹮收归北京，还是就地保护，对刘荫增而言，他的任务都发生了一个巨大的转变。

此前，他的任务是寻找朱鹮。

如今，他的任务是保护朱鹮。

保护不是一句空话，它首先需要把朱鹮的生长史和生活史搞清楚，比如朱鹮每天的食物是什么？生命周期是多长？它的作息规律是什么？一天24小时中能够在巢里待多长时间？繁殖期结束后，朱鹮是不是还会继续建巢筑窝？如果不建，它们去哪里栖息？又以什么方式聚集？所有这一切，都必须搞清楚。一个非常现实的问题是：如果不搞清楚这些，朱鹮就无法进行科学和有效的保护。即使真的让北京动物园把朱鹮拿去人工饲养，也仍然要搞清这些，否则北京动物园的保护工作该从哪里入手？饲养员该给它们喂些什么？该怎样为它们建巢搭窝呢？

那一阶段，刘荫增和“四人组”面对的全是具体问题。

比如朱鹮到底是候鸟还是留鸟，就让他们困惑了很长时间。

此前所有的国际文献，包括中国学术文献的记载中，都认定朱鹮为候鸟，而且明确地指出它们有迁徙的习性。它们春季在亚热带北界的湿润地带繁殖，等秋季气候转凉，便奋翼南飞，在长江下游地区越冬，甚至继续向南，去食物更加丰富的福建和台湾岛过冬。

所有这些记载，都是经过反复观察才得出的结论。

问题在于，假若朱鹮真的是候鸟，就会给刘荫增等人带来一个非常现实的问题：如果姚家沟这几只朱鹮冬天飞走了，明年不再回来了呢？或者虽然回来了，却不回姚家沟了呢？真要是那样，不仅“四人组”的存在毫无意义，而且当下就应当把这七只朱鹮捕获起来，进行人工保护。

但是无论姚家沟还是金家河的村民，都众口一致地告诉刘荫增：不会走，绝对不会。红鹤嘛，又不是头一回看见。夏天的河渠里经常见到它，冬天的水田里照样见到它。放心，不管多冷，只要渠里田里不结冰，它都会去吃食，它不会走。

很巧的是，采访期间，有人为我们提供了《乐府诗集》中的一首诗，题目还是《朱鹭》，作者裴宪伯。

秋来惧寒劲，岁去畏冰坚。
群飞向葭下，奋羽欲南迁。
暂戏龙池侧，时往凤楼前。
所叹恩光歇，不得久联翩。

如果按这首诗歌所描述的内容判断，朱鹮确实是候鸟，冬天会走。

但是姚家沟的农民坚持认为，当地的朱鹮并没有“惧寒劲”和“畏冰坚”，更没有奋羽南迁。

难道，洋县的朱鹮是世界上众多朱鹮中独具特色的一支？

想来想去，最大的可能是由于地理、气候、觅食等诸多条件的不同，使得朱鹮在长期适应环境的过程中，逐渐培育出了不一样的习性，从而具有了不同的生理秉质。西伯利亚一带生存的朱鹮，不能不迁徙，否则冰封雪盖之下，它们去哪里寻找食物？而洋县的朱鹮，生活在得天独厚的环境和气候里。夏天太热，它们可以飞到海拔高一些的大树上去乘凉；冬天太冷，它们可以飞到海拔低一些的地方去御寒。不管在山上还是在山下，只要舒展翅膀，它们就能够从容地去觅食。这就使得它们不需要千里迁徙。

回过头来说王明娃。

连续多日，王明娃就像忠实的小卫兵，寸步不离地紧跟着刘荫增。他学着大人们，恭恭敬敬地把刘荫增叫刘老师。山区闭塞，生活单调，如今从老远的北京来人了，说话做事和当地人完全不一样，这对他的吸引力太大了。何况跟在刘荫增身边，每天都能看见新鲜事物，所以只要有闲时间，他就自觉地跑到刘荫增这边来。

这天一大早，他又来了，是气喘吁吁地跑来的。刘荫增搭眼一看他的表情，就知道有事。

果然，王明娃告诉他，有只小红鹤从树上掉下来了。

刘荫增吓了一跳，拔腿就往巢树跟前跑，老远看见树下正卧着一只小朱鹮。看见人来了，它很紧张，害怕地挣扎着，却始终无法飞逃，显然是翅膀受伤了。

刘荫增急忙将小朱鹮抱起，先周身察看，确认没有严重受伤后，做出了自己的判断：按出生时间计算，小朱鹮已经到了离巢出飞的时候，另外两只小朱鹮发育良好，已经开始独立飞翔，而这只小朱鹮显然体力较差，尚难单飞。可以肯定，它是在半飞翔半挣扎的状态下掉落在地上的，如果是垂直落地，它早就没命了。

刘荫增深知，鸟的体力好不好，首先取决于营养够不够。也因此，他要做的第一件事情就是喂它食物。经过这些天的观察，他对朱鹮吃些什么已经基本有数了。他问当地有没有青蛙、蚂蚱和其他昆虫。村民们纷纷点头说有。王明娃已经不等召唤，飞也似的跑去帮他抓来青蛙、癞蛤蟆和青虫，供刘荫增搅碎后拌在一起喂小朱鹮。

连喂几天，效果明显，小朱鹮恢复了活力。

刘荫增手头还有大量的工作要做，不能总围着这只小朱鹮转。他想了一下，以姚家沟这两只成年朱鹮现有的觅食能力，养活三只幼雏不大现实；如果就此松手，让小朱鹮返回巢里，很可能它还是无法存活。反复思考，他决定把它带下山。

刘荫增请老乡编了一个竹笼，把小朱鹮放在竹笼里，又在村里找了位向导。这一回他没有走马道梁，而是从大店、八里关那条路下来。八里关是乡镇所在地。刘荫增走进镇政府，通过手摇电话与县上联系，请县林业局火速派车来接他。

回到县上，刘荫增立即给陕西野生动物研究所打电话，想把这只小朱鹮送交他们喂养。

但是陕西野生动物研究所不敢接。

之所以不敢接，原因很实在："老刘，不是我们不想接，实在是没这个条件！朱鹮是稀世之宝，以我们目前的能力，无论经验、技术、设备、人手，都不可能完好地饲养它，我们担不起这个责任呀！"

刘荫增只好跟北京林业部联系。

林业部同样感到为难，提出最好和有饲养经验的北京动物园联系一下。刘荫增和北京动物园的人很熟，电话一打过去，对方立即痛快地答应说："好事情呀，拿到我们这里来吧，我们这里的条件肯定比西安好！"

又详细询问，小朱鹮现在都吃些什么？

刘荫增告诉他们：朱鹮是食肉性鸟类，他现在每天喂的是些小鱼小虾，再就是泥鳅。

对方多少有些担心：泥鳅它吃不吃？

吃呀，吃得挺香的。

对方很惊讶："这么贵重的鸟，你敢这样乱喂，胆子也太大了吧！"

刘荫增苦笑着回答："没办法呀。它天天都要吃，我哪能供得起大鱼大肉！"

又说："知道为什么喂泥鳅吗？因为泥鳅是所有肉类食物中最便宜的！泥鳅不好买，我每隔几天都专门要到汉中市区的自由市场上采购！"

让刘荫增没有想到的是，当时他喂小朱鹮吃泥鳅，是无奈中的选择，却意外地摸索出来了朱鹮非常喜爱的一种食物。后来无论在哪里人工饲养朱鹮，泥鳅都成了朱鹮必不可少的一道主食。

北京动物园来取朱鹮的是饲养班班长王德成和负责技术的李福来，两人都是养鸟专家。他们给这只小朱鹮取了个名字"华华"。

经鉴定，华华为雄性。

刘荫增计划着，待华华送到北京动物园饲养后，第二年争取再给他们送一只雌性小朱鹮，这样就可以凑成一对进行异地饲养。朱鹮数量这样少，迫切地需要保证它们的安全，也迫切地需要它们繁殖下一代。

此后的日子里，刘荫增每次回到北京，都照例要去动物园看望华华。

饲养员告诉他，华华的胃口非常好，一天能吃下六两泥鳅和蝗虫。闲来无事，它就待在特意为它绑起的栖木上，只有进餐时才飞下地。相处久了，华华很依恋饲养员，每天总是要定时和饲养员玩一会儿才肯进食。华华很聪明，只要饲养员做个手势或者发出信号，它就知道自己要做什么。后来，华华的故事还被人写成文章，选入北师大版小学四年级语文课本，题目叫《朱鹮飞回来了》。

护鹮四人组

如果说在寻找朱鹮的万里跋涉中，刘荫增是坚强的砥柱，那么在保护朱鹮的历史进程中，护鹮四人组就是涓涓流水的源头。

当我们在洋县见到护鹮四人组时，他们已经从当初的工作岗位上退下来，进入含饴弄孙的年纪了。

组长路宝忠是从朱鹮管理局副局长的位置上退下来的。他个子中等，性格温和，说话语气平缓，很有内涵。

组员赵志厚个头很高，容貌淳朴，是位大家公认的热心人。

组员王跃进则是四人中年纪最小的一位。他无忧无虑，脸上总是挂满了灿烂的笑容。

唯独陈有平在汉中照顾家人，未能应邀前来见面。

面对我们的采访，他们都很谦虚。他们说：他们做的都是很平常也很琐碎的事情，没有什么可说，更没有功劳可摆。闲坐之中，我们只好东一句西一句地问。提问中，我们发现他们都温和、厚道、真诚，这让我们很快变得无拘无束起来。海阔天广的闲谈中，话题不知不觉就回到了他们当初的生活和工作，也不知不觉就勾起了埋在他们心底的回忆。我们发现，他们逐渐活跃起来，话多起来。那一瞬间，仿佛心底的火种被点着，每一个人都激情燃烧且记忆深刻。

路宝忠是洋县五间村人，1978 年考入汉中地区农校，1981 年 1 月毕业后分配到洋县林业局。当时全国掀起了抢救和保护大熊猫等野生动物的热潮，为了培养自己的专业人才，当年3月，洋县林业局送他到西北大学生物系进修，学的就是野生动物管理学。

学习期间，恰逢中国在紧锣密鼓地寻找朱鹮。

西北大学存有一件朱鹮标本，老师在讲到朱鹮时，特意带他们到标本室参观。路宝忠知道国家寻找朱鹮的重点放在了自己家乡，所以特别上心。他围着朱鹮标本翻来覆去地看，一边看一边想，说不定自己回去后，也会和朱鹮沾上边。

令他遗憾的是：西北大学的朱鹮标本已经褪了色，只能从体型等方面给他留下一个大致的印象。

进修完毕，他回到洋县林业局，恰好碰到刘荫增从山上带下来那只掉巢的华华，于是路宝忠生平第二次看到了朱鹮。这一回他看到的不是标本，而是活体。

唯一让他遗憾的是，这不是成鸟，而是一只羽毛未丰的雏鸟。

20世纪80年代，尊重知识、尊重人才蔚然成风。路宝忠刚从大学进修回来，自然成了林业局的宝贝，何况他学的就是野生动物管理，于是洋县林业局顺理成章地将观察和保护朱鹮的重担交给他。同时为他配备了三名年轻人。其中赵志厚和陈有平与他同龄，都是27岁。王跃进最小，23岁。

虽然在西北大学进修时听老师讲过朱鹮，但是对朱鹮在国际鸟类中的地位，包括保护朱鹮的意义，路宝忠并不清楚。他是在和刘荫增接触以后，才一点一滴地懂得了许多，尤其是得知全世界仅剩这最后的7只朱鹮时，他在愕然的同时，也倍感压力。想想看，如果找到的是700只朱鹮，哪怕是70只朱鹮，情况都完全不同。唯其7只，保护的意义和承受的压力才空前巨大！

小华华被接往北京不久，刘荫增就赶回中国科学院汇报发现朱鹮的经过及相关情况，临走时，他反复叮嘱洋县林业局，务必派专人保护朱鹮，并说他会尽快回来。

于是护鹮四人组迅速行动。

要在姚家沟长期蹲守，首先需要知道那里的情况。

路宝忠决定自己先去一趟。

姚家沟地处马道梁北侧，每天一趟的班车只通到八里关镇。路宝忠坐班车到八里关镇下车后，先是步行走到大店村，请村主任张居存为他带路。两人先是走过一段比较高的山路，又顺着一条叫黑沟的峡谷朝前走。这里是著名的蜀道——傥骆道的必经之地。据说之所以叫黑沟，是因为辅佐刘邦的张良有一回从洋县出发，走到这里恰好天黑，故此命名。

是真是假，无从考证。

顺着黑沟朝高处走，中途有一个岔路口；再顺着岔路口的右手走，就走到了姚家沟。

那天，路宝忠只觉得草丛越来越深，山势越来越陡。他一边向前走，一边左右张望。他知道在陕西境内，经过多年猎杀后，那些凶残的大型猛兽已经不多了，虽然洋县山里仍会有狗熊和野猪，但他心里并不怕。

唯独对蛇，他有一种天然的恐惧。蛇的模样怪异，行动诡谲，令人感觉阴森森的。

他问张居存："这里蛇多不多？"

"这个季节有。"张居存说，"不过不用怕，我走前面。"他顺手折了根棍子，递给路宝忠，又自己拾起根棍子，边走边用棍子在脚下拨晃。这是山里人驱蛇的基本方法。

刚拨晃几下，草丛里就响了一下，张居存的身子本能地向后一闪。

路宝忠很敏感："有蛇？"

张居存点点头："对的，有条蛇。"

果然，草丛下蹿出一条很大的蛇，颜色斑驳，底色呈褐色，却又有白色和绿色的交混。路宝忠发现蛇长近两米，有手臂般粗细，听见人声，它迅速钻入草丛深处。

路宝忠心有余悸："蛇会不会跑到树上来？"

张居存一边安慰他，一边神态轻松地继续朝前走："一般不会，偶尔才会。"

他越是神态轻松，路宝忠心里就越忐忑。

山路逶迤，峰峦林立。按学术字眼，这里属于秦岭的中山区，但穿行在峡谷中，却完全是人迹罕至的深山区的感觉。到处是潺潺溪流，到处是野蜂狂舞，到处是遮天蔽日的大树，整个环境呈现出一种原始的状态。路宝忠心里感慨：能够在这样的地方发现朱鹮，太不容易了！

终于到姚家沟了，张居存告诉他：前面靠右手方向有十五棵大青冈树，红鹤窝就在其中的一棵树上。他抬脚继续往前走，又陡然停住：“快看，田里有只红鹤！”

果然，在大约一百多米外的稻田里站着一只朱鹮。

这是路宝忠第三次看到朱鹮。这一次他看到的是一只矫健而成熟的朱鹮。这只朱鹮不停地探嘴觅食，又展开双翅跳飞了一下。这一跳飞，路宝忠马上看到了双翅的颜色，粉红中带点儿橘红。

许多年后，路宝忠回忆起这一刻，仍然心情激动：“它那个颜色特别神奇，给人感觉在阳光下是闪动和变幻的，非常漂亮，一下子就把人吸引住了。后来我看到的朱鹮越来越多，特别在秋季，朱鹮灰色的羽毛褪掉以后，变成了纯白色和粉白色，夹杂着橘红，那种晶莹剔透的感觉，确实无愧于‘东方宝石’的称呼！”

那天，路宝忠发现这十五棵青冈树不仅高大粗壮，而且棵棵笔直，有一种凌空矗立的感觉。其中最大的两棵，要两个人手拉手才能抱住。他站在青冈树下，抬眼朝四周张望，心里有一股大战来临前的激动，更有一种不知从哪里入手开展工作的困惑。

三十六年后，路宝忠写下一篇文章，讲述了当时姚家沟和这十五棵大青冈树留给他的印象：

当时的姚家沟，基本上处于原始状况，植被覆盖率在90%以上。周围山顶林木高大密集，几乎无人采伐过。山坡中下部稍平缓的地方，有着村民们刀耕火种的痕迹。在山沟朝阳的半山腰里，有一片占地约一公顷左右的林地，林地内有一处光绪年间所修的苏氏墓地。墓地里两座坟头，一座坟头墓碑上还刻有“千里来龙归此穴，万代富贵在其中”的碑文。坟地周围生长着十五株百年以上的大青冈树。树高二三十米，胸径需两三人才能合抱。在寻常的日子里，农民和朱鹮似见非见，互不侵犯，谁也不干扰谁的生活。

那天路宝忠告诉张居存，他来姚家沟除了看朱鹮，更重要的是需要找一个搭锅做饭、能够住人的地方，他们要在这里长期居住。

张居存很痛快地说：“不牵扯。前两年姚振海家搬走了，留下三间瓦房，收拾一下就可以住人，锅台也是现成的。”

路宝忠便请张居存帮助找来木工，抓紧时间做了些木凳、床板、小饭桌以及做饭的案板等生活必备品。

1981年7月18日，“护鹮四人组”正式上山。他们背着被褥、衣服、蔬菜、粮食以及锅碗瓢盆，坐班车到了八里关镇，之后请乡政府农技员在当地找来一辆小四轮拖拉机，拉着他们继续往前走。直到前方无路了，大家才跳下拖拉机，去老乡家借来扁担，把东西简单地归整一下，一人一担地挑着上山。

走到半路，天就快黑了。

路宝忠在前面带路，由于一路聊天，结果在岔路口上没有向右手方向拐，而是径直向前走。走了好久，才发现不对，他急忙招呼大家停下，又细细地辨认了一下方位，领着四个人朝回返。

终于走进姚家沟时，天已经漆黑。万籁俱寂中，大家打着手电，踉踉跄跄地摸索着前行。总算摸到“家”时，个个腰酸背痛，连周边环境都顾不上扫一眼，把肩上的担子一甩，倒头就睡。

第二天早晨起来，四个人推开门，伸头探脑地朝沟里看。除了茫茫山林，再就是一片寂然。稻田和耕地零星可见，却寥落无人。偶尔响起一声鸟叫，声音回荡在山谷中，久久不息。

大家嘴上不说，心里都有些失落。

路宝忠看出了大家的情绪。

其实，在这样一个山大沟深的环境中工作，而且要在这里长期工作，他自己又何尝没有思想波动呢？只是，他知道他们三位都是林业职工的子弟，有两个还在林场干过，是吃过苦也耐得住寂寞的。何况，观察和保护朱鹮是国家的一件大事，总得有人来承担。如今轮上了他们，那就没话可说，只能埋下头干。

他带着他们一起去看朱鹮。

当王跃进第一眼看到朱鹮时，竟情不自禁地喊叫起来。原来他看到过朱鹮，而且比刘荫增看到得更早——金家河和姚家沟都依傍着汉王山。1980年冬天，王跃进在洋县林业局管辖的汉王山林场植树时，不止一次地看到了朱鹮。遗憾的是，那时他不知道这是朱鹮，更不知道国家正在寻找朱鹮。

王跃进说："这没办法。要怪只怪我没有早去看电影，要是我去看了电影，就轮不上何丑旦报告消息了。"

……

对四位年轻人来说，当时最重要的、几乎可称唯一的工作，就是保证朱鹮能够活下去。

为了保护好朱鹮，首先还是要搞好宣传。

他们反复告诉姚家沟的老百姓，绝不允许出现伤害朱鹮的事件，一丝一毫都不许。应当说，这件事比较好办。姚家沟的村民们非常淳朴，都全力配合。

其次要探索保护朱鹮的具体方法。

除了听取刘荫增等专家们的指导，他们还需要在实践中探索。比如朱鹮缺食物了，需要给它们补食。具体该补些什么食物，有时连专家也难以说清。这就离不开对朱鹮捕食的观察。

为了能够对朱鹮进行严密的观察和监测，却又不至于惊扰朱鹮，他们在坡上搭了个观察棚。每天有两个人守在棚里，通过望远镜对巢内情况进行全方位的监测，另外两个人就负责后勤及其他杂务。那时粮贸市场刚刚开放，远谈不上繁荣。他们每次出山办事时，总是在县城里买好粮食和蔬菜，再背到山上来。菜放的时间长了，容易坏掉。他们就在山上挖些野菜，搭配着吃饭。

日子像流水，简单而重复，却永不停息地向远方流动。那时候，他们是流水的起源，却看不到远方的归宿。

提心吊胆的日子

采访中，赵志厚和王跃进讲道，有时候他们忙不过来，只好雇村民晚上在巢树下守夜，按一晚上五毛钱的标准给村民支付看护费。

我们多少有些不解：不就是守在隐蔽棚里观察朱鹮的飞进飞出吗？怎么四个人还忙不过来呢？

后来才逐渐明白，事情哪里有这样简单呀！

朱鹮并不总是蹲在巢里，它们每天都要出外觅食，但是无论它们在巢里还是在巢外，都不能离开四人组的监护。困难就在这里，四人组需要保证朱鹮的绝对安全，却又没有保证朱鹮绝对安全的相应手段。

7月，小朱鹮已经出飞。他们密切地观察着小朱鹮跟着爸爸妈妈一起飞翔的情况。起初，小朱鹮从不飞高飞远，只在巢树附近觅食。但是7月过后，无论大小朱鹮都越飞越高，越飞越远了。他们没有别的保护方式，只能死盯死守和死跟死追。概括起来，可以归结为两句话八个字：人随鸟走，人鸟相伴。

那真是一段让他们跑疯了也累怕了的日子！

他们可以观察到朱鹮的出窝和起飞，却不知道朱鹮飞往哪里和飞出多远。偏偏这一切都不仅要知道，而且要跟上去监护，于是他们只能采取最原始的办法。朱鹮一拍翅膀，一道山梁就掠过去了，而他们则跟在后面，靠两条腿翻山越岭。鸟飞到哪里，他们就上气不接下气地跟到哪里。常常是他们筋疲力尽地终于追上时，朱鹮早已经吃饱了，正停靠在高大的树上打盹。

他们很快搞清了，游荡期的朱鹮生活很随意，经常夜不归宿和挪换地方，这就逼得他们也只好跟着朱鹮在外面过夜。有时候他们实在饿极了累极了，也困极了，只好花钱雇附近的农民帮忙监护，让自己腾出时间吃饭和休息。最恼火的是他们天黑跟着朱鹮跑回了夜宿地，也就近为自己寻找到比较理

刘荫增和他的助手们在自搭的简易棚内观察朱鹮的活动情况（胡迪生摄影）

想的地方住下，谁知第二天朱鹮心血来潮，抖抖翅膀又选择了其他地方去夜宿。他们气得张嘴直骂，骂得要多难听有多难听，一边骂，一边又乖乖地跟着朱鹮继续转移。

虽然辛苦，虽然劳累，但生活并不总是面红耳赤和气急败坏。

有时候，天蓝云白，和风拂面。他们站在山头，眼看着朱鹮悠然地飞出姚家沟，向东南飞到八里关，向西南飞到巨家坪和代家店，心里由不得感慨，朱鹮的习性果然如刘荫增所说，一是从不往更高处飞，而只是向低海拔地区去；二是活动范围总体是辐射状的，由小到大，由近及远。之所以这样，全部是源自觅食的需要。老话说，“民以食为天”。观察和监护朱鹮让他们懂得了：在这个问题上，鸟类和人类是一模一样的！

不久，刘荫增从北京返回洋县，又来到姚家沟。让大家振奋不已的是，他不仅带来了野外露营的其他必需品，还带来了一台收音机、一台发报机和对讲机。

那时的四人中，除过路宝忠属于体制内的干部，其他三人全是临时工。本来就根基不牢，看不见前途，再加上姚家沟闭塞而单调的环境，就更让他们多了一份居无定所的感觉。路宝忠能够明显地感觉出来他们的“活思想”，只是这些问题不是他能够解决的。

关键时刻，刘荫增发挥了主导作用。

刘荫增回到姚家沟后，除过带领四位年轻人观察朱鹮的习性，再就是给他们讲解有关朱鹮的知识，顺带着讲一些国际上保护朱鹮的信息。他的吉普车从北京开出时，专门装了一桶白酒和好些花生米。晚上没事时，他让年轻人燃起一堆火，给每个人的碗里都倒上一些酒，会不会喝都请大家抿上两口。在拥火而坐的相处中，他开始了独特的思想工作。

1981 年 10 月，日本环境厅长官鲸冈兵辅同中国国务院副总理谷牧共同确定了中日两国协力拯救朱鹮的友好意愿。刘荫增得知消息，端着酒杯鼓励四位年轻人：“听见没有？中日双方都这么重视朱鹮，你们好好干，只要朱鹮能够保护好，你们个人肯定有前途！”

又一次，刘荫增从北京回来。到达姚家沟的当晚，他就从行李中拿出一套新买的英语书籍《跟我学》，同时附有一整套磁带，叮嘱四个人学习外语。他告诉他们，据他所知，有关方面已经动议，将在朱鹮发现地组建相应的朱鹮保护机构，这就意味着会有办公室，会有小汽车。总之，面包会有的，牛奶会有的。而最重要的是，编制会有的。一旦有了编制，临时工就会顺理成章地转成正式工。

刘荫增告诉他们，由于国际上对保护朱鹮特别重视，今后中外交流的机会肯定很多。所以——"你们最好能学点儿外语，说不定过几年你们还要到国外去传授经验呢"。

大家听了，一阵愣怔，随后全笑起来。笑得很热烈，也很空洞，甚至很自虐。那时的他们，根本不信这些。他们都是最基层的劳动者，属于给朱鹮打杂、为朱鹮跑腿的。他们觉得，前景无比灿烂，但与他们无关。

时间就这样一天一天地朝前走。这年冬天，让他们最为庆幸的是，姚家沟这七只朱鹮毫发无损，得到了最好的保护。

1982 年来到了。

1 月下旬，他们观察到朱鹮头部和颈部的皮肤上分泌出一种黑色物质，朱鹮显然很重视自己身上出现的这些黑色物质，它们在水中洗澡时经常进行自我揉搓和自我涂抹。

不久，神奇的现象出现了。朱鹮背部和颈部在不断地揉搓涂抹中渐渐变成了灰黑色。再下来，两只成年朱鹮自觉地结束了在外的游荡，飞回姚家沟巢区，它们仍然在那棵大树上叼柴筑巢。每逢周边的喜鹊和乌鸦来窝里把树枝叼走，它们就锲而不舍地进行修补。

3 月中旬至 4 月上旬是朱鹮的产卵孵化期。四人组早已懂得了，对朱鹮最有效的保护，就是让它们在保证生存的同时，多多地繁殖后代。这是关键时刻，他们必须更加密切地关注着朱鹮的所有情况。

我们提问："对朱鹮的关注密切到什么程度？"

王跃进回答："就是不分时间，全天候地钻在棚里观察。"

“中午吃饭也留人观察吗？”

“当然要留。”

“每天要观察多少小时？”

“不能用小时说。春天和夏天、阴天和晴天的天亮时间是不一样的。”王跃进说，“反正每天天刚蒙蒙亮，我们就进观察棚。那时候鸟还没有醒来。然后天渐渐亮了，林子里有声音了，鸟也开始活动了。我们以能看清鸟为标志，一边观察，一边记录。一直到鸟飞出去，又到它飞回来，卧在巢里不动。天黑了，我们完全看不见它了，这才出棚。”

“天天如此吗？”

“当然。”

“那生活肯定很寂寞。”

“用寂寞形容不够。”

“应当用什么来形容？”

“我们想不出。这种日子，你一想就明白，天天重复。一模一样的过程，一模一样的内容，就是天天死守着鸟，牢牢地监护它，不让它出任何问题。”

“能做到不出任何问题吗？”

“做不到。”

“为什么？”

“我们能力不够。”

回答得那么坦率，一时让我们陷入沉默，同时心里隐隐泛出一丝感动。

“是哪些方面做不到？”

“我们知识有限，当时保护朱鹮的手段也有限。我们是用最原始最落后的手段在保护。”

“怎么理解这个原始和落后？”

“比如朱鹮病了，我们根本判断不出它得的是什么病，更不知道该怎么为它治病。再比如它拍拍翅膀飞走了，虽然我们没命地追赶，还是有追不上的时候。”

“那怎么办？”

“没办法。所以我们生怕出差错，每天都提心吊胆的！”

……

当朱鹮孵出幼崽后，为了更透彻地了解小朱鹮成长的习性和其他，他们趁成年朱鹮不在时，迅速爬上巢窝旁边的青冈树，用绳子把录音机吊上去，以便录下小朱鹮的啁啾声。这些声音往往包含着人类暂时还无法破解的、极其重要的密码。

不仅要观察，而且要记录。观察和记录都非常细致。比如朱鹮产完卵后趴在窝里是什么表现，成鸟卧巢时头部朝向哪个方位，巢里共产了几枚卵，每枚卵都是哪一天哪一刻产的，产卵后成鸟在巢里怎样活动，是否起来翻卵，每天会翻几次……事无巨细，逐一记录。直到天完全黑下来，他们才悄悄离开。

真正沉浸其中，他们才发现观察动物其实非常有趣。朱鹮和许多动物不一样，它们不是单纯由母亲来孵化幼雏，而是雌雄轮换着来。四人组要记录的是：两只成鸟轮流孵化间隔的时间，出外觅食的时间，包括雌鸟几点几分回来了，雄鸟几点几分出去了，一般它们都会飞往哪里，为什么喜欢去那里。如果是去那里觅食，都取回来了些什么食物。也包括它们最喜欢吃哪些水生物，最喜欢吃哪些旱虫。

千头万绪，无所不包。

经过 20 多天的孵化，雏鸟终于出壳了。它们绒毛稀疏，站不起来。需要朱鹮夫妇轮流给小宝宝喂食。他们又要记录：一天给小宝宝们喂了几次？喂食是按什么顺序进行？比如有三只雏鸟，他们就将其按产卵和出壳先后分为老大老二老三，并且认真记录每次给老大喂了几口，给老二喂了几口，给老三喂了几口。他们惊奇地发现，一旦工作做细了，就会有许多他们从来不知道甚至从来没有意识到的问题。比如老大由于出生早，发育得照例比弟弟妹妹强壮，于是强壮的老大就总是抢食吃，除非它吃饱了，或者成鸟不理睬它了，它才安静下来。这样一种争抢的结果是老二、老三的进食量明显要比它少。而老大越是强壮，就越会争食；越会争食，就越发强壮。渐渐地，他们摸出了规律：一窝幼雏，身体的强壮程度基本上可以按老大、老二、老三来排序。他们也总算明白了，为什么每窝小朱鹮最多只能成活两三只，物竞天择的自然法则，在四人组面前展现得淋漓尽致。

经过 40 天左右的哺育，小朱鹮开始扇翅飞翔了。这时候他们必须格外小心。雏鸟初飞，一不小心就会跌落，会摔伤甚至摔死。为避免悲剧发生，他们干脆在树底下拉开一张防跌的尼龙网。

等雏鸟会飞了，朱鹮的繁殖期也就结束了。朱鹮繁殖期是四人组最忙的季节，在这个季节里，他们数月不能回家。如果他们需要采买日常生活用品，就用电台通知下面的人，下面的人买好后，用车送到山脚下，再由他们或者请姚家沟的老乡背上来。

他们注意到，金家河那对朱鹮夫妇显然对那里的环境犹存余悸。在姚家沟朱鹮繁殖期间，金家河那对朱鹮也曾想来做窝，但是遭到了姚家沟朱鹮的奋起驱逐，最终对方只好飞往马道梁筑巢。谁知马道梁的干扰还是太大，于是它们又飞往南长沟的一棵大树上筑巢。由于来来往往的折腾，筑巢被推迟了一个月，1982 年这对朱鹮仍然没有繁殖成功。

姚家沟山高沟深，气候较冷，加上水田不多，无法保证朱鹮越来越多的食物需求。刘荫增就指导四人组从山下买来泥鳅，往沟溪和水田里投放。一开始他们没有经验，是往流动的溪涧中投放，结果泥鳅很快顺着溪水流跑了，没跑的也钻进石头缝里，使朱鹮无法啄食。有了教训后，他们才知道给朱鹮投放泥鳅要细心，要让朱鹮能够方便和安全地啄食。为了防止阴雨天泥鳅运不上来。他们还专门修了泥鳅储养池，为朱鹮预存食物。

第三年，姚家沟这对朱鹮又孵出了三只雏鸟。虽然已经在水田里投放了泥鳅，但他们仍然担心食物不足，经过反复观察，他们发现那只最小的雏鸟果然无力拼抢食物，以致身体孱弱。几经商议，他们下决心将这只雏鸟取下来，由王跃进负责饲养。为了避免这只雏鸟被猫狗伤害，他们将它放进用竹笆搭起的一个“空屋”。空屋的中央用细铁丝悬空挂起一根木棒。晚上，雏鸟就栖息在木棒上。

回望他们保护朱鹮的心路历程，王跃进说的那四个字最确切：提心吊胆！

1982 年，朱鹮的数量由七只增加到十一只。如果减去送到北京动物园的华华，在洋县生存的还有十只。但是遗憾，十只很快就变成了九只，其中一只朱鹮在飞往低海拔区觅食时，被人猎杀了。

1983 年，姚家沟这对朱鹮又繁殖出三只小朱鹮，这使得洋县朱鹮的数量迅速增长到十二只。正当大家心情振奋之际，一场突如其来的疾病夺去了两只小朱鹮的生命，在洋县野外生存的朱鹮又迅速降为十只。

屈指细算，呕心沥血地保护了两年，野外朱鹮的数量总共增长了三只。平均每年增长一只半。

任何人都看得出，照这样下去，不谈种群的恢复，只说朱鹮的存活，就极端危险。

两年的观察，使他们对朱鹮了解了许多，也使得他们能够针对朱鹮的现状，向上级部门提出自己的建议。这些建议简单而朴素，都是从实践中获得的。

一、要想让朱鹮多产卵多育雏，就要在朱鹮繁殖地设立食物投放基地，以弥补自然界食物的不足。

二、加快朱鹮的繁殖数量，不能仅靠野生朱鹮。必须两条腿走路，要采用自然繁殖和人工养殖两种方式。

三、要抓紧筹建人工饲养场。起码要让那些受伤生病或者由于其他原因而奄奄一息的朱鹮得到及时救治。

姚家沟的老乡们

四人组在姚家沟的日子是清苦和单调的，也是温暖和丰富的。

姚家沟夏季雨水多，而且持续时间长。往往河里一涨水，就断绝了交通，也断绝了他们的食物源。没有粮食和菜吃问题不大，可以和老乡互济，但是其他问题就不好解决了。比如电池没电了，煤油灯没油了。再比如刘荫增的烟瘾很大，一天要抽两包。有时候他一个人抽烟嫌不够劲儿，还顺手给四位年轻人发烟。烟抽完了，路又断了，王跃进只好到老乡家里要些烟叶，放进锅里炒一下，用报纸卷起来继续抽。有时候连烟叶也没有了，就把地里的黄豆叶子晒干来抽。

我们都笑起来。

用黄豆叶子当烟抽，闻所未闻，这同时说明烟叶并非真正有独特的、令人不肯放弃的味道。在很大意义上，将香烟夹在手上，叼在嘴里，吞云吐雾，细品慢咂，只是一种长期重复后养成的习惯。

王跃进也笑了："是这样，是这样的。"

1982 年 7 月，洋县持续下雨。山上没盐吃了。平素在大家的心目中，最重要的始终是吃粮和吃菜问题。真正没盐吃了，才发现它同样不可或缺。熬了十天半月，大家觉得饭菜实在没味道，再这样吃下去，连精气神都要吃没了。

王跃进年纪最小，体力又好，照例由他去买盐。

正常状态下，他可以走北路。北路不光距离近，而且是下坡。也正因为是下坡，所以一路上要跨过几条溪流。这些溪流平素清澈诱人，但是雨水一聚，就成了咆哮的洪流，根本无法蹚涉。王跃进只能朝不聚雨水的高处走。他先是顺着上坡路攀到山梁，又顺着山梁走到巨家坪和金家河，之后顺着马道梁和汉王山直奔贯岭梁。在贯岭梁买到盐后，从原路返回姚家沟。

算下来，当天他至少走了 30 公里。

去的时候，只顾闷头赶路，没有觉得什么。回来的时候，心里安定一些了，也就能够腾出精力左右张望了。这一张望，才发现群山空寂，大雨滂沱，他独自一人，走在幽静而原始的山谷中，多少有些害怕。

越走心里越虚，干脆拔腿猛跑。

40 年过去，王跃进仍然记得，那一回他除过买盐，还为刘荫增买回来几盒香烟，是"恒大"牌的。

山里没有电，对外联系全靠刘荫增从北京带过来的那台小功率电台。这种电台是陕西宝鸡市烽火无线电厂生产的。有一部脍炙人口的电影叫《英雄儿女》，电影中有位勇敢的战士王成，在硝烟弥漫的战火中，王成手持报话机拼命吼喊："向我开炮！"他背的就是这种电台。这种电台比较轻便，但是蓄电能力不足。山上没有电瓶，电台无法充电，所以保存电量就特别重要。为了省电，四人组和山下的基地约好了，每天早上八点准时开机，有事抓紧说，说完就关机。如果有要紧事需要继续联系，那就事先约定好下一次的开机时间。

忙忙碌碌中，时间过得格外快。

三年过去，让四位年轻人内心不舍的，是刘荫增要回北京了。

此前，刘荫增也常回北京，但回去时间短，回来时间长。如今要颠倒过来，他的大部分时间将留给北京，偶尔才能来一次姚家沟了。

所有人心里都空落落的。

三年的相处，刘荫增事实上已经成为他们生活和工作的主心骨。从1981年他们初次相见开始，刘荫增就手把手地教他们，怎样观察朱鹮，怎样做好记录，怎样饲养受伤的小朱鹮，怎样训练小朱鹮学习飞翔……正是有了这样一位可亲可敬的老师，四位年轻的护鹮人才一点一滴地知道了朱鹮的生态习性；才不知不觉中具备了独立解决朱鹮保护中各种问题的能力。多少年后，路宝忠回忆起当初的情景，仍然十分感激。他告诉我们：任何一项事业的铸就与发展，都离不开领路人。朱鹮保护事业之所以走到今天，与刘荫增带领他们在姚家沟日夜实践，不辞劳苦地为他们指点迷津是分不开的。

路宝忠说：“刘老师是我们事业的领路人，是我们的启蒙老师！”

在姚家沟驻守，经常出现两种情况。

一种是朱鹮常常飞得不见影子，这导致跟踪观察的人手非常紧张。有时候，人员都分派出去，孤寂的姚家沟就只剩两个人，甚至只剩一个人。这时候再出现什么需要做的事情，就只能去找老乡帮忙。

二是在山里观察保护朱鹮，除了要防止被蛇虫咬伤，还会出现一些意想不到的问题。在各种各样的问题中，最难办的是有人突然生病。

赵志厚对此感受最深。

赵志厚平时爱看书，加上在日常生活中勤学善思，所以懂得不少医药知识，每当碰上这样的事情，他都要披挂上阵。他自嘲：“没法没法，那时候条件差，不上也得上。老话说：‘蜀中无大将，廖化当先锋。’姚家沟是山上无郎中，由我充大夫！”

1988年，刚从西北大学生物系毕业的席咏梅到姚家沟实习。晚上赵志厚已经睡着了，突然被敲门声惊醒，原来席咏梅生病了，很难受。当时王跃进和新来的员工雍水生去三岔河守护朱鹮。其他人或者休假，或者执行其他任务去了，姚家沟只剩下赵志厚。

看见席咏梅表情痛苦，赵志厚急忙问是怎么回事？席咏梅把不舒服的症状告诉他。赵志厚马上明白了，显然，席咏梅对姚家沟观察点的情况不熟悉，误用了没有烧开的水，染上了急性痢疾。

问题是半夜三更，无医无药，该怎么办呢？

从表征上判断，席咏梅的身体已经相当虚弱了。赵志厚明白，病人在这种情况下，最忌讳脱水，于是他先跑进厨房，点亮煤油灯，快手快脚地架柴烧火，再一碗一碗地端水给席咏梅喝。

整整一夜，赵志厚没敢合眼。

天终于亮了。

八点一到，他准时用电台跟单位联系，请单位立即派车进山，尽快送席咏梅到县医院去。

刚关掉电台，又觉得不对。汽车从县城上来需要好几个钟头，即使司机用最快的速度赶到，也要在中午 12 点以后了，届时再掉头送病人去县医院，又需要多少时间？

对体质虚弱的席咏梅来说，能撑得住吗？

想了想，他从本子上撕下一张纸，把席咏梅的症状写在纸上，又把他个人对病情的判断也写上，末尾还专门注明供医生参考。

一切完成，他起身朝门外走。一条腿刚迈出门，又陡然停住。

这可是人命关天的大事呀！

虽然他相信自己对席咏梅病情的判断八九不离十，但自己毕竟不是医生呀！生活中许多事情都因素复杂，变幻莫测，何况面对突如其来的病情，自己到底有没有把握？有多大的把握？

那一瞬间，他进退维谷，百般犹豫。

就这样在门口呆立了一会儿，他一咬牙，走出门，对着山谷低处的农舍扯亮嗓子喊叫。

很快，一位老乡气喘吁吁地跑上来，问有什么事。

赵志厚将纸条交给他，三言两语地讲明了情况，请他立即下山，到乡卫生院找到医生，让医生开些药。

他说："要快！要快！"

老乡二话不说，接过纸条，扭身就跑。

再下来，是一段漫长的等待。之所以说漫长，是因为席咏梅由于脱水而导致急性休克，已经昏过去一次了。

赵志厚心急如焚。他没有别的选择，只能继续给席咏梅喂水。

三个小时后，老乡满头大汗地回来了，医生按照赵志厚描述的症状给席咏梅配了药，赵志厚急忙让席咏梅服下。

当天下午，席咏梅的症状便明显减轻。

至此，赵志厚才长长地吁了一口气。他通过电台向站上汇报了情况，同时约定地点，这边请老乡把席咏梅背下山，那边在约定的地点来车接应。

诸如此类的事情，绝非一件。

随着岁月朝前走，护鹮人对姚家沟有了更多的了解。

姚家沟共有 35 亩水田。

他们发现：正是有了这 35 亩的水田，再加上周边有良好的植被和高大的树木，才有了朱鹮在这里的筑巢繁殖。春夏秋三季，朱鹮可以在稻田及其周边的溪流湿地觅食。即使到了寒冷的冬季，由于稻田翻犁后蓄有水，田里同样能够成为朱鹮越冬的觅食地。可以说，种种天然的因素，使这里成了朱鹮最安全的庇护所。

他们发现，姚家沟的老乡非常厚道和淳朴。在没有告知他们朱鹮的珍贵之前，他们同朱鹮和睦相处，从不残害朱鹮。一旦得知朱鹮是珍贵的鸟类，他们更加自觉地善待朱鹮。即使自家稻田里的秧苗被朱鹮踩倒在泥里，他们也毫无怨言地重新去扶直或者补栽。当告诉他们务必保护朱鹮筑巢的大树时，他们就不再砍伐一棵。为了给朱鹮创造一个良好的生态大环境，他们甚至减少了生活中必需的砍柴频次……所有这一切，像点点滴滴的山泉，不仅浸润和温暖着这对朱鹮夫妇，而且浸润和温暖着四人组。之前，这对朱鹮夫妇在这里筑了多少年的巢，他们不清楚。但是此后整整十多年的时间里，这对朱鹮夫妇年年都在这里愉快地筑巢，幸福地孵卵。不能不说，是姚家沟父老乡亲的厚道和淳朴，滋养着它们，庇护着它们，也吸引着它们。

在心存感激的同时，四人组也用实际行动来回报乡亲们。起初，他们帮老乡种木耳，种香菇，又从山下买来板栗帮助他们嫁接苗子，想扶持他们发展经济林木；后来又向省林业厅申请，帮助这里建起一座小水电站，以解决他们的粮食加工和照明问题。

当时的姚家沟，由于环境闭塞，学龄儿童少，以致刚刚办起的小学校维持不久就停办了。这些儿童年龄最小的六岁，最大的也不过十岁。他们只能去山下的大店村小学上学。而这，就必须每天往返几十里山路。碰上下雨天，河水上涨，无论时间还是安全都无法保证。

有村民找到四人组：你们都读书识字，能不能帮村里办起小学呀？

问题提出得很突然，四位年轻人都有点儿措手不及，但是大家坐下来商量后，觉得这能够实现。

事不宜迟，立即行动。

经过与八里关中心小学联系，四人组决定在姚家沟就地办一个以朱鹮命名的小学校。具体事宜交由赵志厚负责，并由他兼任“校长”。他们向上级申请了资金，帮助姚家沟整修教室，置办桌凳，买齐教材教具，又在现有的人手配置上，聘请来一名叫魏志霞的专职教师，其工资由朱鹮保护观察站全部承担。

1984 年 9 月 3 日，姚家沟“朱鹮小学”正式开学。

说来也巧，共有七名学生。

七只朱鹮，七户人家，七名学生，似乎冥冥中自有天意，将所有的美好和融洽都集中在一起了。至今，四人组还牢记着这七名小学生的名字，也牢记着他们求知若渴的模样。这些小学生坐在同一间教室里，却分为三个年级，由老师分别上课。姚家沟交通困难，专职教师无法全天候地任教。每逢出现空缺，赵志厚就顶上去。他不光教语文和数学，还教美术和音乐。

由于他身上还肩负着观察和保护朱鹮的重责，也就不能完全按照正规的上课时间授课。好在学生就在跟前，什么时候有时间了，隔空里大喊几声，孩子们就坡上坡下地全跑来了。

许多年过去后，路宝忠、赵志厚等人仍然挂念着这些朱鹮故乡的孩子们。他们告诉我们，这些孩子后来都走出了大山，都长大成人并成家立业了，像展翅翱翔的小朱鹮一样，他们同样飞出了大山，飞向了属于自己的广阔天地。

夜奔三岔河

1983 年 3 月 14 日，“洋县朱鹮保护观察站”[①] 正式成立，它取代了“秦岭一号朱鹮群体临时保护站”，成为洋县林业局下属的正式机构，也有了正式的人员编制。

对赵志厚、王跃进等人来说，这是天大的喜讯。这不仅意味着他们从“临时工”转为“正式工”，而且意味着保护朱鹮的工作迈上了新台阶。

4 月，雍水生调入朱鹮站。

6 月，柯立调入朱鹮站，负责管理电台。

11 月，翟天庆调入朱鹮站。

就这样陆陆续续调人，朱鹮站很快由最初的四人增加到七人。

朱鹮数量增长得极其缓慢，它仍然处在一个极小种群的维持阶段，也仍然处在一种濒临灭绝的极危状态。这一年 5 月下旬，又一只小朱鹮从姚家沟的巢树上掉下来，彼时刘荫增还长住姚家沟，他带着大家紧急抢救并进行人工饲养。小朱鹮在养了两个月之后，最终还是死去了。

当时，每死亡一只朱鹮，县林业局都必须第一时间向省林业厅报告，省林业厅又必须第一时间向国家林业部上报。省野生动物管理站站长许树华得知消息后[②]，立即派刚入职不久的常秀云前往洋县调查。

① 以下简称朱鹮站。

② 1982 年，许树华被调往陕西省林业厅新成立的野生动物资源管理站（以下简称动管站）工作。

常秀云是坐火车前往洋县的。到达后，由路宝忠领着去姚家沟。那时常秀云还是位年轻姑娘，但她是代表省厅来检查工作的，朱鹮站的人不说望而生畏，起码不敢怠慢。

常秀云一边认真核查小朱鹮的死因，一边和大家朝夕相处。她性格开朗，很快就和大家处熟了。拥火而坐的聊天中，大家才知道了，她也是从洋县考出去的大学生。

在姚家沟，常秀云对小朱鹮的尸体进行了防腐处理，之后带回西安。请专家做尸体解剖和病理解剖。待鉴定结果出来后，她再根据鉴定结果写调查报告上交国家林业部。

那是她第一次走进姚家沟，也是她第一次和朱鹮零距离接触，此时距离她大学毕业还不满一个月。

在最困难的日子里，也有好消息传来。

1984 年 4 月 23 日，窑坪乡政府给朱鹮站打来电话，说该乡三岔河村发现了一处鸟巢，据种种迹象判断，很可能是朱鹮巢。由于他们不懂专业，所以请朱鹮站的人去确认。

当天王跃进和雍水生就迅速赶去。

姚家沟和三岔河相距二十多公里，王跃进和雍水生连续翻过两座山梁，来到一个叫木家河的地方。暮色降临，他们问路旁的村民离三岔河还有多远。村民回答不远了，再朝坡上走，有个竹垭梁，上到竹垭梁顶，靠右手下去就是了。

又叮嘱他们：梁顶上说是有路，其实也没有路，总之，很难走。再就是这一带有黑熊和野猪，走夜路要小心些。

两人连声感谢，继续上路。

月明星稀，风寒声寂，两人只顾闷着头朝梁上走，直到登上竹垭梁，才明白这里为什么会起这么个名字。竹垭梁上密密麻麻地长满了竹子，这些竹子又高又大，遮天蔽日，使得整个环境都黑黝黝的。偏偏黑黝黝的竹丛深处，幽幽散散地透出一股诡谲的气氛，这使得他们多少有些害怕。为了壮胆，他们干脆一路走一路扯开嗓子喊叫。长期蹲守在山里，他们知道野兽其实也怕人。

就这样走出十几里，总算到达了三岔河。天黑成一团，好不容易看见一户人家透出光亮，他们急忙上前敲门，一打听，这里是三岔河的廖家沟，户主就姓廖。

雍水生问主人："你们这里有朱鹮吗？"

主人莫名其妙地看着他："你们是干啥的？"

雍水生说："我们是朱鹮站的，是专门来找朱鹮的。"

主人听不懂："朱鹮是啥？"

雍水生急忙改口："红鹤，就是红鹤。你们这里有没有红鹤？"

主人摇头："没有。你们找红鹤干啥？"

"这鸟金贵。"王跃进插上解释，"我们是专门来寻找这种鸟的。"

主人大瞪着眼睛诧异："黑天大夜来找鸟？"

"是呀，专门来找鸟。"

主人还是难以置信，上上下下地打量了他们半天，突然笑了："行了，进来歇脚吧。还找什么鸟呀，你们自己就是两只怪鸟！"

当晚两人住在了廖家。

山区很少去人，山民待客特别热情。主人把儿子结婚的新被子都拿出来让他们盖。

第二天一早，廖家人给他们做好了早饭。王跃进和雍水生一边吃饭，一边继续打听，却仍然没有线索。

想了想，他们换了个角度问："你们这里有没有大树？"

廖家人说："大树当然有。多了。"

"特别大的树，尤其是青冈树，有没有？"

"有呀。"廖家人说，"有一个老坟山，长了不少大青冈树。就是远了点儿。"

"有多远？"

"四五公里吧。"

“哪条路可以走到？”

主人便详细地为他们指路。

两人再不多问，匆匆吃完饭，放下碗就往老坟山赶。

果然，老坟山上有不少百年大树，和姚家沟那片坟地的环境很像，只是树更多。这些青冈树排得很密，枝杈交错，光影恍惚。他们不敢懈怠，耐住性子逐棵查看，不久就发现一棵青冈树上筑有鸟巢。

细细看，这鸟巢和姚家沟的鸟巢还真有几分相似。

两人劲头陡增，攀高就低地寻找各种观察角度，很快就发现了巢里有两只朱鹮成鸟。

让他们惊喜的是，几乎在看见成鸟的同时，他们又看见了雏鸟。

雏鸟有四只！

那一瞬间，他们呆住了。

天哪，这完全是意外收获，惊天喜讯！

他们屏住呼吸，静静地观察着。四只雏鸟都毛茸茸的，看起来像四只小灰鸡。它们时而张着小嘴，时而扭摆身躯，一副“嗷嗷待哺”的萌态。

此时此刻，王跃进和雍水生的思绪由于激动而紊乱，也由于激动更清醒。他们是日夜值守在保护朱鹮第一线的工作者，他们最清楚这窝朱鹮的出现意味着什么。这不仅意味着今年朱鹮雏鸟的数量又增加了四只，更意味着除姚家沟以外，整个洋县——不，不是洋县，是整个中国，是全世界又出现了第二个朱鹮巢呀！

多么喜人！多么惊人！

让人哭笑不得的是，当他们激动完毕，走进老坟山附近的农家问农民：“你们这里有红鹤吗？”得到的回答竟然高度一致：“没有呀！”

他们不死心：“就是那种白身子、红羽毛的大鸟。”

老乡们还是回答：“没有。没有这种鸟。”

这让他们万分诧异。

什么叫视而不见？什么叫充耳不闻？他们算是见识了。

此时的朱鹮，正处于繁殖期，不能出现任何差错。他们找到村干部，请求帮他们找个地方住下，他们要住在这里就近观察和保护朱鹮。村干部很热情，很快就腾出一间原来生产队的仓库，让他们权当住房。

从此，王跃进和雍水生就和在姚家沟一样，每天一早去老坟山观察和保护朱鹮，直到天黑才返回。观察工作照例做得很细，不仅观察朱鹮本身，而且观察周边的环境。他们注意到，就树木的粗壮和高大而言，老坟山这些青冈树和姚家沟的青冈树极其相似，显然，朱鹮在这里营巢绝非偶然。一句后话是，直到36年后我们采访时，他们仍能准确无误地告诉我们，老坟山的青冈树一共有38棵。

一边观察和保护朱鹮，一边不停地琢磨：这窝朱鹮究竟是从哪里来的呢？有没有可能是在姚家沟那七只朱鹮之外，又出现了新群体？

这个想法太激动人心，也太诱惑人了！

但是想来想去，这种可能性不大。他们曾经跟随姚家沟的朱鹮跑遍了它们飞往的地方。一边跟着它们跑，一边细细地搜寻和观察，连续三年的跟踪和搜寻，从来没有发现任何朱鹮新群体的线索，连蛛丝马迹都没有。

冷静地梳理下来，三岔河这窝朱鹮的出现只有两种可能。

第一，这是金家河那对朱鹮。

1981年金家河章老汉家屋后的朱鹮巢窝被伐树毁掉后，1982年它们没有在金家河筑巢，而是去巨家坪产卵了。虽然最终未能孵出雏鸟，但树下掉落的一只破碎的蛋壳被保护站的人捡到了。1983年，这对朱鹮重返金家河筑巢，由于那片树木中有乌鸦和喜鹊不停地骚扰，仍然未能遂意。根据观察，1984年它们没有去金家河筑巢。可以认为，它们是到这里来了。

第二，这是姚家沟1981年繁殖出来的雏鸟。三年时间，雏鸟长大了，性成熟了，开始在这里配对繁殖了。

采访中，王跃进不无遗憾地告诉我们：截至今天，这对朱鹮究竟来自何处，仍然是一个谜。后来的研究表明：朱鹮只需一年，身材就完全长大，两年就性成熟，此时仅用肉眼观察，根本分不清是成鸟还是三年前的雏鸟，所以只能猜测。

赵志厚补充说：当时中国保护鸟类的技术手段很落后，根本没有给朱鹮戴环志的先例。如果像现在，每只朱鹮都佩戴环志，一旦出现类似情况，立即可以寻根溯源，每只朱鹮的来龙去脉，会搞得一清二楚。

“青青”的故事

在三岔河一住就是十天。

5 月 4 日上午，当王跃进和雍水生照例在巢树下观察朱鹮时，突然出现了意外——朱鹮妈妈回来为雏鸟喂食，四个宝宝你争我抢，结果将最小的那只雏鸟挤出巢外，从三十多米的高处掉落下来——这种掉落如果发生在十天前，雏鸟注定会被摔死。但是谢天谢地，此时的小朱鹮已经出壳二十多天了，具备了起码的扇翅能力。千钧一发之际，它拼命扇动稚嫩的翅膀，使得身躯在掉落的过程中减缓了坠力，也在挣扎的扇动中碰触到树枝，进而形成了阻力，最终避免了垂直坠落。

王跃进和雍水生看见这只小朱鹮掉在地上挣扎，立即跑上前抱起，又认真地检查了一下周身，发现它除过翅膀摔折，其他没有什么大问题。

两人第一时间就向站上报告。

但是遗憾，时间已过了 8 点，站上的电台已经关机。

只能自己拿主意。

附近住有农户，最简单也最合理的办法是把小朱鹮抱到农户家去饲养。但是真正抱着小朱鹮往农户家走时，他们突然意识到不妥——农户家养的有鸡，鸡和朱鹮属于同类，一旦鸡染上疾病，就会很快传染给小朱鹮。何况农户家还养的有狗，狗对它不熟悉的物种，尤其是朱鹮这一类型的物种，具有特别强烈的攻击性。

怎么办？

抱到他们临时居住的仓库去？

问题是他们白天根本不在仓库里待，小朱鹮在那里会得不到照顾。而且仓库的环境和巢树周边的环境区别太大，真要把小朱鹮抱到那里，它很可能会惊惶不安，会不顾死活地乱飞乱撞。

想来想去，最理想的环境只能是就近。

他们很快找来一只大筐，先用筐将这只小朱鹮倒扣在巢树下，以避免它逃走和遭到其他动物的侵袭，又动手在巢树下为自己搭建简易窝棚。搭窝棚时，让他们为难的是两点：一是那天正好下雨，四处湿漉漉的，搭窝棚很不方便；二是巢树坐落在老坟山杂乱的坟堆里，农民纷纷劝他们不要在这里搭窝棚，说阴气太重，有鬼。

但是他们没有别的选择。

由于下雨，也由于匆忙，所以窝棚搭得很简易。搭好窝棚，天已经漆黑。一旦歇下手静下心，周围溪水的流淌声突然就变大了，再就是山谷里不时传来那些不知名的怪兽嚎叫，令人心悸。窝棚是用树的枝条搭起的，漏风渗雨，十分狭窄，他们只能蜷缩着躺卧。尽管他们都是整天在山里跋涉的青壮汉子，但是在漆黑的半夜里，在这样一种凄风苦雨中，仍然难以入睡。

就这样半坐半躺地熬过了一夜，总算盼来了天明。

天一亮，精神头儿就来了。他们准时打开电台，向站上报告情况。在征得站上的同意后，他们请来附近的老乡，扛椽架板地重搭窝棚。这一回材料齐全，时间充裕，窝棚也就远比昨天搭得讲究。他们先是在四棵大青冈树之间的空地上栽下桩子，之后在距离地面一米左右的高度铺架木板，用木板搭起一座悬空的窝棚。由于窝棚的面积比昨天的大，他们将受伤的小朱鹮也放在窝棚里。

一切就绪，他们又请老乡捉来泥鳅，开始人工喂养小朱鹮。

起初，小朱鹮面对着全新的环境，只知惊惶躲闪，根本顾不上吃食，他们就捉牢小朱鹮，细心地把它的嘴掰开，将泥鳅直接放进它的嘴里。为了保证小朱鹮能够有效地消化，他们秉持着少食多餐的原则。

几次以后，小朱鹮接受了这样一种喂养方式，每当两人给它喂食时，它不再激烈地挣扎，而是乖顺地让他们掰开嘴。

一切步入正常后，他们开始给这只小朱鹮起名字。几乎不用商量，他们就一致同意把它叫“青青”。小朱鹮是 5 月 4 日从树上掉下来的，这天是五四青年节。从“青年节”开始喂养的小朱鹮，一步一步走向更加美好的青春，“青青”这个名字，既有活力，又具寓意。

青青的情况被迅速报告到省林业厅，之后迅速报告到国家林业部。

彼时北京动物园只有孑然一身的华华，得知青青坠地的情况后，北京动物园感觉和华华的情况如出一辙，他们热切地希望将青青交给他们饲养。

林业部同意了他们的请求。

王跃进和雍水生得知消息后，一如既往地呵护着青青。为了让它的身体尽快恢复，他们还特意用树枝和竹笆在巢树下扎起了一片空场。这片空场将近300平方米，其中还有一片水塘，青青可以在其中尽情游乐和觅食。他们发现，青青在这里生活得很快乐也很安心。有时候，青冈树上的爸爸妈妈也会飞下来，一边为青青抚羽，一边为青青喂食。

日子就这样一天天朝前走。

令王跃进和雍水生不安的是，直到5月底，北京方面一直没有来人。他们通过电台，向站上问过两次，站上又向省厅询问，但始终没有得到确切的答复。

随着青青的翅伤逐渐恢复，它已经越来越活跃。眼看着喂养和管理的难度越来越大，王跃进和雍水生开始犯愁了。青青活泼好动，而且正处在蓬勃的生长发育期，总不能再抓来扣在大筐里。

该怎么办呢？

拿不出主意。

拿不出主意，两人就不约而同地对青青采取了一种"放纵"态度。这一来，青青很快就和父母兄妹们泡在一起，又艰难地展开翅膀，跟随着它们到近处的稻田去玩耍和觅食。

6月初，这是陕南农村最忙的季节。小麦要收割，水稻要插秧。王跃进家在汉中市南郑县草堰乡，距离洋县60多公里。由于家中缺乏劳力，每年农忙他照例要请假回家干活。

头天风尘仆仆回到家，第二天就下地插秧。

正插着秧，有小车开来。原来是站上联系不上他，专门派车来接他回去。来人告诉他：北京动物园的人来了，要带走青青。可是青青已经回归自然，现在其他人根本没有办法，所以只好来请他，请他想办法把青青捉回来。

王跃进只好放下手里的活儿，坐车朝回赶。

路宝忠至今仍对这件事印象很深。

路宝忠说：

“北京动物园的人来得很突然，接到通知时，青青已经放归野外。根据惯例，捕捉的难度很大，不过我心里还存着一丝希望，因为在姚家沟抢救小朱鹮的时候，我们发现经过人工饲养的小朱鹮和人是有一定的感情的，王跃进和雍水生喂养了它 20 多天，估计他们应当有办法。

“这件事情的被动之处在于，开始我们接到了通知，说北京要来人取走朱鹮，但是后来又一直没有消息。我们打电话问过几次省上，省上也说不清。朱鹮生长很快，经过 20 多天的喂养，已经像模像样地长起来了，三岔河的条件有限，王跃进他们没法再圈养它，只好放归。谁知事情就这么巧，这边刚放归，那边就来了人。既然来了人，那我们就必须克服一切困难，坚决执行上级指令。当时我们最担心的是，既要捕捉到这只小朱鹮，还必须保证万无一失。如果在捕捉它的时候再让它受伤或者什么的，那责任谁都负不起！”

赶回三岔河后，王跃进依照放归前的惯例，手提给青青投食用的那只红色塑料桶，再用曾经饲喂它的口语不停地向它示意。听到熟悉的招呼声，青青多少恢复了一些感觉，却也同样产生出几丝困惑，它伸起脖颈，不停地向王跃进张望，看到盛放食物的塑料桶后，也本能地朝王跃进飞来。但是和从前不同的是，当它靠近到一定程度后，就不再朝前来了。

王跃进只好把泥鳅等食物放在地上，自己退后些。这一来，不仅青青抢上前来，它的父母兄弟也全都抢过来了。王跃进稳住自己，悄悄向它们走去。谁知它们的警惕性极高，每当走到对它们有威胁的距离时，它们就果断起飞。相比之下，只有青青的胆子最大，眼看着王跃进走近也迟迟不飞，但和从前不同的是，当王跃进继续向它靠拢时，它同样感到了不安，同样果断地展翅起飞。飞起后照例会在王跃进的头顶上盘旋两圈，之后停歇在一棵大树上，一边大睁着眼睛朝王跃进张望，一边歪斜着脑袋在疑惑地思忖。

就这样一次次地重复，最终王跃进发现，青青已经长大了，想采用徒手的方式来捕捉它已经不可能了。

怎么办？

想了想，他想起自己小时候养鸽子和逮鸽子的方法。他用尼龙绳编织起一个串满了小环的网套。将这张网套平铺在青青常去觅食的稻田里，一旦青青踩上去，就可以将它套住。

对王跃进来说，这个方法从前在鸽子身上使用过多次，属于轻车熟路，但是面对青青，他仍然不敢掉以轻心。当他把网套放进稻田后，自己便隐蔽在不远处，眼皮不眨地进行全天候监视。他心里清楚，一旦青青被套住，必然要挣扎，而挣扎不仅有可能伤及身体，还会引得周边的狗向它扑去。他必须保证青青的绝对安全。

网套安放后，不知是源自高度敏感，还是其他什么原因，整整一天过去，青青毫无动静。

第二天，青青还是不来。

王跃进耐心地等候着。

第三天，青青终于来到了这片熟悉的稻田，也无所顾忌地朝它熟悉的方位走去。当青青踏入网套的一刹那，王跃进果断地收网，同时快速地向稻田跑去。几乎同时，附近一直在关注此事的农民也都撂下手里的农活，迅速向青青跑去，引得几只狗也乱吼乱叫着向前猛扑。

那天王跃进由于心里着急，也由于小路不平，接连摔了两跤。好在他距离稻田最近，又事先做足了准备，所以还是抢在最前面，第一个将青青抱起来。

当天，青青就被北京动物园的人带走了。

至今，王跃进清清楚楚地记得和青青分手的一刻。他说："那天是1985年的6月10日。"

说这句话时，他语气很平淡，却让我们心里一震。

事情已经过去了 38 年！

38 年，这不是一个短时间。在这样一个时间跨度里，有多少惊天动地的大事情都被人忽略和忘记了，而他却如此清晰地牢记着与青青分别的时间。

仅此一个细节，就透露出多少对青青的不舍！

第二章　十万火急的拯救

『那时候通讯极不方便，家家都没有电话，我们最怕的是半夜有人敲门，最怕听到朱鹮在野外有病伤或者发现了朱鹮尸体这些不好的消息。一听到消息，我们没有二话，马上出动，连夜出动，必须第一时间赶到现场！每回都不轻松，每回都是十万火急！』

焦灼的期盼

从 1981 年到 1983 年，整个洋县——更确切地说，是整个世界只有姚家沟这一对朱鹮夫妇在孤独地筑巢繁殖。

1984 年在三岔河发现新的朱鹮夫妇后，终于有两窝朱鹮同时繁殖了。这让所有人都倍感振奋。

当年，洋县朱鹮的总数量达到了 16 只。

纵向看，成绩不小，增长了两倍多。

横向看，成绩不大。4 年时间，平均每年增加不到 2.5 只。而且这不到 2.5 只中，是把所有伤残的、送到北京动物园去饲养的朱鹮都计算在内的。

回忆往事，路宝忠说："我最强烈的感受是，20 多年前，朱鹮数量一直上不去，我们整天提心吊胆的。"

和王跃进一样，他用的也是"提心吊胆"这四个字。

"当时我们特别担心朱鹮发生意外。可以说每天每夜、每时每刻都在担心。"路宝忠说，"毕竟基数太小了，而它们面临的威胁又太多了。保护朱鹮中遇到的困难呀，环境的艰苦呀，我们日夜跟踪呀，出力流汗呀，都不值一提。在所有的压力中，最大的压力始终是朱鹮增长得太慢！"

路宝忠说："朱鹮的数量越少，灭绝的可能性就越大。万一遇到天灾人祸，它们会被连锅端。这绝不是什么危言耸听！真要是朱鹮群体灭绝，说什么流汗，说什么辛苦，没用！不说各级领导，全世界都不听你说这个！大家要的是结果，不是解释！"

路宝忠告诉我们：洋县境内时常有狂风暴雨，有时山里下了一场冰雹，一夜之间，许多大树上的白鹭就巢毁鸟亡。他们很担心这些天灾降临到朱鹮头上。且不说全体朱鹮，每死一只朱鹮，对朱鹮种群结构的破坏都非常大。想想看，从南到北整整寻找了三四年呀，一共才寻找到两对成年朱鹮。如果两对中出现一只死亡，一个家庭就完了。如果两对中各有一只朱鹮死亡，两个家庭就完了。两个朱鹮家庭完了意味着什么？意味着全世界的朱鹮都完了！

路宝忠说："那时候通讯极不方便，家家都没有电话，我们最怕的是半夜有人敲门，最怕听到朱鹮在野外有病伤或者发现了朱鹮尸体这些不好的消息。一听到消息，我们没有二话，马上出动，连夜出动，必须第一时间赶到现场！每回都不轻松，每回都是十万火急！"

……

似乎是体察到保护朱鹮的艰难，从省林业厅到国家林业部，不待基层反映就主动提出：保护朱鹮是野生动物保护工作的重中之重，必须从各方面给予重视。目前看来，洋县朱鹮保护观察站规格还是低了，加上洋县财力有限，很难承担极濒危物种拯救的支出，所以建议提升规格，并打破常规，由陕西省林业厅对朱鹮保护观察站进行直接领导。

1986年5月，经陕西省人民政府批准，"陕西朱鹮保护观察站"正式成立。

现在，让我们梳理一下朱鹮保护机构的诞生与沿革：

1981年6月，洋县成立了设在姚家沟的"秦岭一号朱鹮群体临时保护站"，这是保护观察朱鹮的源头机构。它成立时，距离发现朱鹮还不到一个月。

1983年3月，"洋县朱鹮保护观察站"成立，编制为7人——"临时"二字被去掉。

1986年5月，"陕西朱鹮保护观察站"宣告成立，编制为12人——"洋县"二字被"陕西"替代。

1990年3月，"陕西朱鹮保护观察站"增设"陕西朱鹮救护饲养中心"，编制增加到17人。

2001年9月，陕西朱鹮保护观察站更名为陕西朱鹮自然保护区管理局。

2005年7月，经国务院批准，"陕西汉中朱鹮国家级自然保护区"正式成立。至此，无论人员编制、财务预算，还是其他各个方面，又上了一层楼。

一个明显的趋势是：这个最初毫不起眼的临时朱鹮保护机构，随着岁月的前行，也随着朱鹮命运的跌宕，工作人员越来越多，管理范围越来越大，机构规格越来越高了。[①]

1986 年 5 月，原属洋县林业局的“洋县朱鹮保护观察站”划拨出来，归省林业厅直管。新成立的“陕西朱鹮保护观察站”不仅级别得到提升，人员得到扩编，而且业务职责更加单纯和明确，包括办公设施和生活设施都同步得到了改善。短短一年，省林业厅为朱鹮站特建的三层办公楼“朱鹮大楼”就顺利落成，这在当时的洋县轰动一时。

站在全新的大楼前，朱鹮站的员工长长地舒了一口气，觉得自己终于有了“归宿感”。此前他们曾先后在洋县服务楼招待所二楼、洋县城区粮油供应站三楼租房办公，这使他们多少有些漂泊无定的感觉。如今鸟枪换炮，那种满足感和自豪感，溢自心底。

几乎是在“朱鹮大楼”落成的同时，省林业厅又为朱鹮站盖起了两层家属楼，全部是两室一厅，这在洋县再次引起轰动。20 世纪 80 年代，绝大多数单位能为职工提供一个筒子楼式的单间就已经相当不错了，而朱鹮站的职工却几乎每人都分到了一套阔气的住宅。至今一些老员工回忆说，突然给他们分配了这样一套有主屋、有客厅、有专门的厨房和厕所的房子，这在从前是做梦都不敢想的。当时他们常常站在空荡荡的客厅里发愁，不知道该往里面放些什么。

值得一说的是，直到时光已经走到 21 世纪的今天，整个陕西——或者扩展些说，整个秦岭山脉最耀眼的四种珍稀野生动物分别是：大熊猫、朱鹮、金丝猴、羚牛——地处秦岭山区的其他各县或许也有这四种珍贵的野生动物，但至多只有一两种，不会超过三种。

①40 多年中，朱鹮保护机构的名称、归属、级别均发生了不小的变化，但观察、保护、研究朱鹮的宗旨和任务却始终如一。为了叙事的方便，后文中凡出现朱鹮站、朱鹮局、保护站、保护局、饲养场、饲养中心等不同简称的，都是采访人依据年代的变动而生发的自然称呼，本质上都是一脉相承的同一机构，不再注释。

唯独洋县四种全有。

这究竟是造化的眷顾，还是先辈的遗泽？

会不会出了什么事

朱鹮保护观察站负责业务工作的是翟天庆。

翟天庆是洋县酉水区人，1976年高中毕业后回乡务农，1977年恢复高考和中考后，当年参加了全国中考。由于体检时心脏三级杂音，他未能被录取。

翟天庆不甘心，次年再次参加中考。那时还是人民公社体制，每个人都要依靠工分来生存。父亲劝他不要去考了，原因是复习功课需要时间，这一复习，就会耽误当年挣到几千个工分。

但他坚持要去。

父亲看他意志坚决，没有再阻拦。

这回他一帆风顺，被汉中地区农校录取。

巧的是，他和路宝忠考取的是同一所学校，只是专业不同。路宝忠学的是林果专业，而他学的是畜牧兽医专业。再就是当时分春季班和秋季班。路宝忠上的是春季班，比他早半年，算是他的学兄。

1981年1月，路宝忠毕业分配到洋县林业局。翟天庆则在同年7月毕业，分配到洋县城关公社兽医站，不久被调到洋县农业区划办公室。

两年后的一天，洋县农业区划办召开会议。散会后，洋县副县长兼区划委员会副主任杨万佩将翟天庆留下，告诉他：县上已经成立了朱鹮保护站，准备抽调几位有科班背景的年轻人去。具体选人的工作就由杨万佩负责。根据各方面的条件权衡，他觉得翟天庆去比较合适，所以专门征求翟天庆的意见，看他有什么想法。

翟天庆摸不清情况，有些犹豫。

周边的人得知了消息，纷纷出主意。有赞成的，但更多的是反对，认为他苦读三年，最终去和鸟打交道，不值得。

三议论两议论，翟天庆没了主意，干脆去咨询路宝忠。

那时朱鹮站还没有归属省林业厅，各方面条件都很差。路宝忠很理性也很客观地回答了他提出的问题。

路宝忠说：保护朱鹮不光要下到最基层，而且要东奔西跑，如果论工作条件和工作环境，肯定比坐办公室差得多。不过这件事你不要光听我说，还可以找别人了解。我告诉你的只是大体情况，具体来不来，你自己决定。

此后几天，翟天庆始终拿不定主意。犹豫来犹豫去，干脆一横心：去。

当年 11 月，他就去朱鹮站报到了。

翟天庆是科班出身，又有干部身份，所以一到朱鹮站，就担任了朱鹮保护的业务负责人。为了尽早熟悉业务，路宝忠叮嘱他：你先到下面跑一跑，做到各方面的情况心里有数。

于是他去了姚家沟。

1983 年的姚家沟，已经被全世界所关注。有一对朱鹮长期在这里筑巢繁殖，这充分说明了这里的生态环境适宜朱鹮生存，也充分说明了这里是一片各方面都不错的风水宝地。

翟天庆回忆说：

“谁知到姚家沟一看，太封闭了，可以说相当落后也相当原始。那么长一条山沟里，只有几户人家，晚上点的全是油灯，连个最低档的半导体收音机都没有。我在山上住了十天左右，最突出的感受就是单调和寂寞，而且所有的生活物资都要自己动手解决。坦率地说，如果不是工作需要，谁都不会到这个地方来！”

当时路宝忠担任着朱鹮站站长，要负责全盘工作，具体业务便由翟天庆操盘。这些具体业务又可以细化为无数子业务，但是千业务万业务，最主要的业务就是保护好朱鹮。朱鹮整天在大自然中展翅，无拘无束，翟天庆就和赵志厚、陈有平、王跃进、雍水生等人整天在野外跟跑。

对野外跟跑的人来说，每增加一只朱鹮，跟跑的范围就会同步扩大。到了 1988 年，随着朱鹮逐渐增多，翟天庆将跟踪保护的区域做了具体的分工。他自己负责四郎乡西岭、清凉、冉家、金岭四个村辖区，陈有平负责腰庄、流峪、西岭、高家河四个村辖区，雍水生、王跃进则分别负责其他区域。

让翟天庆诧异的是，他负责的区域内，一连几天都见不到朱鹮。

半个月过去，仍然没有见到。

他有些忐忑了，会不会出了什么事？

整整等了一个月，始终没有见到，而且连一只都没有见到！这使翟天庆由最初的忐忑，转变为其后的焦急，最终让他胆战心惊、坐立不安了！

看来，朱鹮真的出事了。

问题是，会出什么事呢？

想啊想，想不清，连头绪都没有。

只有一点他心里是清楚的，如果朱鹮真的出了事，责任天大！这责任首先得由他承担！

他没命地奔波，四下里寻找，每一条沟都挨个走到——就在他焦头烂额的时候，突然传来了消息——四郎乡副书记刘新茂打电话告诉他：有老乡报告，四郎乡田岭村刘家沟的三棵白椿树上，每天晚上都有朱鹮栖息。

翟天庆急忙问："你什么时候接到报告的？"

"就是刚才。"

翟天庆半秒钟都不停歇："没说朱鹮在那里几天了？"

"说了。好像十多天了。"

翟天庆顿时振奋："在刘家沟什么地方？"

"具体位置我也说不清。"刘新茂说，"你可以直接去村里，问村里的支书。"

翟天庆把电话一撂，当即骑着摩托车赶去。进入刘家沟后，他问路遇的村民："刘永华支书家在哪里？"

刚巧刘永华的妻子从家里出来，听见问话，很好奇："他去县上开会了。你有啥事？"

"听说你们这儿有朱鹮？"

"是有呀！"刘永华妻子说，"就在坡头那三棵白椿树上，每天下午飞回来，哇哇乱叫，像乌鸦。"

翟天庆心里一喜，对外行人来说，朱鹮的叫声确实不好听，也确实有几分像乌鸦：“它们每天都来吗？”

“每天都来，你要是不急，就来家等着，下午五六点它们就回来了。”

于是翟天庆就坐在刘永华家里耐心等候。

太阳快落山的时候，翟天庆隐约听到远处传来朱鹮的叫声，立即从屋里跑出，一直跑到坡下水稻田坎上。这里视野开阔，便于瞭望。果然，他远远看见有几只大鸟正朝三棵大树飞去，于是急忙端起望远镜。

这一看，他紧张了一个月的心情才瞬间放松。

那天，他久久地站在田坎上，也久久地端着望远镜，一边翻来覆去地看，一边喃喃自语：太好了！太好了！太好了！

确实太好了，他原本已经绝望了，原本只想着来碰一下运气，谁知在这里一下子看见了九只朱鹮。

九只呀！

从承担保护野外朱鹮的工作以来，他还从来没有一下子看见过这么多的朱鹮呢！

那天晚上，刘永华从县上开会回来，两人亲热地拉起家常，不知不觉外面下起了大雨。翟天庆看看门外，口气很无奈：“今晚我走不了了。”

刘永华很爽快：“走不了就住下，只要你不嫌我家条件差。”

“哪儿的话。”翟天庆急忙表态，“我不是嫌你家条件差，是怕给你添麻烦。实话实说，你这里发现了朱鹮，我以后恐怕每天都会来。”

“那你还来回跑什么？”刘永华说，“你干脆就住在我家！”

翟天庆有些意外，他没有想到一切竟这样顺利，他坐在这里弯来绕去，就等着刘永华说这句话呢！

朱鹮游荡期有三个月。

这三个月里，翟天庆始终住在刘永华家。

每天清晨吃完早饭，他就走过三个村子，去观察朱鹮的活动情况，同时做好记录。一趟跑下来，需要三个多小时。七月正是最热的季节，他每天在外面跑，内心焦急，浑身燥热，结果头上长起了血泡，整个脖子红肿一片。

刘永华看到了，多少有些担心："你看你头都转不灵了，还不赶快到医院看一下。工作要做，身体也要顾呀。"

翟天庆说："再坚持几天吧，这几天是关键。"

那段时间，他天天观察和记录朱鹮的生活习性，包括朱鹮觅食环境是水域还是旱地；包括夜宿地栖息树的种类、栖息树的高度，以及朱鹮栖息树枝距离地面的高度；还包括朱鹮在树上的行为表现，等等。一边观察记录，一边向附近的老百姓做好宣传保护朱鹮的工作。洋县不大，但山区很多。由于条件的限制，往往县城周边锣鼓喧天，十里之外却杳无声息。

那段时间，他和几位工作人员风里来雨里去。他们很清楚，跟牢朱鹮，保护朱鹮，这不是普通事，这是国家交给他们的一个大任务。他们不仅要记录朱鹮每一次产卵、孵化、育雏的过程，还要悉心守护好每一枚卵、每一只雏鸟。除此而外，他们还要根据季节的变换，用不同的方式注视着周边几十公里范围内的山水坡田。

在所有的关注中，最关键的是两个季节：

春季，要关注有无新的朱鹮巢窝出现，要观察巢窝里有没有孵出小宝宝。

秋季，要紧跟着朱鹮来回游荡，不让它们移出自己的视线，对它们实施全方位的监督保护。

史东仇的三大贡献

采访中，不少人告诉我们，在保护朱鹮最艰苦也最困难的20世纪80年代，在跟踪研究朱鹮的众多专家中，史东仇是立了大功劳的。

史东仇是四川人，1939年出生，西北大学生物系毕业生。毕业后分配到陕西秦岭生物与农业资源调查队工作。调查队之后又改为"陕西省动物研究所"。1983年，林业部建议研究所挂上林业部的牌子，叫"西北濒危动物研究所"。从此，史东仇就在这个挂有两块牌子的研究所工作。

1981 年发现七只朱鹮后，刘荫增连续在洋县蹲守了三年。

刘荫增返回北京后，陕西保护朱鹮的工作急需一个科研带头人。

1984 年朱鹮繁殖期间，陕西省林业厅动员史东仇去研究朱鹮。当时史东仇正在做黑鹳研究，林业厅领导征询他的意见，可否暂停黑鹳研究，先集中精力研究朱鹮。

史东仇没有犹豫，立即接手。

这一接手，从此栉风沐雨，日夜不息。

路宝忠曾写过一篇文章——《追忆中国朱鹮研究老前辈史东仇先生》，文章中，他写到史东仇初到洋县朱鹮站的情形：

> 一天上午，在洋县林业局会议室召开了一个非常重要的会议，林业厅特派张哲林女士代表陕西省林业厅向大家宣布：经国家林业部会商陕西省政府同意，朱鹮的科研工作由西北濒危动物研究所承担，具体由史东仇同志负责。此刻，不由让我想起了人们常说的一句话“天将降大任于斯人也……”
>
> 当时朱鹮保护任务很重，急需一个能长期潜心于这方面研究的科研带头人。至今犹记，受此重任的史东仇先生先是向大家点头微笑，然后带着浓浓的四川口音说：“我知道最近几年里刘荫增先生带领大家已经干了很多保护和研究工作，目前朱鹮依然处于濒危，保护研究的担子依然很重，我这次来就不走了，守在洋县，和大家一起把朱鹮的事情干好。”

话说得简单干脆，事情做得同样简单干脆。见面会散后，史东仇没有在县上停留，而是跟随着四人组的年轻人，一头扎进了姚家沟。

> （他）放下行李的第一件事，就是把一架看起来有点神秘，有点笨重的黑色大炮筒一样的望远镜架在了姚家沟的观察点门前，成为朱鹮研究的新象征。从这架望远镜的镜头顺着向上看，可以

看到朱鹮的巢，向下看正好面对一片朱鹮常常觅食的水田，这架望远镜如果今天还在，我感觉放在未来的朱鹮博物馆是最有意义的，因为它是我们在野外观察研究朱鹮中看到的第一架大型单筒望远镜，其重量足足有三五十斤。

这一研究，就研究了三年。

三年后，林业部保护司又把研究朱鹮的课题“朱鹮生态学研究”交给了西北濒危动物研究所，并再次指定由史东仇具体负责。当年冬季，史东仇仍然留在深山，整天拿着望远镜观察，一住就是几个月。1987 年，朱鹮在洋县的巢区已经增多，史东仇就在姚家沟、三岔河、牯牛坪、团山河这四个巢区间来回奔波。

在长期的相处中，史东仇给路宝忠留下了两个非常深刻的印象。

第一个印象是史东仇很瘦，个子很高，眼睛很大，衣着很朴素。他经常穿一身半旧的咖色中山装，显得很精神也很斯文；再加上他戴着一副拴着链子的近视眼镜，眼镜不是架在鼻梁上就是挂在胸前，这使得他从里到外就是 20 世纪 80 年代最典型的、活脱脱的知识分子模样。

第二个印象是史东仇一年要在洋县住十个月左右。尤其是春夏两季，他带着保护站的人风餐露宿地观察处于繁殖期的朱鹮。秋冬季节，他们又跟踪观察朱鹮在游荡期和越冬期的表现。野外工作，食宿是最大的问题。史东仇是位高级知识分子，但他长年食宿在条件简陋的山区老乡家，甘苦如饴，从无怨言。

后来担任了林业厅动管站站长的曹永汉认为，史东仇开始朱鹮研究后，至少在三个方面做出了突出的贡献：

第一个贡献，他调查清楚了朱鹮的行为特征。

朱鹮是什么鸟，长相是怎样的，重量是多少，个头有多大，嘴有多长，一次能够飞行多远，其中成年朱鹮一次能够飞行多远，幼年朱鹮一次能够飞行多远，都需要细细地观察和认真地总结。包括朱鹮在不同季节和不同年龄身体的变化、羽毛的变化、行为的变化，等等，史东仇都做了严格的调查和研究。

1985 年发现的牯牛坪巢区（路宝忠摄影）

他在后来的专著《中国朱鹮》中这样描述朱鹮外形：

嘴长而下曲，呈弧形，先端、基部为红色，余部黑色。额、头顶及侧部、下颌裸出部为有皱褶的皮肤所覆盖，呈鲜牛肉红色。跗跖、爪及下胫（小腿）裸出部呈粉红色。虹膜（眼膜）橙红。

朱鹮羽毛会随着季节的变化而变化，分为“夏羽”和“冬羽”。

“夏羽”指的是朱鹮繁殖期的羽毛，此时它头部的背后部分有像柳叶一样的冠羽，颈部、上背和翼都是铅灰色，相比而言，两只翅膀的灰色比较浅，略带粉红色。

“冬羽”是指朱鹮在秋季更换的新羽。此时的朱鹮通体为乳白色兼粉红色，飞羽及尾羽的羽轴为橙黄色，两翼和尾巴也呈粉红色。每年从这时开始，朱鹮浑身绚丽，漂亮异常，无论是色彩之鲜艳还是搭配之和谐，都堪称一绝！

令人惊叹的是，大自然确实太神奇了——朱鹮之所以在繁殖期分泌灰色物质，最重要的原因是为了自我保护——每年元月进入繁殖前期，朱鹮体内激素就开始变化，在激素的作用下，朱鹮耳后颈部的皮肤就分泌出油性的黑色颗粒，朱鹮在水中洗浴时，会主动沾着水，把这些黑色颗粒涂抹在颈部、上背及两个翅膀的上部。到了产卵时，它背上的羽毛已经变成了灰杂色。产卵期朱鹮静卧不动。此时如果是纯白色的朱鹮卧在窝里，猛禽在高处就能明显地看见并捕捉它，但是灰杂色毫不惹眼，便于朱鹮的隐蔽。

当朱鹮的羽毛呈现杂灰色时，表示这只朱鹮已经性成熟且到了交尾期。

再下来，雏鸟繁殖出来了。雏鸟的脸部是橘黄色的，羽毛同样发灰。等到它一岁时，叫亚成鸟。此时它还不能交尾繁殖，但羽毛开始变白，脸部开始转红，翅膀下面也逐渐出现粉红色。两岁时，小朱鹮就彻底变成了大朱鹮，这时的它们，已经可以自由恋爱并生儿育女了。

不能不折服，也不能不羡慕。为了生儿育女，成年朱鹮心甘情愿地让自己“黯然失色”，但是当儿女稍微长大，成年朱鹮就立即恢复自己的“天姿国色”，这从一个侧面说明了朱鹮所具有的机敏和智慧，也从一个侧面说明了朱鹮的优雅和高贵。

第二个贡献，史东仇研究清楚了朱鹮的生物学特征。

要把朱鹮的生物学特征搞清楚，实在太困难了。这需要长年累月地钻在山沟里与朱鹮为伴。那些年，史东仇用他“三五十斤”的大型单筒望远镜不分昼夜地观察：朱鹮几点几分出飞了，几点几分回来了；它在窝里面待了多长时间，在树枝上站了多长时间；朱鹮孵卵的时候，雄性朱鹮每天出去觅食几次，雌性朱鹮每天出去觅食几次，包括朱鹮在不同情况下的鸣叫声，朱鹮在繁殖期寻觅配偶的表现；等等，一天一天地观察，也一天一天地记录，还一天一天地归纳并总结，最终朱鹮在各个季节中的活动规律，包括年活动规律就全部被他掌握了。

这期间他发现了朱鹮许多有趣的细节，也帮助大家解答了许多问题。

朱鹮通常产卵两到四枚。按照学术资料的记载，由于朱鹮对周边环境和觅取食物比较挑剔，所以大体上每年只能育活两只幼雏。如果育活了三只，就算大获成功。如果是同时育活了四只，堪称奇迹。

史东仇观察的结果，印证了这个事实：不管朱鹮产卵多少，每年很少有育活三只以上的。

原因在哪里？

通过细细观察和认真记录，史东仇总结出来：一只小朱鹮从破壳露头到最后展翅离巢，需要 50 多天。按照两只成鸟每天出外觅食的频次，以及每次觅食的食物重量平均计算，这 50 多天中，一只小朱鹮需要的食物量在 30 斤左右。也就是说，当这对朱鹮夫妇养育三个宝宝时，这 50 多天里需要它们来回搬运大约 90 斤鲜活的食物。这显然已经达到了它们体力的上限。于是经常出现这样的情况：护鹮人看着朱鹮产下了四枚卵，欢天喜地；但是几乎每次的结果都一样，最终能展翅飞向蓝天的，只是一只两只。

正是史东仇的观察和记录，使护鹮人懂得了成年朱鹮的不易，也坚定了要为它们辅助投食的决心。辅助投食的结果，是幼雏的成活率明显提高了。从最初成活一只，到普遍成活两只，再到普遍成活三只，最终成活四只的纪录也频频出现。

再比如，史东仇通过观察，发现在朱鹮窝巢的近旁，是不允许其他朱鹮夫妇再来衔枝做巢的。按理说，朱鹮喜欢集群，每年一过 7 月，朱鹮全家无论老幼，全部在外游荡，无拘无束，整夜不归，为什么独独在繁殖期间，朱鹮变得如此排他呢？

很简单，还是由于食物。

秦岭中山区的水田有限，导致食物同样有限。为了保证自己能够安稳地产卵并哺育小宝宝，这时候朱鹮夫妇“自私”的一面就暴露出来了。如果转换成人类的语言，这时候每一对朱鹮夫妇，面对着其他朱鹮夫妇都说着同一句话：你们最好离我们远些，最好不要在这里和我们争抢地盘，资源有限，你们最好去其他地方开拓生存空间。

史东仇注意到：和人类一样，朱鹮也有各自的性格。有些朱鹮讲道理，有些不讲道理；有些朱鹮温文尔雅，有些则野蛮粗鲁。当遇上前者，最后都是皆大欢喜的结局；而遇上后者，山林里就会爆发朱鹮大战。

朱鹮妈妈和自己的孩子们在一起（蔡琼摄影）

1985 年 4 月，姚家沟那只雌性朱鹮连续四次产卵。

第一次产出了三枚。

第二次产出了两枚。

第三次产出了两枚。

第四次产出了两枚。

最让人惊奇的是，先后产出的九枚卵，全部是软壳蛋。

目睹此景，史东仇非常感慨："人类亲眼看到野生鸟类的软壳蛋，恐怕我是第一个。这件事充分说明了实践的重要性。如果不是靠前接触，深入了解，野鸟产什么样的卵，人类怎么会知道呢。"

路宝忠等人告诉史东仇，他们觉得这只朱鹮之所以产软壳蛋，很可能是因为缺钙。他们已经在水田里撒上了石灰粉，用以增加水中钙的含量。

史东仇叮嘱他们："不能光撒石灰粉，要去买些泥鳅撒在稻田里，软壳蛋的形成，很可能和食物不足造成的营养不够有关。"

为什么史东仇认为与食物不足造成的营养不够有关呢?

朱鹮产卵育雏（翟天庆摄影）

这还是得益于史东仇的观察和分析，也恰恰展现出史东仇在科研上的过人之处。他通过长期观察发现：正常一只朱鹮飞出去多长时间又飞回来，这是判断这只朱鹮飞出去距离有多远的最好依据。而这对下软壳蛋的朱鹮夫妇在产卵前后，打破了此前的规律，常常飞出去一两个钟头仍未回来，这说明它们觅食的地方已经越来越远了，也说明附近稻田里的泥鳅、螺蛳、小鱼还有蚯蚓之类的食物越来越缺了，所以首先必须帮助它们解决吃饭问题。

为了验证他的推测，第二年朱鹮产卵期间，朱鹮站专门在姚家沟投食了 100 多斤泥鳅。3 月底朱鹮妈妈开始产卵。产卵几天后，它开始翻卵。陈有平通过望远镜观察，发现全部是正常的卵。

20 多天后，这些卵就孵出了健康的小朱鹮。

当年秋天，史东仇又对朱鹮的正常卵和薄壳卵进行了超微结构和成分分析，得出了薄壳卵的钙盐含量几乎与正常卵相等的结论，这说明软壳蛋不是单纯缺钙形成的。

史东仇的第三个贡献，是调查清楚了朱鹮的生活环境。

朱鹮一般 2 月交配，3 月产卵，再孵化 30 天左右，雏鸟出壳。

朱鹮是晚成鸟，雏鸟破壳出来以后，并不能立即站立，需要成鸟喂食二十七八天后才能站起。站起后，先要跟着成鸟在树枝上练习活动，从扑扇翅膀开始，再从这个树枝跳到那个树枝，之后惊恐地扇动着小翅膀，跟着成鸟从树上朝地下飞。如果这时候人类认真地观察它，会觉得它非常笨拙，非常可笑，也非常可爱，还会觉得它们之间的点点滴滴令人非常感动。

就这样一点儿一点儿学习，直到雏鸟双翅矫健，直上蓝天。

朱鹮产卵不是一天产完，而是今天产一枚，隔两天又产一枚，产四枚卵就会有四个不同的时间段。

奇特之处在于，朱鹮产卵不同时，孵化却完全同步。

孵化中，每只幼雏的破壳时间也不同步。往往先出壳的雏鸟，由成鸟单独给它喂食，它也就吃得很饱，营养很足。接着再出壳的雏鸟就变成了两只争吃，其后是三只争吃或者四只争吃。由于后来者年幼体弱，无法与哥哥姐姐匹敌，所以越是后破壳的朱鹮，体质就越差。

雏鸟为了吃食，经常打架，成鸟一般不予干涉。包括喂食，成鸟也从不帮助雏鸟均摊，它只是把自己的嘴张开，让雏鸟把嘴伸进去，各自主动在成鸟的嘴里掏吃。朱鹮的嘴巴长，可以存放不少食物。有时候，成鸟会摇着脖子摆动着嘴里的食物，引诱雏鸟去争吃。

雏鸟学飞时，往往那些体质强的先学会，它们扑扇着翅膀，显得很活跃；而体质弱的则拼命跟着飞，由于体力不行，一些雏鸟常常从树枝或者鸟巢里掉落在地。假设工作人员监护不到位，有些雏鸟会掉下来摔残，有些则直接摔死。从 1981 年到 1990 年十年间，工作人员仅在巢树下就捡到十多只雏鸟，其中大多数是体质太弱，从树上掉下来的。除此而外，也有个别雏鸟，眼看着营养不良，无力争抢，一天天地走向衰竭，这时候工作人员就要抓紧出手，从树上将它们取下来进行人工喂养。

7 月中旬，朱鹮的繁殖期结束。朱鹮父母就带着雏鸟飞来飞去地寻找食物。此时稻田已经长高，觅食比较困难，朱鹮父母会带着雏鸟飞往平原地带。平原地带有河塘，有湿地，沟沟岔岔都会有水生物。大小朱鹮忙忙碌碌地四处觅食，一直活动到 11 月。

这个时期，被称作朱鹮的游荡期。

整个游荡期间，朱鹮是不回巢的。晚上也就天然地形成了朱鹮的群集地和夜宿地。至今，不少专家和外宾到洋县来，保护站的工作人员都带他们去朱鹮夜宿地观看。黄昏时分，夜宿地会陆续飞来十几只朱鹮，多时可达几十只甚至上百只。它们在大树上栖息过夜。朱鹮的夜宿地一般比较固定，或者在水库附近，或者在稻田附近，但是最重要的条件是，必须有一片足以让它们安全栖身的高大树木。

每年 11 月后，朱鹮就飞往浅山丘陵地带，去寻找越冬的栖息地。一般而言，朱鹮冬天喜欢在浅山区比较暖和的地方，在背风向阳的大树上夜宿。作为冬栖地，有些越冬的地方今年去了，感觉不错，明年就会继续去。如果那个地方环境发生变化，让朱鹮感觉不安全，它就会另寻地方越冬。

朱鹮的越冬也很有趣。冬天稻田结冰了，能够觅到的食物急剧减少，于是它们就减少活动，以节省体力消耗。它们常常在树上埋首闭眼，一待就是半天。用“呆若木鸡”来形容此时的它们，准确而形象。它们收羽敛翅，纹丝不动，直到稻田里的冰融化了，可以进去捕食了，这才睁开眼睛，飞身下树。

……

史东仇把朱鹮一年四季完整的生活习性、生活规律、生活环境调查清楚了，这就为拯救和保护朱鹮提供了极其宝贵的第一手资料，以及由这些翔实的资料而生发出来的技术支撑！

朱鹮拯救工程

1982 年 8 月，安康市紫阳县打来电话，报告当地发现了朱鹮。

朱鹮站高度重视，立即派赵志厚前去确认。

紫阳县地处川陕交界，汉江从洋县一路东流，途经西乡县和石泉县，流到了紫阳县。这里峰高谷深，交通极为不便。那天赵志厚是坐小铁皮船顺江而下的，小铁皮船由柴油机带动，一路突突作响，震得人心烦意乱。

到达紫阳县后，紫阳县林业局给基层林业站打电话，让人抓紧摆船过来，把赵志厚接过去。

到达目的地后，赵志厚仔细确认，发现那是几只白鹭。

他耐心地给报告人解释朱鹮和白鹭的区别。从体型上看，朱鹮大而白鹭小；再就是白鹭爪子是黑色，朱鹮爪子是红色；朱鹮的嘴很长，有 15 厘米左右，而白鹭的嘴较短，只有五六厘米。最明显的区别是，朱鹮飞起来翅膀下面是橘红色的，而白鹭飞起来翅膀是纯白色。

对方听后，觉得很不好意思，自己报错了，害得赵志厚大老远地白跑一趟。

赵志厚很诚恳："这怎么能怪你们？你们又不是故意的。我们站上规定，对群众报告信息的态度是'宁可信其有，不可信其无'。我来一趟其实是好事，起码让你们知道了朱鹮和白鹭的区别。"

……

那一阶段，不光洋县各地频频报告发现了朱鹮，洋县以外同样源源不断地前来报告。令人惊讶的是，其中一些报告还是真的。比如汉中报告说发现了一只朱鹮，朱鹮站立即派人去察看，确实是朱鹮。

但是继续跟踪，发现这只朱鹮是从洋县飞过去觅食的。

问题在于，生活中各种可能的情况都会发生，因此不管真假，凡是报了讯的，朱鹮站的人都要赶去查验。这一来，无论人手还是车辆就都不够用了。何况，人手和车辆只是诸多需要中的一项。真正说起来，保护朱鹮的各项措施和需要太多了。这些措施和需要不仅是正确的，而且是必须的。但所有这些措施和需要的落实，都必须归结到最基本的层面——有人有钱。

早在许树华担任动管站站长的时候，他就千方百计地为朱鹮站筹人筹款。用他的话说：为保护朱鹮去求人，不丢脸。在担任动管站站长的七八年中，许树华像模像样地为保护朱鹮做了几件大事，其中很重要的一件就是在国家林业部和省林业厅的支持下，将原属洋县林业局管理的朱鹮保护站升格为省林业厅直管，从而为朱鹮站增加了编制，提高了规格，使许多事情能够更加方便和更加顺利地得到解决。

1992 年，许树华退休了。

接替他职务的是曹永汉。

曹永汉是北京林业大学1970年的毕业生，学的是林业机械制造专业。他参加工作后，第一站就是去太白林业局伐木，算是接受再教育。至今他清楚地记得，他去的是采伐四队，驻扎在太白县白云乡的贵子沟。在沟里简陋的伐木工棚里，不仅住有他这样的大学生，还住有从西安和宝鸡的插队知青中招来的新工，再就是山阳、凤翔、扶风的一些老伐木工人。这些老工人在采伐队干了许多年，但是由于没有正式编制，所以仍然是临时工。生活艰苦对他们来说都不值一提，他们孜孜以求的是哪一天能够转正。一旦转变成有编制的正式工，他们的身份、地位，包括福利待遇才会得到真正的改变。

秋冬两季是一年中最好的伐木季节，也是伐木工人最辛苦的时候。每天一早，曹永汉就跟着老工人一起上山。他们脚上穿着棉胶鞋，腿上缠着毛绑带，腰上挂着杠子馍，再带点儿咸菜。天气好的时候，他们抓紧伐木，树锯倒后，把上面的枝杈全部砍光，再把大树一节一节地锯成可以转运的木料，之后扔在坡上，利用下雨或下雪的天气，上山去翻滚木料。雨雪中木头湿滑，便于滚溜。他们手里拿着撬杠，从山上把木材朝下滚，一直滚到沟底。这是一种相当原始的劳动，需要一种原始的技能。如果技术不好或者不够灵巧，会伴随着巨大的风险。

1971年，全国开展清产核资工作，陕西省森林工业管理局（以下简称森工局）要借调一个懂机械设备的专业人手参与，曹永汉学的就是这门专业，太白林业局便推荐他去。

两年后，他被正式调入省森工局。

在相当长的一段时期内，中国无论搞什么样的建设，都大量使用木材，这使得整个社会对木材的需求量非常大。彼时全国各地林业局的基本业务都是砍伐树木。具体到陕西，秦岭林区共分布着六个国有森工局的采伐队伍，每年生产商品木材40万立方米至50万立方米。这样一种采伐，对秦岭生态环境的破坏是毁灭性的。这一点，置身其中的曹永汉体会非常深刻。

在森工局干了十多年，曹永汉被调到陕西省林业厅办公室担任秘书，以后又担任了办公室副主任。

《中华人民共和国野生动物保护法》颁布后，陕西省政府下发了贯彻执行的通知，并要求主管部门尽快起草陕西省实施《野生动物保护法（草案）》，曹永汉参与了这项工作。其间他多次深入基层，参与调查研究。他完全没有意识到，就是这样一种丝丝缕缕、由浅入深的接触，使得他从一个野生动物保护的门外汉逐渐变成了内行。

1990 年 9 月，洋县发生了枪杀三只朱鹮的特大案件，场面残忍，性质恶劣，震惊了中央高层。11 月底的一天上午，时任林业厅厅长任国义找曹永汉谈话，让他迅速到“野生动物资源管理站”担任副站长，并叮嘱：一刻也不要耽误，下午就上任。

9 个月后，国家林业部野生动植物保护处李玉铭处长通知他，要未雨绸缪，尽快着手做《陕西朱鹮拯救工程计划》（以下简称《拯救计划》）项目书。

李玉铭说：眼下朱鹮极危的状态丝毫没有解除，上上下下对此都深感压力。目前国家已经制订了大熊猫的保护工程规划，朱鹮作为国家第二个保护工程项目，一定要尽快启动，纳入规划，千万不要丧失机会。

曹永汉心里一亮。

他非常清楚，朱鹮之所以增长缓慢，原因固然很多，但其中一个非常重要的原因就是财力不足。有许多事情，应当去做，但是无力去做。如果《拯救计划》能够批准实施，情况未必能有彻底的改变，但至少会得到改善。这样一种改善，将使朱鹮的拯救和保护立竿见影地迈上新台阶。

不久，李玉铭带着一批中国鸟类权威专家到洋县来考察，曹永汉陪着他们上山了解具体情况，又住进林业厅招待所，一起研究制订《拯救计划》。整个计划由李玉铭和许树华主持，史东仇和曹永汉负责编写。

在讨论会上，李玉铭态度明确地说：

“拯救朱鹮是十万火急的事情，不能拖！

“一方面不能拖，一方面不能乱。必须看到这不是一朝一夕能够完成的事情，所以我们的工作是抓好两头。一头是眼下，十万火急地去拯救和保护；一头是长远，静下心来研究，制订出一个科学的、长期的规划。

“我们的优势在于，已经有前十年的保护实践。现在要抓紧做未来十年甚至更长一段时间的规划，要争取国家立项。一旦立项成功，国家就会按计划下拨朱鹮保护资金，我们预想中的各项措施，包括人、财、物的支持就能落地。所以争取立项非常重要，这不是哪个部门或者哪个个人的事情，必须以时不我待的急迫感，全力以赴地做好这项工作！”

短短几段话，把保护朱鹮面临的现状和未来，把《拯救计划》的意义和宗旨说得清楚而透彻。

为制订和完善计划，李玉铭不辞劳苦，半年时间内，竟接连五次来西安。每次来都不是跑马观花地做官样文章，而是沉下心来，和大家反复商量，从编写提纲到起草内容，认真分析总结以往朱鹮保护中取得的主要经验、眼下存在的主要困难，并提出下一步需要解决的现实问题，包括梳理人工饲养、野化放飞、扩大全省湿地面积等一系列前瞻性极强的思路。不仅如此，他每次去洋县，都要深入巢区实地查看，一边找村里的农民谈话，一边向一线员工征询意见。

曹永汉告诉我们：有一回，他陪着李玉铭到佛坪保护区调查，从北向南穿越了整个保护区。他们从北面的凉风垭保护站出发，步行了整整一天，天黑在三官庙保护站住了一夜。那里是秦岭深山区，气温很低，晚上他们一边烤着火，一边和保护站的基层员工座谈。第二天又整整步行一天，赶到大古坪保护站夜宿。第三天继续步行一天，赶到岳坝保护站。这一趟调研，所到之处，大多人迹罕至。他们跋山涉水，穿行在山野林间。当最后从保护区出来时，两个人的衣服被荆棘撕扯得成了碎片。

曹永汉说：

“那一段行程，让人太难忘了！他那种踏实的作风和吃苦的精神，让人太佩服了！”

曹永汉告诉我们，由于李玉铭在北京林业部工作，能够经常参加一些国际性的生态环境保护会议，所以他的视野开阔，站位很高。当时他提出制订《拯救计划》，着眼的根本不是一朝一夕的救急，而是要管十年二十年的长远，是一项立足眼下、统筹未来的大工程。正是由于他有这样的眼光和水准，所以他无论说话做事都非同一般。他帮助你、要求你做的事情，从来不是什么鸡毛蒜皮，而是高屋建瓴，提纲挈领，一下子就从大格局，从战略层面把朱鹮保护各阶段的核心问题看清了，抓准了。

《拯救计划》项目书最终完成并获批后，李玉铭亲笔撰写前言。

前言中他写下一段话：

> 如何在这样一个正在迅速发展的贫困山区，在不断繁荣经济的同时，创造一个保证朱鹮生存的、没有化学污染的生态和社会环境，是拯救这一濒危物种的根本措施，也是摆在各级政府、野生动物主管部门面前的一项艰巨任务。

曹永汉认为，这段话看起来简单，实际上非常深刻。

他告诉我们，李玉铭写这段话是在20世纪90年代初。当时洋县面临的核心问题就是一个字：穷。所以上上下下的当务之急都是要大力发展经济，让人民尽快摆脱贫穷。在这种情况下，他写下的这段话，有两点是非常正确，却又非常超前的。

第一，他提出要建立一个没有化学污染的生态环境，这个要求在当时确实太高了。但是分析日本朱鹮和中国朱鹮急剧减少的原因，现代化学，尤其是现代化学农药造成的污染是最重要的因素之一。如果不下大的决心提出并解决好这个问题，朱鹮是保护不好的，甚至是保护不了的。

第二，在当时的环境下，大家普遍想的是如何为朱鹮投食，如何解决朱鹮繁殖过程中遇到的具体困难。这非常需要，也完全正确，但是从长远来看，在诸多保护朱鹮的举措中，解决好朱鹮生存的大的生态环境问题，才是保护朱鹮最重要、最困难、耗费时间最长，但也最具长远和本质效果的举措。之所以说它“四最”，是因为它不仅和朱鹮的生死存亡相关，而且和民众的生活息息相关。在很大意义上，人类的需求和朱鹮的需求常常是对立的。如何将这种对立转化为一种良性的互动，应当说是今天的人们才回过神儿来的事情，而李玉铭当时就说出了这样的话，并且毫不犹豫地认定它是拯救朱鹮这一濒危物种的“根本措施”，这不仅说明他对情况吃得透，眼光看得远，而且说明他对问题思考得深刻。

曹永汉说：“回过头来看，他对保护朱鹮事业的推动太大了！”

谁能预言十年后

《拯救计划》既是一个宏观的计划，又有许多具体的内容。它必须是实践和理论的统一，短期和长期的统一，措施和效果的统一。它对许多问题的考量和预测都需要明确，不能含糊。比如，计划中面临的一个非常具体的问题是：从1991年开始，未来十年朱鹮到底能发展到多少只？

没有人能预言。

也没有人敢预言。

当时，对朱鹮数量的统计采用了不同的办法。一种统计显示，从1981年到1990年整整十年，朱鹮已经达到了52只。

但史东仇统计的数字没有这样多。据史东仇在同一时段对朱鹮数量进行的普查，肉眼观察到的野外朱鹮总共只有18只，再加上这期间朱鹮站陆续收留了12只伤残朱鹮，两者相加共计30只。

由于史东仇是在同类专家中最长久也最深入地蹲守在第一线的人，所以他的这组数据对一些人的影响很大，也使得统计和预测朱鹮未来十年成活率时，在会上形成了两种意见。

一种意见是：以十年30只为基数，再翻一番，十年后朱鹮总数量可以达到60只。

另一种意见认为这个数字保守了，应当定为100只。

究竟将目标定为60只还是100只，大家争论了好久。

前者坚持，定为60只比较稳妥。前十年增长了30只，再过十年总数达到60只，说得过去。

后者认为，前十年增加了30只，这只是肉眼所见到的数字，本身就偏于保守。何况就算这个数字是准确的，它也是在只有7只朱鹮这个基础上发展起来的。现在朱鹮的基数已经是7只的4倍以上。在这样的基数上，朱鹮增长的速度只会加快，不会减慢。何况眼下朱鹮站正在探索朱鹮的人工饲养，很快将尝试朱鹮的人工繁殖，在这样一个手段越来越强、基础越来越好、平台越做越大的情况下，目标定为100只毫无问题。

前者仍然坚持，就正常情况而言，确实可以达到100只，但是预定目标应当留有余量，应当把所有的困难因素都考虑进去。万一发生天灾、疫病等意外情况，那对朱鹮的损毁将是极端可怕，也是根本无法预料的。

后者同样坚持，目前朱鹮已经由从前的两窝，发展到多窝。不仅如此，还初步有了几只人工饲养的朱鹮，即使真的发生了意外，抵御的力量也比前十年强大得多，所以确定100只是有科学根据的。严格说起来，100只的目标已经保守了，如果再减少，那就只能说是为慎重而慎重，为保险而保守。

双方各执一词，争论得很激烈。

讨论的结果，大家根据方方面面的条件，最终确定十年后，野外朱鹮增长到60只，人工饲养繁殖朱鹮增长到40只，总体目标不低于100只。

《陕西朱鹮拯救工程计划》正式上交前，李玉铭在前言中还写了一段话，作为制订保护工程计划的愿景：

> 虽然从某种意义上说，一个物种的生存、发展和消亡，常常是无法抗拒的，但是人们有理由相信，当人们发现并掌握了该物种的生存发展规律，就会给延缓和防止这个物种的灭亡带来希望。

那时，李玉铭还没有把握说“就会防止这个物种的灭亡”，他给大家留下了充分的余地，只说“会给延缓和防止这个物种的灭亡带来希望”。

《拯救计划》里提出了许多事关重大的措施。

比如：

——要态度坚决地在巢区内实行退耕还林。

——要对巢区内的大树全部进行征购。

——对新发现的巢区，除过征购大树，还要补植林木。

——洋县原来种植单季稻，稻田里常年有水，现在由于耕作内容改变，田里严重缺水，需要大力扩大冬水田。

——要注重给巢区的朱鹮投食。

——要加强对朱鹮游荡期的管理。

——要大力开展保护朱鹮的宣传教育，严格落实保护责任制，尤其是对一些驻在洋县的央企省企，要反复向职工宣传保护朱鹮的价值和意义。

……

后来的实践证明，这些措施都非常扎实，极为重要。

《拯救计划》编写完成后，他们并没有急于往上交，而是先征求陕西省环保部门、汉中行署、洋县政府的意见。待一切都反复论证、反复修改并取得共识后，才送往国家林业部审定。

不久，《拯救计划》顺利通过。

1992年12月21日，林业部在北京召开新闻发布会，向全世界宣布：中国政府实施《陕西朱鹮拯救工程计划》。

全副身心做学问

从1984年开始，常秀云跟着史东仇在洋县做朱鹮研究。

让常秀云惊讶的是，史东仇就是一个典型的知识分子嘛，怎么竟那么能吃苦呢？

连续三年，每年朱鹮繁殖期的三个月内，她都要跟着史东仇住在姚家沟进行观察。而在非繁殖期，他们就在保护站工作人员的陪同下，到野外去继续跟踪观察。

山路崎岖，荆棘丛生。有一次翻山越岭中，常秀云的裤子被荆棘挂破了，口子扯得很大，弄得她根本没有办法走路。情急之中，同行的人从坡上扯下葛藤，让她用荆棘的刺当针，用细细的藤条当线，连缝带绑地拢住口子，最终勉强回到了住处。

和护鹮四人组一样，史东仇和陪同他的人员观察朱鹮常常从天亮开始，直到天黑。

由于观察朱鹮是在人生地不熟的山野中，往往天一黑，他们就无法回到原本的住宿地，只好就近住在农民家。农民家的床上照例铺着厚厚一层稻草。只要人躺上去，稻草里面的臭虫就循息而出，咬得人无法入睡。常秀云万般无奈，只好下床，用脊背靠着墙，蹲着睡觉。实在睡不着，她就跟着工作人员一道喝农民酿的苞谷酒。没有酒杯，只有碗。她端起半碗酒，一口气喝下去，顿时头脑发晕，进而迷迷糊糊。起初，她喝了酒会感觉到难受，反复多次后，她适应了。不知不觉中，她竟练就了一身好酒量。

每次回到县城，常秀云第一件事情就是去洗澡。洗澡时，她让人搓背。对方告诉她，满背的大红疙瘩，惨不忍睹。

曾经长期担任巡护员的刘义告诉我们，在野外观察和保护朱鹮时，什么情况都能碰上。二十世纪八九十年代的秦岭山区，既无路也无电。不少农民家里即使有煤油灯，也没有煤油。他们常常把晒干了的竹子劈开，一把一把地扎成捆。晚上走路或者做事时，用竹把来照明。

有一回，刘义和一位巡护员入山后，晚上回不去，只好住在老乡家。老乡非常热情，特意让他们睡在一张有新被子的床上，这张床是家中小孩子睡的。临睡时他们才发现，虽然被子是新的，褥子却是湿的。

原来是小孩子尿床了。

如果是在夏天，问题相对好办。

偏偏这是冬天。

如果是在秦岭北麓，问题也比较好办，把炕烧热些，慢慢就会捂干。

尴尬之处在于，同属秦岭，但一峰之隔，南麓和北麓的生活习惯甚至语言体系都完全不一样。秦岭北麓的农民全是睡炕，南麓则普遍睡床。让两人为难的是，户主并不知道褥子是湿的，他是满怀真诚地在款待客人。当时夜已很深，两人实在不好意思再去麻烦他，于是整整一夜，两人都没脱衣服，像虾米一样蜷曲着身子，半睁眼半闭眼地等待天明。

一般而言，山里农民都非常淳朴，但任何事情都不会绝对。有一天，刘义跟着赵志厚去三岔河追踪朱鹮。由于出发急，没带干粮，走了大半天路后，肚子饿得不行。恰好有一位农民在地里刨土豆，两人便上前讨食，忖度着给他一块钱，换几个土豆充饥。

谁知刚张口，老乡就直截了当地拒绝：“没有，没有吃的。”

刘义说：“土豆就行。我们烧几个土豆。”

“说过了没有。”老乡毫不客气，“我们自己吃的都没有，连喂猪的都没有，哪还有你们吃的，走！走走！”

弄得两人尴尬不已。

刘义说：“至今我记得很清楚，那是个外地人，镇巴的。

“当然他说的既是气话，也是实话，那时候农民日子确实苦，可以说缺油少盐是常态。不过无论如何，还不到连几个土豆都吃不上的地步。也不知道那天他是心里不痛快还是为什么，一开口就像吃了火药！”

回到常秀云的经历。

进行野外观察，常常需要拍摄朱鹮的照片。动管站站长许树华给常秀云配备了一台珠江牌相机，外加三个胶卷。为了节省胶卷，常秀云在装胶卷时，特意只挂上一点儿边，以便多拍两张。

有一回，常秀云和赵志厚来到巢区拍照。相机档次不够，无法远距离拍摄，只能爬到距离巢树最近的另一棵树上去拍。常秀云不会爬树，赵志厚就先爬上树，再用绳子千方百计地把她拽上去。

好不容易到了树上，常秀云先努力找到一个既靠近鸟巢又比鸟巢稍高的位置，之后小心翼翼地端起相机，一点儿一点儿调好光圈和焦距，开始拍摄。整个拍摄过程都很顺利，甚至很完美，但是谁也没有想到，下到树下倒胶卷时，胶卷挂卷的地方突然脱落。慌乱中，常秀云失手打开了相机的后盖，结果胶卷全部曝光。

那一回，常秀云望着报废的胶卷，忍不住哭了，越哭越痛。

和路宝忠一样，常秀云非常怕蛇。

偏偏山里蛇多，每当看见蛇在草丛里蹿来蹿去，常秀云就胆战心惊。

路宝忠等人发现了，就动员她："抽根烟吧，闻见烟气蛇就不来了。"

常秀云很犹豫，但最终还是接过烟，坐在山坡上默默地抽。烟呛得她直咳嗽，但在咳嗽和蛇咬之间，她选择咳嗽。一边抽烟，她一边用力将烟气喷出，使之在空气中弥漫。她早就听说过蛇怕烟，只是没有想到自己也会以这样的方式来驱蛇。

许多年后，只要喝酒喝到高兴，常秀云都会主动要根烟抽。她说：习惯了，是工作后遗症。

而在平常的日子里，她却一支烟不沾。

后来，史东仇的学生于晓平来到朱鹮站。此时有关朱鹮的国际交流已经越来越多，交流中需要专业人士讲解和翻译，省林业厅考虑到常秀云是位女性，在野外工作有诸多不便，于是抽调她去负责对外交流工作。由于她有野外观察保护朱鹮的经验，又跟着史东仇一起做过朱鹮研究，所以方方面面的情况都很熟悉。1986年省林业厅特意派她去美国，用三个月的时间，向对方介绍和宣传中国保护朱鹮的情况。

1990年，为即将在洋县正式开展朱鹮人工饲养，史东仇、许树华和路宝忠应邀赴日本考察。

细心的路宝忠注意到，史东仇确实把所有的心思都放在朱鹮上了。

在同日本专家的交流和现场考察中，史东仇不厌其烦地反复询问日本朱鹮的保护历史，尤其是重点了解日本人工饲养朱鹮的具体做法、成功经验，包括不成功的做法和经验。不仅如此，他还自觉地扩大考察面，如饥似渴地学习对方的一切。

路宝忠在一篇文章中写道：

> 在长达一个月的考察期间，他肠胃不适，每天都要服药，但没有一天因身体不适而放弃考察，他一直带病坚持考察完日本所在的东京、京都、丰岗的鹳、鹮类保护饲养基地，还参与并掌握了鸟类环志和鹳鹮类人工饲料的制作、饲养管理等操作技术。

考察回国后，他拖着已经十分疲惫的身体，又很快回到洋县，关注朱鹮越冬期的调查工作，并利用晚上的时间，加班向国家林业部、省林业厅撰写《关于赴日研修考察的专题汇报》，因为他知道此次赴日考察所掌握的信息对下一步中国朱鹮保护对策的制定意义重大。

曹永汉也为我们讲到了史东仇在日本考察期间的一些情况。

日本在保护朱鹮上有一个突出的特点，即重视记录。他们每天都有日志，月月都会形成一本完整的记录本，年底他们将所有的记录和资料汇集起来，就自然而然地形成了朱鹮保护工作的全年报告，这份报告资料完备，内容翔实，面向实际，很有价值。

史东仇获知了这个情况，就千方百计地抓紧时间，请翻译帮助他翻译并阅读日本所做的记录。他不懂日文，但是在日本的一个月中，却把日本有关朱鹮的所有记录全部复印了，回国后立即找人翻译。那种痴迷，一看就是全副身心做学问的。

20 世纪 90 年代初期，是朱鹮数量增长缓慢、始终无法突破瓶颈状态的关键时刻。彼时人工饲养刚刚起步，天敌危害防不胜防，加上朱鹮保护工作者们经验不足，每年朱鹮的增长状况都令人担忧，甚至令人沮丧，也使得所有的工作人员都倍感压力。

路宝忠在他的回忆文章中说：

那段时间正好是史老师的两个小孩读初、高中的关键时期，可他哪有精力和时间回西安照顾他们，在他的心中除了朱鹮还是朱鹮，一年四季，他百分之八十的时间都在洋县，起早贪黑地跟踪调查朱鹮在各个季节中的不同表现……

每到晚上，无论史东仇老师在哪里，他房间里的灯光 12 点前始终都亮着，有事没事我常喜欢去他的房间坐坐，说说朱鹮的事情，每次去总看到他在写什么，桌面上放着一沓沓有关朱鹮的文本，一个颜色褪旧了的蓝色茶杯，一包“黄公主”牌香烟。他无论提笔写什么，总是一笔一画，方方正正的字里行间，让我看到了一位老一辈科学家所具备的认真求实的工作精神，确实令人敬佩。史老师为人低调谦恭，待人和蔼可亲，再高兴的事也不显张扬。有一次我和他不经意的交谈中，提到我们的工作环境苦，食宿条件差，让他这样一位大名鼎鼎的研究员受委屈了，话音刚落，他便接口说：“正常正常。做学问搞研究，一要守得住清贫，二要静得下心坚持。”

……

佩戴环志

在日本期间，史东仇、许树华、路宝忠还特意考察了日本的鸟类工作者给朱鹮佩戴环志的情况。

所谓环志，就是在朱鹮的脚上佩戴一块颜色标志，这是一种塑料制品，轻如薄翼，丝毫不影响朱鹮的飞行和活动。由于环志的颜色、佩戴位置、编号标注不同，护鹮工作者通过肉眼就可以直接对朱鹮进行观察定位——各种不同的颜色，代表着不同的内容；而不同的佩戴位置，同样代表着不同的内容。比如左脚佩戴环志的，可代表去年出生的朱鹮；而右脚佩戴环志的，则代表今年出生的朱鹮。同理，蓝色可能代表在姚家沟出生的朱鹮，红色可能代表在三岔河出生的朱鹮。这样一来，护鹮人搭眼一看，就能准确地判断出这只朱鹮的来路和年龄。

每只朱鹮的环志上都有编号。与每一个编号相配套的是，朱鹮站里都保存着这只朱鹮的详尽资料。资料上标明了它出生的日期、地点、排行老几、父母是谁等等，类似为朱鹮配发了一张永不离身的“身份证”。一旦有了“身份证”，无论你在哪里发现朱鹮，都可以根据环志准确地知道它所有的情况，这就避免了当初王跃进和雍水生在三岔河发现一对朱鹮却无法确认其具体信息的尴尬。那对朱鹮正在产卵孵雏，但是王跃进和雍水生却绞尽脑汁也无法知道它们有多大年龄，是从哪里来的。

彼时一切全靠猜测。

而猜测，注定很模糊，不准确。

早在 1987 年 4 月，省林业厅就启动了为朱鹮佩戴环志的工作。环志一共有三种，分别是美国、德国和日本的。在实际操作中大家发现，日本的环志坚固耐用，柔韧度最好，不管怎么弯曲，都形状不变，于是大家决定采用日本环志。

按照程序，日本环志由“山阶鸟类研究所”的尾琦清明研究员在日本做好后，于前一年的冬天寄到北京的“全国鸟类环志中心”，再由北京的环志中心转寄到洋县朱鹮站。环志的配制原则，是根据前一年朱鹮的繁殖情况，预测出第二年可能繁育出来的朱鹮数量，再按照比预测数量多几个的方法来配寄，以避免临时不够用。后来的实践证明，任何天才的预测都不可能做到完全精准，尾琦清明的理念完全正确。

最初，每年出生的朱鹮数量比较少，尾琦清明一个人就可以完成所有环志的制作。但是到 20 世纪 90 年代后期，朱鹮数量迅速增加，要做的环志越来越多，尾琦清明一个人做不过来了，于是他给朱鹮站寄来了制作的材料，详细介绍了制作方法，并委托全国鸟类环志中心的丁长青到现场指导，让陕西朱鹮站的工作人员自行制作。

直观地看，制作环志是件简单的事情。材料有了，方法有了，照着去做就是。但是一旦进入实际工作，朱鹮站的工作人员才发现，真正要把环志做好，不是那么简单。

一开始，环志做得不规范。结果在野外给朱鹮佩戴时，要么太小，很难戴上；要么太大，直接脱落。常常试戴多次，也失败多次，要几经折腾才能将环志制作合适。

终于将环志做合适了，却又出现了新的问题。

1987年，姚家沟、三岔河、牯牛坪三个朱鹮巢区共孵出六只雏鸟。5月下旬，三岔河观察点的人首先从树上捉了两只雏鸟，分别在它们的左腿和右腿戴上红色和绿色的环志。过了几天，他们打算如法给姚家沟的雏鸟佩戴环志。

谁知一连几天下雨，无法上树。

终于放晴，已经是 5 月 29 日，此时距离雏鸟出壳已经二十六七天了。来到世间的小朱鹮已经有了相当的感知，不等工作人员攀到树顶，它们便不安地骚动起来，结果工作人员费尽力气，只捉住了体弱的老二，老大则扑扇着翅膀，半飞翔半滑翔地逃走了，从此杳无踪迹。

有了 1987 年的教训，1988 年工作人员就提前给雏鸟佩戴环志，原则是宁早勿迟。他们在雏鸟出壳十天后，就抓紧上树去给雏鸟佩戴，谁知此时的雏鸟还太小，现场一戴就脱落，反复试戴，终不奏效，只好放弃。

就这样反复试验，反复总结，最终他们发现：如果在幼雏破壳的十五六天内佩戴环志，尺寸规范的环志戴上去就会掉落；但如果在雏鸟破壳后二十五六天再佩戴环志，雏鸟已经有能力飞走了。因此，佩戴环志的时间应当在雏鸟出壳后大于十五天小于二十五天的中间段。

实践证明，一个毫不起眼的、给雏鸟佩戴环志的工作，都需要实践，需要试错和探索。就这个意义而言，世界上没有什么事情是轻松和容易的。

这一年，朱鹮站给新出生的七只雏鸟全部佩戴了环志。环位和环色一目了然，上面分别标明了年度、巢址、编号、颜色等。

我们可以通过这七只雏鸟的环志，来辨识环志都是些什么内容：

左白　1988　三岔河　13
右白　1988　三岔河　14
左蓝　1988　牯牛坪　15
右蓝　1988　牯牛坪　16
左黑　1988　牯牛坪　17
右黑　1988　牯牛坪　18
左红　1988　姚家沟　19

1989 年，他们又给七只新出生的小朱鹮佩戴了环志，为了打眼一看就能和前两年佩戴的环志区分开，他们变换了佩戴方式。比如给雏鸟的左右腿分别佩戴不同颜色的环志，或者在一条腿上分别佩戴两种不同颜色的环志。

随着朱鹮逐渐增多，环志的颜色也同步增多，有红、白、黄、黑、绿、蓝六种。经过反复观察，他们把黄色去掉了。原因是黄色在野外经过雨水和泥水的浸泡，色彩容易退化；而白色时间长了则会自然泛黄，这使得工作人员在野外观察时，较难分清究竟是黄环还是白环。再就是绿色和蓝色相近，蓝色又和黑色相近，因而去掉了蓝环，保留了黑、白、红、绿四种颜色。

又经过一段时间的野外观察，他们继续改进，将环志的数字编号刻制得格外醒目，在各种颜色和各种佩戴方式日益增多的情况下，用数字编号来提高对野外朱鹮的辨识度。

最后的冲刺

在多年的朱鹮研究中，史东仇和曹永汉越来越明显地感觉到，应当尽快完成一部有关朱鹮的专业著述。这部专业著述应当对朱鹮的基本情况做出一个权威性的解答，对朱鹮保护中的一些问题进行有说服力的剖析，从而为广大的朱鹮保护者提供决策的理念和行动的依据。

两人很快商定并做出分工，朱鹮生态生物学的内容由史东仇来撰写，其他内容由曹永汉协调各领域的专家来写。

至此，两人再次携手，埋头苦干。

曹永汉没有想到，这是史东仇人生中最后一次冲刺了。

2001 年，《中国朱鹮》正式出版，这部著作耗尽了以史东仇为代表的专家们的心血，也填补了那一阶段中国朱鹮保护研究的空白。[①]

日本山阶鸟类研究所的安田健教授是最早研究朱鹮的专家，在这本书的写作中，他给史东仇提供了朱鹮分布国家关于朱鹮的古籍和近代的详细

① 这部著作集中了多位专家的研究成果，比如第四军医大学病理研究方面的专家晏培松，对死亡后的朱鹮进行解剖，分析朱鹮体内寄生虫、病毒、细菌病理等；西北农林科技大学的范光丽主要做朱鹮骨骼、内脏、肌肉、神经系统的解剖和研究。路宝忠等人长期在一线，实践经验多，负责撰写人工繁殖、人工饲养等方面的内容；而省林业厅动管站是从全局来考量和解决问题的，所以从大的方面，比如自然环境、社会环境、环境污染、保护措施、管理方法等方面去写。后来不少人评价：综合来看，这样的写作组合最有力也最全面地保证了内容的专业和翔实。

情况。收到曹永汉的赠书后，他专门给曹永汉写了一封信。

信中说：

> 1981 年贵国在洋县发现了被认为已绝种的 7 只朱鹮，此后克服种种困难，朱鹮至今已成功地繁殖到 200 只以上。我认为，这在“种的保存，拯救濒危灭绝的种”意义上，是具有非常重大意义的伟大功绩。谨向参与了这项事业的各位，表示深切的敬意。
>
> 这次，先生又完成了《中国朱鹮》这一内容充实的学术著作，对此，也请允许我谨表由衷的祝贺和深切的敬意。在这部著作中，几处引用了拙著，是我感到高兴的。作为一个学者，能够为研究朱鹮做些微薄的贡献，并在这样权威性的著作中留下自己的名字，我感到无比的欣慰。特别是在《前言》的“特别感谢”中名列榜首，对我来说，是过分的光荣。

信中，安田健教授不仅热情地祝贺《中国朱鹮》的出版，而且坦率地提到了对日本朱鹮拯救事业的担忧。

> 尽管佐渡尽了一切努力，但是没能够保住日本系统的朱鹮。虽然如此，但在贵国热情的协助和指导下，我们得以成功地繁殖了贵国系统的朱鹮，对此，我们是非常感激的……困难的问题在于，日本的野外环境到底能在多大程度上改造到像洋县为适应朱鹮生存而做的一切。如果我们做不到，我们就没有未来。

那时中国步入改革开放的轨道还不久，各方面都很落后，尤其和日本相比，落后就更甚，但是安田健教授充分表现出他的学者风范，对未知的学识满怀着谦卑，对中国成功的朱鹮保护措施满揣着崇敬。

他写道：

恳请贵方在这方面予以指导和支援。

令人惋惜的是，该书出版四年后——2005 年 4 月，史东仇因病去世。

值得一说的是，由于拯救朱鹮的科研成就突出，大家普遍认为应当进行阶段性总结。于是由省林业厅朱鹮保护站牵头，联合起相关的科研院所和大学，在朱鹮保护工作者和专家教授们的共同努力下，完成了一项科研项目——“朱鹮拯救与保护研究”。

2005 年，该项目获得了陕西省科技进步一等奖。

2007 年，该项目又获得了国家科技进步二等奖。

习惯于埋头苦干的朱鹮保护者们没有想到，他们用心血浇灌的朱鹮保护事业，在悄然无痕的跋涉和攀登中，竟像一只有力的大手，一步一步地推动着他们向前，并最终让他们登上了从前连想都不敢想的台阶——人民大会堂的领奖台！

第四章 可怕的戕害

朱鹮浑身是血，已经无力站起，它用凄然的眼神望着周围，不时发出无助的哀鸣。朱鹮的叫声本来就大，在平素晴朗的天空中，这叫声可称嘹亮，也可称悦耳。而此时，同样很大的声音，却有一种彻骨的绝望和凄惨。用张跃明的话说：『让你一听，心都发颤！』

第一例猎杀案

还是在秦岭南麓的马道梁上看见朱鹮的头一刻，刘荫增就感到困惑：按说朱鹮一直生活在低海拔的浅山丘陵地带，无论从理论上还是从留存的资料中看，这都不会错，为什么它们会跑到海拔千米以上的中山区去呢？

想来想去，只有一个原因：低海拔地区环境恶化，已经不适宜它们生存了。

环境恶化是多方面的。比如乱砍滥伐，使得它们难以筑巢；比如水田的逐年减少，使得它们觅食难度加大；但是在所有的环境恶化中，对朱鹮最大的威胁之一，是人类对它们的捕杀。

翻查典籍，对朱鹮的捕杀远非始自今天。

唐代诗人张籍曾写过一首有关朱鹭的诗歌：

翩翩兮朱鹭，
来泛春塘栖绿树。
羽毛如翦色如染，
远飞欲下双翅敛。
避人引子入深堑，
动处水纹开滟滟。
谁知豪家网尔躯，
不如饮啄江海隅。

一句“谁知豪家网尔躯，不如饮啄江海隅”，翻译过来就是：有谁能知道那些有权有势的人家正张开织网来捕捉你呢？你不如飞到遥远江海的一隅去饮水啄食呀。

可怕之处在于，描述捕捉朱鹮的古代诗词远不止一首两首。几乎与张籍所写内容完全一样的，是元代诗人戴良写的《朱鹭》：

朱鹭何从止，
去啄金堤饮玉水。
朝随赤雁暮碧鸡，
荡漾惊波不得栖。
有时挟子上林去，
网丝纷纷复难避。
不如敛翅江海湄，
远却幽并游侠儿。

张籍大约是公元 767 年至 830 年（唐代）的人，而戴良则是公元 1317 至 1383 年（先是元代，后为明代）的人。两者相距五百年左右。在如此长的一个历史阶段内，猎捕朱鹮的行为却丝毫未变。这除过说明朱鹮当时曾广泛而大量的存在外，也充分地说明了猎捕朱鹮的普遍性。

很巧的是，就在我们采访朱鹮的过程中，偶然看到一篇微信文章，题目是《一位河北教授的安康记忆》。作者孙光启，已经年逾八旬，是河北医科大学的退休教授。1968 年他大学毕业后被分配到陕南安康，在一个叫流水镇的地方当中学教师。

安康和汉中紧邻，它们共同的特点是一江两山：一江是汉江；两山则以汉江为界，北面是秦岭山脉，南面是巴山山脉。无论植被、温度、气候，还是农作物等各方面，安康和汉中都极为相似。

文章中，孙光启回忆了他在安康度过的十一年的青春生活。由于感情真挚，行文朴素，这篇貌似平淡的文章，吸引了无数读者。孙光启讲到他的妻子郑玫在安康茨沟镇医院工作，他经常翻山越岭，步行到百里外的茨沟镇去和她会面。讲到茨沟镇位于秦岭深山，地势狭窄，远不如安康的恒口镇宽敞开阔，等等。

在他笔下，昔日茨沟镇集市的风貌如在眼前：

场上叫卖着各式各样的东西，有蔬菜、活鸡、蛋、腊肉、蜂蜜、木耳、蘑菇，敲着当当响的木炭四块钱一担，劈好成一条条的榨树柴两块钱一担，叫人看着心痛。这些木柴如果不劈开，完全可以用来做家具或盖房。

那时国家对野生动物的保护远不及现在那么严格，在当地除了大熊猫、金丝猴外，其他动物都允许狩猎。所以在集市上可以看到各种野味出售，有熊掌、豹肉、麂子肉，甚至于娃娃鱼也成了人们的盘中餐。麂子肉几角钱一斤，金钱豹肉约两元一斤，锦鸡约三五角钱一只。

我曾吃过一只锦鸡，其实不好吃，骨头多肉少，所以卖不出价钱。锦鸡尾巴上的两根长羽毛，就是孙悟空当美猴王时头上戴的，如果不够长度也一点儿都不值钱，随便扔了。那时我特别想咥[①]麂子肉和豹肉，但因郑玫的反对，没有吃上，一直让我现在都遗憾。

有时能看见一个老婆婆背着个大背篓，里面放着一具从头到尾上肢完整的骨骼，这原来是整整的一具豹骨，卖到供销社的价格为 150 元。当时的虎骨酒其实大多是用豹骨制成的。东北的老虎早就禁猎了，华南虎已经绝种，哪儿来的虎骨去做药酒。

茨沟供销社门口贴着大张海报，第一张是收购中药材的，有天麻、党参、半夏、杜仲、金银花等几十种药材，第二张则是收购动物毛皮的，除了熊皮、豹皮、狐狸皮之外，还有我听都没听说过的数十种动物皮毛！多亏国家后来发布了动物保护条例，否则，不知道有多少珍贵的动物物种，会被卖了皮毛或被人当成野味吃掉了……

---

① 咥，陕西方言，意即吃。

不知孙光启笔下“听都没听说过的数十种动物”中，有没有朱鹮？

很可能有。只是那时候人们不知道。

再想想，即使知道，又怎么样？在各种被捕杀的野生动物中，朱鹮岂能独善其身？后来的采访中我们了解到，二十世纪五六十年代，秦岭山里还不时能打到狗熊和豹子，等进入二十世纪七八十年代，狗熊和豹子就越来越少了，最后几近绝迹。

与古人相比较，现代人捕捉和猎杀朱鹮的兴趣未减，手段却极大地提高了。洋县的山沟里有多家三线企业，这些企业的工人大都有猎枪，由于这些企业都是中央和省属企业，不归洋县管，这就使得洋县颁布的政策法规很难传达到他们中间，也使得尽管洋县第一时间就下达了禁捕令，却依然抵挡不住悲剧的发生。

1982 年 7 月的一天——值得一说的是，这距离在姚家沟发现七只朱鹮仅仅一年零两个月——八里关农技站的干部李国柱在路上走，无意中发现一个小孩子在院子里玩一只大鸟。小孩子把鸟的翅膀在地上展开，一直往外拉，想看看鸟的翅膀到底有多长，结果翅膀展开了一米左右，很醒目。

李国柱觉得这只鸟与众不同，禁不住多看了几眼，越看越觉得像朱鹮。他心里一沉，立即扭身上前细看。

果然是朱鹮。

他板着脸问：“这只鸟哪来的？”

小孩子回答：“有两个工人拿枪打的。打下来没有要，我就捡回来了。”

李国柱说：“不要玩了。这只鸟是国宝，赶快给我。”

他当即向县林业局和派出所报案。

朱鹮惨死在猎枪之下，震惊了洋县政府。公安局接到李国柱的报案，即刻抽调警力，赶到现场勘查。仅用几天时间就迅速破案，逮捕了四〇五厂的工人崔某某和黄某某。两人没有隐瞒，交代了猎杀朱鹮的经过。那天他们相约着一起出外打猎。走到前湾乡的老庄村时，看到有只大鸟迎头飞来，其中一人说：“来了一只鸟，赶快打。”

嘴里说着，端枪就朝着飞鸟开了一枪。

几乎同时，另一支枪也响了。

天空的飞鸟应声落地，两人上前捡到鸟，看过后，感觉这只鸟长得不同寻常。那时他们已经听说了洋县发现朱鹮的事情，思来想去，两人没敢拿走朱鹮的尸体，匆忙离开了现场。

审讯期间，两位工人一再强调，他们不是故意的，打鸟之前，他们根本不知道这是朱鹮。去年洋县才发现七只朱鹮，但那是在姚家沟发现的，他们虽然听说过这件事，却从来没有见过朱鹮是什么样子。如果知道这就是朱鹮，他们肯定不会打。

案件本身并不复杂，但是如何处置猎杀者却遇到了前所未有的挑战——早在1960年，国际上就已经将朱鹮列入了鸟类保护名录，但中国在鸟类保护方面，还没有制定任何相关的法律，这就给惩罚肇事者带来了困难。依据什么去处理他呢？

但是不惩罚作案者，又怎样震慑猎杀者？

1982年的中国，刚从“文革”中走出不久，正酝酿并着手建立法制体系。公安部门也是头一回遇到这种事情。不久前东北有人猎杀了珍稀鸟类丹顶鹤，就因为在判刑时找不到法律依据，只好不了了之。如果朱鹮猎杀案和丹顶鹤猎杀案采取同样的处理办法，那意味着还会有更多朱鹮将死在枪口之下。

相关部门主动向刘荫增咨询和请教。

刘荫增也很犯难。

他说：“现在国家正式条文上只有一句话，要保护野生动物，但是没有具体说打死一只朱鹮要判多少年。我个人觉得，判多判少是另一回事，但至少要判，不然朱鹮就保不住了。”

相关部门又征求其他人的意见。意见完全一致：截至1982年7月，中国的野外朱鹮总共只有十只，还光天化日之下被打死一只！虽然国家没有出台法律条文，但是洋县出台了《关于认真保护世界珍禽朱鹮的紧急通知》，其中专门提到“不准在朱鹮活动区狩猎”。洋县是一级政府，出台的虽然是通知，但具有行政效力，两个工人触犯了这一通知，理应受到惩处。

鉴于案件的特殊性，刘荫增和四〇五厂、法院、林业局等相关部门的人反复商议，决定判处崔某某有期徒刑一年六个月，罚款150元；判处黄某某有期徒刑一年，罚款100元。之所以两人的判处有区别，是因为无法判断究竟是谁打死的朱鹮，只能根据谁打第一枪、谁打第二枪的不同顺序，给出了不同的判决。

宣判后，四〇五厂的党委书记叹息说："这两个人都是车间劳模，是很不错的师傅。要是进了监狱，实在太可惜了。"

刘荫增也替这两位工人可惜，但是在国家投入那么大的精力保护下，在全世界朱鹮如此稀少的情况下，有人不问青红皂白地举枪就把它打死，不判刑是绝对不行的。

思虑再三，他想出了一个折中的办法："现在法律还不健全，国家还没有出台野生动物的保护条例。这件事不判肯定不行，判了又于心不忍，要不就监外执行吧。最主要的是要让老百姓受到教育，从此不再打朱鹮。判还是不判，应当围绕这个来。"

大家一致同意他的建议。

为了达到教育群众的目的，洋县选择了公开审判。

10月6日，洋县人民法院在四〇五厂召开大会，判处两人有期徒刑一年和一年半，监外执行。由于猎杀鸟类而被判刑，这在整个中国都是头一例，而且是中国几千年来的第一例，所以人们议论纷纷，非常惊讶。

后来的事实证明，这个案子判得完全正确。案件判结后，整整八年时间，洋县境内再没有发生过人为猎杀朱鹮的事情。而当这件事情随着岁月的消逝逐渐被人们淡忘时，猎杀朱鹮的现象就再一次出现了。

知情者告诉我们，1982年判决的朱鹮猎杀案，除过对当地民众产生了很大的震动，也引起了方方面面的注意和重视。当时，国际自然保护联盟（IUCN）已经将朱鹮的濒危等级由濒危提升至极危，并且朱鹮事实上随时面临着整体灭绝的危险。如果不从法律上明确地制订出对朱鹮的保护条例，猎杀事件注定会不断发生。

或许是因为形势严峻，第二年5月，国务院正式颁布了《关于严格保护珍贵稀有野生动物的通令》，明令保护朱鹮。

五年之后，《中华人民共和国野生动物保护法》正式颁布，朱鹮被列为国家一级保护动物。

遗憾的是，在相当长的一个历史阶段内，法律意识在许多民众的心目中相当淡漠。这种淡漠的意识，必将继续给朱鹮带来危害。

惊动国务院

洋县公安局刑警队原队长叫何文学。

何文学个子中等，皮肤黝黑。采访中，我们都感觉到他思维敏捷，举止干练，也发现他的一只眼睛似有问题。

果然，他告诉我们：1984年，他和民警王群智从山区下乡返回时，在金水镇搭乘县教育局的便车回城，行至酉水乡王合村地段，突然听说有豹子在伤人，两人当即下车，与当地民兵一起围捕豹子并救人。由于他冲在前面，被豹子一掌掴来，将脸上连皮带肉撕掉一块，眼球也瞬间被抓破。不仅如此，豹子见一掌没有掴倒他，竟咆哮着再次扑上来，千钧一发之际，王群智用胳膊挡了一下，结果豹子把王群智的胳膊咬成了贯通伤。危急中，两人同时开枪，将豹子当场击毙。大伙儿急忙把何文学送到医院，经检查，他眼球的视网膜已被抓坏，无法复原，只能将眼球摘除，后来他专程到上海去治疗，装了义眼。

1982年朱鹮猎杀案破获以后，其后八年安然无事。但是1990年9月，洋县再次发生了枪杀朱鹮案，且性质更为恶劣。

身为县公安局的刑警队长，何文学具体负责整个案件的侦破工作。

何文学告诉我们，对这件案子，他印象非常深刻。至今，他仍保存着当年破案的记录本，上面记载着破案的详细过程。他用了四个字来概括这场猎杀案：惊心动魄！

普通人不知道的是：仅仅在九个月前——1990年的元月，汉中已经发生了一起猎杀朱鹮的案件。那一回有人在汉江的河滩上发现了一只朱鹮的尸体。河滩位于汉中行署、勉县、南郑县的交界处。

得知消息，朱鹮站业务科的张跃明和汉中市一位林业干警当天就赶去调查，他们发现河滩上撒有小麦粒。那一阵汉江上有两种现象比较猖獗，一种是“电打鱼”，即采取电击的方式来捕鱼。这种捕鱼方式的可怕之处在于，它是赶尽杀绝，连细如豆苗的鱼苗也统统无法幸免。另一种就是在河滩上撒麦粒或米粒。这些麦粒或米粒都是用剧毒农药 3911 浸泡过的，犯罪分子以此为诱饵，毒杀并捕捉水鸭。

两人本能地怀疑朱鹮是中毒而死，但是检查朱鹮尸体时，发现不是。朱鹮身上有明显的伤痕和血迹。

再细查，是一起明显的猎杀。

令人至为痛心的是，这只被猎杀的朱鹮后来被认定为姚家沟那对成年朱鹮中的一只。从 1981 年在姚家沟发现这对朱鹮夫妇后，已经过去了近十年，它们每年都固定地在姚家沟筑巢繁殖，为整个地球保存朱鹮物种做出了不可磨灭的、最大的贡献。近十年中，它们辛勤忙碌，产卵育雏，直到 1990 年才戛然而止。

是什么原因使它们停止？

在排除了其他种种可能性后，大家不得不接受一个事实：其中的一只已经死去。

1990 年，整个洋县的朱鹮相当有限，无论在哪里消失一只，都会被及时发现。根据巡护员们的观察报告，其他地方的朱鹮都没有减少，独独姚家沟这对朱鹮夫妇减少了一只。往年每到二三月的繁殖期，这对朱鹮夫妇注定会成双成对地回到姚家沟筑巢产卵，但是这一年，这对朱鹮夫妇只有一只回去了，它孤身在姚家沟待了几天后，突然展开双翅，围绕着那棵熟悉的巢树反复环飞，并发出阵阵惨痛的哀号，最终掉头而去。

从此，持续繁衍了将近十年的姚家沟朱鹮巢区，再也没有去过朱鹮。

那一回张跃明配合公安部门，在汉中待了许久，也跑了许多地方。他们反反复复地寻访线索，却始终没有结果。眼看着朱鹮被莫名其妙地打死，大家都很痛心，却也无奈。

这就到了 9 月。

9 月 12 日，洋县政府正在接待日本考察团。由于许多日本国民对中国保护朱鹮寄予了极大的期望，也给予了很多的支持，因此和洋县结下了很深的友谊。那天接待完日本客人后，已是晚上八点多钟，翟天庆回到办公室抓紧时间写材料，为第二天的座谈会做准备。正写着，五间乡政府打来电话，说当地有村民下午回家时，在雷槽沟水库旁边的水沟里捡到一只死朱鹮。

翟天庆吓了一跳。日本客人全是冲着朱鹮来的，这时候死掉一只朱鹮，影响该有多坏。

此前一个阶段，来报告朱鹮情况的许多村民常常把白鹭当成朱鹮，所以他首先问："你看清楚没有？这只鸟嘴巴是什么颜色？是不是黄的？"

报告人很肯定："不是黄的。是黑的。"

"鸟头上是什么颜色？"

"红色，身子下面也有点红颜色。"

翟天庆心里一沉，但还是不死心："嘴有多长？"

对方没有立即回答，而是用手去丈量，之后应声："大概五六寸。"

翟天庆更加紧张："是什么形状？"

"圆弧形。"

翟天庆不再问了，他当即打电话向相关领导报告，同时安排车辆往五间乡赶。

赶到五间乡政府，他一眼就确认了，是朱鹮。

发现朱鹮尸体的是十岁的儿童解建红，当天他在雷槽沟水库的草坝上放牛，意外地捡到了这只死朱鹮。他立即交给村支书，村支书又立即转交五间乡政府，请五间乡政府火速报案。

翟天庆拿着死朱鹮赶回朱鹮站。很快，县公安局局长带领干警也赶来了。经检查，是受了枪击。

这一来，事情的性质就严重了。

县委书记侯有成和县长潘光大惊讶之余，决定把这个事情作为洋县近期的头号大事来抓。无论政府还是朱鹮站本身，都迅速将人手分为两部分，一部分人正常工作，包括正常接待日本考察团，另一部分人抽下来组网破案。

当天夜里十点多，县委、县政府主要领导都没有回家，聚在一起紧急商量，并按照程序，通过三条渠道逐级上报：

——朱鹮站上报县政府、省林业厅、国家林业部。

——洋县公安局上报汉中行署公安局、省公安厅、并通过省公安厅上报公安部。

——洋县政府上报汉中行署、省政府、国务院。

整整一夜，相关干部没有一人合眼。

第二天一早，国务院办公厅发给省政府的明传电报就过来了，要求立即组织侦破，并强调不许类似事件再次发生。

其实无须叮嘱，事情已经惊动中央最高层了，谁还有天大的胆子，敢让它再次发生！

后来的事实证明，人们还是低估了事情的严重程度！

第二天——就在国务院明传电报下来的当天晚上，村民解衣明和赖永菊经过雷槽沟水库时，又捡到一只朱鹮。这只朱鹮虽然浑身沾血，但尚存一丝气息，它静静地卧在已经长高了的稻田里。如果不是解衣明和赖永菊恰巧从这里走过，根本无法发现它。

两人立即把朱鹮送到五间乡政府。

当五间乡政府看到这只奄奄一息的朱鹮时，所有的人都惊呆了！

五间乡再次报案时，朱鹮站正在开会。

时任洋县林业局局长兼朱鹮保护观察站站长杨福娃[①]立即终止了会议，带着张跃明等人坐上车，飞也似的赶往五间乡。

五间乡位于洋县城西，距离县城大约十五公里。当杨福娃和张跃明等人走进乡政府的办公室时，一眼看见地上躺着一只朱鹮。朱鹮浑身是血，

①1986 年原洋县朱鹮保护观察站由省林业厅直管后，级别升为科级，由洋县林业局局长杨福娃兼任朱鹮保护观察站站长，路宝忠任副站长。1992 年 6 月，路宝忠任站长。

已经无力站起，它用凄然的眼神望着周围，不时发出无助的哀鸣。朱鹮的叫声本来就大。在平素晴朗的天空中，它的叫声可称嘹亮，也可称悦耳。而此时，同样很大的声音，却有一种彻骨的绝望和凄惨。用张跃明的话说：“让你一听，心都发颤！”

一看这个情况，杨福娃气不打一处来，厉声责问乡政府的干部到底是怎么回事，为什么接二连三地发生这样的事。一连串的怒吼，连珠炮般往几位乡干部身上猛轰。张跃明心里清楚，这件事和乡政府的干部无关，他们也是刚刚接到报案，也完全搞不清事情的来龙去脉。

但是又有什么办法？事情发生在他们管辖的地段！

朱鹮还在不停地哀叫，每一声都那样刺耳。张跃明不再犹豫，抱起朱鹮，让司机闫建设抓紧开车，用最快的速度赶往县医院。

至今，张跃明忘不了当时的情景。

他说：

“那时候天气还很热，我们都穿的白衬衫。朱鹮身上的血还在流，染了我们一身。这都不怕，关键是它一路都在叫。叫得那么绝望，确实让人受不了！”

到达县医院后，张跃明等人直奔骨科，找骨科主治医生纪宪朝。纪宪朝迅速查看了一下朱鹮的状况，迅速抱它去拍 X 光片。X 光片出来后，打眼一看，就发现朱鹮体内存在不少铁砂，这就明确了两点：

第一，朱鹮是被枪杀的。

第二，再没有其他的治疗选择，必须尽快手术，为朱鹮取出体内的铁砂。

遗憾的是，刚把朱鹮放上手术台，它就永远地闭了眼。

面对着已经离去的朱鹮，张跃明等人反复思考，做了一项重要工作，他们请汉中师范学院（今陕西理工大学）生物系教师张宏杰为这只朱鹮做了尸体解剖，将朱鹮体内的铁砂全部取出来。彼时案情还处在扑朔迷离的阶段，他们之所以做这些工作，就是要搞清朱鹮遭受猎杀的细节。他们没有想到，正是这些取出来的铁砂，为其后确认作案人提供了有力的证据。

当洋县相关人员十万火急地面对着接踵而至的朱鹮猎杀案时，日本客人们正满怀着兴趣在观看中国朱鹮。他们完全没有意识到，此时洋县上上下下正急得像热锅上的蚂蚁。全县紧急动员，严控局面，一方面夜以继日地安排警力抓紧破案，一方面防止类似事件继续发生。

初步判断，两只朱鹮死亡的地方，都处在央企和省属企业驻在洋县的区域范围内。县公安局立即召开紧急会议，请来了三〇七厂保卫科、四〇五厂公安分局、二十一公司等单位的领导，请他们协助查案。由于朱鹮身上有弹痕，所以请工厂方面先摸排枪支情况，专案组再根据枪支摸排的情况，顺藤摸瓜进行调查。

这就到了第三天。

第三天——9 月 14 日下午，晴天一声霹雳，在雷槽沟水库东北侧的路边，村民岳秋华在稻田里又发现了一只死朱鹮。他马上向五间乡政府报告，五间乡政府又紧急打电话到朱鹮保护站。

所有的人都吓傻了！

连续三天，被枪杀了三只朱鹮，事态的严重程度已经超出了所有人的想象！

县公安局将此案列为特大案件，由刘正枝副局长和刑警队队长何文学负责侦破，并从全局抽调经验丰富的侦查员，组成了强有力的专案组。他们首先划定工作范围：以四〇五厂区为重点，向四周辐射。专案组分成了三个侦破组，各负其责，白天分头侦查，晚上集中汇报当天的工作进展。

与此同时，从中央到地方，同样都被如此重大的案情所震惊。省上、市上每天都打电话了解情况，省刑侦处处长已经紧急赶赴洋县，专程来督导侦破。何文学在繁忙之余，还要随时应对各方面的询问。

专案组派人走访现场，向解建红、解衣明父子及村民赖永菊、当地护林员等人询问，了解到一条重要线索。据护林员反映，12 日他在林子里巡护时，在雷槽沟水库碰见了一名四十多岁的男子，身穿浅蓝色工作服，背着一支枪管很长的猎枪，当时护林员还看见他往枪膛里装子弹。两人相错而过，没有说话。

其他人则提供了另一条重要线索。13日傍晚，一个瘦高个男人带了一个十来岁的小孩子，好像是父子俩，背着枪在雷槽沟水库林子里转悠。

不用任何犹豫，公安人员就锁定了嫌疑人是附近工厂里的工人。

何文学极有经验，他在勘查现场时，不放过任何一个细节，包括朱鹮负伤扑地后头尾的方向。他深知，所有看上去不起眼的细节，都将成为锁定作案者的重要依据。如果作案者手持猎枪站在朱鹮的南侧，那么朱鹮从东向西飞，他打出的子弹必然从朱鹮身体的左侧进，右侧出，这才能够判断出他的作案经过和作案事实是否吻合，只有所有的细节都与他的交代全部吻合，才能形成可靠的证据，才不会冤枉好人。

公安人员在现场搜寻时，捡到一只烟盒，初步判断是作案嫌疑人抽完烟，将烟盒顺手丢在了地上。三线企业职工的收入和当地农民的收入有明显差别，这差别首先在抽烟的档次上体现出来。根据香烟的品牌档次，公安人员再次认定，是工厂职工抽的烟。

紧接着对朱鹮进行尸检，发现嫌疑人使用的是打铁砂的猎枪。

继续调查。他们发现，二十一公司这段时间活儿不多，不少工人没事干，有充分的时间到雷槽沟水库打猎。

粗粗看去，侦破工作犹如大海捞针。但是碰上行家里手，侦破工作又是那么流畅自然。何文学是位破案老手。他经常说的一句话是：破案不复杂，更不神秘，只要耐住性子，捕捉蛛丝马迹，总有真相大白的一刻。

不留空白，不留死角

事情一如何文学所言。

1990年的洋县，没有任何破获案件的先进设备，却有一批卓有经验的侦破人员。面对三只朱鹮被害，他们采用的是最原始、最简单，却也非常有效的侦破手段：排除法。

首先查枪支。

谁有枪支，都列出来。

好，这就把一个很大的无枪群体排除出去了。

采访中，让我们大为吃惊的一个数字是：就这样一个谈不上多大的三线企业，工人竟持有猎枪 192 支。

其中，火药枪 58 支，双管猎枪 73 支，单管猎枪及大弹壳的单管猎枪 61 支。

静心细想，确实令人后怕，如果姚家沟这七只朱鹮再晚一年发现，会是什么情形?

查完枪支，再查弹药。

朱鹮是被铁砂弹击中的。他们把 192 支猎枪所使用的弹药与从朱鹮尸体中取出的弹药进行比对，这就又迅速排除掉一大批。具体地说，排除了 134 名非铁砂猎枪的持有人。

再下来，核查剩下 58 名持枪者的考勤。凡是 9 日到 13 日期间每天照常上班的都排除掉。

三排两减，范围就迅速缩小。

专案组兵分几路。

这边在一层层地排除和缩小范围，那边在紧锣密鼓地对周边走访调查。

走访调查中，有人提供了线索：13 日下午，工厂一位姓项的工人和他年幼的儿子去了水库边。继续调查，这一壮一少的体貌特征与此前他们了解到的情况完全吻合。于是公安局先叫来了项某的儿子。孩子尚小，单纯坦率，他一五一十地讲述了猎杀朱鹮的整个过程。

紧接着传唤项某本人，也交代了 13 日晚猎杀朱鹮的情况。

看得出来，父子俩的交代都很具体，也很诚实，但是他们只承认枪杀了一只朱鹮，对其他两只拒不承认。

这让侦破人员大为困惑。

如果说作为成年人的项某有可能隐瞒作案真相，那么孩子是无辜和纯洁的，他即使想撒谎，也注定破绽百出。

侦破人员马上意识到，猎杀朱鹮的还有他人。

侦破人员把朱鹮尸体里取出来的铁砂，与从工厂收集来的不同猎枪所使用的铁砂进行比对，发现二十一公司司机皮某某使用的枪砂与朱鹮体内存留的枪砂完全匹配，而且他的枪管特别长，符合护林员等人描述的嫌疑人当时携带枪支的特征。

公安局迅速对皮某某进行了传唤。

在证据面前，皮某某很快交代了猎杀朱鹮的过程。

原来，他在雷槽沟水库以南的杨树林中，发现树上有两只像白鹤一样的鸟，两只鸟的距离只有几十公分。于是他瞄准其中一只鸟开枪射击，鸟掉下来后，拍打了两下翅膀，被他抓住了。另一只鸟受伤后，拼命挣扎着朝水库北面的稻田里飞，此后的情况，他就不清楚了。

皮某某抓住这只鸟后，发现与平素打到的鸟不一样，结合以前在电视上看到过的朱鹮，突然意识到自己误打了国宝，于是迅速逃离现场。回家途中，他将朱鹮尸体掩藏在老乡的稻田里。

至此，案件告破。

虽然事情已经过去了三十多年，但张跃明依然清楚地记得案件告破前后的一些情景。

当时，朱鹮站委派张跃明进入专案组配合破案。专案组住在四〇五厂招待所。每天清早，张跃明和其他几位工作人员一起床，就赶往四〇五厂等三家单位的车间和工地。他们去调查哪些人手里有枪，哪些人在事发当天没有上班。

案件告破那天晚上，十点左右，公安人员给张跃明住的屋子里带来一个人，请他帮忙看管。张跃明知道这个人是枪杀朱鹮的作案者，所以心里很排斥，用他自己的话说：“他被带进来好长一段时间，我连正眼都没瞧他，就觉得他用那么残忍的手段枪杀朱鹮，太可恶了！”

为防止逃跑，这个人的一只手被铐在架子床上。

公安人员出去继续办案，静悄悄的屋子里只剩下张跃明和作案人。好一会儿，张跃明才总算瞥了他一眼，他发现这个人无精打采，一脸疲惫，显然，他无论心理还是生理都承受着巨大的压力。

虽然一只手被铐着，但是这个人的身子可以坐在床上，而他也确实坐在了床上，并且坐了不到十分钟，他的头就垂下来，一冲一冲地打瞌睡。究竟是长时间的审讯使他感到了疲惫，还是问题交代出来后心理上恢复了轻松？说不清。总之，他昏昏欲睡，东倒西歪。那种眼神迷蒙和嘴角挂涎的样子，让张跃明又好气又好笑。

静静地守着他，张跃明发现他的睡意竟越来越浓，整个身子不是忽地歪向左，就是猛然栽向右。这让张跃明多少有些不忍心，想了想，他起身走过去，抱起一床被子，给这个人的腰里垫了一下，让他倚靠得稳当些——他没有想到，被子刚垫牢对方的腰，这个人就势一仰，随后鼾声大作起来。

那天晚上，这个人呼呼睡了一夜，张跃明却一夜未眠。

张跃明告诉我们：后来整个破案期间，他再没有见到过这个人。等真正再次见到，已经是在宣判大会上了。

三只朱鹮同时被枪杀，引起了国务院的高度重视。

受国务委员兼国家科委主任宋健委托，由国家公安部第十六分局（国家林业部森林公安局）局长董庆余带领三人，前往陕西洋县现场督导侦破工作。督导组到达西安后，先听取了陕西省委省政府的情况报告，决定第二天即赴洋县，结果当晚就接到了洋县公安局侦破猎杀朱鹮案件，以及抓获了两名犯罪嫌疑人的消息。董庆余迅速向宋健报告。宋健当即指示：侦破督导组改为工作组，赴洋县处理后续事宜。

一个小插曲是：董庆余到达洋县后，由于他不仅代表林业部，而且是代表国务院来处理案件的，无论出于正常的礼节，还是下级向上级汇报情况，洋县县委书记和县长都应当尽快和他见面。当时翟天庆负责接待和协调，董庆余一到，他立即请示：我们县委书记和县长让我问一下，你今天有无时间，他们想向你汇报一下近期洋县的情况？

董庆余回答得很干脆：三天以内，请他们该干什么干什么，我们也该干什么干什么，暂时就不见了。

晚上，招待所专门为董庆余一行准备了丰盛的晚餐，谁知董庆余像是未卜先知，离开饭的时间还很早，他突然对翟天庆冒了一句："是不是已经安排好接待的晚餐了？小翟，请你去给厨房通知一声，安排的晚餐我们不吃，每人做一碗面条就行了。"

事后想想，董庆余身上同样承担着千钧压力，他这样做是完全正常的，但是由于洋县方面承担的压力更大，所以对他这样一种态度就非常忐忑。

接下来的几天中，董庆余去朱鹮被猎杀的现场察看，又去朱鹮分布活动区和集中觅食地察看，之后认真阅读县委县政府写的情况汇报。再下来，他走访了县林业局等相关单位，又专门把县委县政府今后保护朱鹮的思路和建议也取来细看。

整整四天，他白天跑，晚上看。等一切都心里有数了，他对翟天庆说："行了，请给县委县政府的领导说一下，明天早上八点到二十一公司开个座谈会，我们在会上说事情。"

第二天早上，会议在二十一公司会议室召开，公司中层以上干部全部参加。会议先是听取了二十一公司党委书记和总经理的检讨，接着是洋县县长潘光大的汇报检讨。潘光大很诚恳地讲道，之所以发生如此严重的猎杀案，主要有三方面的原因：

第一，对保护朱鹮的宣传教育不够，起码还不普遍，不广泛，没有做到家喻户晓，特别是中央和省上驻洋县的企业这一块，是块死角。

第二，对猎枪的管控不严。

第三，对朱鹮的保护没有广泛和深入地发动群众，也缺乏专业的公安保护机构。

潘光大提出了今后纠正的具体措施。最主要的一条措施是除过继续加强朱鹮科研和技术队伍的建设外，必须建立起范围更加广泛的临时性巡查保护组织，同时考虑在洋县建立专业的林业公安队伍。

潘光大表示，对此次朱鹮的被猎杀，他作为一县之长，有不可推卸的责任，他愿意接受中央工作组的一切处理。

董庆余通过几天的调查，对洋县的情况已经心里有底了。

他做了总结讲话。

针对洋县方面的问题，董庆余说，洋县发生了这样的恶性事件后，县委县政府主要领导能够采取紧急措施，除过在全县广泛宣传并严格重申朱鹮活动区为禁猎区外，首次对企业工人的枪支也进行严格的登记封存，这个举措很实际，完全正确，坚持下去，一定会有效果。

关于申请成立洋县林业公安局的事情。董庆余说，洋县是一个有着珍稀国宝的特殊地域，这件事可以打个报告。将机构的组建、人员的配备、经费的来源、办公设施的选址和筹建等，做一个详细的规划，他负责把规划报告带回北京，向林业部和国务院汇报，争取解决。

董庆余强调，之所以发生了猎杀朱鹮案，有一个非常重要的原因，就是宣传工作不到位，没有做到家喻户晓；尤其是驻在洋县的央企和省企，存在着明显的空白和死角。掰着指头细算，几次出事，全出在这个空白和死角。这个问题洋县有责任，但责任不全在洋县。他要求公司和企业，包括洋县县委和县政府，牢记这一惨痛教训，不留空白，不留死角，确保宣传和保护工作全覆盖。

洋县没有含糊。他们痛定思痛，一方面大力开展保护朱鹮的宣传教育，另一方面采取切实有效的措施，防止再出事故。其中一项重要的措施就是在已有专业朱鹮保护队伍的基础上，又建立起保护朱鹮的临时队伍。他们在洋县28个乡镇中，招聘了35名业余朱鹮巡护员，发放相应的报酬，培训相关的知识，让他们在自己熟悉的村村落落巡查，在宣传不留死角的同时，让保护巡查也不留死角。

与此同时，以洋县为主成立起一个机构——洋县中省驻洋单位朱鹮保护委员会。委员会办公室就设在朱鹮保护观察站，日常具体的协调联系工作由翟天庆负责。从此，每年由朱鹮保护观察站牵头，定期前往中央或省上的几家驻洋单位，了解他们朱鹮保护工作的情况，传达朱鹮保护的动态和信息，并宣传和通报朱鹮保护的最新措施。

此时，中国已经颁布了《野生动物保护法》，猎杀朱鹮属于明显的犯法。项某被依法判刑四年，皮某某被依法判刑五年。

何文学至今记得，这一案件在当年不仅震动全国，而且震惊国际。尤其是日本的许多鸟类协会和组织，纷纷对朱鹮被无端猎杀发出质疑。包括日本外务省也向中国外交部发出情况征询，而公安人员在一周内便迅速破案，包括对两名作案者的依法重判，同样引起了很大的轰动。这件事当年被选入《中国环境报》“1990 年国内十大环境新闻”。

采访中，何文学说：

“我的理解，猎杀者被判刑，不仅是一种依法惩处，更是一种宣传教育。而且是对常规宣传教育的有力补充，它从另一个侧面向广大民众敲响了保护朱鹮的警钟，也有效地唤起了民众爱鸟护鸟的自觉。一个现实情况是：相当长的一段时间里，打鸟都是许多人的家常便饭。但是 1982 年重判过一回以后，安稳了整整八年。1990 年重判了以后，到现在已经过去三十多年了，三十多年中虽然猎杀朱鹮的事情仍然在不断发生，但是洋县民众和驻在洋县的企业职工始终没有涉入一例！”

能不能刹住这股歪风

“三十多年中虽然猎杀朱鹮的事情仍然在不断发生。”——何文学不经意中说出的一句话，引起了我们的注意，也使得我们把警觉的目光本能地往后来的岁月延伸。

我们很快了解到，二十五年后，洋县又发生了一起猎杀朱鹮案。但是正如何文学所说，这与洋县的民众和驻洋企业职工无关。

2015 年 5 月 23 日天黑后，洋县龙亭镇高家沟村村支书高凤东、村主任高士军、村支委高希东为了禁止村民焚烧秸秆，正在村里值班。快九点时，突然听到外面响起枪声。他们有些奇怪，循着枪声跑出门。

几乎同时，村民高善枝、高炉军、高虎勇三人也跑出门来，他们看见高善枝家门口靠南的榆树下，一只朱鹮已经掉落在地，两个外地人手里拿着枪，正站在树下看打下的猎物。

此时，村里好多群众听见枪响，纷纷跑了过来。大家不约而同地指责外乡人：

“眼瞎了！敢把朱鹮打下来。”

“晓不晓得朱鹮是啥？国宝！”

“胆子太大了！”

“洋县那么多人，哪个敢动朱鹮？！”

……

七嘴八舌，情绪愤怒。

外乡人一看这氛围，多少明白过来，愣怔片刻，突然转身就跑。

村民们就在后面追。

村主任高士军抓紧时间，一边给派出所打电话，一边给朱鹮局打电话。

两个外乡人，一个朝北一个朝南，分散着逃跑。村民想扑上去贴近抓捕，又担心他们手里有枪，毕竟手里没有执法权，该以一种怎样的尺度制伏对方，大伙儿心中没底。正在这时，派出所民警胡宏刚赶到了，在村民的帮助下，当场抓住了两人中的一个。

这边在紧张地抓人，那边高希东已经去查看树上掉下来的朱鹮了。他发现这只朱鹮很瘦，虽然受了伤，却没有死。再细看，朱鹮身上没有血迹，地上同样没有血迹。想了想，会不会是内伤。

他把朱鹮的翅膀掀开看了看，想寻找它究竟伤在了哪里。此时的朱鹮，已经奄奄一息。纷纷赶来的村民们看见朱鹮的情况，都非常愤慨，却也束手无策。

高希东想了一下，对高长明说：“让你老母亲找个纸箱，弄件软和的衣服垫在里面，先让它卧进去。”

但是已经迟了，朱鹮刚装进纸箱，就停止了呼吸。

几乎同时，朱鹮局的人开车赶来了。

派出所的民警调查情况时，高善枝告诉民警：前一天下午五六点钟，他看见过这两个人。当时他们没有带枪，在村子里走走停停，看见榆树上的朱鹮后，两人还停下脚，显然很感兴趣。

高善枝听他们口音是外地人，当时曾上前问：“你们是干啥的？”

其中一人回答："来参加交流会的。"

高善枝不问了，龙亭镇正在召开物资交流会，这几天人来人往，很是热闹。

正要转身走开，对方却问了他一句："老乡，你们这里有什么鸟？"

高善枝顿时警惕："没有啥鸟。"

另外一个人显然有些不满意："明明有鸟，你看树上。"

高善枝吓了一跳："那是朱鹮，国家重点保护的，可不敢动。"

两个人再没有说话，只是满怀兴趣地看着树上的鸟，边看边议论，好一会儿才走。

没想到第二天晚上他们就端着枪来猎杀朱鹮。从整个过程来判断，他们显然不是误杀，而是故意。

案子发生后，洋县公安局迅速组建专案组，对抓到的曾某进行讯问。原来他和关某到洋县来从事商品零售，闲来无事，两人便相约着，拿着自制的气枪在村里打鸟。曾某承认，枪是他开的。

在对曾某的讯问中，专案组获得了相关证据，又对现场进行了勘验检查。同时锁定了关某的逃跑路线，很快在连霍高速的一个收费站抓住了他。

值得一说的有三个细节。

一是法院根据两人作案的轻重程度做出了判决，关某被判处有期徒刑二年十个月，曾某被判处有期徒刑二年。

二是案情过去后，朱鹮局专门召开了表彰会，对保护朱鹮的村民们给予了表彰。电视台也及时赶来采访了村民，大张旗鼓地进行宣传，呼吁大家继续提高保护朱鹮的意识。

三是那只朱鹮被打死后，巢里还有两只嗷嗷待哺的幼雏。朱鹮局派人上到榆树上，将幼雏从巢里小心地捧出，带回去人工饲养。后来这棵榆树上再没有朱鹮来过。据分析，那只被打死的朱鹮是雌性，之所以很消瘦，是因为它为哺育两个小宝宝消耗了极大的体力。

一个好好的朱鹮家庭，就这样生生地被击碎了！

这还是在大张旗鼓地进行了宣传教育、集中人力物力建立了专门保护机构的情况下发生的！不需要任何联想，就能够明白之前朱鹮为什么会急剧减少，为什么经过反复的野外考察后，刘荫增不止一次感慨地说，要是再晚两三年发现朱鹮，这个世界上就再不会有朱鹮了！

谁都不会想到，高家沟村这起猎杀事件仅仅过去十天，就又发生了一起猎杀朱鹮的案件。

这一起猎杀发生在洋县旁边的留坝县。

2015 年 6 月 4 日下午，来自西南的三人（我们暂且称呼他们为甲某、乙某、丙某）骑着摩托车，带着自制的射钉枪，在留坝县马道镇等地打鸟，其中击落了两只朱鹮。猎杀后他们将朱鹮装入袋中离开。后来，三人在继续打猎中，逐渐知晓朱鹮是国家一级保护动物，于是将射钉枪和朱鹮尸体丢弃于留坝县青桥驿镇的河流中，火速逃回家中。

在家里待了十多天后，三个人主动向公安机关投案。

此时，有关保护野生动物的法律已经进一步健全。法院综合了各方面情况，判处被告人甲某有期徒刑九年，判处被告人乙某、丙某各有期徒刑六年。

三个人都觉得判刑过重。他们一再强调，他们不认识朱鹮，是在猎杀后才知道的，因此不存在故意猎杀朱鹮的行为，完全属于误杀。他们认为：他们的行为不构成非法猎杀珍贵、濒危野生动物罪。而且案发地没有设立保护朱鹮的警示标识，属于朱鹮保护宣传不到位，这是导致发生误杀的重要原因。

留坝县法院认为，1988 年颁布实施的《野生动物保护法》，已经明确了猎杀重点保护野生动物属于犯罪。而《国家重点保护野生动物名录》中，更是明确地标明了朱鹮是国家一级保护动物。法律颁布后，不因犯罪人不去学法就可以宽宥，何况案发地是众所周知的朱鹮分布区和栖息地，因此被告人辩解是误杀的理由不成立。

判决后，三名被告人均表示不服，要继续上诉。

猎杀事件在继续发生。

匪夷所思的是，直到资讯全面发达的 2018 年，在距离陕西省会西安很近的铜川境内仍然发生了打死朱鹮的案件[①]。

6 月 1 日，冯某和郝某来到耀州区瑶玉村，用弹弓打鸟。看见朱鹮后，顿生兴趣。附近一位姓李的村民发现他们拉开弹弓想打朱鹮，急忙劝告，说这鸟不一般，是国家重点保护的。但两人不听劝告，冯某先是用弹弓将朱鹮打落草丛，待朱鹮一边挣扎逃跑一边悲戚鸣叫时，他紧追上去，再次用弹弓击中，随后用衣服包着朱鹮上了车。

行车途中，冯某突然发现这只大鸟腿上带有标志，这才感觉不妙，于是将大鸟扔弃在沿途河岸边。后来铜川柳林野生动物保护管理站工作人员发现后，火速带回救治，由于伤势过重，这只朱鹮最终死亡。

值得一说的是，5 月底至 6 月初，正是朱鹮的育雏期。冯某打死的这只朱鹮为雄性。当年它和“妻子”已经孵出了三只幼雏，它被打死后，巢里这三只幼雏正嗷嗷待哺。三只雏鸟尚不到二十日龄，还没有佩戴环志，如果不采取人工辅助的办法，单凭朱鹮妈妈是绝对养不活它们的。事发后，铜川柳林野生动物管理站的工作人员每天定时定点在这棵巢树周边投食，最终使三只小朱鹮全部活了下来。

铜川市耀州区人民法院一审判决，判处冯某有期徒刑十年，处罚金三千元；判处郝某有期徒刑八年，处罚金三千元。

两人认为量刑过重，提起了上诉。

铜川市中级人民法院依法驳回上诉，维持原判，并在朱鹮野化放飞地对此案公开审理。

三起案件判决后，不同程度地引起了社会争议。

一些人对此持认可态度。他们认为三起案件中，至少有两起属于明明知道自己猎杀的鸟是国家重点保护的珍稀动物，却仍然不听劝阻，一意孤行。其主观方面具有故意性，客观上造成了严重后果，如果不进行重判，很难提高民众保护珍稀野生动物的意识，也很难提高民众对法律的敬畏。

① 为拓展朱鹮的生存空间，朱鹮局于 2013 年在陕西铜川市野化放飞了一批朱鹮。

另一些人则认为，这几个人猎杀朱鹮固然属于犯罪，但还达不到重判的程度。尤其那三位来自西南的人，他们并不知道朱鹮是国家濒危保护动物。当他们知道自己误打了朱鹮之后，虽然有十多天的犹豫，但最终还是选择了自首。在这种情况下重判，难以体现政策的区别。从犯罪过程来看，他们对朱鹮的猎杀，不属于故意行为，他们只是打鸟打习惯了，看见有鸟，就顺手给了两枪。

还有一些人认为，三起猎杀朱鹮的犯罪行为，恶劣程度确实有所不同，判决的轻重程度也可以继续探讨和商榷，其中西南那三位作案者，和另外几名作案者确实存在着一些区别——但有一点不容忽视，即他们身上养成的这种恶习必须惩戒。就以西南这三个人为例，他们可能确实不知道自己打的是朱鹮，也确实不知道朱鹮是国家重点保护的鸟类，但是既然不知道，为什么就敢端枪去打？为什么不问清楚了再端枪？其实，这恰恰是最可怕的。之所以猎杀野生动物的现象屡禁不止，就是长期以来，一些人行为无规则，内心缺敬畏，他们见鹰打鹰，见兔打兔，已经养成了习惯。在相当长的一个时期内，“打习惯了”都是一个普遍现象。试想洋县那些三线企业的职工，拿着自制的猎枪，见什么打什么，朱鹮的急剧减少能说和他们没有关系？中国朱鹮千百年来一直存在，为什么在二十世纪五六十年代以后短短的几十年中，竟以一种难以想象的高速度走向灭绝？为什么 20 世纪 70 年代在甘肃康县还能够见到朱鹮，后来连影子都见不到了？ 1981 年在洋县发现了全世界仅存的七只朱鹮，但是 1982 年马上就又被打死一只！如果不是洋县采取坚决的态度，大张旗鼓地对猎杀者判刑，能不能刹住这股不问青红皂白，见鸟就打的歪风？

孰是孰非，争论或将持续。

把话题扯远些。

几十年来，中国保护珍稀野生动物的历程确实经历了一个从无到有、由虚而实的过程。这个过程崎岖不平，步履艰难。

还以洋县为例，20 世纪 90 年代，保护大熊猫的宣传铺天盖地，大熊猫是国宝的呼声人人皆知，但是尽管国家一再明令禁止猎杀大熊猫、金丝猴、羚牛等珍稀野生动物，不少人在利益的驱动下，仍然顶风作案。洋县有个胡某，多次啸众聚友，在华阳保护区猎杀了多种不同品类的国宝。其中一次就猎杀了两只大熊猫、五头羚牛、三只金丝猴。他们猎杀熊猫是为出售熊掌熊皮，猎杀羚牛是为出售牛角，猎杀金丝猴是为出售金丝猴皮。采访中我们了解到，当时一张熊猫皮可以卖到一万多元。抓捕胡某后，仅从他手里就缴获了三张熊猫皮。

洋县林业公安局主办了这起猎杀、倒卖大熊猫和羚牛的特大刑事犯罪团伙案。主犯胡某被关押三年后，公开判处死刑，其余八名成员分别被判处八年到十六年的有期徒刑。这起案子的重判引起了强烈的社会反响和预期的社会震动，极大地警示了偷猎者，使得此后相当长的一段时间内，再没有出现类似行为。

追溯来路，人们会发现：中国对猎杀珍稀野生动物的惩戒，大体经历了这样几个阶段：

最初群众是缺乏起码的认识，随意乱打。

之后群众渐渐地有了认识，政府也渐渐地开始了宣传，但法不责众，比较茫然。

接下来是群众和政府的认识越来越清晰，国家渐次立法，管理越来越严。

再下来，对保护野生动物，尤其是保护珍稀野生动物的宣传力度越来越大，惩戒越来越严，保护意识越来越强。

显然，法律不会一成不变。它会随着时代的进步而进步，也会随着人们意识的变化而变化。人们殷切地期盼着，经过不懈的努力，最终在我们的生活中形成一种热爱野生动物、保护野生动物的文明氛围。

第五章　不尽的天灾

朱鹮刚刚死去，它的身躯被猫头鹰尖利的爪子撕开了多处，血肉模糊，一片狼藉。而那只获得了暂时胜利的猫头鹰则喙上沾满鲜血，双爪攥满了朱鹮羽毛，由于它的双爪深深地嵌入了朱鹮的肉身，以致爪子根部绒毛上浸满的鲜血都变成了黑色。

祸不单行

对朱鹮构成严重威胁的除过人祸，再就是天灾。

1990 年，随着洋县生态环境的不断改善，也随着人类对朱鹮保护力度的不断加大，朱鹮逐渐有了安全感，随之开始恢复它与生俱来的本性。几乎是悄然不觉中，朱鹮营巢开始由高海拔地区向低海拔地区转移。

此前，朱鹮在海拔千米左右的区域的青冈树上营巢，这些树都是百年大树，有二三十米高，蛇很难爬上去，所以，高海拔区域很少发现蛇对朱鹮的侵害，但是当朱鹮在七百米以下的低海拔区营巢时，情况就不一样了。低海拔区的百年大树几近绝迹，一般保留下来的都是二十年左右的松树，树干不粗，长得也不高，何况在这样的海拔区域内，蛇和鼬科动物原本就很活跃。

失误之处在于，虽然朱鹮的营巢区及营巢树种发生了改变，但工作人员沿用的依然是高海拔区的常规做法，即选择巢区地势比较高、视野比较开阔的位置搭建观察棚，通过望远镜来俯察巢内朱鹮的情况。他们完全没有意识到，危险正悄悄地从巢树下面滋生。

1991 年，木家河巢区一条蛇突然上树，随后猛烈地攻击朱鹮巢窝，对小朱鹮造成了严重伤害。

目睹可怕的后果，大家都很惊讶，却也心存侥幸，很可能这只是偶然。

谁知第二年，木家河巢区再次发生了蛇伤朱鹮事件，这一回蛇缠咬了巢内四只雏鸟，经过紧急抢救，最终只活下来一只。

四只雏鸟死掉了三只，这是多大的损失，也是多可怕的警示。

朱鹮站的人非常震惊。

路宝忠、翟天庆等人承担着领导责任，他们日夜揪心，寝食不安。尽管如此，他们却拿不出办法，只能反复叮嘱大家防蛇。

但是这样做远远不够。

他们发现，朱鹮的天敌很多。几乎所有的鼬科动物，都是朱鹮的天敌。比如黄鼠狼，就曾经悄然上树，一次吞掉了三枚朱鹮卵。更可怕的是，黄鼠狼不仅能攻击那些在巢树上尚未长大的幼鹮，而且能攻击已经出巢单飞、但尚处在“青少年阶段”的朱鹮。黄鼠狼常常隐蔽地躲藏在一些适合它出击的角落，当这些涉世未深的朱鹮埋头于水田啄食水生物时，它会抓住转瞬即逝的一刻，猛然蹿上去咬住朱鹮的脖子，进而撕吃朱鹮。

包括山林里的貂，同样会伤害朱鹮。

但是相比之下，蛇对朱鹮的伤害始终排在首位。

规律是：每年一过惊蛰，蛇就苏醒过来。整个冬天没有进食，它们十分饥饿，一出洞就四处寻找吃的。蛇的嗅觉非常灵敏，朱鹮在树上做窝，粪便落在树下，蛇会循着气味寻找，进而顺着树干上爬。蛇爱吃鸟蛋，也吞食雏鸟。对大蛇而言，这些低矮的马尾松只需三缠两爬，就轻松地上去了。

1993 年 4 月 28 日中午，在余家沟巢区，工作人员突然听到树上朱鹮成鸟不断地鸣叫，叫声急促而紧张，这引起了他们的注意。通过单筒望远镜，他们看到一条蛇已经悄无声息地进入朱鹮巢，用身子死死缠住了一只小朱鹮——蛇吃鸟类，不像兽类那样一口咬住，血淋淋地撕扯着嚼烂，它是先用身体把雏鸟紧紧地缠牢，让雏鸟窒息而亡，之后再慢慢地享用它。

眼前这一幕，把观察人员惊呆了。那时他们还没有阻止蛇侵朱鹮巢的经验，一时处在手足无措中，随后才猛然清醒，用最快的速度找来长竹竿，从各个方位和角度拼命驱赶。在一番紧张的人蛇搏斗后，蛇终于被赶走了。

下午两点，观察点与朱鹮站开通了电台联系，朱鹮站闻听消息，立即派车把医生拉上山对小朱鹮进行抢救。

但是已经迟了。

蛇伤朱鹮之后，朱鹮站按照规定，向省林业厅上报了事情经过和造成的后果。省林业厅毫不客气地对他们进行了严厉的批评。不仅如此，国家

蛇侵入朱鹮巢（翟天庆摄影）

林业部得知消息后，电话通知陕西省林业厅，要求追查事故原因，尽快组织专家到现场调研，并提出具体的防治措施。

翟天庆是保护野外朱鹮的业务负责人，那天他得知蛇伤朱鹮的消息，立即骑车赶往余家沟巢区，又通过观察点的电台与路宝忠商议对策。按理说，事情不复杂，蛇的危害性和防蛇的重要性统统在眼皮下摆着，在这样简单而明确的事实面前，防蛇的手段似乎也应当唾手可得。

但是两人反复商量，却始终想不出防蛇的好办法。

事情发展到这个程度，翟天庆急得连觉都睡不着。他对路宝忠说："干脆，我在巢区多住几天，一方面了解情况，看能够采取什么措施。另一方面也走访一下老乡，看他们有没有防蛇的办法。"

路宝忠当即表示支持。

接下来，翟天庆带领观察点的两名工作人员，花了五天时间，先后在余家沟、二道梁等八处朱鹮巢区和觅食区走访当地村民。这八处地方的蛇和黄鼠狼特别多，尤其是蛇，不但种类多，数量也多，包括村民家里养的鸡也时常会遭到它们的伤害。

村民们七嘴八舌，纷纷向他们提出建议。

一位村民说:“《白蛇传》里面提到雄黄可以驱蛇，这应该是一个方法吧，你们可以试着把雄黄撒到树底下。”

另一位村民说：“既然蛇喜欢吃鸟蛋，那你们就在巢树周边投放毒蛋，把 1605、1059 这些农药用针头往鸡蛋里面注射，蛇吃了肯定会死。”

这个办法效果应当不错，但有风险。万一毒蛋把其他动物给毒死了呢？何况巢区会有农民经过，万一毒蛋被他们捡回去煮吃了呢？

又有村民说：“可以在树上弄一圈刀片架子，或者弄个伞形罩，不管蛇还是黄鼠狼，都上不去了。”

还有村民说：“蛇的嗅觉灵，只要树下有人，它就不敢过来。”

翟天庆问：“树下搭棚住人，会不会惊扰朱鹮？”

村民回答：“不会。多处几回，它就会习惯。我们在地里插秧，它经常在旁边转。”

……

先后走访了五天，翟天庆渐渐形成了思路。

与此同时，曹永汉也紧锣密鼓地在省上组织大专院校的专家教授们，就如何防蛇进行专题研究。曹永汉在电话中告诉路宝忠，这一回蛇伤朱鹮动静闹得很大，国家林业部都在担心，已经连着打来几个电话，再就是省林业厅钟高适厅长已经赶往洋县。他与专家教授们协调好时间，会随后赶来。

没过几天，曹永汉就带领陕西师范大学、西北大学、陕西动物研究所、第四军医大学、西北农林科技大学的专家教授们来到洋县。彼时史东仇正长期驻守在洋县研究朱鹮，算是就近赶来。

专家们利用一整天时间，先去考察了三个朱鹮巢区。在余家沟巢区，他们还就地召开座谈会，专门听取当地村民对防蛇的建议。

第二天中午，由曹永汉主持，在朱鹮站开会。

会上，首先由路宝忠向各位专家简要介绍朱鹮保护的情况，翟天庆则专题汇报蛇伤朱鹮的情况，之后请专家们提建议。专家们各抒己见，纷纷谈自己的看法。看法都比较抽象，比较偏重理论，这让朱鹮站的人感到“不解渴”。经过一番讨论，专家们表示他们回去后尽快查阅一些资料，看有没有更好也更具体的防蛇措施。

接下来，翟天庆把在不同巢区走访村民时汇总的防蛇建议向专家们进行了汇报。

建议一共六点，都非常具体：

第一，在树上围一圈薄刀片架子，蛇一旦上树，会遍体鳞伤，迫使它退却。

第二，在树上做伞形罩，让蛇无法缠绕攀缘。

第三，每棵巢树下搭建安全网，防止雏鸟掉落。

第四，在巢树周边投放毒蛋，辅之以巢树下撒雄黄粉。

第五，巢树下部用塑料薄膜包裹，薄膜上涂刷黄油，使之滑腻，蛇不能攀。

第六，在巢树下搭建监护棚，派专人监守。

六点建议中，翟天庆重点强调了“在巢树下搭建监护棚，派专人监守”，并具体提出：每棵巢树下的监护棚里都要住人看护，尤其在朱鹮繁殖期的几个月内，要求全程值守。考虑到朱鹮站人手有限，可以从当地聘用热心的村民来承担夜间监护工作。总之，要做到巢区 24 小时不离人。

他没有想到，一些专家并不认可这些建议。

一位专家说：“这不行吧，蛇也是一种动物，也需要保护，不能用保护一种来消灭另一种。”

翟天庆说：“蛇当然需要保护，但是保护得有个轻重缓急，也有个程度不同。眼下朱鹮处于濒危状态，而蛇满山都有。在这种情况下，总不能眼睁睁地看着蛇把朱鹮吃掉。”

另一位专家则对在巢树下搭建监护棚表示怀疑：“这不就是一人包一棵树防护吗，有什么科学性？”

翟天庆回答不上来，这确实谈不上科学性。

“包括伞形罩、刀片架这些，能防住蛇吗？”

翟天庆这一次回答了：“能不能防得住我不敢说，我只是在下面调查时听村民这样建议。眼下我们没有其他办法，只能摸索着往前走。可行不可行，我先摆出来供专家们讨论。”

这位专家很不以为然：“如果根本不可行，还讨论什么，意义在哪里？”

西北大学生物系主任陈服官插话了。陈服官年纪大，又是专家中的权威，他的声音不高，但语气很诚恳：“咱们是不是不要轻易否决来自基层的意见？天庆说了，他提的建议可行不可行，只是供我们讨论。现在问题的关键在哪里？在我们拿不出办法来。我们反对可以，但你得拿出来更好的办法吧。总不能这个不行那个不行，但是行的又没有。说一千道一万，蛇在吃朱鹮，我们怎么办？”

一席话说得既中肯，又扎实，所有的专家都不再说话了。

陈服官接着说：“如果大家都拿不出更好的办法，那我就建议，朱鹮站这边，先按照翟天庆提出的办法进行试点。一边试，一边观察，一边总结。专家这边，回去也要继续思考，起码要继续寻找这方面的资料，力争拿出能解决实际问题的办法来。大家说呢？”

专家们纷纷表示同意。

再下来，针对每一条具体办法开展了讨论。对其他五项措施，专家们都没有意见，唯独对于投放毒蛋感到担心。毕竟，毒蛋放在那里，万一被人捡走吃了，或者被猫狗叼走了，都会惹出事端。所以大家表态就比较谨慎，既没有表示同意，也没有表示不同意。

曹永汉看出了专家们的为难，说：“行了，意见就谈到这里，其他不说了，请朱鹮站尽快组织，周密实施。”

当天晚上，钟高适专门把路宝忠和翟天庆叫到招待所房间里，继续与他们商讨防蛇事宜，最终决定先采取四项措施：伞形罩、刀片架、塑料薄膜包缠树身并涂抹黄油，再加一个在巢树下派专人严防死守。

针对上上下下的关注，钟高适特别强调了两个“一定”：

一定要确保朱鹮繁殖的绝对安全。

一定要确保周边人畜的绝对安全。

余家沟巢区蛇伤朱鹮事件发生在4月28日。

事件发生后,由于组织专家需要一段时间,现场考察讨论需要一段时间,方案确定后,接洽有关方面,请他们按照要求制作出伞形罩和刀片架等还需要一段时间,所以真正将各项措施落实到巢树上,已经是5月中旬了。

客观地想,这样繁杂的流程,半个月就走完,速度已经非常快了。

但是换一个角度看,时间已经被耽误了。

5月中旬,这意味着朱鹮产卵最危险的时段大体过去了。当小朱鹮的身躯已经长到一定规模,当它们能够扑扇着翅膀简单飞翔,甚至只是简单滑翔时,蛇对它们的伤害就有限了。正是在这个意义上,5月中旬开始使用伞形罩等,事实上已经属于对危险采取的弥补和挽救措施。换句话说,如果蛇对朱鹮产生伤害,那么这一年最严重的伤害期已经大体过去了。这同时意味着,当年朱鹮产卵和育雏遭受伤害的情况不容乐观。

但是翟天庆不屈不挠,只要有一丝希望,他就要尽到百分之百的努力。他带着一批巡护员,夜以继日地抓紧落实。

伞形罩的形状像一把雨伞,是由铁皮制作成的。它依据树的大小,将树身严密地包裹起来。当蛇想往树上爬时,伞形罩会形成有效的遮挡。在具体的实践中大家发现,伞形罩有优点,但缺点同样突出,它的加工和安放难度很大。

刀片架是把松木锯成一两厘米厚的木条,再把刮胡子的“犀牛牌”刀片一掰两半,一个挨一个地插在松木条上,刀刃一律朝外。等松木条紧紧地绑在树身上时,蛇再要爬上去,就真的是上刀山了。

几项措施中,最容易操作的是用塑料薄膜来包裹巢树,并在薄膜上涂抹黄油,也包括在巢树的地面上撒些雄黄粉、挂设起安全网等。

当年7月中旬,朱鹮繁殖期结束,路宝忠主持召开会议,认真分析总结全年朱鹮产卵及育雏情况。这一年,朱鹮巢区出现了狂风暴雨,又下了将近一个月的连阴雨,导致朱鹮巢窝出现了不同程度的倾斜甚至垮塌,进而导致一些朱鹮卵和雏鸟落地受伤甚至死亡,但是比较而言,蛇的伤害仍然是最主要的。当年朱鹮产卵共计二十八枚,除过十枚为未受精卵外,有

防御朱鹮天敌危害采用的铁皮伞形罩（翟天庆摄影）

防蛇上树所采用的刀片夹（翟天庆摄影）

十八枚是能够正常孵出雏鸟的，但最终活下来的却只有三只！

十八枚有效卵，只活下来三只雏鸟！

这个对比多么悬殊，多么刺眼！

朱鹮站的人沮丧不已，却也无话可说。这是自实施朱鹮保护以来，他们遭遇到的最严重的一次挫折，也是野生朱鹮繁殖史上最低谷的一年！如果说当初在只有七只朱鹮的情况下，每年只增加两三只朱鹮还说得过去，那么如今在已经有了三十只左右的基数上，全年仍然只增加了三只，这无论如何都是一种失败！

防蛇，防蛇

1994 年来到了。

这一年，从朱鹮进入繁殖期的 3 月初开始，每当发现朱鹮筑巢产卵，工作人员立即在巢树下搭棚值守。起初，工作人员在巢树下忙碌，树上的朱鹮会不安地啼鸣。翟天庆马上制止大家，要求待朱鹮安静下来再继续行动。几次反复后，朱鹮感到没有什么危险，不再躁动，于是大家在树下迅速搭棚。

按照朱鹮站的规定：每个巢区由四人值守，每班两人，每两个小时一轮换。白天的观察是从早上 7 点开始，到晚上 7 点结束。夜间朱鹮停止了活动，就聘请当地村民来值守监护。总之，确保巢区 24 小时不离人。

措施很原始，甚至很笨拙，但是效果空前。与上一年相比较，没有一条蛇能够故技重施，顺树上攀。

但是谁能预测蛇的精明？

一天，值守人员发现蛇竟然又上树了——不是沿着有刀片架、有监护棚的树干朝上爬，而是顺着相邻的树干往上爬——不少巢区的树都比较密集，在地面上看，树和树之间的距离并不小，但是在树的高处，两棵树的枝叶却交错搭连，于是蛇从相邻的树爬到一定高度后，身子一甩，很轻松地就搭上了朱鹮巢树的枝条，结果护鹮人在那边兢兢业业地“明堵栈道”，蛇却在这边轻轻松松地“暗度陈仓”。

值守人员大吃一惊，立即采取措施，一边大声吆喝，一边用石头猛砸，用竹竿猛捅，最终阻止了它侵入朱鹮巢。

发生了这样的事情后，翟天庆第一时间向大家通报，要求大家针对这一情况加强防范，要以巢树为中心，把周边凡有树枝搭连的大树根部，全都用塑料薄膜进行包缠，并涂抹黄油。

尽管这样，蛇仍然不死心。

4 月下旬，白火沟、时家湾等巢区相继四次发现蛇出没，不过没等蛇使出招数，已被巢树下的守护人员驱逐。

木家河巢区是蛇频繁出没的地方，朱鹮繁殖期间，翟天庆亲自上山观察。他发现该使用的办法已经全部使用了，但是蛇仍然锲而不舍，屡攻不止。显然，仅仅靠防守很被动。他最担心的是百密一疏，防不胜防。毕竟，白天人在棚里，光线又好，能够看见蛇的活动，晚上就不同了。蛇就在周边藏身，它们蠢蠢欲动，贼心不死，让人随时都感觉身边埋了一颗定时炸弹。

想来想去，真正要一劳永逸地防止蛇伤朱鹮，最好的办法是把巢树周边的蛇消灭掉。如果三十米左右范围太大，那么能不能把二十米，甚至十米范围内的蛇消灭掉。

想法很好，实施不易，蛇都栖身在洞穴里，人根本看不见它。

只能引蛇出洞。

引蛇出洞的唯一办法就是投放毒蛋。

翟天庆非常为难。投放毒蛋确实值得一试，但他心里清楚，如果他把投放毒蛋的想法按程序上报，请专家和领导们来论证认可，肯定通不过。

但是不这样做，又怎么办呢？

想来想去，他下了决心，不请示也不汇报。这件事明摆着，做好了，不能张扬更不会受表扬；做坏了，则一定要挨板子。问题是现在事情卡在这里了，总得拿出个办法来。他是在一线负责具体工作的。他不拍板，让谁来拍板？他不担责，让谁来担责？

他指挥工作人员先清除巢树四周的杂草，又从老乡家里买来鸡蛋，用注射器把农药抽出来，在鸡蛋上戳个眼，将两毫升农药注射进去，之后把鸡蛋有针孔的一面朝上放置，用鸡蛋清将针眼糊住。

早晨八点，翟天庆和工作人员进入巢区，同时拿进去四枚毒蛋——他们不能大明大放地将毒蛋摆放在显眼的巢树下，只能尽量找那些隐蔽的角落悄悄安放。按计划，他们白天放置毒蛋，晚上离开时拿走。

让监护人员奇怪的是，自从放置毒蛋后，巢区内始终没有蛇进入。

难道蛇嗅到了什么气息，产生出高度警觉？

没有人能说清。

有一天下午做例行检查时，突然发现少了两枚毒蛋。大家顿时紧张起来，这个巢区距离村庄很远，一般情况下，无人会进入巢区。但是万一被猫狗叼走了呢？尤其是猫狗叼走又落入人手呢？

翟天庆立即安排大家分头寻找，却始终没有找到，这让他心里忐忑之极。

要知道，毒蛋里注入的都是剧毒农药呀！

找呀找，第三天中午，毒蛋仍没有找到，却在一个缓坡上发现了一条死蛇。翟天庆当即将蛇带回观察点，请当地村民切开蛇腹做检查，结果发现在蛇的腹腔内，残留着尚未完全消化的蛋壳碎片。

事实证明，毒蛋防蛇的效果确实不错。

但是毒蛋突然消失的事实也告诫了大家，对毒蛋不可能做到全方位无死角的监控，原因在于投放毒蛋的目的就是引蛇出洞，就是要不动声色并极其隐蔽。翟天庆告诫各观察点两条：一是如果站上没有安排采用毒蛋的措施，一律不得擅自使用；二是一旦投放毒蛋，务必时刻监守，起码要保证人畜不得进入投放区。

1994 年朱鹮的繁殖期很快结束了。

这一年，在工作人员的努力下，朱鹮的育雏爆出了冷门：洋县四个巢区全年共孵出十二只小朱鹮，不仅达到而且超越了此前朱鹮野外繁殖的最高水平！

惨烈的一幕

采访中，不少工作人员告诉我们，在保护朱鹮的整个历程中，蛇对朱鹮的危害，可以划分成几个大的历史阶段：

第一个阶段是 20 世纪 80 年代中期到 90 年代中期。这一阶段蛇对朱鹮的伤害最大。

第二个阶段是 20 世纪 90 年代后期，随着中国经济的逐渐活跃，南方掀起了一股吃蛇的潮流，买卖蛇的市场应运而生。在利益的驱动下，洋县农民捕蛇的积极性大增。洋县 50 元一斤的蛇，到上海、广州一带能卖到 120 元。这使得蛇的数量锐减，也使得蛇上树危害朱鹮的概率同步降低。

再下来，还是随着中国经济的蓬勃发展，农村青壮年进城务工成为趋势，这使得捕蛇的人迅速减少。捕蛇的人少了，蛇自然就多了。再加上此时由于朱鹮濒危的局面已经得到了相当的改观，工作人员已经不再为巢树绑架刀片，也不再搭棚监守，于是蛇再一次对朱鹮形成了严重的威胁。

有关蛇对朱鹮的危害，身处第一线的翟天庆体会最深。

2012年，翟天庆已经退居二线，由于时间比较自由了，他决定利用两年时间，认真地拍摄一下朱鹮。溢水镇桂峰巢区内共有六对朱鹮在繁殖，它们各居一处，分散做巢。翟天庆选定了在庙梁筑巢的一对朱鹮夫妻，用摄像机和照相机同时拍摄。他计划不分巨细，全方位、全过程地记录这对朱鹮繁殖的生态行为。

2013年繁殖期间，这对朱鹮产下一枚卵，成功地出飞了一只小朱鹮。翟天庆顺利地拍下了全过程。

2014年，这对朱鹮产下三枚卵，出壳了两只雏鸟，应当说也不错。这两只雏鸟出壳二十天后，到了佩戴环志的时间，由于马上将过“五一”，朱鹮站人手一时短缺，翟天庆打算节后再组织工作人员来为它们佩戴。

就这样一个小小的决定，让翟天庆痛心和自责了许多年。

4月28日下午，翟天庆在自己搭就的拍摄棚里拍摄。由于他是从高处俯拍，所以无法看到朱鹮巢的下面。将近下午4点，他突然看到朱鹮成鸟在天空中不断地盘旋，也不停地鸣叫，声音是惊恐和紧张的。

凭着多年的经验，他马上判断出事了。

他用最快的速度调整了望远镜和摄像机的方位，对准巢里察看，于是他看见一条很大的蛇正往巢里蹿。诡谲阴沉的蠕动间，蛇已经用身子精准地缠住了雏鸟中的老大。一旁的老二受到惊吓，不停地扑扇翅膀躲避，躲避中靠近了巢窝边沿，眼看就要掉落。令人惊讶的一幕此时发生了——蛇竟然一边死缠老大，一边不舍老二，张开大嘴去咬。由于老二的翅膀一直在扑扇，蛇一时咬不住。咬不住还想咬，就这样你咬我拒，你拒我咬，拼搏中老二终于掉落下去。掉落的一瞬间，蛇还倏地从巢窝里探头猛叼。

但是没有叼住，小朱鹮直冲冲地掉下树了。

此时，朱鹮妈妈已经扑上去，激烈地猛啄蛇身。

翟天庆没有停机，转头大声招呼附近正在栽秧的村民，让他们火速赶来打蛇。巢树有二十米高，蛇身体的一半在巢里，一半搭挂在巢外树枝上。四位农民飞跑着从田里冲来，各自捡起石子，在不同的位置朝蛇投掷。无数的投掷中，蛇终于被击中了，它把紧缠着的小朱鹮放下，急慌慌地从树上蹿下，又迅速逃往近处的水田。

四位农民一直追进水田里抓住了它。

翟天庆已经从高处赶来，急切地在树下寻找小朱鹮，终于在草丛里找到时，小朱鹮已经摔死了。他双手捧着小朱鹮，呆愣了好一会儿，这才返回半坡上的观察棚，再次拿起望远镜朝巢里察看。

他看见老大一动不动地趴在巢里，显然已经窒息。

翟天庆叫来一位年轻人，请他上树将老大取下来埋掉，以免腐烂在巢里。年轻人爬上树后，突然大叫起来。原来他发现老大还在抽搐。翟天庆心里一颤，急忙请年轻人细心些。一方面要把小朱鹮从巢里取出，一方面要把巢里另一枚已经超过孵化期的卵也取下来，以便今后给中小学生做科普宣传时使用。

安排妥当，他拿起手机，给朱鹮局负责保护和救护工作的两位现任主管打电话，告诉他们，马上要送去一只被蛇缠伤的小朱鹮，请他们尽快组织人手，迅速抢救。

遗憾的是，尽管抢救进行了整整三天，但蛇缠小朱鹮的力量太大，已经伤及了小朱鹮的肝和肺，最终小朱鹮还是死了。

翟天庆是陕西理工大学的兼职教授，他给理工大学制作标本的老师打电话，说自己看到一条蛇，比学校标本馆里存放的标本大，建议买下来留在标本馆里。老师同意了他的建议，于是他花 500 块钱买下这条大蛇，第二天又亲自送往汉中市。

事后，翟天庆多次回放他拍摄下的蛇缠小朱鹮的镜头，每看一遍，都感觉血腥残忍。一遍又一遍的回放中，他非常后悔，觉得就因为自己的一丝悲悯，导致了两只小朱鹮死亡。

事情要回到一周前。那天中午，翟天庆从拍摄棚里出来，准备回去吃饭，走到坡下一条水渠边，看见水渠里有条大蛇。他本能地拾起一根木棒，想就手打死它，但是心里突然就软了一下，觉得蛇也是条生命，自己这样做，是否有点儿太残忍。

万万没想到，他放过了蛇，蛇却没有放过小朱鹮。

值得一说的是两个情况：

一是庙梁巢区这对朱鹮，在这里稳定繁殖已经有十五年了，通常它们最多产三枚卵，即使按照每年平均成活一枚半卵计算，十五年孵出的雏鸟至少也在二十只以上。十五年来这里一直很安静，也很安全，这对朱鹮夫妇也就一直稳定地在这里筑巢产卵，没想到发生了蛇上树吃小朱鹮的惨剧。

二是翟天庆在之后两年的朱鹮繁殖期，仍然定时去桂峰村，也本能地去看庙梁这个巢区。他发现自从惨剧发生后，那对朱鹮再也没有在这里筑巢。这再一次说明，朱鹮是有灵性的，一旦在这里受到天敌的侵害，哪怕环境再好，它们也不会再来了。

翟天庆在他的职业生涯中，虽然多次听说了蛇伤朱鹮的情况，但在现场直接观看的却并不多，唯独这一次，他目睹了蛇对小朱鹮猛缠死咬的全过程，觉得十分恐怖，十分血腥。

翟天庆告诉我们，千万不要小看动物，它们可不简单。以蛇为例，每一次上树袭击小朱鹮，它们都首先精准地缠住那只最健壮、最具反抗力的老大。一旦制服了老大，它就可以腾出精力来逐一收拾其他的。

他说："蛇太精明了，它有它的天性，也有它的谋略。"

他说："对朱鹮来说，蛇是最大的天敌。对我们来说，防蛇是相当长的一个历史阶段里最重要的工作。可以说整个90年代，我们始终在怎样防蛇的问题上做文章。回过头看，我们做得还是比较成功的。但是随着朱鹮越来越多，我们不可能再派人去24小时监护每一棵巢树了，甚至连刀片架一类的防蛇措施都不可能去做了。这就意味着蛇对朱鹮的伤害一定会非常大，只是我们看不见罢了。"

他说："在新的形势下，怎样帮助野生朱鹮防蛇，确实不好办，也确实让我们两难。我经常想，如果搞科研，专家们能不能把防蛇的事情当成一个严肃的课题去做呀！"

纪宪朝的医疗团队

翟天庆说由于朱鹮越来越多，也由于保护朱鹮的方式发生了改变，所以大家对蛇伤朱鹮的现象难以看见了。

说得一针见血。

随着采访的深入，我们发现，朱鹮在大自然的怀抱里，年年岁岁都上演着各式各样的悲剧，这其中，有相当多的悲剧是人们无法想象也无法预测的。

洋县朱鹮在野外飞翔时，仅被老鹰闪击而亡的就有多只。最不可思议的是在铜川柳林林场，曾发生了一起猫头鹰和朱鹮的激战。那次激战，究竟是谁先威胁了谁，谁先侵害了谁，双方又为什么而战？谁也说不清。

能够说清的是，当工作人员闻讯赶到现场时，对殴已经结束。朱鹮刚刚死去，它的身躯被猫头鹰尖利的爪子撕开了多处，血肉模糊，一片狼藉。而那只获得了暂时胜利的猫头鹰则喙上沾满鲜血，双爪攥满了朱鹮羽毛，由于它的双爪深深地嵌入了朱鹮的肉身，以致爪子根部绒毛上浸满的鲜血都变成了黑色。

不仅如此，猫头鹰同样受到了重创。只是它依然凶猛，一副气咻咻仍想穷追猛扑的样子。

面对着这只猫头鹰，工作人员既气又恨。

但是又能怎么办？猫头鹰同样是国家二级保护动物。

柳林野生动物保护管理站站长王华强带领工作人员很快网住了这只猫头鹰，将其迅速送回管理站进行救治。

遗憾的是，两天以后，这只猫头鹰同样死掉了。

目睹这场突如其来的悲剧，柳林站的工作人员都觉得不解，也都非常感慨：这两只大鸟究竟是怎么了？为什么要你死我活地争斗？争斗的结果又是什么？难道是朱鹮无端地轻视和冒犯了猫头鹰，它没有意识到猫头鹰远比它凶猛和凌厉？再也许，猫头鹰骄矜过甚，它居高临下地欺负了朱鹮，而没有认识到朱鹮同样有自尊，同样会反抗，也同样是有战斗力的！

平心而论，在朱鹮形形色色的悲剧中，猫头鹰和朱鹮的厮杀并不常见。最常见的悲剧始终是两种，一种是蛇伤小朱鹮，另一种是小朱鹮落巢。无论是蛇伤小朱鹮，还是小朱鹮落巢，都注定会造成损伤，而且这样的损伤年年都有，相当普遍。

该采取什么措施来补救呢？

应当说，千方百计的预防非常重要，全力以赴的救治同样重要。

早在 20 世纪 90 年代初，洋县就在保护朱鹮的过程中，自然而然地成立起一个专门针对野生动物保护的医疗救治小组。

组长叫纪宪朝。

按理说，省林业厅有专门的兽医，但一来他们面对的是全省范围内的野生动物，不可能专驻和长驻洋县；二来远水难解近渴，所以朱鹮一旦受伤或者有病，朱鹮站没有别的选择，只能就近往洋县医院送。

1990 年，翟天庆首次找到纪宪朝，请他给朱鹮治病。纪宪朝惊讶得眼睛都瞪大了，随后毫不犹豫地拒绝："我哪会给鸟看病呀？不行不行！"

翟天庆不罢休，苦口婆心地为他讲述了朱鹮的事情，也讲述了朱鹮站救护朱鹮的难处，讲着讲着，纪宪朝的好奇心和责任心同时上来了。想了想，他说："既然是应急，那我可以试一下。说好了，我没有把握。"

就从那回开始，纪宪朝和朱鹮打上了交道。

采访中，我们问纪宪朝："为什么医院会选你来担任朱鹮的主治大夫呢？"

纪宪朝笑了："因为我干得杂呀！"

看我们不明白，又解释说："因为我先是在外科干，后又到骨科干，接触的综合类病人多——刚开始送来的朱鹮，全部是受外伤，后来治疗得多了，才发现朱鹮也会有呼吸道和消化道的毛病，治疗范围是逐渐扩大的。”

想想，又添了一句：“我们不是一个人，是一个团队。我在其中主要是多跑了点儿路，多参加了几次抢救。其实每次碰上外伤以外的毛病，都要请内科医生来。朱鹮患病是各式各样的，也必须求助于各科的医生，单一的专业和单一的医生不行。”

我们很好奇：“怎样才能知道朱鹮是病了还是没有病呢？”

纪宪朝回答：“朱鹮的病因要根据临床进行判断。比如它的大便是什么情况？精神状态怎么样？眼睛睁不睁得开？如果精神状态很差，朱鹮就会很自然地把尾巴搭在地上。再严重些，它就不站起来，头垂着，眼闭着，总之，和人一样，蔫头耷脑，要死不活，一望而知。”

他说得很传神，我们全笑起来。

纪宪朝为朱鹮看病时，先仔细观察朱鹮，摸透基本状况，之后对它们进行各类常规检查。待各方面的情况都汇总后，再做出判断。就这样一步一步摸索，逐渐总结出来了一套诊治朱鹮的经验和方案。

朱鹮常见的病有三大类：

外伤。

呼吸道感染。

消化道感染。

朱鹮的外伤，比较普遍的是它在空中飞行时，因为碰触到高压线掉落下来而导致的；再就是被天敌袭击或人为打伤，有些甚至是因为觅食而被岩石挤伤或夹伤。如果朱鹮是开放性骨折，纪宪朝就给它清创固定，原理和给人清创固定是一样的。如果是闭合性骨折，一般采取外固定。有些要按照朱鹮骨折的大小，自制夹板为它固定。

纪宪朝告诉我们，和人类一样，鸟类的呼吸系统疾病和鸟本身的免疫力有关。如果一只鸟不好好进食，营养欠缺，免疫力就一定会变弱，再加上气候的变化，就容易生病。如果是呼吸道感染，他要给它验血，看它的

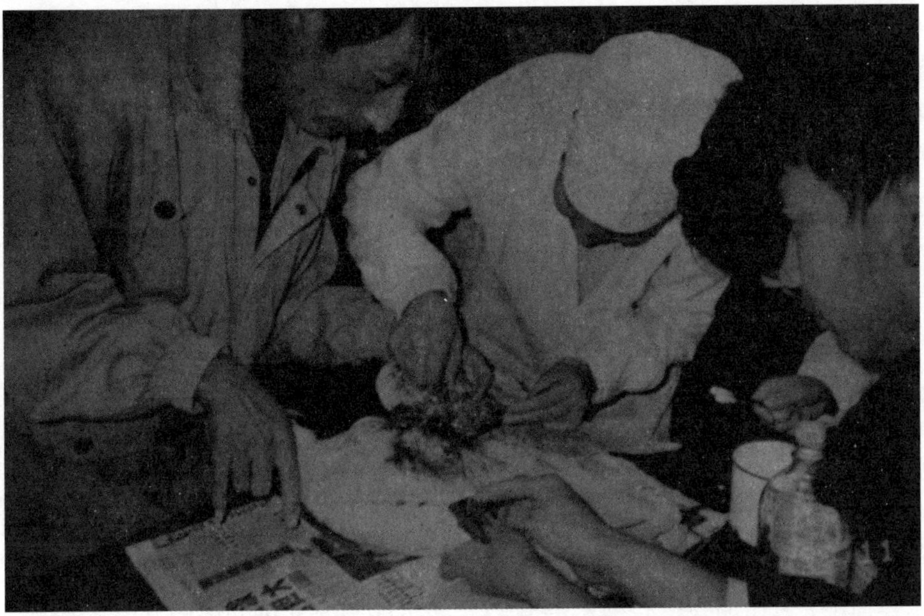

纪宪朝医生为朱鹮做手术（路宝忠摄影）

血象高不高。而朱鹮的消化系统疾病同样和人一样，要通过粪便化验，摸清它肠胃里究竟是细菌感染，还是饮食不节制导致的肠胃发炎。

救治朱鹮一般在三个场所。

第一个救治场所是在野外。

纪宪朝清楚地记得，1992 年木家河发现了蛇伤朱鹮事件。下午 5 点钟左右，翟天庆打来电话，请他抓紧时间赶往现场。那天下着大雨，道路泥泞，车轮直打滑，等车终于开到木家河下面的公路边后，大家一人一把伞一个手电筒，冒着大雨往山上爬，直到半夜 11 点钟了还在爬山。

好不容易赶到现场，纪宪朝检查了受伤的四只雏鸟，发现三只已经窒息死亡，只有一只还有反应。纪宪朝对这只存活的雏鸟做了个大体评估，下结论说："这里条件不行，要抓紧下山，送到医院抢救。"

当地老乡非常热情，硬要让他们吃了饭再走。翟天庆说："谢谢你们，非常感谢，但我们不能吃，不是不饿，是耽误不起时间呀！"

返回公路边，已经凌晨 3 点多了。路况不好，车经常陷进泥坑，大家顾不上满身的泥浆，一次次地下去推车。终于回到医院，已经是早晨 7 点多钟。

可喜的是，这只雏鸟经过纪宪朝的医治和护士们的精心护理，保住了生命并重新飞回了大自然。

翟天庆告诉我们：那一回时间太紧迫，是救治朱鹮最困难的一次。一般情况下，他们发现野外朱鹮受伤不重，都会请医生到现场去处理；只有朱鹮伤势严重，才会往医院送。毕竟医院里条件更好，设备更齐全。

第二个救助场所是在医院。

凡是要为朱鹮固定、清创、缝合的手术，都由纪宪朝所在的骨科来做，包括为朱鹮站制作标本。

第三个救助场所是朱鹮站的饲养中心。

医疗组在饲养中心给朱鹮看病，通常都由专业饲养员陪同。朱鹮不会说话，要由饲养员为医生介绍朱鹮的表现和患病情况；除此而外，也要让饲养员亲眼看见并了解朱鹮的医疗过程。

有一个情况是纪宪朝从来不说，但朱鹮站的人知道后心里很不安的：医疗组抢救朱鹮用的材料和药品，都是纪宪朝从所在科室拿出来的，按理说要进行经济核算，但是纪宪朝却常常免费，时间一长，科室一些人对此有意见，进而对朱鹮站有意见。纪宪朝属于有资历的医生，说话比较有分量，每逢这时他都劝解说：“不要计较了，朱鹮是稀世珍宝，我们也为保护它做点儿贡献嘛！”

朱鹮站觉得过意不去，表示要给医护人员付点儿辛苦费或者劳务费，至少给点儿加班工资，并且主动提出，救治朱鹮的医药费用应该由朱鹮站来支付。

纪宪朝说：“这样吧，如果付出太多，我们肯定要收费。眼下还不是太多，所以先免费，毕竟每年就那么几只。”

采访纪宪朝时，我们满怀兴趣地向他提出了许多问题：

问：请问您是按照什么方式，或者说按照什么标准来给朱鹮开药呢？

纪：一般是比照人的体重。

问：怎样比照？

纪：先知道鸟的体重，再比照人的体重。比如一个成年朱鹮病了，我们就按照成人的三分之一量给它用药。如果是身体还没有发育成型的小朱鹮，就相应减少药量。

问：朱鹮的病情有轻重之分吗？

纪：当然有。

问：遇到病重的怎么办，加大药量吗？

纪：对。病情轻的用成人量的三分之一，病情重的就用成人量的二分之一。有时候一些负伤或者病重的朱鹮会情绪低落和脱水严重，我们就根据情况给它静脉输液。

问：静脉输液？！

纪：对呀，就是打吊针。

问：怎么打？它的血管你能找着吗？

纪：一般人当然找不着。但是我们每次都请医院里最好的护士，她们的技术是一流的。

这真是闻所未闻！

问：送到你们手里的朱鹮是外伤多，还是其他疾病多？

纪：肯定是外伤多。

问：治疗外伤难度大吗？

纪：有些伤重，难度很大，有些难度就小些，还有些伤情肉眼难以判断，我们就先做 CT 检查。

问：做 CT 检查？

纪：对呀。

问：太不可思议了！

纪：连我们自己的医生都觉得不可思议。第一次给朱鹮做CT的时候，大家的眼睛瞪得老大，觉得是天方夜谭。其实熟悉了也就平常心了，就和人一样。

问：这些诊疗办法都是你们自己摸索出来的吗？

纪：你自己不摸索，哪个能来教你？

问：一般朱鹮的病都能治好吗？

纪：怎么不能？相当多的都治好了。除非碰上那些严重的，或者内脏出了问题，或者失血过多，感染严重的，你没法救了。

问：饲养中心也有受外伤的朱鹮吗？

纪：不多。饲养中心常见的是发烧。

问：朱鹮还会发烧？

纪：当然会。呼吸道的感染，消化系统的毛病，都会引起发烧。

问：您怎么判断它发烧了？

纪：量体温呀。

问：怎么量？

答：一般采用直肠测温。

问：朱鹮的体温和人的体温一样吗？

纪：比人的温度高。拿发烧来说，它一发烧，体温普遍就上到40多度了。换成人，就烧坏了。

问：给朱鹮治病，您觉得有趣吗？

纪：这个谈不上。哪个医生好好的，会突然兴趣大发地去给鸟看病？问题是事情摊到你头上了，你不能不去。说实话，每次给朱鹮看病，我们的感觉都是紧张。

问：为什么紧张？

纪：首先是没有经验。从来没有给鸟看过病，你很难保证不出错。再就是全世界只有七只朱鹮，或者说是从仅有七只的基础上发展起来的，它的珍贵无与伦比，所以给朱鹮看病，我们特别认真。我的每一句医嘱，每一个治疗措施，每一种用药，都要认真记录下来，绝对不能含糊。

问：给朱鹮看病还有专人做记录呀？

纪：当然。

问：那朱鹮享受的待遇属于现在的ICU了。

纪：超过。属于ICU特护。

问：除了紧张，您还会有什么感觉？

纪：其他没有，就是紧张，包括行动紧张。只要电话一来，没什么二话，马上就走。那还大都是在半夜里，要走山路。

问：您印象里面，总共救治过多少只朱鹮？

纪：多得很了，根本记不全。除了朱鹮，有一回他们也让我们救其他鸟，说是二类鸟。大大的、黑黑的，叫秃鹫。

问：像鹰一样的动物？

纪：对，翅膀展开，有一两米长。

随着对朱鹮的了解越来越深入，也随着经他手救活的朱鹮越来越多，纪宪朝对自己这额外多出的一门专业越来越有兴趣了。他根据自己治疗朱鹮的经验，撰写了多篇论文发表。他没有想到，这些论文引起了许多人的关注，并且在他晋升职称时意外地派上了用场。尤其在职称评审进入答辩的阶段，他依照要求讲述了自己探索性的专业成果，以及这些成果对社会做出的贡献，列举了自己给朱鹮治病的具体事例和实践心得。他讲述的内容都是评委们闻所未闻的，既新鲜，又具体，还生动。

评审结果，纪宪朝既立足本职，又面向社会；既精通专业，又面向实际的做法，获得了评委们的一致好评。

这一年，他顺利地获得了正高职称。

除了治病救人救鸟，纪宪朝还有一大爱好，喜欢跑步。甚至退休以后，他仍然乐此不疲。每天早上，他总要沿着这些年新建起来的“朱鹮梨园景区”跑步。景区内环境好，他特别喜欢。每年各个城市举行马拉松比赛，他只要有可能，也总是要去跑一趟。

采访中，他告诉我们，前不久他刚报名参加西安的马拉松比赛，没有被选上，这让他非常遗憾。不过很快，他又兴高采烈地向我们出示了他成功报名参加成都马拉松赛跑的消息……

第六章　政策是第一位的

如何最大限度地调动每个人的积极性，激发每个人的责任心？这是朱鹮站面临的最大问题，也成了曹永汉上任后面对的核心难题。

思来想去，曹永汉想到了一个最普通、最朴素，甚至最原始的办法，就是借鉴农业上的承包责任制。

朱鹮的“包产到户”

1994年朱鹮超水平的繁殖和存活，让朱鹮站的人喜笑颜开。总结这一年的工作，翟天庆讲述了多方面的因素，但他反复强调的始终是：在所有的防蛇措施中，人在树下搭棚守护是最重要、最有效的措施。

他说：为鼓励大家在巢树下搭棚守护朱鹮，这一年朱鹮站实行了新政策，最终取得了出人意料的好成绩。

他说：要说之前大家不辛苦不努力，那不对。但是如果没有好的政策，大家再辛苦再努力还是不行。

在洋县采访中，不少人告诉我们，在二十世纪八九十年代的朱鹮保护上，有两个人发挥了特别重要的作用。一个是刘荫增，一个是曹永汉。

他们说：刘荫增最大的功劳，是发现了朱鹮。这份功劳，是朱鹮保护的起点和源头，怎么评价都不为过。

他们说：发现朱鹮以后，怎样保护朱鹮，怎样让朱鹮这个物种延续下去，这项工作同样巨大而艰难。客观地说，这项巨大的工程是由好多人经过长期不懈的努力才共同完成的，但这绝不意味着成就均等和功劳平分。曹永汉是在朱鹮增长最缓慢也最艰难的那段时期担任省林业厅动管站站长的，也是在他的呼吁和推动下，保护朱鹮的资金得到了进一步落实，措施得到了进一步健全，尤其是他帮助朱鹮站制订出一系列科学的保护政策和措施，彻底扭转了朱鹮增长缓慢的被动局面，可以说一下子就实现了朱鹮数量在20世纪90年代的突破，实现了朱鹮数量跨越式的发展。

评价之高，让我们感到惊讶。

前边讲到，从1981年发现朱鹮后到1990年，十年中朱鹮平均年增长为三只，尤其是1990年到1993年的四年中，增长速度不仅没有变快，反而更慢，慢得让人害怕。

之所以增长速度太慢，原因当然很多。针对这些原因，朱鹮站也想尽了办法，然而效果总是不理想。虽然树上安放了刀片架、缠上了抹涂着黄油的塑料布，但是朱鹮的天敌不仅仅是蛇，它面临的困境和危境是千变万化甚至无可预测的。

能够根据情况来灵活处置这些变化的只有人。

实践证明，在所有的防护措施中，增强人的监护责任心是第一位的。在许多情况下，造成小朱鹮死亡的原因并非全是天敌。前面讲到，小朱鹮天然具有优胜劣汰的本能，往往同在一个巢里待着，那些出生早的，体力强的，在不停地翻爬挪动中，自然而然地就把老三老四从窝里挤出来了。每年总有因此而摔死的小朱鹮。如果监护人员尽到责任，即使它被挤出来也不怕，用尼龙纺织网兜住它，再把它捡起来放回去就行了，实在不行就把它送到饲养场进行人工饲养。但是如果监护人员的责任心不强，这就难办了。你让我防蛇，我防了呀；你让我24小时监护，我监护了呀。但是谁能防止小朱鹮从巢里掉下来呢？

保护朱鹮的历程一再表明，从国家到陕西省，再到汉中市和洋县，各级政府都非常重视。否则，就不会不断地增加朱鹮站的编制，提高朱鹮站的规格，尤其是在专职设定了17名专业人员外，又特意花钱聘用了35名协议工巡护员。不仅如此，这样多的专业和业余工作人员都经过了日常的思想教育和专业的业务培训：从世界极危鸟类到中国珍贵涉禽，从国家的荣誉到洋县的名片，从物种的重要性到拯救的意义，可以说从宏观到微观，从战略到战术，从政治到业务，讲了一遍又一遍。但是所有这一切都讲透了，也并不等于听者就有了相应的自觉，更不等于就有了每个人的积极性和责任心。朱鹮的巢窝都散居在群山浩渺的大树上，人烟稀少，满坡寂寥，怎么知道巡护员有没有去监护朱鹮？怎么知道他是认真负责地去观察了还是大而化之地瞥了几眼？如果没有足够的责任心，他每天都可以东游西荡。可以去睡大觉，可以去挖中草药，可以去找老乡闲聊，可以在干主业的同时顺手搞些副业。谁奈其何？

如何最大限度地调动每个人的积极性和激发每个人的责任心？这是朱鹮站面临的最大问题，也成了曹永汉上任后面对的核心难题。

思来想去，曹永汉想到了一个最普通、最朴素，甚至最原始的办法，就是借鉴农业上的承包责任制。

他专程赶往洋县，和路宝忠、翟天庆等人一起商量，没想到一拍即合，三个人的想法竟空前一致。很快，他们拟订了承包责任书的内容。内容千条万条，最本质的是一条：责任和利益挂钩——如果野外繁殖成功一只朱鹮，奖励 1000 元；人工饲养繁殖成功一只朱鹮，奖励 1500 元。如果朱鹮明明做巢产卵了，却一只雏鸟都孵化不出来，对不起，你什么都没有。

就这么简单。

但是简单的措施却受到了专业保护人员和聘用巡护员们的热情支持。20 世纪 90 年代，大家的工资都很低，聘用巡护员不在编制内，工资就更低，每月只有 30 多元。粗粗一算就明白，如果保护得好，一个巢在一个繁殖期内就可以拿到两三千块钱。如果碰上朱鹮孵了四枚卵，能够有四只小朱鹮破壳齐飞，那就可以拿到 4000 元，相当于工资的十倍。问题只在于，巡护员必须多付出。如果说包产到户能够激发出农民的生产积极性，是因为真正体现出来了多劳多得，那么朱鹮站的政策能够激励员工的责任心，是因为多护就能多得。

不仅如此，政策一旦对头，随之而来的行为导向也就自然而然地理顺了。从前每逢朱鹮繁殖期，派谁上山去做监护工作是摆在各级干部面前的一道难题。山上的生活太艰苦，监护的工作太难干，不管选谁，都不愿去。结果不是这个家里有病人，就是那个身体不舒服。即使什么理由都找不出，只能服从命令，还是有情绪："为什么同样的情况，他就可以不去，我就必须去呢？"

永远摆不公平，永远理不直气不顺，在这样一种情况下，你怎么指望

曹永汉、王伟在观察朱鹮（路宝忠摄影）

大家勤勤恳恳和任劳任怨地保护朱鹮呢？

而现在，舆论和行为导向一下子就扭转了。完全不需要多费口舌，大家都争先恐后地抢着去做。成绩不靠嘴皮子，多拿不靠走门子，你负责的巢窝究竟怎么样？里面的卵受到侵害没有？飞出来雏鸟没有？飞出来了几只？所有这一切，既是国家的事，也是你自己的事。该怎么干，交给你选择。

实践证明，许多工作，尤其是艰苦的、沉重的、承担着压力的工作，虽然不能离开思想教育，但不能仅靠思想教育，必须把利益和贡献紧密地挂起钩来，而且必须像农业上的包产到户一样，把利益和贡献挂钩的享有单位划小。在可能的情况下，越小越好。设想如果奖励不是和每棵巢树的责任人直接挂钩，如果不是和在野外巡逻救护和人工饲养繁殖一线的工作人员直接挂钩，情况会怎么样？在吃大锅饭的情况下，可以无限地进行思想教育，也可以无限地用金钱推动，但无论怎样使用两个“无限”，只要抽掉了“责任制”这个核心，都注定不出效果！

采访曹永汉时，我们专门向他提问。

问：为什么您会想到搞朱鹮保护的承包责任制呢?

曹：关键是农业上给我们的启发。包产到户以前，粮食怎么都不过关。包产到户以后，马上出现了卖粮难。应当说这个想法路宝忠他们和我完全一致，大家都想到了，也一说就通。

问：确定一只小朱鹮奖励 1000 元，这有什么依据吗?

曹：没有。是我们自己定的。

问：放在当时，1000 元不低呀!

曹：是不低。不过不这样做不行。朱鹮太宝贵了，增长太缓慢了。当时我们有个感觉，让保护工人（巡护员）死看死守，大家嘴头上都说没问题，但是由于监护的成果和他个人的利益不挂钩，所以他人在心不在，甚至千方百计地找理由想办法脱岗。你一个月才 30 多块钱，他不安心守在那里，也情有可原。但是从我们的角度来说，又不能不守，而且还必须死守，在这种情况下，我们就想，能不能借鉴农业上的承包责任制。

问：承包的具体内容怎么体现?

曹：简单。就是看当年飞出来的小朱鹮的个数。反正这棵巢树上产了几枚卵，能够孵出几只小朱鹮，都是清楚的。

问：能够清楚吗?

曹：当然清楚。我们在观察棚用望远镜看，每窝巢产了几枚卵，看得清清楚楚。放在现在就更容易了。现在有红外摄像机，能够直接上视频。像今年报道朱鹮繁殖，摄像头就在朱鹮的窝里，那两只成年朱鹮每天的行动，怎么动，怎么翻卵，全看得一清二楚。话再说回来，即使我们不清楚，也没有关系。责任和利益都交给你了，我们只看结果。一窝巢里当年飞出来几只朱鹮，是你自己的事情。如果飞出来的多，你多得。如果连一只都飞不出，那行，你今年没有收益。

1994 年，由于实施了一系列防蛇的具体措施，更由于实行了工作人员的承包责任制，野外朱鹮繁殖创造出自实施朱鹮保护以来的最好成绩。当年朱鹮有效产卵十八枚，成功育雏十二只。这十二只雏鸟全部飞向蓝天。相比实行承包责任制的前一年，成活率提高了整整四倍！

也还是这一年，朱鹮数量肉眼可见的达到了五十只！

曹永汉没有食言，他按照朱鹮实际繁殖的只数，一五一十地为基层员工兑现了奖励，奖励一次性到位。那一年，成功出飞十二只雏鸟的巡护员们共领到了 12000 元奖金。

奖金不算多，效果却空前。这效果不仅体现在当年，更体现在长远。就从这一年开始，朱鹮保护不仅突破了长期以来的停滞状态，实现了数量上的快速增加，而且成活率越来越高，增长速度越来越快。一个非常能说明问题的事实是：1995 年，实行承包责任制仅仅两年，排除那些人工饲养的朱鹮，仅野外朱鹮的数量就顺利地突破了六十只，提前五年实现了《陕西朱鹮拯救工程计划》中预定的目标。

承包责任制实行三年后，由于朱鹮数量增长太多，仅凭朱鹮站聘用的巡护员已经看护不过来了。

此时此刻，不由得令人振奋不已，也感慨万千。

问：听说后来承包的方式更灵活了，巢树在哪里，就可以在那里雇人承包？

曹：是的。刚开始承包，我们是限制在聘任的巡护员的范围内，以后朱鹮越来越多，你也没法再继续多聘专职的巡护员了，事实上也聘不过来了。干脆，解放思想，放开手脚。你比如朱鹮在这家房前的大树上搭了个巢，站上就去考察一下，如果这家农民有责任心也有能力，就和他签订承包协议，将管护责任落实给他，他也非常高兴。一年，其实还不用一年，就是繁殖期的四个月，他就能赚上千元，这对他多划算呀！反过来说，我们也划算。因为我们也不用去招聘专门的员工了。

问：包给农民以后，效果怎么样?

曹：非常好。这和你硬朝他们头上摊派任务完全不同。朱鹮生长的好坏，和他切身利益是挂钩的。所以他不光有积极性，而且有责任心。有好多保护朱鹮的细节，科研人员和专业保护人员压根都没有想到，他们都想到了，而且他们是主动去想，主动去做，这让我们省了多少事呀!

谈到 1994 年开始的变化，作为朱鹮站的一把手，路宝忠同样自豪。

路宝忠认为，1994 年是扭转朱鹮保护的被动局面，使保护工作发生质的变化的一年。就从这一年开始，他们长期提心吊胆的精神压力大大缓解了。

路宝忠认为，之所以发生这样的变化，根本原因在政策。

路宝忠拍摄了一张照片。上面是一群野外朱鹮，这张照片被许多人誉为经典画面，它同时也是一个不可多得的、朱鹮保护的历史定格。

那是 1994 年国庆节期间，路宝忠没有休假，他拿着照相机去纸坊乡的草坝村巡查。那里有二十多亩青冈林和松树林，朱鹮经常在那里栖息，也经常在那里和白鹭混杂在一起觅食。

路宝忠端着照相机在那里等待。他看见朱鹮在瀼河滩上觅食，一会儿飞来几只，一会儿又飞来几只，飞来得很随意，也就零星而分散。这些零星分散的朱鹮一边觅食一边走，不知不觉竟越走越近。

细数一下，有二十四只!

这是一个护鹮人从未见过的、一次性数量最多的朱鹮群聚!

路宝忠非常激动，他按捺着内心的振奋，屏息静气地继续等待。

朱鹮仍然在随意地行走，也在愉快地嬉戏，偶尔还展翅扑扇和相互喙击，当二十四只朱鹮在觅食和嬉戏中浑然不觉地集中在一起，并且全部框定在路宝忠的镜头里时，他“咔嚓”一声按下了快门。

从此，他拥有了那精彩的一瞬。

不当家不知柴米贵

实行承包责任制是正确的选择，也是双赢的好事，但支撑这项政策的重要基础是钱。

不当家不知柴米贵。朱鹮饲养要花钱，宣传教育要花钱，添置设备要花钱，扶持巢区群众生产生活还要花钱……可以说方方面面全都需要花钱。尽管《拯救计划》已经列入国家项目，并且国家每年都严格按照计划如期为项目拨款，但是计划是死的，实践是活的。在当时的情况下，除过物价上涨造成了原定资金的不足之外，更重要的还在于实际工作的范围、数量和内容，都逐年在扩大并远远超出了计划。比如原计划到2000年野外朱鹮的数量将达到六十只，而事实上1995年就已经达到了。一个不容回避的现实是：朱鹮越多，需要征购的大树就越多，需要投放的食物就越多，需要雇用的人手就越多……而所有的这些“越多”，都需要资金支持。

有一回曹永汉在洋县考察朱鹮保护的情况，发现由于缺乏资金，许多朱鹮保护措施都无法落实。他愁得不行，干脆住在朱鹮站，以朱鹮站的名义给时任林业部部长王志宝写信，一方面汇报朱鹮站眼下面临的具体困难，一方面希望林业部能及时采取措施给予支持。

王志宝很快做出了回应，为朱鹮站专项列支保护经费，每年30万。

30万元对保护朱鹮来说，远远不够，但是曹永汉清楚：林业部有林业部的困难，蛋糕就那么大，你这里切掉一块，他那边就会缺少一块。让你坐在分蛋糕的位置上，你又能怎么办？

随着朱鹮数量的不断增加和保护规模的不断扩大，也随着朱鹮保护经费的日益紧张，曹永汉又给陕西省省长程安东写信。程安东接到信后，同样在第一时间就安排省财政厅，每年按计划为朱鹮保护下拨专项经费。

也是每年30万。

应当说，有了王志宝和程安东批的这两笔固定经费，从1998年开始，朱鹮保护的资金才有了更加坚实的支撑。

在中国现行的体制下，资金的落实首先取决于某项工作的重要程度，其次取决于上级领导对这项工作有无足够的认识，是否引起了应有的重视。正是在这个意义上，在中国干成一件事，仅有业务技术水平不行，还必须具备相应的行政能力。

曹永汉有幸，他碰上了几位好领导。他们都在关键时刻给予了他坚定的支持。

首先是时任省林业厅厅长的钟高适。

在洋县采访时，不止一位工作人员向我们讲到钟高适。比如长期当过野外巡视员、后来又担任朱鹮饲养员的刘义就满怀感情地告诉我们：八九十年代的几任省林业厅厅长他都见过，留下的总体印象是他们都很务实，可以说没有他们的重视，保护朱鹮就是空的。但是在所有的厅长中，钟高适是他最佩服的一位。

我们问他佩服钟高适什么？

刘义说了两条：一是钟高适最深入基层；二是钟高适最没有私心。

刘义告诉我们：钟高适来基层，只要有可能，就深入第一线去实地考察。他去的往往都是海拔上千米的山区，不仅酷暑时节去，雨雪天照样去。有时候朱鹮巢区根本没有路，他就跟着巡护员一起去。

关于钟高适没有私心，他讲了两件事。

一件是凡是公家的钱，钟高适从来不去沾，全都按规矩办。所以你想找他身上那些歪门邪道的事情，没门儿。刘义用了一句很有烟火气的话："凡是公家的钱，那家伙看都不看！就那种脾气！"

另一件是钟高适的儿子大学毕业后，有人建议他儿子到林业厅来工作。钟高适一听就反对。说我在这儿当厅长，他来了肯定享受特殊待遇，不能让他来。后来一位老资格的副厅长知道了这件事，发话说："我不看他是谁的儿子，我看他是东北林业大学野生动物保护专业的毕业生，我现在缺这个专业的人才，我想要能干活儿的人！"结果不管三七二十一，硬是把他儿子弄过来了。钟高适一看事情已经成这样了，于是规定了一条：来干活可以，不许当官。

我们问："后来呢？"

刘义说："后来他儿子一直在野生动物管理站当一般干事，确实就是个干活儿的。直到许多年后，钟高适被调走了，他儿子才总算提拔了一下。就这，也没提拔个什么名堂，要是我记得不错，他最高的职位就是副处级，而且是那种没实权的虚职，是副处级的调研员。"

曹永汉对钟高适的评价和刘义完全一致。

曹永汉说：钟高适是改革开放后第一批选拔出来的高学历的知识分子干部，也是一位品德高尚的领导干部。他没有官场那套习气，特别廉洁。他跟你谈工作，你就别想扯别的。他谈工作经常是和你探讨问题，每一个问题都问得特别细，你要是答不上来，那行了，你回去做调查，把情况调查清楚了再来谈。所以不少干部对他常怀着两种态度：一种是怕他，一种是烦他。怕他是因为他工作太认真，搞得大家筋疲力尽也狼狈不堪。烦他是因为他除了工作，从不和大家拉扯别的。所以有些年纪比他大的老同志，就说他确实是个好干部，也确实是个书呆子。

曹永汉说：其他不说，钟高适这一条就了不起，他下来考察调研，从来都不是装门面，从来都不是为了发新闻，而是实实在在地了解问题和解决问题。有好多问题一时解决不了，但是他先要知道，先要了解。

曹永汉说：至今许多人都记得钟高适说的一些话，这些话本来都很普通，但是经他的嘴一概括，又生动又富哲理，以后都成了保护朱鹮的名言。比如他说："洋县因朱鹮走向世界，世界因朱鹮更了解洋县。"

曹永汉告诉我们：在朱鹮保护最困难的时期，钟高适给了这门事业很多的关注和支持。当然，同样关注和支持朱鹮保护的还有许多人，比如国家林业部野生动植物保护司的司长江洪，他和钟高适、李玉铭一样，也特别务实。江洪也是在交通不便的情况下，多次深入朱鹮巢区。每次他走进山区调研，钟高适只要能抽出身，就注定要陪着他一起跋山涉水。两人有路坐车，没路步行。风餐露宿，甘苦如饴，从不讲条件，从不玩虚的。

1992 年夏天，江洪在洋县调研，当他了解到朱鹮站上上下下都在为朱鹮饲养场的饲养经费犯愁时，很快就在自己职权允许的范围内，给朱鹮站批了5万块钱。

那时候，5万元是一笔巨款。

曹永汉很感慨："坦率地说，从那以后，我再也没有见到过他们那种级别的领导能那样深入基层！他们进保护区，根本不是什么以车代步，而是以步当车。在那样艰苦的条件下，他们一步一步地全程踏勘保护区，一点一滴地了解和解决问题，太了不起了！"

建设大网笼

20世纪90年代，中国经济刚刚起步，可以说缺钱不仅是正常现象，而且是普遍现象。彼时陕西财政上年年强调的是：机关单位要开源节流，保人头费、保工资如期发放。其他的，有多少钱，干多少事。

身为动管站站长，曹永汉整天为钱发愁。

客观地说，起始阶段，朱鹮承包所需要的费用并不多，每年不过两三万元，曹永汉用自己管理的野生动物保护费用就能够支撑，但是随着朱鹮出飞的数量越来越多，尤其是开始搞朱鹮的人工饲养和人工繁殖后，费用就急剧增加。场地呀，设施呀，人工饲料呀，统统要花钱。

为了落实这些经费，每年曹永汉除了按计划上报基建、财政项目争取资金外，再就是多往省财政厅、省计委，甚至往国家林业部跑。他向各级领导勤汇报工作，多反映问题，力求取得对方的理解和支持。当时，省野生动物保护协会正积极开展对外交流与合作，曹永汉就通过协会将国际友人的捐款，按照捐献者的意愿，不误时机，源源不断地向朱鹮站拨付。

许多年后，曹永汉回忆说：

"那时候我为什么要给王志宝部长、程安东省长写信？为什么不直接以林业厅的名义写，而要以朱鹮保护站的名义写，就是要从不同的层面反映问题。当时用林业厅的名义已经不行了，因为每年按计划已经给我们划拨了经费。"

曹永汉说：

“事实上，要的虽然多，给的却很少。领导也难呀！往往我们要 20 万，他只给两三万。这我们就尴尬了，杯水车薪，解决不了问题。可以说和我们的期望值相差太大了！

“但是反过来，我们报 20 万，能给两三万也就相当不错了。其他部门可能连一分都不给呢！我记得早期一位主管过野生动物保护的副省长，只要一提钱就发愁，说：‘现在农民连温饱都没有解决，你们怎么就不能体谅一下呢？我们同意你们养鸟，也支持你们养鸟，但是能不能少养几只呀？’”

对那段时间的工作，路宝忠同样很有体会。

路宝忠告诉我们：2000 年之前，他有一个明显的感觉，对保护朱鹮认识不到位的，不光有老百姓，还有相当多的一批干部，甚至是相当高层次的领导干部。换位思考，他们也确实有他们的道理，这几只鸟再珍贵，也还是鸟呀，它能和保护人相比吗？你保护它我不反对，但是要花那么多钱来保护，就让人无奈了。

1994 年，省上几位领导到洋县视察，路宝忠按惯例向他们汇报了朱鹮的保护情况，包括从国家到林业部对朱鹮的重视情况。领导们听了，都很感慨，说没想到国家这么重视这个事，没想到国家投入这么大来做这件事。

接下来，轮到路宝忠向他们汇报保护朱鹮面临的困难，最大的困难是缺乏资金，于是大家围绕这个话题说起来，都觉得为难。朱鹮是一种非常珍贵的鸟，这一点大家都清楚了，但是保护这种鸟不光不许农民使用化肥农药，还不许农民开矿，甚至不许在巢区内耕荒种地，这已经给洋县的经济发展带来很大的负面影响了，如今不仅没有弥补，反而继续伸手要钱，这确实让大家不知该怎样才好。

有位领导问路宝忠：朱鹮这么珍贵，不知道能不能卖钱？

一句话把路宝忠问傻了。

领导继续问他：如果卖，你估计一只能卖多少？能不能通过卖几只朱鹮，来弥补一下经费的问题？

路宝忠完全不知道该怎样回答了，随后才急忙开口：野生动物不能买卖，这是法律规定的。

不等领导开口，又添加一句：朱鹮不是一般鸟，它是没有办法用钱来衡量的！

他还想继续向领导解释，朱鹮是濒临灭绝的物种，这个物种如果不实施抢救性保护，很可能世界上不会再有了。可是……可是这些问题讲起来，不是一两句话能讲清的。这是一个非常大的话题，也是一个非常大的概念，大到近乎缥缈。它牵涉物种的多样性，牵涉大自然与人类的关系，甚至牵涉人类未来的命运。如果不静下心来，不抽出相当多的时间，是绝对讲不清楚的。而领导们工作都非常忙，根本没有时间来听他的科普。

1996 年 5 月中旬，时任陕西省副省长王寿森视察了朱鹮救护饲养中心，当时朱鹮站正急需建设人工饲养朱鹮的大网笼，而且日本方面资助的资金已经到位。曹永汉和路宝忠等人乘机向王寿森汇报了建设大网笼的资金问题。

王寿森问需要多少钱？

回答 150 万。

王寿森很为难，但几经犹豫，还是答应了。

曹永汉说：

“后来我们就去找王省长，直接找不合适，所以找得最多的是他的秘书张志华。张志华和我们比较熟，以后他还在林业厅当过人事处处长。我记得连找几次，张志华都说不行。他的态度也很诚恳，说：“王省长天天都在作难，你们就不要再让他作难了。今年确实没钱，你们再等一等，看明年咋样，等明年吧。

“结果第二年去，还是不行。

“回过头来看，你说那时候领导认识水平不高？认识不到保护朱鹮的意义？不是，他们也是没办法呀！国家经济发展的水平没到那个程度，你让他们从哪里挤出来钱？ 1995 年以前，我算是大学生，也担任了处长，工资才 61.5 元。基层工人一个月 32 元，高的也不过 37 元，那时候不要说给单位弄来 1 万块钱，就是 5000 元，都高兴得不得了！

“所以有时候我也很感慨，从最初姚家沟的朱鹮临时保护站，到后来洋县林业局下设的朱鹮保护观察站，一直到今天的朱鹮国家级自然保护区管理局，几十年时间，保护朱鹮的工作是一步一步往前走，也是一个台阶一个台阶往上登，这个过程太不容易了。这个不容易，不光是朱鹮保护，而且是陕西省、林业部，是整个中国。几十年来中国一步一步地发展自己的经济，一步一步地把自己做强做大，太不容易了！我们的切身体会是，集中精力把蛋糕做大做强，这确实是推动中国发展和中国进步的硬道理！”

建设大网笼的问题最终在省长程安东手里得到了解决。

至今，朱鹮站上上下下的人提起程安东，都满怀感激。他们告诉我们，别的先不说，要承认程安东确实有这个眼光和水平。那回程安东来看过朱鹮站的各项设施后，不等朱鹮站的人开口，就很敏锐地提出了问题：“这么珍贵的鸟，住在这么小的笼子里，能行吗？”

路宝忠立即回答：“肯定不适应，现在我们是硬逼着它待在里面。”

程安东问：“为什么不建一个大些的笼子呢？”

路宝忠便抓紧汇报：“一直在计划建。比如饲养场水渠下面那块地，就是准备建大笼子的。”

程安东问：“这片地有多大？”

“十亩。”

“够不够？”

“够了。”

“那为什么不抓紧搞？”

路宝忠说：“现在其他方面的条件全都具备了，唯一的问题是缺少资金。”

“缺多少？”

“150 万。”

程安东不说话了，认真想了一会儿，突然语气坚决地开了口：“可以，你们写个报告，交给省上批。”

路宝忠怔怔地看着他，随后多少有些吞吞吐吐地告诉他：“报告已经写了，写了不止一次，问题是省上也有困难。”

程安东一听就明白，说：“放心，省上实在拿不出钱，就从我的省长基金里面出。这件事不要拖，你们抓紧！”

任万枝一家人

2020年11月份，我们第二次去洋县采访。

翟天庆非常热心，他专门开着老年代步车，陪我们去朱鹮保护区刘庄村的任万枝家。这是当初朱鹮实行承包责任制的第一户农家。

下车后顺着小路朝前走，先是蹚过一条河，过河后继续走小路。小路已经是水泥路了，两旁满布稻田。我们注意到，水稻已经收割，田里只留下些稀疏的稻茬。

抬眼四望，一些田里有水流动，一些已经干涸了。

翟天庆边走边为我们介绍：90年代，一亩冬水田要给农民补助50元钱，用以鼓励农民冬季给稻田翻犁蓄水。一旦冬水田灌了水，里面就会繁衍各种水生动物，这就为冬季返回巢区的朱鹮提供了良好的觅食环境。近年由于朱鹮分布范围已经非常广泛，而且农村中的年轻人大都出外打工了，朱鹮局的管理也就相对放松，不再强求翻犁蓄水。

任万枝的家在刘庄村的余家沟。他已经事先得悉消息，正在等候。看见翟天庆，他老远就迎上来，那感觉，完全是久别重逢的老朋友。

任万枝近80岁了，他中等个子，身材较瘦，脸上皱纹纵横。我们很快了解到，最近他身体不大好，刚从医院动手术回来。他显然不善言辞，和翟天庆说话时，多少有些木讷，也愈发显出了淳朴。

他说：“好几回我做梦都梦到你。”

“我们是老朋友嘛。”翟天庆有些感动。

任万枝领着我们朝家走，又转向我们：“他这个人好得很。一来就到我这里，碰见什么吃什么，从不挑剔。他跟农民拉家常，从来不摆架子。我们都说他好，都想他。”

翟天庆急忙摆手：“不说不说。哪里是我好，是共产党好，是共产党的政策好。”

“共产党的政策也要人执行。”

“那还是先有政策，还是先要政策好。”

一边拉扯闲话，一边端来小板凳，我们都围着小桌坐下来。彼时天空正蓝，阳光正暖，任万枝坐在房前的空院子里，应我们的要求讲述他承包保护朱鹮的过程。整个讲述中，他表情始终是木讷的，声音始终是平缓的，从不夸张，也毫无掩饰，偶尔讲到动情处，他停住口，眼里会泛出几丝难以察觉的亮晶晶的光泽。

1994 年，朱鹮将巢建到了任万枝家对面坡头的树上，他站在屋前的场院上就能看到朱鹮的动静。那是实行责任制的初期，承包人不是他，而是站上聘用的巡护员。翟天庆经常到这个巢区来查看，吃住都在任万枝家。时间一长，两人就熟悉起来。任万枝为人质朴，做事踏实，给翟天庆留下了很深的印象。

最初这棵巢树的守护模式是：白天由站上聘用的巡护员负责，天黑以后巡护员撤离，由任万枝进入监护棚负责夜间守护。任万枝每天来到巢树下，要做的第一件事就是小心翼翼地先把马灯挂好。马灯要挂在监护棚里面，挂在棚外，光亮会使朱鹮不安。

第二天早上 7 点，朱鹮站的巡护员到位后，他便撤离。

这段时间，无论是任万枝还是其他村民，只是夜间辅助性地看守朱鹮。

按双方协议，整个繁殖期结束后，朱鹮站将承包费一次性支付给巡护员，再由巡护员拿出一部分支付给任万枝这样的辅助人员。尽管钱不算多，但当地村民都争着干。

没过两年，朱鹮筑巢的数量便越来越多，站上的人手忙不过来，也觉得完全可以交给村民自行承包了。从 1997 年开始，朱鹮站决定先从刘庄村的余家沟和白火沟这两个巢区开始，由当地农民来对朱鹮巢树实行承包。

消息传出，农民纷纷报名。

翟天庆毫不犹豫就选定了任万枝。经过这么长时间的观察，他觉得把监护朱鹮的任务交给任万枝，完全可以放心。

于是任万枝就成了第一户承包人。

真正落实了承包责任制，才发现这样的方式调动的远不止一个人的积极性。承包期间，任万枝和母亲、妻子一起，日夜不息地轮流看护朱鹮。白天他在地里干活儿，妻子去远处放牛，70 多岁的母亲就坐在场院上看护对面坡上的朱鹮。等他回屋吃饭休息，牛在外面也吃饱了，妻子就顶替母亲继续看护。再下来天黑了，任万枝吃过晚饭，手里提着马灯一步一步朝坡上去，悄悄地住进巢树下的监护棚。

山里的夜晚，浩莽而幽暗。尽管巢树离家不远，但坡头风冷，怪嚎声声，这让蹲守在棚里的任万枝多少有些害怕。妻子知道后，主动上坡来和他相伴。两人说着话，不仅胆子壮多了，时间也流逝得快多了。

承包不是空对空，而是面对着各种不同的情况，需要采取不同的措施。任万枝夫妇都清楚，第一个要防住的是蛇。

一天下午，夜幕将垂，任万枝听到树上的成年朱鹮在不停地大叫，还绕着这棵巢树飞来飞去，又不停地扑打翅膀。他意识到出问题了，跑上前一看，发现一条两米长的大蛇已经爬上树，目标明确地径扑巢窝。

任万枝紧张得不得了，扭头对着妻子大喊："快拿竹竿来！赶快赶快！蛇上树了！"

妻子听见喊声，用最快的速度拿了一根长竹竿跑来。两人合力用竹竿戳蛇，又是打又是挑。足足十多分钟，才终于阻止了蛇继续往巢窝去。眼看着蛇从茂密的枝叶中唰啦唰啦地逃走，两人这才喘了一口气，发现各自的衣衫都湿透了。

事情重大，任万枝紧急向翟天庆报告。朱鹮站也立即来人，和他商量怎样在树下加强防护。其他不说，24 小时值守是第一位的。

说来也怪，经历了一轮激烈搏斗，此后尽管任家三人瞪大了双眼，却再也没有看见蛇来。

山里爱下雨，一到下暴雨的时候，余家沟的风就特别大。风不停地吹动着树枝，这时候幼雏很容易掉下来。好在任万枝事先在巢树下吊起了织网。先后两回，幼雏都落在网上，任万枝小心翼翼地捉住它们，请村里的年轻人爬上树，把它们送回巢里。

为了给繁殖期的朱鹮补充食物，朱鹮站打来电话，说买回来了一批泥鳅，需要倒进水田里去。任万枝二话不说，用水桶去把泥鳅担回村子。由于自家水田位置偏僻，平素少有朱鹮觅食，所以他本能地去朱鹮常去觅食的几块水田，准备将泥鳅分散着倒进这几块田里。谁知几位水田的主人一听此事，立刻态度强硬地表示反对。

那天，任万枝担着两桶泥鳅转来转去，没转出其他成果，只引来一片骂声：

“去去去，不要往我家田里倒！”

“泥鳅乱钻，把秧苗毁了，谁负责？”

“你充好人，咋不倒自己田里？”

……

任万枝想和对方讲理，但他嘴拙。他心里清楚：泥鳅倒进田里，就是让朱鹮来吃，而朱鹮在田里吃食，确实会损坏秧苗。每当朱鹮踩倒一棵秧苗，农民就必须下田去将它重新扶直，严重的甚至要补栽。

但是又能怎么办？总不能让朱鹮饿着。

他很为难，担着泥鳅在各家水田边转来转去，最终一咬牙，把所有的泥鳅都倒进了自家水田里。

他没有想到，从大批泥鳅倒进自家的水田后，往常很少来这里的朱鹮竟蜂拥而至。本来泥鳅分散着倒，朱鹮的觅食也就会分散开来，现在泥鳅集中在一起，任万枝家水田里的秧苗就不断地被踩倒，需要不停地去扶直。结果全家人被朱鹮搞得昏头涨脑，整天疲于奔命地下田。时间一长，妻子也对他有意见，说：“露多大的脸，现多大的眼。现在好，全家都跟着你受罪，咋办？”

任万枝无言以对。

对余家沟而言，要保护和留住朱鹮，首先就要保护和留住水田，尤其是冬水田。朱鹮站采取补贴的办法，鼓励余家沟的农民留住并翻耕冬水田，以保证朱鹮冬季的食物。

任万枝自觉地按照要求去做。

村民们看到冬灌一亩水田能够补助 50 元钱，纷纷效仿，于是余家沟的水田自然而然地得以保存，这引得周边近二十只朱鹮每天都飞到这里来觅食。

再后来，朱鹮站以余家沟作为冬水田翻犁蓄水的样板，召集周边几个巢区的村民来参观学习。

看护朱鹮最关键的是产卵孵化的 3 月中旬到 6 月中旬，这三个月里，巢树下必须 24 小时有人。这期间周边不仅不允许鸣放鞭炮，连放牛和砍柴都不许。繁殖期的朱鹮特别敏感，只要牛在近处一动一叫，巢里的成鸟就卧不踏实，包括砍柴的声音，都会让成鸟不安。好在洋县事先进行了广泛的宣传，村民都能主动地服从和配合。偶尔有人不遵守政府的规定且口出怨言，村民们还会怼他："这里归朱鹮站管，你不要和我们喊叫，有本事去找朱鹮站说！"

看护人员除过每天精心监护朱鹮，还有两个特殊的时间点，需要特别上心。

第一个时间点是给朱鹮佩戴环志的时间。

前边讲到，佩戴环志的最佳时间是雏鸟正常出壳后的十五六天至二十五六天的中间段，最多不能超过二十八天。问题在于，谁能知道雏鸟是什么时候出壳的呢？又由谁来确认雏鸟出壳了多少天呢？

这就需要承包人提供。

第二个时间点是雏鸟离巢前后这十天。

这段时间，正是雏鸟学习飞翔的日子。那些体质好的雏鸟不存在飞不起来的问题，但是体质弱的就不行，尽管它们奋翅离巢了，却就是飞不起来。飞不起来也必须挣扎着飞，于是常常会由于疲乏到极点而突然摔落——

此前更幼小的雏鸟从巢里掉落，会掉落在事先张挂的尼龙网上，所以只需将它们抱起，重新送回巢窝就行，但这些挣扎着强飞的小朱鹮就不同了，你无法预测它会掉落在哪里。如果掉落在织网内，那就谢天谢地；如果掉落在织网外，危险就太大了。任万枝一家人没有别的办法，只能加强监护，一旦发现小朱鹮出巢试飞，他们便站在树下，百倍警惕。这期间不可避免地有小朱鹮落地受伤，任万枝除过抓紧时间向朱鹮站报告，还要把受伤的雏鸟尽快送交到朱鹮站员工的手里，由朱鹮站的员工转送到医院抢救。

2001 年，洋县召开野生动物保护表彰会，任万枝被评为朱鹮保护先进个人。这一年，陕西电视台评选“感动身边的人”，任万枝应选入围。电视台还专门给他做了一期节目。此后任万枝多次接待过中央电视台、陕西电视台以及其他媒体的采访。不少人都羡慕他，觉得他很有脸，但是谁都不知道他其实很苦恼。他是个踏实本分的人，也是个只知劳动的人，每次一采访就是半天，碰上拍摄监护朱鹮的镜头，搭上一整天还往往时间不够。他心里就直叫苦：上报纸上电视是虚的，务农活收庄稼是实的。农民嘛，整天耍嘴皮子咋得了呀？庄稼不会因为你嘴会说就长起来呀！

但这些话他只能对自己说。

他不是那种能给别人甩脸子的人。

鉴于村民承包很成功，朱鹮站的技术员和聘用的巡护员，已经由过去亲自在巢区搭棚值守，改为面上的巡回指导了。从 1997 年到 2000 年，朱鹮巢区的监护工作，全部交由当地村民承包。

承包是一项大政策，它同样不能教条，不能机械。以保护巢树为例，巢树生长的位置是不一样的，距离各个农民家的远近程度也是不一样的。有的巢树就在农民家的房前屋后，有的则在荒僻的坡顶沟头。如果不区分远近难易的程度，只是按照统一的标准来支付承包费，显然不合适。朱鹮站充分考虑到这一点，比如任万枝家距离巢树比较近，定为 2000 元，而距离远一些的则定为 2500 元。以后随着朱鹮的数量越来越多，承包费用开始递减。这是无法违逆的市场法则，农民置身其中，都能理解。

截至我们采访时，至少有八对朱鹮在余家沟先后筑了巢窝，其中有二十多年的老巢，也有三四年的新巢。任万枝很肯定地告诉我们，从这里飞出去的小朱鹮至少有四五十只了。

由于政策到位，农民保护朱鹮的积极性被充分调动起来，那几年朱鹮数量的增长可以用四个字来形容：突飞猛进。

按照《陕西朱鹮拯救工程计划》的预定，洋县野生和人工饲养朱鹮要在2000年达到100只，谁知这一计划于1997年便提前实现。当时间进入到1999年时，洋县野生朱鹮和人工饲养朱鹮已经顺利地突破了200只，不仅提前实现了预定目标，而且翻了倍！

2000年以后，朱鹮巢区越来越多，已经不可能也没有必要像从前那样用承包责任制的方式去监护巢树了。朱鹮站与时俱进地改进做法。他们首先明确巢树是谁家的，如果这一年朱鹮在巢树上繁殖成功，一个巢给户主补助100元钱，叫作林木保护费，同时不要求村民在巢树下日夜值守。

这样一来，任万枝的收入就明显地减少了。

任万枝充分理解这一点，毕竟朱鹮越来越多是好事情，他只是有一些担忧。采访中，他用手指着几棵高大的巢树，不无忧虑地对我们说："现在我家周围的朱鹮比以前少得多了。"

我们问他原因。

"主要是缺少吃的。"他说，"年轻人都外出打工了，只有路两边的田里有人种稻，其他地方都不种了。"

想了想，又补充说："你种了也不行。野猪太多，庄稼都被野猪糟蹋了，现在连留在村里的老人都不去种了，种庄稼划不来。"

我们问他还种吗？

他说："还种点儿。今年种了点儿黄豆、苞谷、红薯、豆角，不过都被野猪吃了。没有收成，白种了。"

任万枝是个朴实的农民，他不会按照现成和需要的口径来为我们介绍情况，而只是据实说话。他比画着为我们讲述野猪的样子：野猪长有两颗很长的獠牙，它觉得你威胁到它时，会扑上来在你腿上猛咬一口。洋县已经有人被野猪咬伤甚至咬死。野猪繁殖得很快，比朱鹮快得多。它一年下两窝，一窝有下两三只的，也有下七八只的，可把人害苦了。他再三请我们去村里问问别的农民，看有没有农民提起野猪不恨的；又再三要求我们想办法给上级主管部门反映，再不治治野猪不得了，把农民的庄稼都吃光了，把农民种庄稼的积极性都吃没了。这咋得了呀！

正说着话，头顶突然飞过一只朱鹮。

彼时天空湛蓝，和风温煦。这只朱鹮浑身雪白，只有挥动双翅时，可以看见翅膀下露出一抹诱人的橘红。它像箭一样在空中掠过，顾盼从容，姿态优雅。

我们一时看呆了。

这只朱鹮，和我们在救护饲养中心里看到的完全不一样。救护饲养中心的笼子里，不少朱鹮都呆呆地、一动不动地站在栖木上，远不如孔雀高雅，甚至不如锦鸡俏丽。即使是大网笼里能够飞翔的朱鹮，由于飞得不高，自由有限，也同样缺乏一种潇洒和灵动。只有在湛蓝的天空下，在白云的簇拥中，在大自然的怀抱里，朱鹮才有如此骄人的惊艳和如此动人的本色！

直到我们恋恋不舍地收回目光，任万枝才继续说话。

他说：过去这里的朱鹮多，每天下午都可以看到五六十只。

他说：现在不行，只能看到五六只了。

说这话时，口气仍然是淡淡的、木木的，却自有一种深彻的惋惜。

保护朱鹮的大江大海

回望历史，朱鹮的专业保护队伍最初只是 4 个人，以后逐渐壮大，到 20 世纪 90 年代保护朱鹮的关键时期，编制达到了 17 人。但是仅靠 17 个人是无论如何也保护不了朱鹮的，因此在扩大专业队伍的同时，朱鹮站仍然不停地扩大业余队伍。他们以支付工资的方式，从当地农民中招聘了不少信息员和巡护员。

即使这样，人手依然不足。

一个基本情况是：无论朱鹮新建的巢窝，还是野外发现的朱鹮尸体，90% 以上都是当地村民打电话提供的。为了鼓励并感谢报信群众，从 20 世纪 80 年代开始，每落实一例报信，朱鹮站都会奖励报信人 20 元钱。

20 元微不足道，但就是这样一个小小的举措，体现出一种尊重，也体现出一种感恩。还是这样一个小小的举措，一传十，十传百，吸引并激励着周边无数的村民为保护朱鹮尽力。当村民发现朱鹮新建了巢窝或者发生了异常情况时，并不是轻轻松松就能够报信的。尤其是 2000 年之前，通信设施非常落后，就是想打电话，都要下功夫去寻找有电话的地方。有些村民想给朱鹮站报信，却不知道朱鹮站的电话号码，于是只能试探着乱打。有人打到了县政府，有人打到了公安局和林业局，有人甚至打到了信访局。碰上有心人，会耐心地帮助农民查找电话号码；碰上无心人，干脆不耐烦地将电话挂断。

类似情况发生得多了，翟天庆就开始动脑子。想来想去，最解决问题的办法还是加大宣传力度。他们印制了一些宣传册和宣传单，上面图文并茂，有朱鹮的相片和简介，有奖励规定和报信电话。这些宣传册和宣传单被广泛地发放到朱鹮活动区的村组中，并在洋县各个人口聚集地张贴。

随着时间和经济实力的增长，朱鹮站给老百姓支付的信息费也在逐年提高，从 20 元、30 元、50 元、80 元涨到了后来的 100 元。用今天的时髦话说，为了保护朱鹮，国家拼了，省上拼了，林业厅和朱鹮站同样拼了！

1989 年 5 月 4 日，《汉中日报》第一版刊登了一则消息《省林业厅发出通告，重奖朱鹮发现者》

消息说：

1989 年 4 月 15 日至 1990 年 6 月 30 日期间，凡在一个县境内首次发现朱鹮活动及其营巢，并及时报告当地县林业局的，奖给发现者 1000 元；在同一县境内另外发现有鸟和巢者，奖 600 元；除洋县、城固外，在一个县境内发现朱鹮活体而未见营巢繁殖的，奖给发现者 300 元。

想想看，这是在 20 世纪 80 年代的中国，而且还是一座小县城，1000 元是什么概念？许多农民不要说埋头苦干一年，就是埋头苦干两年，也拿不到这个数。

在洋县，我们每天都能听到老百姓关爱朱鹮的事情。这些事情都不大，是点点滴滴，但唯其如此，才让我们更真切地感受到那种植根于基层、蕴藏在民间的关爱朱鹮的真实氛围。

李汉生是汉中褒河火车站的工人。

褒河火车站 60 米外的东北角有一处池塘，经常有鸟飞往那里栖息。李汉生同宿舍的室友喜欢打鸟。1989 年 12 月 23 日，室友匆匆从外面回来取猎枪，说："水塘边有一只鸟，我抓紧去打。"

李汉生本能地问："什么鸟？"

"不知道，白颜色的。"

李汉生有些不安："你可不要乱打，有些鸟是国家保护的。"

室友答应一声，拿着枪出门了。

李汉生守在屋子里，心里翻上翻下地总是不安宁，犹豫片刻，他下了决心，急急忙忙也往池塘去。他赶到时，室友正在聚精会神地举枪瞄准，就在扳机即将扣动的一瞬，李汉生伸手托高了枪管。

室友吓了一跳："你干啥？"

李汉生说："千万不敢打，很可能是朱鹮。"

室友有些疑惑："你怎么知道？"

"我看过图片。"李汉生口气很肯定，"朱鹮是国宝。真要是打了朱鹮，你得被判刑。"

室友仍然疑疑惑惑，但放下了枪。

李汉生很快向当地林业局汇报，说有可能发现了一只朱鹮。林业局又转报朱鹮站。朱鹮站迅速派人前来查看，现场鉴定后，确认是朱鹮。这只朱鹮腿上戴着环志，是牯牛坪巢区 1989 年繁殖的雏鸟。

为了做好这只朱鹮的监护工作，从 12 月 25 日起，朱鹮站又派张跃明在现场跟踪监护，从此张跃明就住在火车站货场的招待所里，一直监护到过年。

整个监护过程中，张跃明都很用心。他一边监护，一边观察，一边总结和记录。他发现朱鹮的适应能力很强，火车呼啸而过，它只是抬头看看，随后就优哉游哉地继续埋头觅食，这从某种意义上说明，只要让朱鹮熟悉并适应了环境，只要人类的各种活动不那么刺激和暴烈，朱鹮是能够逐渐适应并与人类和美相处的。

洋县溢水镇刘庄村有一位朱鹮义务看护员，叫李海忠。

1995 年 4 月中旬，李海忠发现有一对朱鹮飞到自家门前的树上筑巢产孵，从此留了心。

不久，巢里产下一枚卵。

此后，这对朱鹮夫妇日夜卧巢。不管是风吹雨打，还是晴天朗日，两只成鸟每天轮流着出外觅食。出外的时间有长有短，不变的是，总有一只成鸟寸步不离地在巢里守护。

有一天，李海忠意外地发现，两只成鸟竟然都飞走了。他顿时不安。怎么回事？是成鸟嫌弃这枚卵了，还是孵卵失败了？

可是根据各方面的情况判断，不应当呀！

李海忠不放心，专门走上高处去看。他发现巢里确实只剩下这枚孤零零的卵，但是无论怎么看，都没有发现这枚卵出现了异常。

问题还不仅于此。两只成鸟飞走后，一连几个小时都没有回来。

按照常规，成鸟是不会扔下孵化期间的卵不管的。眼下成鸟不仅不管，而且不管了好几个小时，这就太反常了。

李海忠心里着急，却又无奈，只能耐着性子继续等待。

这一等就直到天黑。

和人类一样，朱鹮每天都会在黄昏时候飞回栖息地，它们要定时休息，也要在天黑前落窝。假若天太黑，它们同样会视物不清，迷失方向。根据白天成鸟弃巢而去的反常行为，李海忠已经有了判断，两只成鸟不会回来了。

怎么办？

事前李海忠已经学习过一些有关朱鹮的知识，他根据自己掌握的知识估算了一下，如果成鸟今晚仍然不回来，巢中的卵就会报废。这样一来他坐不住了，连夜与朱鹮站联系，希望能迅速来人，把卵带回饲养中心去人工孵化。

但是天黑路远，工作人员无法连夜赶到。

李海忠想来想去，始终想不出更好的办法，最后一咬牙，让儿子摸黑爬上树，将这枚卵取下来，准备利用家中现有的条件保护它，但是当采取具体的保护措施时，他却又一次作难了。按照他的理解，这枚卵正在孵化期，晚上不宜受凉。他本想把卵放在鸡窝里，让母鸡为它拥暖，又担心母鸡不认，将卵啄破。琢磨了好一会儿，他决定将卵放在被窝里，由人来暖。已经动手往被窝里放了，又突然想到，万一人睡着了，将卵压坏了呢？

妻子看出了他的为难，说："算了，这种事你不行，让我来吧。"

她吩咐李海忠和儿子编结了一个很小的竹笼，在竹笼里垫上棉花，又用棉花将朱鹮卵包好，之后把这只小竹笼抱在怀里，用自己的体温来代替成鸟的卧巢。

就这样抱了一整夜。

第二天朱鹮站来人，将这枚卵安全地取回去了。取走后李海忠还是不放心，经常打听。不久他知道了，这枚卵没有受损，通过饲养中心的人工孵化，已经出壳了一只健康的小朱鹮。

在众多保护朱鹮的故事中，寻找朱鹮"难难"在洋县引起的轰动最大。

1991 年 6 月初，一只小朱鹮从巢树上掉下来，正在观察棚里值守的雍水生发现后，急忙上前查看。他发现小朱鹮的翅膀受了伤，卧在地上瑟瑟发抖，于是双手捧起它，又叫人抓紧去捉青蛙，捉来后捣成肉泥，喂小朱鹮吃。直到这只小朱鹮的情况基本稳定后，他才抓紧时间将小朱鹮带下山。

经过检查，这只小朱鹮的身体状态很差，饲养中心的工作人员立即进行救治，并为它取名“难难”。治疗后，难难的状况逐渐稳定，当时正值农忙，站上不少人都放假回家插秧了，难难暂由一名工作人员监护。巧就巧在那天工作人员临时有事，要离开片刻。由于难难翅伤未愈，无法飞翔，所以工作人员比较放心。临离开前，他特意将难难放在一个敞口的纸箱里，让它安逸地晒晒太阳。

谁也没有想到，难难对人类给予它的安排竟充满了疑惧；更想不到的是，它竟不顾翅伤未愈，用常人难以想象的坚韧和毅力，从纸箱里飞了出去。

这一飞，就飞得不知去向。

闻听难难失踪，工作人员立即上报情况。极短的时间内，县委、县政府、公安局、林业局和朱鹮站就全部行动起来，主管副县长舒含芬担任了寻找难难的行动总指挥。连洋县电视台和广播电台都中断了正常的节目播出，插播了寻找难难的启事。

整整寻找了三天，始终不见难难。

大家都非常担心，这是一只飞行能力很弱的雏鸟，如果没有足够的食物支撑，它很可能会饿死，甚至有可能已经被饿死了。

正在焦急中，农民白英、何文强抱着难难来到了朱鹮站。原来，难难不知通过怎样一种努力，竟然飞到了纸坊中学的大树上。那天白英去给何文强家帮忙插秧，两人路过纸坊中学时，发现几个孩子正拿着石块往树上丢，想把一只鸟赶下来。已经抬脚走过去了，两人突然想起电视上有关寻找难难的启事，越想越不放心，干脆返身走回去。这一看，才发现树杈上有一只白色的小鸟趴着不动。

他们急忙吩咐小孩子找来一根竹竿，用竹竿轻轻捅了捅小鸟，小鸟还是不动。于是何文强爬上树，将小鸟从树上抱下。抱下后发现小鸟翅膀上有伤，脚上还戴有环志。

两人急忙推来自行车，用最快的速度将难难送到饲养中心。

就在我们即将结束第二次采访时，又听到了闫长录的故事。

闫长录，1948年出生，家住洋县槐树关镇北沟村。他个子不高，人很健谈，说起话来总是笑眯眯的。

槐树关镇位于洋县城东 17 公里处，这里不属于朱鹮保护区，附近的农民们从来没有见到过朱鹮，所以保护朱鹮的意识也就相对淡漠。2000 年以来，朱鹮开始飞往这一带觅食和栖息，但农民仍然不知道是朱鹮。后来随着宣传力度的加大，终于知道了：

这种鸟不得了！

这种鸟惹不得！

国宝哦！

……

吸引朱鹮来这里落脚的是北沟村的大片稻田。

闫长录回忆，一开始朱鹮来得并不多，只有六只，后来就一年比一年多了。朱鹮一般早晨 6 点多钟飞来，它们一来就叫，声音很大。闫长录注意到，除过在稻田里觅食，它们也喜欢在树上飞来绕去。晚上天黑以前，它们抖抖翅膀，很规律地飞走了。

闫长录第一次看到的朱鹮，是灰白色的。那天他正在沟里转悠，突然看见十五六只朱鹮。他觉得这些朱鹮很好看，心里就期待：这么好看的鸟，怎么不在我们这里建巢孵崽呢？

2018 年农历二月初，朱鹮果真在闫长录家房后的一棵青冈树上筑巢了。青冈树有 20 多米高，枝叶繁茂，疏密适宜，朱鹮选择这样的地方筑巢，显然是从安全的角度考虑的。

连续几天，闫长录都看见有一对朱鹮飞来飞去，不辞劳苦地用细小的木棒和草团在两个树杈间搭巢。他不无神秘地对妻子说："朱鹮在屋后的树上做窝了，叼了好多杂草和小棒棒。"

妻子非常高兴，说："好事呀，我们欢迎。"

此后，每天只要闲下来，闫长录总是兴趣十足地去看朱鹮筑巢。

随着日子一天天朝前走，朱鹮把巢建好了，是盘状的。和其他鸟巢相比，朱鹮的巢建得比较大。闫长录注意到，起初这对朱鹮虽然每天叼枝衔棒地来筑巢，但晚上还是会飞走，后来就卧在巢里不走了。

朱鹮落巢后，紧接着开始产卵，之后白天晚上都守在巢里孵卵。20 多天后，雏鸟出壳了，朱鹮夫妇轮流飞出去给它们觅食。每次叼食回来，雏鸟就直接在爸爸妈妈的嘴巴里掏着吃。

闫长录很细心，他观察到巢里有两只幼雏。

从产卵到孵卵，再到幼雏出壳，完整地经历了一个过程。闫长录一直在关注，也一直很操心，他听说过蛇吃小朱鹮的事，也见过蛇爬树。他担心这种事在自家树上发生。

想来想去，他掂了把镰刀上山。山上有一种荆棘叫“倒挂牛”，又粗又长，长满尖刺。他割了些“倒挂牛”回来，将它们在树根上严严实实地盘了一圈。蛇身上全是肉，他不信碰到这样的尖刺，它们还敢硬上。

青冈树旁有条小路，可以通到坡上，有时候村民从这里上坡去，闫长录总是叮咛一声：“树上有朱鹮抱娃，你们路过小心些，不要惊到它。”

人是各式各样的。绝大多数人听他一说，都自觉地遵守；也有人反而被提醒了，每逢从这里走过，就故意用镢头在树身上敲几下。这一敲，小朱鹮就慌张了，探头伸脑地啁啾，随后扑扇着翅膀起飞。

闫长录看到小朱鹮起飞了，特别担心。他已经具备了不少有关朱鹮的知识，他担心它们飞不动，一头栽下来。他知道朱鹮是国宝，也知道朱鹮产卵要向朱鹮站报告，可就是不知道朱鹮站的电话号码。想来想去，干脆给大儿子打电话。大儿子在县城里工作，他问他知道不知道朱鹮站的电话号码，说想让朱鹮站的人来家里看看。

大儿子已经知道了家中朱鹮的事情，回答说：“现在不叫朱鹮站，改成朱鹮局了。”又说，“你先关了手机，等我问过别人给你回话。”

没过多长时间，儿子的电话来了：“不行，问了好多人，都不知道。”

闫长录说：“干脆你跑一趟，去给朱鹮局说一声。”

儿子苦笑起来：“我要能去哪还有这么多废话，我在外地出差呢。”

闫长录无奈了：“那我自己找吧。”

他骑着自行车赶往槐树关派出所。

那天派出所值班的民警是一位年轻的小伙子，姓赵。闫长录认识小赵，招呼说：“小赵，我想要一下朱鹮局的电话。”

小赵有些奇怪：“干啥？”

“朱鹮在我家屋后的青冈树上搭窝了，我想给朱鹮局报告消息。”

小赵急忙翻开电话簿，说：“好事呀，我帮你打！”

一边说着，一边拨动号码，谁知一连拨打了几次，始终没有人接。小赵不死心，又查看相关的号码继续拨打，还是打不通。

小赵很无奈，旋即得出了结论：估计这是从前的老号，如今电话进步得太快，很可能朱鹮局换号了。

第二天，闫长录又赶到槐树关镇政府，把发现朱鹮的经过说了一下，询问朱鹮局的电话号码。

镇政府的人说：“不知道呀。”

闫长录傻眼了，本以为简单不过的事情，谁知办起来如此复杂。眼下该想的办法都想了，怎么办呢？

他本想请镇政府的人帮他想想办法，可是看对方正忙得手脚不停，对他的问题不感兴趣，只好讪讪地离开。

这天晚上，闫长录翻来覆去睡不着，想呀想，终于又想出来办法，决定再到距离他家不远的“洋县槐树关林业站”去碰运气。他有些好笑，怎么哪儿都想到了，偏偏没有想到林业站呢？林业站，林业站，不就是管树的嘛，朱鹮是在树上搭窝，他们多少有些牵扯。

第二天一早他就去林业站了。

谁知是个星期天，没人。

星期一再去，还是没人。

第三天继续去林业站，这回门开着。进去后看到两个人，后来才知道，其中一个是林业站的站长，是一位年轻小伙子。

闫长录问：“昨天你们没来？”

小伙子说：“昨天在洋县开会，你有事？”

闫长录于是给小伙子讲了朱鹮的事情。

小伙子没有懈怠，说："你等着。我这儿有号码，我给你找一下。"掏出一个本子翻了几页，找到号码，又拿张纸，为他写下了朱鹮局的电话号码。

有了号码，闫长录顿觉安心。他走出林业站，找了个安静地方，按纸上的电话号码拨过去。这回一拨就通。一位女性接了电话，听闫长录讲完情况后，她开始问闫长录的名字、住址和电话号码，边问边记录。闫长录感觉出来了，她问得很仔细，记录得很认真。结束记录后，她说："今天人都出去了，只有我一个值班。不过你放心，两三天之内，肯定会有人去你家。"

说是两三天，其实第二天中午就来人了。

来的是两位年轻人。到家后，他们先去屋后看青冈树上的巢窝。成年朱鹮已经出外觅食了，窝里只剩下小朱鹮。小朱鹮个头太小，卧在巢里看不见。闫长录就找了根树棍，在树身上敲打几下，这一敲打，两只小朱鹮就警觉地探出头来。

两位小伙子急忙端起手机拍照。

拍完照，又到闫长录家里，把他家的房子也拍了照。

一切就绪，领头的小伙子说："听说你为了给我们报告消息，连跑了几天。"

闫长录说："是呀，找你们好难。"

小伙子有些不好意思："那我们要说声对不起。看样子我们宣传得还是不够——对了，要给你付点儿辛苦费。"

闫长录急忙摆手："算了算了，应该的。"

小伙子说："你不要推。单位有政策，叫个信息报告费。这不光是对你，所有人都是一样的——对了，把你家的粮食补贴本拿出来，上面有账号，到时候把钱直接打到那上面。"

闫长录还是觉得不好意思，但是小伙子坚持要他去拿，又用手机把他的粮食补贴账号拍成照片。

再下来，他们详细地询问这对朱鹮在屋后筑巢产卵的过程。

这一聊就聊了大半个钟头。

临走前，领头的小伙子专门把自己的手机号码存在闫长录的手机里，说：“要是有啥情况，随时给我打电话。”

第三天，朱鹮局又来人了，这回来了五个。

领头的小伙子向闫长录介绍翟天庆，说他是朱鹮局的前任书记、副局长，现在刚退休。

翟天庆兴趣十足地走到他家屋后的青冈树下，前前后后看了一番，又详细询问朱鹮筑巢以及闫长录三番五次打电话的情况，还特意为闫长录留下了自己的联系方式。

没过多久，翟天庆再次来了。这一回他是带着中央电视台的人来采访。电视台的人先在闫长录家里拍摄了两天，又把他带到四〇五厂附近的山上去拍摄。这一回竟拍摄了三天，拍得闫长录口干舌燥，嗓子都哑了，想起平素总觉着拍电视好玩，轮上自己才知道，这活儿难着呢。

一年很快过去了。

第二年春天，这对朱鹮又来到闫长录家屋后筑巢，并再次顺利地孵出了小宝宝。闫长录目睹了朱鹮夫妇哺育宝宝的全过程，深深地感受到它们对雏鸟的关爱与呵护，这使他对朱鹮充满了兴趣，也充满了感情。尤其是那几只小朱鹮，活泼灵动，惹人爱怜。眼看着它们一天天在自己家屋后生长，闫长录和妻子都非常高兴，不知不觉中，两口子将它们当成了每日必探的自家人。

他们没有想到，当又一个春天降临时，这对朱鹮却没有再来。

起初，闫长录满怀着希望，每天都去屋后树上察看，但是始终没有见到它们的影子。

春天过去了，它们没有来。

夏天过去了，还是没有来。

眼看着秋风起，落叶黄，闫长录心里明白，今年它们不会来了。

树上没有了朱鹮，也就没有了生机和活力，几根残存的巢窝枝条，很快就被新枝嫩叶遮盖，再经过风吹雨打，迅速消失，消失得看不出丝毫昔日的痕迹。

闫长录不死心，他充满希望地期待着新一年的春天。

新一年的春天如期来临。

但这对朱鹮仍然没有来。

闫长录百思不得其解。他已经习惯了与这对朱鹮相伴。至今，他还常常站在屋后看这棵枝繁叶茂的青冈树，回味着这对朱鹮在这里筑巢育雏的情形，同时心里念叨：到底发生了什么？

他多少有些遗憾，也多少有些埋怨：亲不亲，一家人，都相处那么久了，为什么连声招呼都不打就走了呢？

回首四十多年的朱鹮保护历程，许多人都非常感慨，在空寂幽深的一条山沟里，发现了地球上仅存的七只朱鹮。相对于茫茫秦岭，这七只朱鹮何其渺小，渺小到连七只蚂蚁都算不上，但就是从这个渺小至极也孱弱至极的基础起步，朱鹮一点儿一点儿地存活下来，繁殖下来，发展起来。面对着霜刀雪剑，天灾人祸，究竟是一种什么样的神奇力量，在推动着这个濒临灭绝的孤子物种，以如此顽强和不屈的状态生存并延续呢？

应当说，因素很多，多到不可胜数。也因此，是丝丝缕缕和点点滴滴。但是在所有的丝缕和点滴中，有一条不可或缺，这就是潜埋在最基层、散布得最广泛、完全源自民间的丝丝缕缕和点点滴滴。正是它们，用博大无垠也润物无声的方式，汇成了关爱和容纳朱鹮的大江大海，并最终为朱鹮的展翅高飞拓展出越来越广阔的天地！

第七章　胜利接踵而至

庆保平的团队能够将自己精心整理和探索出来的技术公开，是一种勇气，也是一种魄力，还是一种境界。对一个濒危物种的保护来说，实现技术共享实在是太重要了！

两条腿走路

1981年刘荫增在洋县姚家沟发现朱鹮后，几乎同时就发生了小朱鹮“华华”坠地受伤的事故，由于当时洋县和陕西省均不具备人工饲养的条件，所以只能把“华华”送到北京动物园去。

两年以后，姚家沟这对屡立奇功的朱鹮夫妇又孵出了四只雏鸟。但是朱鹮夫妇倾尽全力，也无法负担四只雏鸟的食物量。由于喂养不足，身体羸弱，有一天，一只雏鸟从巢里掉下来摔死了。

剩下的三只雏鸟一天天长大，它们的食量也在同步增加。

工作人员注意到，出去觅食的朱鹮夫妇出飞的时间越来越长，这说明觅食地已经越来越远。他们还注意到，三只雏鸟中除过老大，其余两只由于食物不足，身体都很弱，而体弱导致它们无力与老大争抢食物，竟越来越弱了。

眼看着成鸟一次次早早即出，又一次次迟迟而归，所有人都焦虑不已。5月15日，刘荫增和路宝忠反复商量后，觉得既然这两只雏鸟生存下来的概率已经很小，不如早早动手人工喂养。他们趁朱鹮夫妇外出觅食时，让陈有平从树上将这两只雏鸟捉了下来。

此前，刘荫增曾经喂养过“华华”，多少有些心得。面对这两只雏鸟，他心里清楚：核心是要保证它们的营养，保证它们能够正常进食。

食物是现成的：泥鳅、小鱼虾。他们想的是，怎样让这对小朱鹮接受并习惯于人类的喂食呢？

按照设想，每次喂食前，他们都吹几下哨子。起初，哨声把小朱鹮吓得惊慌失措，但几次以后，它们就习惯了。后来竟变得只要哨子一响，两只小朱鹮就会自动跑来。工作人员将泥鳅用开水烫一下，做一个简单的清

科研人员模拟朱鹮亲鸟哺育人工孵化的幼雏（路宝忠摄影）

洗消毒，再给小朱鹮喂进嘴里。

一天天过去，小朱鹮渐渐长大了。或许是生物的本能，它们时常调皮地跑到田边去，一边觅食，一边尝试着飞翔。它们也常常漫步在五六百米外的山坡上，但只要一听到哨子响，便飘飘然飞到负责饲养他们的工作人员跟前来，争着吃食。有趣的是，每次喂食，如果它们吃不饱，还赖着不走，结果工作人员走到哪里，两只小朱鹮就跟到哪里。即使偶尔飞走了，一会儿又飞回来继续纠缠他。

这样的表现，让工作人员对它们倍加爱怜。

在与朱鹮的接触中，工作人员渐渐摸索出朱鹮的一些习性特点。比如朱鹮可以和人非常亲近，它们甚至懂得你的举动和语言，这种懂得是靠不断交流互动实现的，但是这种交流互动不能间断。以这两只小朱鹮为例，尽管它们是工作人员从小就喂养的，尽管它们与工作人员已经相当熟悉，但是倘若中间换了喂养它们的人，或者虽然不换人，但一两个月都不再规律地给它们喂食，它们就会失忆。失忆后你向它们发出同样的信号，它们会犹豫，甚至不搭理你。

经过两个多月的精心训喂，两只小朱鹮逐渐长大了，它们的发育状态和飞翔能力都非常好，表现之一是它们经常会展开翅膀，飞往观察站周边那些高大的树木上栖息。那时候由于各种条件的限制，工作人员对它们的饲养虽然有人工干预和辅助，但总体是开放的——小朱鹮始终接受着人工的投食，也始终没有离开过大自然的怀抱。

就这样一天天喂养，小朱鹮也一天天地长大。

随着两只小朱鹮越长越大，外面那个活跃的大世界对它们的吸引与日俱增，最终它们还是飞走了。当它们振翅飞向广袤的蓝天时，观察站所有的人都驻足长望，恋恋不舍。

此后几年中，由于朱鹮增长得非常缓慢，所有的人都为朱鹮的安全和健康捏着一把汗。他们担心随时随地的天灾人祸都可能会造成这个物种的灭绝。应当说，朱鹮的人工救护、人工饲养、人工孵化和人工繁殖等，就是在这样一种压力下不断催生出来的。

1988 年 5 月 24 日，北京动物园按照林业部的要求，在洋县政府及有关部门的协助下，从牯牛坪一窝朱鹮巢中捉获了两只雏鸟，分别是老二和老四，命名为“阳阳”和“欣欣”。工作人员经过五天的饲养、观察和检疫后，确认两只雏鸟体况良好，于 28 日办理了交接手续。两只雏鸟于 30 日由专车护送至西安，之后乘民航班机去北京动物园落户。

算下来，从 1981 年至 1988 年七年间，共有六只朱鹮送往北京。

回首去看，这是人工饲养朱鹮的初始。

国家林业部始终关注着朱鹮的人工饲养和繁殖问题。

之所以关注，是因为时间已经进入了 20 世纪 90 年代，但朱鹮的情况一直不容乐观。

陕西朱鹮保护观察站第 11 期《朱鹮保护情况》中，对 1991 年的“朱鹮动态”有一段记载：

12月份野外直观朱鹮十只，其中环志鸟五只。集中活动地在洋县花园乡木家村、城固县庙坡村等三处。据野外观察分析，近月来尚差三只鸟，踪迹不清，去向不明。虽经多次调查，至今未获任何线索。

三只朱鹮踪迹不清，去向不明——短短一句话，让工作人员紧张万分。

“朱鹮动态”还记录了当时洋县的天气情况：

根据野外朱鹮活动情况，尤其是12月26—27日，连续两天普降大雪，朱鹮活动区的木家河，积雪深达0.5米，温度剧降。根据洋县气象资料分析，这次降雪是历史上最大的一次，气温比往年同期低4℃—5℃，朱鹮取食稻田全部冻结，终日难以消融，朱鹮觅食十分困难。

实践让朱鹮保护者们认识到，野外朱鹮生存的环境变数太大，野外朱鹮遭受不测的可能性远比笼中的朱鹮大得多。为了确保朱鹮物种不灭，必须坚定不移地走朱鹮野外保护与人工饲养繁殖并举的道路。

在朱鹮的人工饲养和人工繁殖上，日本人走得最早最快。

洋县朱鹮站不甘落后。

早在20世纪80年代末，洋县朱鹮站已经开始筹建朱鹮人工饲养中心。

1990年春天，由于朱鹮保护承包责任制尚未落实，野外朱鹮增长的步伐越来越慢，最后几近停止，这让朱鹮站上上下下的员工承受着巨大的压力。当时朱鹮站已经有了自己的办公楼，大家很快在办公楼里腾出两间房子，将它们匆匆改造成临时朱鹮饲养室。由于席咏梅是生物专业毕业的本科大学生，所以特意挑选她来担任饲养员。

一些老员工告诉我们：最初饲养室里人工饲养的四只朱鹮，全是由于

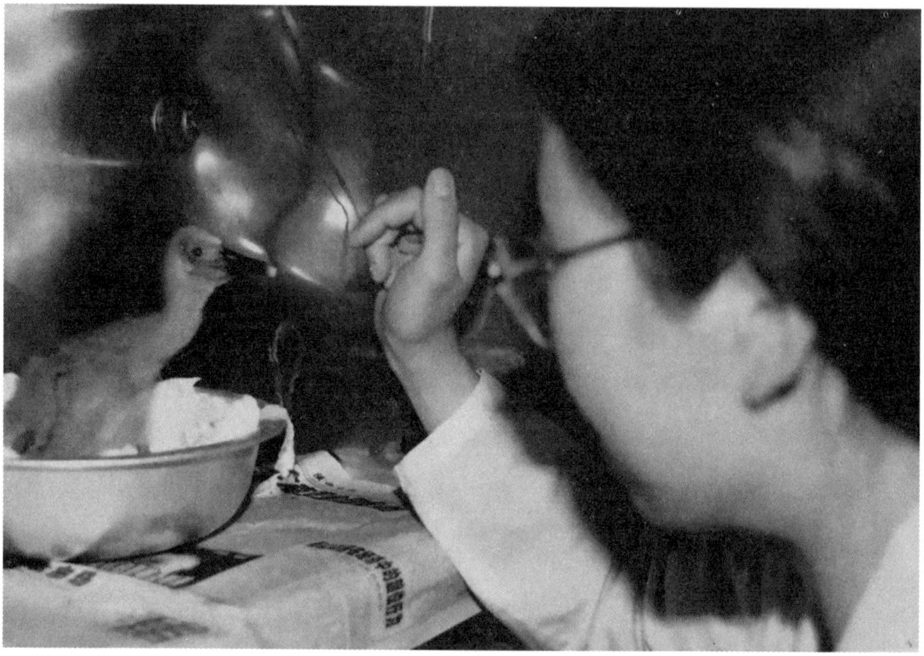
席咏梅观察研究朱鹮生长情况（贾连友摄影）

各种原因从各个巢区抢救收养来的。那时候，即使是残疾的朱鹮，同样是宝贝。

1991 年，朱鹮饲养中心终于建成，从此人工饲养朱鹮就有了正式而规范的场地，大伙儿都为之振奋。由于此前办公楼里的临时饲养场条件太差，所以一俟饲养中心建成，大家就尽快把朱鹮往饲养中心转运。

事后回顾，虽然工作人员天天和朱鹮在一起，但是对朱鹮的情况还是吃得不透。比如大家都知道朱鹮是一种对外界高度敏感的鸟类，但是究竟敏感到什么程度，却普遍心里没底。他们完全没有想到，朱鹮对外界的敏感，有时会达到一种令人匪夷所思的程度。

将朱鹮从临时饲养室转送到正规的饲养中心是一件大好事。一旦朱鹮转运过去，无论食宿条件还是周边环境都会发生极大的改善。也因此，所有参与转运的人都心情愉悦，整个转运过程十分顺利，唯独没有想到的是，当朱鹮转运到饲养中心以后，面对着陌生的环境，它们却开始惊恐。尤其令人意外的是，其中一只朱鹮突然情绪失控，张开翅膀在笼子里没头没脑地乱飞乱撞。

目睹这一幕，大伙儿目瞪口呆。

更让人想不到的是，这只朱鹮竟越飞越疯狂，越撞越惊恐，失控的情绪像高速旋转的陀螺，根本无法停止，最后生生地将自己在铁网上撞死！

值得一说的是，同样的事情，在后来的岁月中，无论在洋县本土，还是在异国日本，都在重复发生。

但是在当时，所有的人都没有经历过这样一种场面。

席咏梅和这只朱鹮接触时间最长，感情最深，心灵上的冲击也就最大，何况这只朱鹮是用那样一种惨烈的方式致死的。她目睹惨剧，当时就哭了。

越哭越痛。

现场哭，被人劝回屋子后还是哭，从白天一直哭到晚上。终于，她的状态让大伙儿担心了。当天晚上，路宝忠专门安排赵志厚和一位叫串金朝的饲养员值班，叮嘱他们不许回家，要密切保护席咏梅，防止她悲伤过度，千万不能朱鹮出了意外，人再出现意外！

专家何宝庆

就在工作人员步履维艰地探索人工饲养朱鹮之际，远在北京的李玉铭又给曹永汉打来电话。电话中，他再次向曹永汉提出了新要求。

李玉铭提出：形势不等人，为确保朱鹮物种不灭，洋县本土的朱鹮人工繁殖要及早筹划，迅速启动。

曹永汉多少有些为难。

他心里最清楚：朱鹮站从 1990 年 5 月才开始对当年救护的四只小朱鹮开展人工饲养，如今刚刚探索出来一些心得，还远远谈不上配套和成熟，尽管已经搬进了新建成的饲养中心，但无论技术条件还是实践经验，都处在刚起步的阶段，在这种情况下，怎么开始朱鹮的人工繁殖呢？

似乎是看出了他的为难，李玉铭说：

“朱鹮的情况和其他动物不同，基数太小，风险太大，所以一定要未雨绸缪，超前干事。要快，不能等。”

又说：

“我知道朱鹮的人工饲养很难，人工繁殖就更难，可它迟早要搞。这样行不行，你们那边继续探索，不要停步。这边我帮你们请一位专家。”

曹永汉问：“从哪儿请？”

“上海。”

“是谁？”

“上海动物园的何宝庆。”

曹永汉的眼睛发亮了。

此前，曹永汉一直期盼着尽快实现朱鹮的人工饲养和人工繁殖，他心里清楚，只有实现了朱鹮的人工饲养和人工繁殖，朱鹮物种的存续才算有了一个可控也可靠的平台。

但是想归想，做起来太难。

之所以难，有一些很微妙甚至很难启齿的原因。

几年前，北京动物园已经成功地实现了朱鹮的人工繁殖，那是人工孵化朱鹮的第一例。但也正因为只有一例，所以它能够说明的问题就有限。洋县是中国朱鹮的发现地，也是中国朱鹮的种源地，没有洋县在朱鹮人工饲养和人工繁殖上的批量实现，就不能说为朱鹮的灭绝拦起了一道可靠的“防洪坝”，正是这个原因，身为陕西野生动物管理站站长的他，迫切地希望能够在洋县开展对朱鹮的人工饲养和人工繁殖。还是由于这一点，他和朱鹮站的路宝忠等人反复商量，专门将北京动物园的专家请到洋县，想跟着专家学习这方面的知识。

但是相互学习的过程并不顺利。

为什么不顺利？

没有人能够回答，也没有人愿意回答。

后来，在反复采访的过程中，我们终于知道了一些：北京来的专家也给朱鹮站的人讲课，也传授知识，唯独不提人工繁殖的关键技术。不仅不提，而且当朱鹮站的人要跟着专家走进人工饲养笼去看他怎样搞人工孵化时，还会遭到婉拒。于是朱鹮站就渐渐传出风声：人家的技术是保密的。

是真是假，无从考证。

但是不管真假，遇到这种情况，都让人无奈。

曹永汉一直为此犯愁，也一直想不出更好的办法。如今李玉铭说帮他从上海请专家，这让他心里豁然一亮，他很清楚，许多知识和技术上的问题，当然可以靠自己在实践中摸索，但那花费的时间太长了，不确定的因素太多了，要纠错试错的过程太复杂了，很可能他们这边还没摸索出什么有价值的技术来，那边朱鹮已经由于天灾人祸而灭绝。如今在朱鹮保护的关键时刻，李玉铭提出这个建议，不仅非常重要，而且非常及时。

截至 2020 年我们采访时，曹永汉仍然连声感慨，要感谢李玉铭。他总是在关键时刻为我们出主意。而且他出的主意，都是事关全局，是战略性的！

何宝庆很快来到了洋县。

何宝庆是著名的鸟类饲养专家。他爱鸟、懂鸟，又勤于钻研，所以做出过许多杰出的贡献。其中最突出的是在 1984 年，他将世界濒危鸟类“东方白鹳”笼养繁殖成功。这项成就轰动一时，在国际上属于开创性的案例。

内行都知道：东方白鹳属于《濒危野生动植物种国际贸易公约》附录Ⅰ级鸟类，和朱鹮一样，也属于中国一级保护动物。有内行曾总结，东方白鹳在人工饲养条件下极难繁殖。

具体地说，东方白鹳的人工繁殖面临着“三大困难”：

第一，择偶难。

东方白鹳习性孤独，择偶挑剔，在感情上独来独往，经常攻击人类为它选择的配偶，极端时甚至将对方殴伤致死。

第二，筑巢难。

东方白鹳对繁殖环境有相当高的要求，不管是树上营巢还是地面营巢，一般都不容其他鸟类和动物干扰。尤其是地面营巢，它选择好筑巢位置后，首先会把筑巢材料——树枝、干草，包括游人扔弃的纸屑等用嘴叼到筑巢位置，如果好心的饲养员清扫笼舍错把它们当垃圾扫掉，东方白鹳会大发脾气，甚至一怒之下当年不再生育。

第三，繁殖管理难。

在所有的难中，这是难中之最。

一旦东方白鹳筑巢后，它的护巢行为非常强烈，它会用喙猛啄接近巢旁的饲养人员。如果巢建在高处，东方白鹳为了护巢，用力过猛甚至可能把卵踩落，这使得饲养员难以观察它的生育情况。究竟它是哪天产的卵，共产了几枚卵，孵化了多少天，是哪天破的壳，成鸟怎样哺雏，雏鸟是否喂饱了，等等，都不易了解，只能猜测。

但是何宝庆探索出了自己的方法。

何宝庆的了不起在于：他从不操之过急，而总是通过丝丝缕缕的捕捉和脚踏实地的摸索，迈出东方白鹳人工繁殖的一步又一步。令人自豪的是：1987 年，距他成功繁殖东方白鹳整整三年后，德国鸟类公园和中国合肥逍遥津公园才人工繁殖出第二只东方白鹳。

值得一说的是：在何宝庆没有来到洋县之前，朱鹮救护饲养中心已经配备了三位饲养员。除过席咏梅之外，另两位是唐仕兴和黄治学。他们是从当地农村中招聘来的。其时，无论从学术知识还是专业水准上，席咏梅都自然而然地成为核心人物。他们三人齐心协力，埋头苦干，在饲养朱鹮的过程中已经摸索和积累了不少经验，也碰到了不少一时无法解决的难题。

何宝庆就是在这个时候来到饲养中心的。

为了保证朱鹮的人工饲养和人工繁殖顺利进行，李玉铭和曹永汉反复商量，特意为饲养中心同时聘请了两位专家：

一、聘请史东仇作为朱鹮野外生存研究的指导专家。

二、聘请何宝庆作为朱鹮人工繁殖研究的指导专家。

何宝庆来到洋县后，席咏梅等人非常谦虚也非常自觉地甘当助手，不仅认真地跟着何宝庆学习，而且还将自己摸索和积累下来的饲养经验提供给他。一句后话是：这三位“徒弟”在后来的岁月中，都由于饲养朱鹮而改变了自己的命运。席咏梅通过一段时间的实践后，先是去英国的泽西国际动物保护联盟和德国的国际鸟类基金会学习，以后又以专家的身份赴日本指导并帮助饲养朱鹮。2003 年 9 月，她调入中国浙江大学生命科学学院任教，成为一名在专业上颇有建树的教授。而唐仕兴和黄治学由于掌握了朱鹮的人工饲养和人工繁殖技术，也相继改变了农民身份，被选拔调入有正式编制的国家事业单位，成了地地道道的“公家人”。

取卵的争论

1993 年 3 月，李玉铭亲自陪着何宝庆来到洋县。

曹永汉告诉我们：

“何宝庆很魁梧，个头足有一米八，胖胖的，由于是南方人，所以喜欢吃米饭。他来以后，第一件事就是认真地向我们了解朱鹮的保护情况，记得当时我们还陪着他上山观察朱鹮。”

曹永汉说：

“何宝庆的水平在全国动物园是数一数二的，所以大家都很尊敬他，也都期待着他在朱鹮的人工繁殖方面，能及时给予我们指导。”

20 世纪 90 年代初，虽然整个中国已经大步迈出了改革开放的步伐，各个地方都在蓬勃发展，但毕竟条件和基础各异。具体到洋县，生活环境和条件仍然相当落后。

何宝庆不在意这些。

曹永汉记得很清楚：

“何宝庆没有向我们提任何条件，只说了一条，他是南方人，喜欢吃米饭，能让他吃饱米饭就行了。”

当时李玉铭想给何宝庆争取一些补助津贴，哪怕每个月二三百元，也算是对他肯接手这份工作的一点心意，但何宝庆坚持不要。

何宝庆对待工作非常认真。

每天天还没亮，他就早早起床了，之后照例守在朱鹮的鸟笼旁静静地看，是真正的内行看门道，一边看一边想。后来，他告诉徒弟们，要特别关注每只朱鹮凌晨的表现，哪一只表现得兴奋一点，哪一只精神状态比较差。通过仔细观察，逐渐熟悉朱鹮，进而掌握朱鹮日常生活中的一些规律。比如它是不是生病了，要争取一眼就可以看出来。

何宝庆从最基本的常识起步，悉心培训三位徒弟：如果朱鹮生病了，受伤了，你想进笼去捉它，怎么捉？要是不掌握方法，很可能人还没过去，鸟已经扑腾着翅膀到处乱飞，结果不但捉不着，还可能让鸟二次受伤。包括朱鹮的人工饲料该怎样配比，食盆该怎样打扫，饲养员该怎样躲鸟，怎样绕鸟，等等，每一个环节他都讲得非常具体。比如捕鸟，一定要双手抱着翅膀，同时要夹住朱鹮的双腿，否则它一急，会乱蹦乱跳，一旦受惊的朱鹮失去控制，后果会非常严重。

时至今日，一些人还记得何宝庆的这些叮嘱。他们觉得，这些可称絮絮叨叨的叮嘱非常宝贵。但是相比之下，更可贵的是何宝庆具有的胸怀。他没有争取个人的任何待遇，只是心无旁骛地饲养朱鹮。他每天的活动范围除了鸟笼和研究室，再就是宿舍，完全是三点一线。洋县的冬天没有暖气，晚上他就端个木炭盆，和三位徒弟边烤火边讨论问题。

经过一段时间的准备，人工孵化朱鹮终于开始了。

第一个步骤是取卵。

首先要掂量，取哪里的卵最合适？

大家公认，如果直接取人工饲养的朱鹮产下的卵来进行孵化，成功的概率很可能不如野外的卵。毕竟，人工饲养朱鹮的生命力不如野外朱鹮的生命力顽强，这种潜在的秉质是渗血入髓的，它们的基因也无疑会影响到各自产下的卵。

何宝庆决定先从野外取卵，并确定了“野外取卵，人工孵化”的原则。

也许是考虑到在各枚卵中，同样存在着营养和先天的诸多不同，何宝庆提出要取卵，就取朱鹮最先产出的那枚卵。

但是史东仇不同意。

作为野生朱鹮的研究专家，史东仇主张首先要保证野外朱鹮的存活率。他认为从物种繁衍的角度来看，让野外朱鹮多多地产卵和孵雏绝非权宜之计，而是保证朱鹮物种存续的必须。正是这个原因，他虽然支持人工孵化取野外朱鹮的卵，但坚持只有在野外朱鹮产卵足够的情况下才可以实施。

史东仇进一步提出，假若朱鹮只产了一枚卵，那就绝对不要去取它；甚至产下第二枚卵，同样不宜取；只有产了第三枚或者第四枚卵，才可以去取。

何宝庆坚持自己的主张。他认为，人工孵化相当困难，目前正处在探索期，更需要集中优势条件。何况从物种基因的角度来讲，前面产的卵具有的基因优势可能会相对多些。人工孵化的起步阶段选择质量高些的卵，对此后发展朱鹮的人工繁殖非常重要。因此，他建议要取就取前面产的卵，不宜取后面的。

两人互不相让，并为此争论。

一时难倒了众人。

一个是朱鹮的老朋友，一个是朱鹮的新朋友，两个人都有各自的使命和责任，也都在为自己的使命和责任据理力争。起初，双方还克制着情绪，竭力使争论在平和的氛围中进行。但随着争论的深入，两人的观点越来越对立，言辞越来越尖锐，这就难免面红耳赤。

眼睁睁地看着两位受人尊敬的科学家激烈地争论，大家都很尴尬。他们发现，后来两人坐在一起时还能有几句话，起码争辩也是说话。但是扭过头去，就半句话都没有了。

人工孵化是重要任务，野外繁殖同样是重要任务。既不能让人工孵化破坏了野外繁殖的序列，也不能让野外繁殖耽误了人工孵化的进程。

到底怎么办呢?

显然，彼此都要后退，都要妥协。

于是，大家再次坐在一起，反复讨论，最终决定：取卵依据产卵的情况来定，如果只产了一枚卵，那就不要取。但如果产下了两枚卵，就可以取一枚。以此类推，产第三枚卵暂不取，产第四枚卵可再取。总之，在首先保证野外朱鹮繁衍的前提下，保证人工繁殖的正常进行。

为了对比研究孵化的实验过程，何宝庆采取了三种孵化方式。

一、把野外取回来的卵放入孵化器，进行人工孵化；

二、把人工饲养的朱鹮新产的卵放入孵化器，进行人工孵化；

三、朱鹮产卵后，让成鸟自己先孵化十八到二十天，再把卵拿到孵化器进行人工孵化。

不久，颇具纪念意义的一刻出现了——三只小朱鹮在人工孵化条件下一个个破壳而出，人们终于在最近的距离内看到了朱鹮出生的瞬间。

遗憾的是，三只小朱鹮中，最终只有一只存活，而且它确实不是人工饲养朱鹮产的卵，而是野外朱鹮产的卵！

当这只小朱鹮成活以后，如果为了博取眼球，完全可以对外宣布陕西朱鹮保护观察站人工繁殖朱鹮获得了成功。在很大意义上，这甚至是不少单位和机构炫耀成就并宣传自己的绝佳时机，但是朱鹮站没有这样做。他们清楚，三只破壳而出的小朱鹮只存活了一只，这说明在人工孵化和人工繁殖的问题上，技术还远未成熟。

懂得自己的局限，就会放低自己的身段。朱鹮站一方面选择了不对外宣布成功，一方面铆足了劲头，期待来年。

1995 年春天，朱鹮又进入了繁殖期。

为了让“蜜月”中的朱鹮加强营养，提高产卵质量，席咏梅等人特意在朱鹮爱吃的牛肉条里拌上了鸡蛋和牛奶粉。

但是无论人类还是鸟类，在长期的生活中都会养成自己的饮食习惯。

刚开始，成年朱鹮不喜欢鸡蛋和牛奶粉的味道，叼起牛肉后，竟放进水池里去洗涮，直到把上面的鸡蛋牛奶粉统统洗涮掉，才开始吃。朱鹮的聪明和调皮，让席咏梅等人哭笑不得，也让他们有些犹豫，但几经思考，还是不能心软。大伙儿干脆把牛肉和鸡蛋牛奶粉一起搅碎拌匀，看它怎么办。

他们发现，开始朱鹮很为难也很犹豫，但在别无选择的情况下，最终还是老老实实地吃下去了。

有时候，强迫是必须的。

当三对成年朱鹮进入产卵期后，席咏梅等人每天从早到晚都守候在监视器旁，观察着朱鹮的每一个细微的变化，并逐一做记录。他们焦急地等待着朱鹮产卵成功。每当朱鹮产下卵，他们立即将卵拿到孵化器里进行孵化。

那是一种一丝不苟的全过程人工孵化。

和上一年相同，共孵化了三枚卵。

4 月 16 日，奇迹出现，第一只雏鸟破壳而出。

紧接着是第二只、第三只……

刚诞生的三只小朱鹮，虽然都弱弱的，灰溜溜的，湿漉漉的，却牵动着所有人的心！

这一年，洋县朱鹮饲养中心人工孵化的三枚朱鹮卵全部成功！

消息一出，全站轰动。

需要说明的是，在参与繁殖的三只雄性朱鹮中，有两只是 1993 年才出生的。这最有力地表明，朱鹮——至少雄性朱鹮两年就能够性成熟。

至此，洋县饲养中心不仅实现了朱鹮的人工饲养、人工孵化、人工育雏，而且实现了人工饲养的朱鹮在长大后又配对繁殖的完整循环。

回过头来看，自 1981 年在洋县发现七只朱鹮后，由于始终没有解决人工饲养条件下的朱鹮配对、产卵、孵化难题，保护朱鹮只能单纯依靠野外朱鹮的自然繁殖，这使得人类很难预测，更无法把控朱鹮未来的命运。如今，这三只人工繁殖出来的雏鸟，为朱鹮摆脱濒危、扩大种群带来了无尽的希望，也使得朱鹮重新繁盛、生生不息愈来愈获得了保证。

那一刻，护鹮人的激动，用语言无法形容。

朱鹮的“移情别恋”

在动物分类学上，朱鹮属于鹳形目鹮科，是一种树冠营巢、湿地黑泥觅食的中型涉禽。

专家告诉我们：生活在6000万年前以浅水中小鱼和软体动物为食的古老鹮类，有许多早已灭绝，所剩的26种鹮中，朱鹮与马达加斯加冠鹮、巨鹮、隐鹮等都处于濒危状态。分布于我国境内的同样被列为国家一级重点保护动物的朱鹮、彩鹮、黑头白鹮和东方黑鹮都同属于鹮科。

早在1987年，何宝庆就发表了《白鹮人工育雏的研究》一文，详细讲述了白鹮孵化及喂养方案。细细阅读这篇文章，你会发现白鹮的孵化过程相当复杂，要求也极为严格。

仅以其中的晾卵为例：

> 孵化期间每日晾卵白天四次，时间安排为：6点、11点、14点、17点；夜间晾卵两次，时间安排为：21点、翌晨2点。晾卵时切断电源停止加温，盛卵盘由孵化器内取出，置于室内常温下，15分钟后再置回孵化器孵化。

不得不说，如临深渊，如履薄冰，是当时参与朱鹮人工繁殖的工作人员普遍的心态。

那一阶段，朱鹮站所有人都希望着，也担心着。他们惊喜地看到，何宝庆并没有完全套用他此前已经熟悉了的、固有的哺育方法，而是根据朱鹮的特性在不断地进行新的探索。比如，野外的小朱鹮出壳后，成鸟会将自己嘴里半消化的食物反刍出来，由宝宝们一口一口地从它嘴里往外掏食，但是人工孵化的小朱鹮身边没有成鸟哺喂，何宝庆便和饲养员们共同想办法，依靠精心配制的流食，用吸管一滴一滴喂进它们嘴里。

20天以后，小朱鹮开始学习觅食了。饲养人员又将泥鳅一条一条地清理干净后，用剪刀剪成几节，锻炼它们叼食的本领。

小朱鹮和人类的婴儿有相同之处。它们很认生，凡是生人向它们靠近，它们就不安，就拒绝，它们只允许已经熟悉了的饲养员为它们喂食。

40天以后，小朱鹮已经长得和父母差不多大小了，只是脸上的红色和父母多少有些区别。

直到这时，参与人工繁殖的工作人员才能够暂时地松一口气。

工作是艰辛的，收获是巨大的，成果是突出的。

生活则是复杂而现实的。

一个小插曲是，何宝庆后来和朱鹮站一些工作人员的关系处得不是太好。

按理说，他来自千里之遥的上海，是位成绩卓著的专家，生活上也不讲究，且不计代价、不计报酬地为朱鹮站作贡献，为什么会处得不太好呢？

当我们深入了解时，由不得感慨系之。

就一般而言，上海人做起工作来非常细致，非常认真，也非常守信。凡答应的事情，就一定会千方百计去做到。何宝庆最不能容忍的是他在工作中发现一些员工做事情总是不到位，于是就严格要求，严格要求了还是做不到位，就严厉批评。一来二去，被批评者就对他有意见。公家的事，你又是个外来者，你管那么多干啥呀？

不仅如此，面对着千头万绪的孵化繁殖过程，尽管何宝庆是专家，仍然不可能无一遗漏地掌握所有的知识和技能，在一些具体的技术问题上，他说得未必全对，甚至完全有可能说错。在这种情况下，朱鹮站有些员工不服气地和他争论，双方就闹得不愉快。

曹永汉听说了情况，努力来做弥合工作。他认为，不管怎么说，何宝庆作出的贡献是公认的，必须多看主流，多支持他的工作。

但是，非常遗憾。

在现有的体制下，人和人之间一旦产生了隔阂，工作上的配合就会大打折扣。事实上，彼时何宝庆的心情虽然有朱鹮人工繁殖后的振奋和喜悦，但并不总是愉快的。曹永汉为此深感不安，他不止一次地说：何宝庆在洋县待了整整三年，他不辞劳苦地日夜工作，无私地奉献出自己的技术，为朱鹮的人工饲养和人工繁殖立下了大功劳，我们不应当忘记他！

曹永汉是这样说的，也是这样做的。后来何庆宝在洋县工作结束后回到上海，他还专门带着路宝忠等人赶往上海，一方面给何宝庆拜年，一方面诚挚地慰问并感谢何宝庆及其家人。

1997年春天，朱鹮又一次进入繁殖期。

这时候何宝庆已经工作期满，返回了上海。席咏梅则被派往英国和德国学习。朱鹮救护饲养中心经过考察，决定由具有了一定实践经验的饲养员刘义、串金朝、黄治学等人挑担子。

和任何事物一样，朱鹮的人工孵化繁殖是一门需要深入研究，反复验证，长期实践，不断攀登的学问。尽管彼时朱鹮的人工孵化和繁殖技术已经登上了新台阶，但仍未完全成熟，需要继续探索。

几位饲养员经过反复商量，在饲养中心背后的山坡上搭建了三处试验笼舍。他们模拟出不同的生存环境，对三对成年朱鹮的行为进行观察，力图进一步摸清朱鹮人工繁育的奥秘。

这一观察，让他们大开眼界。

依照顺序，他们为三个网笼分别起名一、二、三号。

先说一号笼。

完全搞不清发生了什么，一号笼中的一只朱鹮突然焦躁不已地在网笼中乱飞乱撞，硬是将翅膀撞成了骨折。刘义等人将情况紧急上报后，路宝忠和翟天庆迅速赶来，大家聚在一起商量怎么办。

串金朝此前饲养过野生动物，有这方面的经验，在路宝忠和翟天庆赶到之前，他已经按照朱鹮翅膀骨折的位置、弯度和长短，用竹板削制出一副夹板。

路宝忠和翟天庆多少有些犹豫，问这样治疗行不行?

串金朝告诉他们，以前他养果子狸时，碰到过类似情况，当时他也是用这种办法为果子狸治疗的，效果不错。

简短地商量一下后，路宝忠和翟天庆表示同意。由于翟天庆在汉中农校学的是兽医专业，所以由他来动手包扎。

从此，这只朱鹮的翅膀被夹板固定，无法起飞。

朱鹮属于飞禽类，它们从不在地面交配，总是飞到栖木上去恩爱，也正是这个原因，所有的网笼中都架设了专门供朱鹮栖息的栖木。如果这只朱鹮骨折的翅膀不能恢复，它就无法飞上栖木。虽然给它上了夹板，但它的翅膀能不能尽快恢复？又能够恢复到什么程度？大伙儿心里都没底，也怀着殷切的心情在等待。

这一等待就是 30 天。

30 天过去，这只朱鹮终于可以张开翅膀扇动几下了。

人们激动不已，耐住性子继续等待。

一直等到第 45 天，这只朱鹮总算展开翅膀，飞上了栖木。

眼看着这只朱鹮在栖木上稳稳地站立，大伙儿这才长长地吐了一口气。他们清楚，虽然朱鹮的繁殖期只在春天，但初春是春天，仲春也是春天，晚春还是春天。只要是春天，就存在希望。

二号网笼最令人满意。笼内一切正常。两只朱鹮挨挨挤挤，恩爱有加。让人充分感受到它们的甜蜜。

三号网笼恰好相反，冲突频繁，波澜迭起，充满了戏剧性，也吊足了工作人员的胃口。

此前，三号网笼这对朱鹮相处得完全正常。但是有一天，饲养员发现它们上午还好好的，下午雄朱鹮突然不喜欢雌朱鹮了。

究竟发生了什么？是两只朱鹮意见不合闹情绪，还是雄朱鹮见异思迁？

问题是见异思迁，也要有个“见”，才谈得上“迁”呀！而眼下，这对朱鹮关在独属于它们的笼子里，四目相对，再无其他，雄朱鹮即使想移情别恋，该朝哪里移，又能怎样恋？

找不出原因，但情况在继续。可以看出，这只雄朱鹮对它的伴侣已经忍无可忍，每当雌朱鹮走近它，它不仅会转身躲避，而且常昂首攻击，每每用自己尖利的喙毫不留情地去啄对方，逼迫对方离去。

起初，工作人员还满怀希望，等待着它们破镜重圆。“天上下雨地上流，两口子打架不记仇”，人类对自身婚姻的总结，恐怕同样适合于朱鹮家庭。

最终他们还是失望了，在拒绝雌朱鹮的问题上，雄朱鹮义无反顾，态度坚决。

眼看着这对朱鹮无法交配并繁殖宝宝，工作人员经过商议，决定往笼里再放进一只雌朱鹮，算是进行一种挽救性尝试——值得一说的是，放进去的这只雌朱鹮是从日本接回来的“凤凤”。这是一只气质高雅、体型健美的雌性朱鹮，有关它的话题，我们后面会讲到。

“凤凤”被放入笼中后，工作人员屏息静气地密切观察。现在，一只网笼里关进了一雄两雌三只朱鹮，大家很想知道，接下来会发生些什么。

令人惊讶的是，当“凤凤”进入三号网笼后，这只雄朱鹮迟疑了片刻，随即开始行动，它很快向“凤凤”靠拢，且不断地大献殷勤。至此，所有的问题都迎刃而解。大家一边笑着痛骂陈世美，一边无奈地将那只失宠的雌朱鹮从笼中取出。

朱鹮始乱终弃现象的发现，为饲养员们打开了更大的视野。他们这才搞懂了，朱鹮和东方白鹳一样，倾向于“自由恋爱”，不接受“强迫婚姻”。串金朝和刘义等人很快创造条件，让饲养中心的雄雌朱鹮扩大交流范围，以便在一个更大的空间内自由地择偶。只有朱鹮欢天喜地地自由择偶，只有朱鹮兴高采烈地洞房花烛，它们才会自然而然甚至加倍努力地生儿育女。

饲养中心孵化繁殖的野外取卵，是何宝庆来到洋县饲养中心以后才开始的。

野外的朱鹮卵生存能力强，这是不争的事实。令人不解的是，尽管饲养中心不断地从野外取来了卵，也取得了孵化成功的佳绩，但是人工孵化的成活率始终上不去。

早在 1989 年，北京动物园就曾经用乌鸡来代替朱鹮孵化幼雏，但是失败了。他们锲而不舍，继续尝试，最终收获了成功。由于北京动物园的成功只是个例，再加上北京动物园各方面的条件和洋县有很大的不同，所以无法简单地复制。

洋县饲养中心的饲养员们心里明白，真正要掌握朱鹮的人工孵化和人工繁殖技术，最终得靠自己。尽管都在体制内，尽管都是为国家做事，但条件不同，环境不同，做法也就一定不同。何况人和人是不一样的。有些人愿意把自己的经验公开，有些人则不愿意公开。不愿意公开又分为两种：一种是纯粹封闭，不想外泄；另一种是出于谨慎，担心万一指导错了，会造成对方的失误——后来饲养中心的饲养员们更明白了，现实生活有多么复杂，个人选择就有多么复杂。不谈北京、上海，仅洋县饲养中心本身，就会发生技术上的保守甚至封锁。所有这些工作中的问题，当人们只看现象时，会感觉不解。但是当把事物原本的脉络逐一接通，使之还原到真实的生活状态中时，却又是那么自然。曾经有一位饲养员，通过跟随专家学习，一点一滴地掌握了朱鹮饲料的配比，但是当别人希望他把这份配比公开出来，以便新来的饲养员共享时，他却死活不肯。后来大家才搞明白，之所以不肯，原因非常简单，他担任饲养员好多年了，却一直是没有编制的临时工。他担心一旦把“专利”贡献出来，自己就会被解聘。

这样的事，你不能鼓励他，说他做得对。

但你也不能简单地批评他，说他做错了。

其实，整个朱鹮站的工作，恰恰就是在面对着各种各样的矛盾中前进的。对路忠宝、翟天庆等人来说，除过全力以赴地追求朱鹮保护的高技术高质量之外，还要谨慎周全地处理好行政和人事的所有关系。如果说工作上有困难，那么几乎所有的困难都不是孤立的，它们常常是交叉的、综合的，甚至是对错混杂在一起的。

不知不觉中，新世纪即将来临了。

在新世纪来临之际，能否尽快实现朱鹮正常的人工孵化和繁殖，对朱鹮站是亟待突破的、最重要的大事情！

朱鹮数量越少，就越宝贵。彼时每一只朱鹮，即使是病重和伤残的朱鹮，都被大家小心翼翼地捧在手心。也正是这个原因，每次人工孵化时，大家都非常精心，连一丝凉风都不让吹进孵化室。许多人记忆深刻，当时工作人员也仿照野生朱鹮的形态，在孵化室里晾卵和翻卵，但是做得很刻板。

比如晾卵时只打开人工孵化器的门，连孵化室的窗户都不许打开，并且基本上保持着恒温。一旦温度下降，大家会立即生起炉子加温。

不仅如此，他们给雏鸟喂食时，都遵循此前的惯例，把所有的食物都绞成糊状，以帮助雏鸟消化，保证雏鸟的营养。

令人不解的是，即使精心到如此程度，人工孵化的朱鹮卵成活率仍然不高，破壳后的雏鸟仍然频频死去。

时间一长，几乎所有人都觉得这样下去不行，于是开始讨论，继而争论。每个人都置身在人工饲养和人工繁殖的第一线，每个人都有自己的实践经验，也都有自己的视角，于是各抒胸臆，把想法统统端了出来。

针对孵化室的“恒温”状态。有人置疑：这怕不对吧！野外哪有这样稳定的温度？为什么野外温度忽上忽下，根本就不讲究，照样孵出雏鸟呢？

有人反对：野外是野外，人工是人工，会不会是孵化的时间太短了，雏鸟的营养还不充分，造成了雏鸟不具备相应的免疫力和抵抗力？

有人辩解：孵化的时间不短呀！和野外朱鹮的孵化时间相比，我们只长不短！

有人建议：野外和人工环境不同，条件不同，所以时间的长短要因地制宜，因时制宜，不能一概而论。

……

你一句，我一句，都是个人的想法，都拿不出具体的、完整的、有说服力的科学依据，也就都无法一锤定音。

一个绝妙的细节是，就在他们争论的十年前——1987 年春天，北京科学教育电影制片厂的导演徐真曾经应陕西省政府之邀，拍摄了一部科教电影《朱鹮》。这部电影是在洋县三岔河巢区拍摄的，拍摄的时间为三四月份，那正是朱鹮的繁殖期，也正是气候乍暖还寒之际。拍摄期间，三岔河意外地下起了大雪。结果大家从电影上看到，三岔河的朱鹮已经产出了卵，卵下面所谓的巢，其实只有几根单薄的枝条。

为什么这样一场大雪，没有把卵冻坏？

以此类推，人工孵化朱鹮与野外孵化朱鹮究竟有什么差别？这些差别又会造成哪些不同的效应？比如，有没有必要对朱鹮卵的孵化温度那样敏感？有没有必要对雏鸟的食物那样精心？

观看电影中大家还发现，这对野外朱鹮夫妇不停地重复着一个动作：用自己长长的喙将卵勾起来翻动，不停地翻动。

向高手学习

饲养员串金朝是这部电影的观看者之一。

串金朝是洋县磨子桥镇磨子桥村人。最初他在朱鹮站开车，后来下海做生意，生意不景气，又重回单位。回到单位后司机岗位已经有人顶上了，恰巧这时席咏梅将去英国学习，路宝忠就让他去饲养场担任饲养员。之所以选他去，一个很重要的原因是此前他养过野生动物。

串金朝进入饲养员队伍中时，朱鹮的人工繁殖正处在爬坡期，大家心里都很着急，却无计可施。

串金朝是个有心人，他知道朱鹮保护走到今天，科技的含量已经越来越高，业务的要求也越来越高，仅凭他和身边几位伙伴闭着眼睛摸索恐怕不行，于是就四处打听，看能不能向高手们学习。

他本能地想到了小鸡孵化厂。

不管朱鹮多么珍贵，它毕竟是鸟类。人类大量饲养的动物中，与鸟类从体型到习性最相近的就是鸡。以栖息为例，人类可以给鸡搭个窝，也可以只在屋檐下给它们吊根栖木。每天晚上不用催赶，它们就会自动飞上栖木栖息，这充分说明它们具有和朱鹮一样的属性。如今各地都办起了小鸡孵化厂。为什么差不多的动物，为什么同样是人工饲养和人工繁殖，小鸡的成活率会那样高呢？

他骑着自行车去了洋县食品公司下属的小鸡孵化厂。

打听了一遭，仍然不得要领。

他不死心，又赶往四〇五厂。

四〇五厂也有个人工饲养的小鸡孵化厂。让串金朝喜出望外的是，这一回他碰到行家了。四〇五孵化厂的技术人员对人工孵化小鸡有着从理论到实践的研究，对串金朝提出的一系列问题都解答得深入浅出，极具说服力。

比如，科教电影上非常清楚地展示出来，野外朱鹮产卵后，每天都会忙忙碌碌地翻卵。一会儿让卵面朝上，一会儿让卵面朝下，一会儿又让卵头尾调换个儿，给人的感觉是它闲得没事干，瞎折腾着玩呢。

它们为什么要这样做？

四〇五孵化厂的技术员帮他解开了这个谜。

技术员告诉他：翻卵和晾卵是幼雏破壳前必不可少的一道程序。以晾卵为例，它是为了让卵置身在不同的气温环境中，借以刺激胚胎初期的发育。

串金朝很吃惊，如果是这样，那么晾卵不是恰恰要面对不同的温度吗？

想想看，此前他们对朱鹮晾卵的标准有多高，要求又有多严，连晾卵屋里的窗户和门都不许打开。包括室内温度，高了不行，低了也不行，难道这样一种对卵的精心呵护恰恰是不对的？

四〇五孵化厂的技术员告诉他：当然不对。以鸡蛋为例，让鸡蛋冷一下热一下对雏鸡的生长只有好处绝无坏处。一冷一热的结果，不仅增加了鸡蛋对环境的抵抗力，而且有助于蛋壳里的胚胎生长。

串金朝又问：为什么成年朱鹮在翻卵时要大动干戈呢？为什么它们不仅让卵头尾相调，而且让卵上下重置呢？

技术员告诉他：每只蛋壳里都有蛋清和蛋黄。相比较而言，蛋黄比蛋清稍重。如果采用一种固定的方式放置鸡蛋，蛋黄就会逐渐沉淀，进而按照固定的位置凝结。时间一长，胚胎就只能按照这种凝结的模式成型，最终会使得蛋黄和蛋壳粘在一起，以致一些鸡娃即使啄破了壳，也无法出来。所以，千万不要忽视翻卵晾卵。翻卵晾卵充分不充分，常常是鸡娃成活率高不高的关键。

一席话，让串金朝目瞪口呆，也恍然大悟。

串金朝和刘义、黄治学、任文明等人都是饲养朱鹮的内行，只要对方一讲出道理，马上就举一反三地听懂了。他们这才明白，朱鹮固然珍贵，但它同样是大自然的产物，同样是千百年来在风霜雨雪中进化的野生动物，它们绝非人们想象中的那样脆弱。和人类对待孩子一样，过分的娇惯和溺爱，只会让事物走向反面。

就这样一点一滴地学习。他们心里多少有数了，也跃跃欲试地想采用新方法来搞朱鹮孵化。

但是心里想搞是一回事，敢不敢搞是另一回事，领导批准不批准他们搞还是一回事。朱鹮毕竟不是小鸡，它是全世界都在关注的极危物种！

关键时刻，路宝忠给他们撑了腰。

路宝忠说："事情走到今天，没有别的选择。你们放开胆子去试。就是一只都孵不出来，也不怪你们！"

有了路宝忠这句话，他们开始改变以前的做法。每隔一段时间，他们就把朱鹮卵从人工孵化箱里取出来，放在阳台上晾卵，同时定时翻卵，甚至把卵放在桌子上来回滚动。不仅如此，他们还根据雏鸟日龄期的改变，对雏鸟的食物进行了相应的调整，变以前只给雏鸟喝稀稠状的食物为适当地添加一些硬食。

当年，人工孵化朱鹮取得了突破性成就，成活了 16 只。

至今，大伙儿提起那一年，都非常振奋，认为那一年太幸运了，效果太明显了！

胜利接踵而至。

1998 年 5 月 14 日，又一个令人振奋的好消息从陕西洋县朱鹮饲养中心传出：世界濒危珍禽朱鹮子二代人工繁殖获得成功！

什么是子二代?

用通俗话来说，就是朱鹮生出儿女后，儿女辈又生出了孙辈。

数量与质量

庆保平，汉中人，2000 年西北农林科技大学毕业生。

庆保平的老师是西北农林科技大学的教授范光丽。庆保平毕业时，范光丽得知朱鹮局正在招聘专业兽医，于是热情地推荐他去应聘。

庆保平说：

“当时我对朱鹮没有多少了解，只是感到好奇。但是范老师比较了解，范老师是我的解剖学老师，和朱鹮局联系比较多，她清楚朱鹮局的需要，认为朱鹮局需要的专业和我的所学对口。当然从我个人的角度，能回家乡工作也是件好事，所以就决定来这里。”

7 月 5 日，庆保平来到洋县饲养中心报到。

报到后他才明白，这次其实是饲养中心的紧急招聘。原因在于饲养中心突如其来地连续死掉了一些小朱鹮，此时席咏梅正应日本之邀，在日本帮助饲养一对中国赠送的朱鹮，短期内回不来，饲养中心亟须具有专业水准的人员来寻找原因并解决问题。

他迅速投入了工作。

工作仅两个月，庆保平就以自己专业的水准和踏实的态度获得了路宝忠的信任，决定大胆起用他来负责朱鹮救护饲养中心的管理工作。

交给庆保平的任务很宏观：

第一，让朱鹮的人工饲养再上一层楼；

第二，让朱鹮的人工繁殖再上一层楼。

静下心来琢磨，这任务哪里只是宏观呀！

庆保平很为难：“搞家禽的饲养和孵化是我的专业，但是朱鹮的饲养和孵化我从来没搞过呀。”

路宝忠鼓励他：“不要紧，有事大家一起商量，前边已经有专家蹚开了路子，你只管大胆去做。”

又吩咐饲养员任文明等人配合庆保平开展工作。

任文明等人很热情，对庆保平的工作很配合。遗憾的是：此前他们只是单纯地负责喂养朱鹮，换句话说，是单纯的执行者。以喂养为例，饲料都是专业技术人员事先调配好的，他们根本不清楚饲料配比的技术细节。

庆保平心里清楚，虽然朱鹮是国宝，但是朱鹮饲养中心地处偏僻的洋县，连三线城市都算不上，因此真正专业学鸟类或者动物类的大学生们，未必愿意到这里来工作。领导之所以看重自己，排除掉其他，首先是因为自己头上顶着一块大学生的牌子。他想，总不能享受待遇时把这块牌子亮出来，干活儿时就把这块牌子缩回去。

他下决心，从搞清楚小朱鹮连续夭折的原因开始。

先是认真查阅朱鹮的孵化育雏记录，了解此前人工饲养和繁殖的各个环节，一点一点地寻找小朱鹮连续死亡的原因。这个问题问过许多人，他们都回答不上来。回答不上来又都觉得奇怪，一切都是严格地按照从前的规定哺育的，怎么就会无缘无故死亡呢？

反复了解中，庆保平终于发现了一些线索。

首先，孵化设备的消毒存在问题。

幼雏一旦出壳，面对的马上就是布满细菌的大千世界，稍不留神，就会感染。此前，对孵化设备只要求擦拭干净，而没有严格的消毒措施，这无疑会导致孵化设备内残留病菌。庆保平记得很清楚，在学校时，老师曾反复给他们强调：在家禽的孵化和育雏过程中，设备一定要用密闭的、熏蒸的方式进行消毒，以防止幼雏受细菌感染，这不是什么可有可无的小问题。老师举出实例：从前落后时代，女人生孩子是过一道人生的大坎。为什么是过大坎？为什么那时孕妇的死亡率那样高？放在今天来看，原因非常简单，不讲卫生，被病菌感染是第一原因。

其次，饲养密度有问题。

人工饲养的朱鹮已经越来越多，这意味着每只朱鹮生存的空间越来越小。在如此狭小的空间里，一旦有朱鹮生病，其他朱鹮就躲无可躲，只能被动地接受传染——不管是哪种鸟儿，都注定会有对它们形成巨大威胁的传染病，也就一定要保证它们有一个能够安全生存的空间。在很大意义上，空间不仅意味着舒畅，意味着自由，更意味着健康。无论人类还是鸟类，都需要空间。只有足够的空间，才是适生的环境……

所有这一切，都是教科书里做过详细讲解，也是规章制度里有过严格规定的。

但是没有做到。

事实说明，许多微小的细节，包括许多严格的规范，如果不形成制度，只凭个人的经验，势必在日复一日的工作中，逐渐失去它的严肃性和权威性，也注定将被后来者逐渐地敷衍和忽略。你要说工作人员不知道这些，未必。但是知道了为什么不去执行，这就不仅牵涉认知，更牵涉在长期工作中逐渐积攒的麻木和惰性。

从 2001 年开始，庆保平和他的团队集中力量，持续地做好了几件事。

第一，改进朱鹮相关设备的消毒方法。

第二，下决心建起第二饲养场。

保护科的王超是陕西理工大学的毕业生，和庆保平同年进站。他告诉我们：按照规律，一个养殖场地使用几年后，就必须进行彻底的消毒或轮歇，否则就容易积累细菌，进而诱发疾病。当时朱鹮站的条件有限，所以第二饲养场只能建在县城东边一个废弃的学校里。

王超说：起初只建了两间网笼，后来又建起几间，陆续转移过去了 20 多只朱鹮。应当说，一个小小的措施，却解决了相当大的问题。后来随着条件的不断改善和各项细节的不断完善，小朱鹮和成年朱鹮患病和死亡的现象就越来越少了。

第三，优化饲料配比。

这是他们借鉴了何宝庆的“白鹮育雏法”后，再依据朱鹮自身的特点去尝试着做的。按理说，何宝庆对白鹮育雏饲料的搭配比例已经细化到每日龄了，但是庆保平等人还是敏感地发现了其中的问题。比如他给雏鸟的配料中含有小鸡成分。具体地说，是将小鸡处死后，脱毛再与泥鳅、黄粉虫等共同捣成肉酱——放在以个人经验为主的粗放型管理时代，这样做没有任何问题。但是现在不同了。按照科学分类，鸡和朱鹮属于具有相似基因的同类，一旦小鸡患病或携带病毒，很容易通过食物传染小朱鹮。

不仅如此，庆保平接手这项工作后，发现朱鹮育雏的记录上虽然有精确的食量记录，却缺乏精确的饲料配比。

问了许多人，都说不清原因在哪里。

为了弥补技术空白，形成知识共享，庆保平决定组织人手一边传承，一边探索，一边实践，一边总结，争取尽快形成规范的饲料配比。

第四，做好记录。

之所以强调做好记录，是因为没有严格的记录，对雏鸟的喂食就势必会依靠饲养员个人的经验，这就无形中形成了各自的技术“诀窍”，进而形成了技术封锁和技术依赖。

庆保平强调，从现在开始，每天给朱鹮喂了些什么，喂了多少，怎么喂的，喂后朱鹮是什么表现，等等，全部要精确分类和精准计量，之后还要精细记录，这样就可以形成一套哺育雏鸟的完整资料，再通过整理和总结这些资料，使之形成固定的规范。由于这些规范还将在实践中继续探索并接受检验，他们一时不能大张旗鼓地解封，但在内部是完全公开的，可以供任何人询问并质疑。

……

当我们采访庆保平，听他以平淡的口气讲述这一切时，由不得心生敬意。

虽然我们不知道朱鹮人工饲养技术的详情，但至少可以揣测一二。对朱鹮的人工饲养而言，饲料的配比恐怕就是核心技术。如果这些核心技术不能形成文字，那就只能依靠每个饲养员自己去把握，而饲养员自己去把握的弊端很大。一是凭各自的经验，具有模糊性；二是饲养员经常替换。比如席咏梅突然去英国考察学习，比如黄治学突然被调往秦岭北麓的楼观台饲养中心——当掌握着核心技术的饲养员们离开饲养场时，核心技术也就被同步带走。从这个角度思考，只有把这些技术用文字的形式记录下来，规范起来，才能够形成共享的平台。庆保平的团队能够将自己精心整理和探索出来的技术公开，是一种勇气，也是一种魄力，还是一种境界。对一个濒危物种的保护来说，实现技术共享实在是太重要了！

这一年，饲养中心人工孵化了 46 只小朱鹮，出飞了 43 只，成活率达到 93.5%。

路宝忠看到这样的结果，十分感慨。

他说：

“虽然 2001 年是探索的第一年，但也是历年中朱鹮繁殖率和成活率最高的一年！”

随着人工饲养和人工繁育技术的逐渐成熟。保护朱鹮的观念也发生了相应的转变。如果说早期重视的是数量，而且也只能是数量，那么现在开始追求质量了。

庆保平说：

“之前我们每年要取两批卵进行人工孵化，为的就是通过人工手段使种群数量得到提升，但是从 2000 年开始，我们尝试着让笼养的朱鹮去自然孵化。一方面，这说明数量的要求已经不那么紧迫，不那么唯一了；另一方面，这也是为朱鹮的野化放飞提前做好准备。”

刘义告诉我们：所谓让笼养的朱鹮去自然孵化，是指人工饲养的朱鹮所产下的卵，不再像从前那样送进孵化器里去人工孵化，而是由成鸟自己来卧巢孵化和哺育。

刘义说：

“那时候人工孵化朱鹮的技术已经相当成熟了，所以人工孵化的成活率远比成鸟自己去孵化的成活率高。不过这不行，我们一定要坚持让成鸟自己去孵化。”

短短几句话，让我们大为惊诧，甚至怀疑自己听错了。

按我们的理解：让成鸟去孵化自己的儿女，这不仅是在还原鸟类的本性，是天大的好事，而且符合天道，符合事物运行的自身规律，为什么成活率反而比人工孵化要低呢？

刘义解释说：

“恰恰是成年朱鹮已经适应和习惯了人工孵化，才出现这样的情况。在长期的人工孵化过程中，朱鹮成鸟已经把‘不用自己去孵化’当成了正常。对它们来说，只要一产卵，卵就被拿走了，不需要自己付出辛苦。现在放几个卵让它孵，它反而不习惯不适应了。

朱鹮“送枝”

“就像人类生孩子，母亲是相当辛苦的。朱鹮的孵化看起来简单，但它至少要有个过程，这个过程并不短，而且对成鸟的体能消耗相当大。有时候成鸟在巢里孵化一段时间后，会感到不耐烦，那些脾气暴躁的，甚至会直接把卵啄破。一旦啄破，雏鸟就死掉了。

“所以事物都有两面性。一方面，朱鹮具有关爱自己孩子的天性，它会尽一切努力来保护甚至捍卫自己的孩子；另一方面，真正要让朱鹮放弃自己哺育孩子的义务，甚至淡化对自己孩子的感情，也很容易。”

大自然的丰富和精妙，常常是人类无法想象的。

一个很不起眼的小细节是：雌性朱鹮在怀孕期间，雄性朱鹮常常会有一种“送枝行为”，即雄性朱鹮口里衔着一根树枝，送给正在搭窝建巢的雌性朱鹮。此时，如果雄性朱鹮和雌性朱鹮是夫妻，或者虽不是夫妻却关系亲密，雌性朱鹮便会欣然接受。但如果不是夫妻或者关系不好，雌性朱鹮则会断然拒绝。

通过细心观察，庆保平等人还发现了一个让他们忍俊不禁的现象：2002年以前，整个饲养中心只有林地中一个独立笼子里的一对朱鹮能够繁育后代，其他笼舍的朱鹮统统不行，这让他们大惑不解。经过反复研究，他们认定这个笼舍唯一的特点是比较独立和封闭。相比之下，其他笼舍虽然相互间也有渔网间隔，但彼此的行为都能被“邻居”看见。

有没有可能是由于私密性不够，而造成了繁育率很低呢？

当这个念头出现时，工作人员自己都惊讶了：老天爷呀，难道朱鹮也会害羞，也会尴尬，也有自己的隐私？

不管是不是，既然有这样一种发现，就要有针对性地去验证。

工作人员用一块块黑色的遮阳网把各间笼子隔开，让相邻笼子里的朱鹮夫妇们彼此不能直接看见，又在各对朱鹮夫妇的巢前做了一棵假树，将它们各自的巢窝进行遮挡，最终形成了一个个相对独立的、可以彼此不被干扰的孵化环境。

完全没有想到，效果立竿见影！不同网笼中的朱鹮们迅速开始了各自的交配和繁育！

面对此情此景，饲养员们瞠目结舌！

新一代护鹮人

庆保平和王超等人，是在改革开放的大环境中成长起来的，也是接受过良好教育、具有专业知识的新一代护鹮人。大家公认，他们身上最突出的优点有两个：

第一，思想解放，视野开阔；

第二，专业水准高，善于学习新事物。

以保护理念为例。

20世纪80年代，在当时的历史条件下，护鹮人的核心理念只能是全力以赴地保护朱鹮。整个大的环境和氛围都不允许他们想得太多。把话说透，想得再多，也不顶用。就像手机没有出现以前，想一天24小时随时与想联系的人通电话，做得到吗？

新一代护鹮人就不同了。

王超告诉我们，最初发现的朱鹮只有七只，因此怎样保护好这七只朱鹮，让它们繁衍后代，就成了无可选择的重中之重。整个二十世纪八九十年代，所有护鹮人的目标只有一个，就是保住朱鹮，而保住朱鹮的唯一方法，就是增加朱鹮数量。那时候由于各种条件的局限，即使划定了保护区，但只要没有朱鹮来筑巢，事实上从上到下对植被的砍伐都是睁一只眼闭一只眼的。

如今不一样了。

随着对朱鹮物种濒临灭绝的担心降低，人们开始追求以生态保护为基础的朱鹮保护。比如能否围绕着朱鹮建立起多个自然保护区，能否投入更多的人力物力来确保整个生态环境的改善，总之，要创造一种环境，让朱鹮能够自然地在野外生存和繁殖。眼下朱鹮局除过原有的保护业务，已经将相当大的一部分精力投放在朱鹮保护区内生物多样性的调查和监测上了。换句话说，护鹮人关注的重点，已经不是这一块地方有没有朱鹮，而是这一块地方适宜不适宜朱鹮生存了。栽下梧桐树，自有凤凰来。他们已经从被动地跟踪保护朱鹮，逐渐转向抓好当初李玉铭说的“根本措施”上来了。

谈到保护朱鹮的技术手段，王超告诉我们：从前能够使用无线电发射器和环志，就是老一代人监护朱鹮最高端的技术手段了，现在新一代普遍采用的是“红外相机监测”和“卫星定位追踪器”，这些设备对朱鹮活动区域和生存状态的掌握不仅远比从前精确得多，而且全面得多。

王超说：

“现代科学技术发展得太快了，几乎每隔十年，保护和监测朱鹮的技术就会上一个大台阶。20 世纪 80 年代跟踪朱鹮，大家只能用腿跑。到 90 年代，就可以为朱鹮戴上无线电发射器了。进入新世纪以后，又变成了在朱鹮背上安装卫星定位追踪器，它可以每两个小时发射一次定位反馈。我们只要打开电脑或者手机 App，就能清楚地看到朱鹮的活动情况。可以这么说，一只朱鹮每天的生活轨迹、生物习性、活动半径，包括它在什么地方夜宿，在什么地方觅食，工作人员都了如指掌。”

他一边说，一边为我们展示朱鹮追踪器——一个重量只有十几克的微小物件，上面镶有太阳能面板，可以通过太阳能面板自动充电。

又打开笔记本电脑，让我们通过屏幕看一只正在野外游荡的朱鹮。

我们都好奇地凑上去，发现电脑上显示出这只朱鹮所处的经纬度、飞行方向、飞行高度、飞行速度，以及环境温度，包括自身的运动量，等等。

从图像显示看，这只朱鹮是沿着汉江边在活动的。

当我们看见眼下朱鹮的飞行速度为零时，都有些奇怪，问王超这是什么意思？

王超笑起来："这意思是说，朱鹮在发懒。"

又补充了一句："原地不动，八成是睡着了。"

朱鹮的数量增加了，护鹮人的压力就减少了，于是朱鹮新奇活泼和可爱有趣的一面就呈现出来了。

就在我们采访前不久，王超刚好在《动物学杂志》上发表了一篇论文，题目是《陕西汉中朱鹮在输电铁塔上的营巢状况及保护建议》，论文主要讲的是如何处理朱鹮在高压铁塔上营巢的问题。

我们都觉得奇怪，朱鹮是在高大的青冈树上筑巢的，再不行，它也会去那些老榆树上筑巢。为什么会去输电的铁塔上筑巢呢？是因为大树越来越少而朱鹮越来越多的原因，还是铁塔有什么特殊的吸引力？

王超告诉我们，其实早在 2018 年，野生朱鹮就开始在西乡县的高压输电铁塔上营巢了。到 2020 年，他们共发现了四个铁塔巢址。其中 2018 年的巢窝位于输电线路的正上方，结果朱鹮排出的粪便不偏不倚地将两根原本绝缘的电缆连接起来，导致电线短路。

王超说："当时是 5 月 5 日，雏鸟已经出壳了。我们就抓紧和当地电力部门协调，第二天由电工上塔去处理。那一回朱鹮干得绝，把巢窝不偏不斜地搭在防鸟刺上了，根本没法连窝整体挪动，最后只好请电工把两只雏鸟取出来，放在旁边同一横梁上的喜鹊窝里。"

我们都觉得惊奇："喜鹊允许吗？"

“那倒没问题。”王超说，“那个喜鹊窝是废弃的。”

“这两只雏鸟有多大？”

“约二十日龄，也就是出壳二十天吧。”

王超告诉我们：这个废弃的喜鹊窝距离朱鹮窝大约三米开外。拆除朱鹮巢时，电工很细心，特意把巢里的内衬都取出来，原封不动地垫在喜鹊窝里，想用这样的方式来增加朱鹮成鸟的辨识度和认同感。

我们都听得入神。从来只听说“鸠占鹊巢”，如今却有了“鹮占鹊巢”。

王超告诉我们，移巢以后，他们就耐心地守在一旁观察。大约十二分钟后，朱鹮妈妈回来了，面对失去的旧巢和仍存的鹊巢，显然它也感到了困惑，在附近的横梁上不安地站着，足足观察了十二分钟，才张开翅膀飞走了。

这一飞走，大家的心顿时揪紧了。

没想到三个小时以后，朱鹮妈妈再次飞回来，这一回它没有犹豫，直接飞往喜鹊巢里，开始给雏鸟喂食。

我们向王超提出了一些具体问题。

问：听说你从大学分来时，先是当饲养员？

王：是的，我第一个职务就是饲养中心的饲养员。

问：饲养员每天的日常工作都是哪些？

王：一早起来，先看鸟是否正常，再进去清理粪便，打扫网笼，用钢丝刷把地面刷干净，用水管将污垢冲干净，最后用拖把拖干。

问：早上都喂朱鹮一些什么？

王：一般是人工饲料，营养比较丰富，有牛肉、胡萝卜、玉米面、维生素等。

问：人工饲料是什么样子的？

王：像饺子馅，一袋一袋分开装好的。

问：会变质吗？

王：当然会，所以我们做好后都放在冰箱里冻着。等喂食的时候，先拿出来解冻，再一小块一小块掰开掰碎，用秤称好后饲喂。

问：为什么还要用秤去称？

王：不用秤称，你怎么保证精准呢？

问：早饭喂过以后呢？

王：它们就自由活动了。

问：中午喂些什么？也是牛肉和胡萝卜吗？

王：不是。中午一般给它们投放泥鳅和黄鳝，我们有意识地让它们接近野外食源，也有意识地对它们进行捕食训练。

问：再下来呢？

王：那就到下午了。下午一般是打扫水池。具体是先排干旧水，再放进新水，同时把食物投放进去。

问：这中间需要注意些什么？

王：那太多了。

问：能举个例子吗？

王：比如特别需要注意的是，如果朱鹮没吃完饲料，剩下的饲料就要用秤称一下。

问：为什么剩下的也要用秤称？

王：因为它没吃完呀。我们通常上午给每只朱鹮投放二两人工饲料，下午再放四两泥鳅，但它到底吃进去了多少，我们心里必须清楚。要是不称剩余量，我们怎么能够知道它的进食量呢？

我们都有些发怔，此前一直听朱鹮站的员工说给朱鹮精准喂食，但穷尽想象，也想象不到竟然要精准到这样一种程度。

值得一说的是，虽然庆保平和王超都是本科毕业的大学生，但来到朱鹮局以后，两人都是从最基层的饲养员干起来的。我们在洋县采访时，他们已经双双担任了朱鹮管理局的高级工程师和副局长。

第八章 攀登一波三折

禽流感并不是一种新的疾病，人类发现它已经有一百多年的历史了，以往人们挂在嘴上的『鸡瘟』，有的就属于禽流感。禽流感主要传染禽类和鸟类，但是通过不断变异，也会偶尔传染人类。这种传染病的流行速度极快，势头极猛。

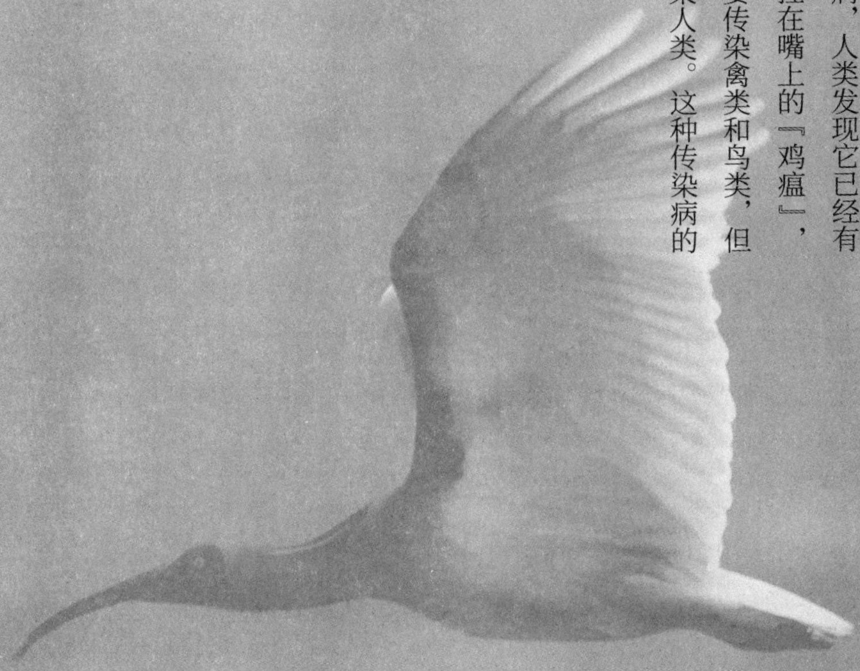

从伐木到护林

采访中，许多从事朱鹮保护工作的老员工告诉我们：20 世纪 70 年代末和 80 年代初，虽然朱鹮比大熊猫处于更加危险的、即将灭绝的状态，但是社会上有关野生动物的热门话题始终不是朱鹮，而是大熊猫。当时一些大熊猫保护区的竹子开花，引得不少人担心大熊猫将很难在野外获得食物。为了避免大熊猫遭受灭顶之灾，不少人建议当地政府捕捉大熊猫，将之圈起来进行人工饲养。

北京大学生物系教授潘文石不认可这一说法。他断定捕捉一定会给大熊猫带来难以估量的伤害。为了让自己的论断有说服力，他用了三年时间，在四川卧龙自然保护区进行跟踪调研，发现竹子开花只是局部现象，也是正常现象，绝对不会威胁到大熊猫的生存。据此，他给国务院写了一份调研报告，反对捕捉圈养大熊猫。他的报告有理有据，国务院很快就做出了停止建立熊猫人工圈养场的决定。

从 1985 年到 1995 年，潘文石又驻扎在陕西长青林业局，用整整十年时间，继续他对大熊猫的研究。

熊猫在山洞里繁殖，潘文石和他的学生吕植在洞里架设了摄像机，通过无线电监测，把大熊猫在野外交配、产子、抚育熊猫幼仔的过程全部录像，获得了熊猫生物生态习性的第一手资料。

至此，潘文石的贡献已经相当巨大了，但他并没有止步，而是将一位科学家的目光和思考投向了更深入也更高远的境界。

20 世纪 80 年代中后期，处在改革大潮中的各行各业都在飞速发展，唯独林业部门是个例外。彼时林业部门陷入了极大的困境，以长青林业局为例，为了解决职工的现实生计问题，林业局加大了对秦岭森林的砍伐力度，这就严重地威胁到大熊猫的生存。眼看着情势越来越危急，1994 年，潘文石联合多名教授以及自己的研究生，给国务院相关部门写信，认为过度采伐林木势必毁掉大熊猫最后的栖息地，并强烈建议长青林业局转产，成立长青自然保护区。

潘文石在信中直指秦岭生态。

他写道：

> 我以十分焦急而充满期望的心情告诉你们：大熊猫濒临灭绝的危险已经是一个无可争议的现实；但是，如果我国政府能够采取更加果断而灵活的措施，争取大熊猫的继续生存还是很有希望的。
>
> 然而，一场严重的生态学灾难却令人痛心疾首地在秦岭大熊猫分布区中发生了。最近九年中，我们目睹了这些还在继续发展的灾难——大量雇佣外地民工乱砍滥伐。大树砍完了，砍小树，现在连碗口粗的树也不能幸免……

潘文石是二十世纪八九十年代中国野生大熊猫研究和保护的先驱，他写的信引起了国务院的高度重视。全国人大环境与资源保护委员会相关领导接读此信后，很快做出了批示。

1994 年 6 月 23 日，国务委员、国家科学技术委员会主任宋健参加完北京《中国生物多样性保护行动计划》新闻发布会，在林业部副部长沈茂成等人的陪同下直奔陕西。当天宋健就走进佛坪国家级自然保护区管理局，听取了管理局局长张坚对保护区工作的汇报。

令朱鹮站一班人没有想到的是，第二天早晨七点半，宋健又走进了陕西省朱鹮保护观察站。

宋健本身就是国际上很有名气的科学家，那天他提出了许多问题，问得很具体，听得很仔细。给路宝忠留下深刻印象的是，他不仅认真听，而且做记录，是摊开笔记本，自己手写着记录。仅此一个细节，就表现出他认真探索问题的科学精神，以及发自内心的平等意识。

当整个情况基本了解清楚以后，宋健说了两句话。

一句是：“不错，朱鹮总算从阎王殿的门槛上过来了！”

一句是：“要感谢你们，为我们的国家和民族，为整个科学界争光了！”

考察完朱鹮站，宋健又去长青林业局华阳大熊猫栖息地考察。

在长青召开的座谈会上，宋健很坦率地说：据反映，秦岭有大熊猫 240 只，这是一笔宝贵的财富，但是长青林业局砍伐树木，对大熊猫栖息环境的破坏很严重。

宋健告诉大家：就世界范围来看，保护自然环境和保护生态环境已经提到了越来越重要的位置，并且事实也说明，对森林无节制的滥砍滥伐已经走到了不可持续的地步。他此次来做调研的目的，就是想把长青林业局正在砍伐的这一块山林全部转为自然保护区，也想从根本上改变林业工人就是砍伐森林的职业性质。他很想通过调研，搞清楚这样一种转型有没有可能？

大家听着他的讲话，又惊又喜。

惊的是：一旦转变成自然保护区，就意味着林业局除留下一些员工做大熊猫的保护外，大部分人都要去开辟新产业。正像宋健担心的那样，这个转变并不容易。转变的路怎么走，能不能走得通，都需要探索。

喜的是：对林业局来说，多少年来确实就是在闷头砍伐森林。坦率地说，他们自己也觉得砍伐得过了头，再砍下去，整个秦岭就要被砍秃砍废了。现在这一变，意味着他们要由以前的砍伐森林转变为保护森林，意味着要把大批从前的伐木工转变成未来的护林员。无论如何，这都是一件可喜可贺的事情，这件事情最诱人之处，在于它能够持续，能够双赢！

曹永汉对那一回宋健的赴陕调研记忆犹新。

曹永汉告诉我们，由于工作关系，他对当时林业面临的困局以及亟待转型转产的体会最深。此前他曾参与过调查，从 1949 年到 1986 年这段时间，由于乱砍滥伐，陕西境内秦岭的森林边缘后退了 40 公里到 50 公里。

简单一句话，让我们大吃一惊。

在中国众多的山脉中，秦岭突出的特点就是它的凌空矗起。尤其在秦岭北麓，它几乎是用一种屏障般的陡立出现的。这种没有铺垫的陡立，意味着它的纵深有限。不用细想就会明白，如果南北两端的森林边缘各后退50公里，森林边缘就缩减了100公里！

而整个秦岭的纵深才有多少公里？

曹永汉说：当时老百姓靠山吃山，烧火用柴、做家具盖房子全要用木材。木材从哪里来？就是砍。最后眼看人靠着山，却没有了森林，何况有森工局这样专业砍伐森林的队伍。森工局一年按计划生产商品木材四五十万方，实际砍伐的木材量在80万方到100万方。因为木材只能采用树木中间的一段，需要切除枝蔓，掐头去尾。

曹永汉曾经参与编撰了《当代中国的陕西（上卷）》，其中第十章是专门写林业的。书中写道：

> 1958年“大炼钢铁”时砍伐森林100万亩，1960年到1962年三年困难时期毁林300万亩，1970年到1975年“三线”建设时期毁林80万亩，共减少森林面积480多万亩，森林覆盖率由新中国成立初期的36.5%下降到27%。

可怕之处在于，与森林覆盖率急剧下降的同时，是人工造林的速度同样在急剧下降。全省人工造林的面积由1966年的427万亩下降到1968年的93万亩，下降了78.3%。

不仅如此，由于森林生长的速度远远赶不上砍伐的速度，事实上也越来越没有可砍伐的森林了。

森林资源遭遇了前所未有的危机，也对大熊猫和朱鹮等珍稀野生动物的栖息造成了严重伤害。具体到洋县，朱鹮的适生环境已经越来越小，从20世纪60年代后期到宋健前来调研的1994年，朱鹮栖息的森林面积已经减少了1/3。加上适宜朱鹮营巢的大树不断减少，以至朱鹮越来越难以寻找到适合自己筑巢孵卵的环境了。

后来森工企业转产以后，国家开始封山育林，又相继实施天然林保护工程和退耕还林工程。在森林边界地带都打上了水泥桩，拉上了铁丝网，不允许人畜随意进去。可以说从那以后，才有效地阻止了森林的毁灭和野生动物的毁灭，甚至整个秦岭山脉的毁灭！

采访中，当时在长青林业局工作，后来担任了朱鹮管理局局长的丁海华也提到了那次宋健的调研。他告诉我们：当时长青林业局砍伐的力度很大，对生态环境的破坏同样很大。身为林业职工，他们将情况看在眼里，急在心里，但就是不知道该怎么办，那时候大家也不理解保护野生动物的意义。后来长青林业局变为长青自然保护区，他担任了保护区的保护科长，做了许多年的保护工作以后，才一步步地提高了认识。

丁海华说："方向和方法对了，就能事半功倍。客观地说，从那以后，我们是眼看着山越来越绿，水越来越清，生态环境越来越好，包括大熊猫和朱鹮在内的野生动物也就自然而然地保护住了。"

曹永汉说："包括日本的鸟类专家，都认为中国的朱鹮保护有一条非常重要的经验，就是不只是单纯地保护朱鹮，而是非常重视保护整个朱鹮生存的大环境。开始国家没有那么大的能力，就保护小的生态环境。后来随着观念的进步和经济实力的提高，开始保护大的生态环境。可以说这几十年中一直在保护，也一直在进步。"

曹永汉说："保护环境这个做法提出的很早，90 年代初做《拯救计划》的时候，林业部的李玉铭就提出来了，但是真正实施，那不是一个林业部门能够做到的，需要国家下决心。国家真正重视了这件事，下决心做好这件事，马上就取得了效果。"

曹永汉说："回过头看，如果没有大的生态环境的改善，朱鹮保护究竟能走到哪一步？很难说。就算是千方百计地保护了，也保存下来了，但保护和保存得一定很艰难、很有限。但是看看今天，仅一个洋县就飞翔和容纳着多少只朱鹮啊，如果没有大生态大环境的改变，可能不可能？"

不能永远去跑呀

2002 年 8 月，长青国家自然保护区保护科原科长丁海华接到上级通知，到朱鹮自然保护区管理局担任局长。

他颇感意外。

按机构设置，长青自然保护区是处级单位，丁海华任其中一个科级部门的领导，属于搞具体工作的。虽然朱鹮局同样是科级单位，但那是一个完整而独立的机构。换句话说，在朱鹮局担任一把手，需要面对的工作是全方位的。不仅是业务技术上的，而且是人事行政上的，是对内对外所有事务的统揽。这对一直从事相对单纯的业务工作的他来说，无疑是一个挑战。

丁海华对我们说：

“很早以前我就参观过朱鹮，知道它是在七只的基础上拯救恢复的，所以对这项工作的意义和挑战性是清楚的，但是由于没有实际介入过这项工作，所以开始时心里还是有些打鼓。实话实说，最初我到朱鹮局的时候，开会讲话都不知道该讲些什么。一是从前没有这方面的历练，二是对朱鹮业务也感到陌生。经过半年左右的学习摸索，才逐渐找到了感觉。”

丁海华告诉我们，他初到朱鹮局，有四个比较深刻的体会。

一、此前朱鹮局的工作做得很好，打下了拯救和保护朱鹮的坚实基础。

二、洋县政府很给力，对保护朱鹮非常支持，也付出了不小的代价。

三、由于人工繁殖的朱鹮越来越多，朱鹮局承受着巨大的压力。

四、世界各国鸟类学界对朱鹮都非常关注。尤其是日本，对朱鹮的关注几乎是全民的，他们对中国朱鹮的支持和资助力度最大。

话题由此拉开。

问：刚才您说，此前朱鹮局的工作做得很好，你是从哪些方面感受到这个好呢？

丁：举个例子吧，我上任之前，就听说朱鹮的人工孵化和育雏非常困难，甚至一度成为朱鹮数量难以增长的瓶颈。可是 2002

年，我到朱鹮局一看，每年仅靠人工孵化几十只朱鹮已经没有任何问题。换句话说，朱鹮的人工孵化和人工育雏已经不再是难题，朱鹮局在这方面的技术上已经取得了突破性进展。

问：除过技术上的感受呢？

丁：和技术成就相比，基础性的工作做得就更好了。刚开始野外朱鹮只有7只，可以想象保护的难度有多大！但我上任时，野外朱鹮和人工饲养朱鹮相加，已经突破了300多只。事实上，朱鹮保护已经毫无悬念地成为野生动物保护史上一个成功的典范——这句话不是我拔高，更不是浮夸。这是2010年7月，中国科学院院士、动物学和鸟类生态学家郑光美给洋县朱鹮保护的题词，题词的原话就是“朱鹮保护是拯救濒危物种的成功典范”。

问：既然基础这样好，为什么您说，您不仅没感到轻松，反而承受了巨大的压力呢？

丁：刚才说了，我上任的时候，朱鹮已经有300多只了。其中光是人工饲养的就占到一半。对野外种群来说，数量当然是越多越好；但是对人工种群来说，这已经饱和了。

问：人工饲养的朱鹮多一些不好吗？

丁：不能说不好，可是人工饲养朱鹮是要用钱去堆的。

问：明白了，饲养费用太高，有压力了。

丁：不是一般的压力，可以说是天大的压力，大到我们无法承受。你们知道每只朱鹮每天要吃掉多少钱？

问：……

丁：我给你们算笔账吧，一只朱鹮每天要吃掉15块钱。200只朱鹮一天就要吃掉3000元。一年算下来要吃掉多少？我到朱鹮局的时候，账上满打满算只有20万！这20万还包括人员工资。当时我刚去，还不熟悉情况，但是再不熟悉情况，每天的支出都在那里放着呢！所以一看账上就那么点儿钱，我转身就跑林业厅，以后又跑国家林业局[1]，跑去向各级领导汇报。

问：他们怎么表示？

丁：非常理解，但是他们也没有更好的办法。国家就这么大的盘子，每年的预算是固定的。当时省上和国家林业局每年各给朱鹮30万饲养费，加起来总共60万。可当初给60万经费时朱鹮才有多少只？现在又有多少只？何况泥鳅等水生物的价格一直在涨，何况我们不光要给朱鹮喂食，还要给它建设场地。当时朱鹮笼养的密度很大，风险也就很大。我上任的第二年秋季，朱鹮突然连续死亡了十只左右，这种不明原因的死亡，让大家非常紧张。那一回多亏抓得紧，火速报告，国家林业局也火速派来了专家组，硬是把病情控制住了。

问：针对朱鹮局的现实问题，省上和国家林业局有没有想法？

丁：当然有。

问：他们怎样想？

丁：大家的想法其实都一致。当时不止一个人对我说："你们饲养朱鹮、保护朱鹮是正事，我们都理解，也都支持，但是我们就这么大的财力，总不能无限制地养吧？"

第二年春天，正值朱鹮的繁殖期，丁海华和班子成员商量，要控制人工饲养的规模，停止孵化器的工作……有些人一时转不过弯儿来，担心这样做会造成朱鹮种群下降，进而影响上级考评时的业绩，何况这之前，大伙儿正夜以继日地钻研，为的就是让人工饲养的朱鹮多产卵、产好卵，谁知世事的变化这样快！昨日骄人的成绩，转瞬就变成了沉重的负担呢？

其实，丁海华的花钱账还根本没有算完。群众来报告发现朱鹮做巢，要付信息费；来报告有朱鹮受伤生病了，同样要付信息费；送朱鹮去治疗，还要付治疗费；而朱鹮局聘用的那些编制外的巡护员，更是花钱的大头……

①1998年3月，国家林业部改为国务院直属机构国家林业局。本书中有时称国家林业部，有时称国家林业局；有时称王志宝为国家林业部部长，有时称他为国家林业局局长，都是在不同时段的称呼，本质上是同一个机构，同一级别，同一个人。

如果将每一项开支单列出来计算，应当说问题都不大，但是当所有这一切都叠加起来时，它们就成了不折不扣的、压在肩上的大山。

丁海华没有其他选择，一方面请大家细细算账，看怎样做才最合理；另一方面就继续跑，跑西安，跑北京。不能说没有跑出成绩，但成绩有限，并且更大的问题在于，你不能永远去跑呀！你今天跑来了几十万，明天呢？这一届班子跑来了几十万，下一届呢？总不能让朱鹮局永远在跑经费中过日子吧。

他一边跑一边与各方交流，交流中，上上下下的思路越来越清晰，也越来越统一。还是在曹永汉担任动管站站长时，就已经开始谋划了，随着朱鹮数量的迅速增长，种群灭绝的风险已经大大降低，在这种情况下，完全可以改变一下从前的保护方式。新的方式应当是，在控制好人工种群规模的同时，将朱鹮繁衍的重点放在野外。

应当说，对这个问题的认识，大家空前一致。

但为什么不去做呢？

很简单，保护朱鹮这个命题太大了，保护朱鹮这个任务太重了。所有的人都担心，当有意识地减少了人工繁殖朱鹮的数量后，朱鹮保护会不会出现让人意想不到的新问题？朱鹮的数量还能不能继续上升？

如果能，那就皆大欢喜。

如果不能，那就要承受各方面的压力。

毕竟，在不少人的眼里，你只有上升上升再上升，这才叫进步，也才叫成绩。原本通过人工饲养可以一年让朱鹮增加 100 只，你只增加了 10 只，甚至不到 10 只，那怎么考核你，怎么评价你，你一年到头都干了些啥？

何况，对自然界的一个物种来说，现有的 300 多只朱鹮，确实还是太少了，还需要不断地增加，迅速地增加，大幅度地增加！

丁海华和路宝忠、翟天庆等人反复商量，决定顶着压力，从当年起减少人工孵化朱鹮的数量。他们估算了一下，野外朱鹮已经有了 200 多只，在这样一个基数上，只要不出现特殊情况，野外朱鹮的数量是会继续增长的。

为了保证万无一失，他们需要做好的是两点：

第一，要大力加强野外朱鹮的保护，使之非常顺利，也非常迅速地发展壮大。

第二，要保证现有的、人工饲养的这100多只朱鹮的安全，万一野外朱鹮遭受到不可预测的损毁时，人工饲养朱鹮一定要顶得上去，一定要及时为野外朱鹮提供优质种源。

后来的实践证明，他们这道选择题做对了。

当年，饲养中心人工孵化幼雏仅10只左右，比上一年减少了30多只，并且人工孵化的朱鹮也全部采用成鸟的自然孵化和自然育雏，整个人工种群规模控制在130只左右。

这大大缓解了经费压力。

一句后话是，直到2017年丁海华调离，朱鹮局始终保持着这样一种做法，也维持着这样一种状态。从现象上看，人工饲养的朱鹮没有增加，一直在原地踏步，与之相反的是，野外朱鹮的数量在不断地猛增。

建立国家级保护区

还是第一次去洋县采访时，刘义就告诉我们：多少年来，他们一直希望能够在洋县建立起国家级的朱鹮自然保护区。

我们问为什么？

刘义说：

“我就说一条，无论县上市上，甚至省级自然保护区的投资力度，跟国家级的根本就没法比。其他各级保护区，一辈子的投资可能都赶不上国家级的一次投资。以我们为例，国家级保护区批下来以后，光硬件和软件建设，一家伙就给了三四千万！当然了，我说的数字可能不准确，准确的数字是多少，你们可以继续了解，但国家的投资力度特别大，这没说的！”

刘义说：

“一般来说，省级保护区，尤其是市级保护区，只是一个牌子。国家级就完全不同了，是真枪实弹地干，也真心实意地给。我去开过几次保护区的会议。实话说，有些省市级保护区真穷，日子相当难过。我这些话可能说得太直了，不好听，不过全是实话。”

后来我们才了解到，刘义说的投资力度大，只是朱鹮纳入国家级保护区的好处之一。

此前，洋县朱鹮自然保护区始终徘徊在省级，人员和编制的问题很难解决，随着朱鹮的数量越来越多，对朱鹮的保护和研究不仅需要深入，而且需要提升，但无论深入还是提升，都必须有科研的支撑，科研支撑不是一句空话，它需要了解和融汇当代鸟类研究的最新成果，并在此基础上进行新的探求。这些探求又可以细化出无数分支。比如朱鹮遗传密码的解析、朱鹮自然迁移规律的确认——仅朱鹮疾病的临床症状和救治方法，就包括外伤、传染性疾病、寄生虫病、先天性疾病，等等，所有这一切，都最终落实在两个字上——人才。

但是朱鹮管理局是事业单位，编制 17 人，已经占得满满的。

不仅如此，随着保护朱鹮方式的改变，工作人员的质量和数量也将同步改变，中国朱鹮保护的重要经验之一，就是朱鹮的物种保护和朱鹮的栖息地环境保护并重。随着朱鹮栖息地的面积越来越大，朱鹮觅食和飞翔的范围也越来越广，牵涉的土地、山林、稻田、水库等纠葛会越来越多。如果不提高朱鹮局的规格，不赋予朱鹮局相应的权利，许多保护措施将难以落地。

……

丁海华上任是 2002 年。非常巧的是，此前一年，朱鹮局刚好被批准为省级自然保护区，这使得机构层级又提高了一步。

只是，还可以再进一步。

再进一步就是纳入国家级的自然保护区。

申报朱鹮国家级自然保护区不是件简单的事情。

按照要求，国家级自然保护区有一条基本标准，即保护的核心区内不允许有人居住。即使从前有人，也必须迁出。这个标准似乎有些苛刻，却完全合理。对生态来说，最大的破坏者始终是人。只要保护区里有人居住，

丁海华一班人在全力筹划申报朱鹮国家级自然保护区（张跃明摄影）

就必然要开荒种植，必然要盖房垒墙，必然要烧火吃饭……所有这一切，都将极大地破坏自然区的生态。

偏偏朱鹮与其他野生动物不同。

朱鹮生存的三大要素中，第一条就离不开人。

一些知情者告诉我们，早在20世纪90年代初，曹永汉在协助林业部李玉铭编制《陕西朱鹮拯救工程计划》时，就申请在洋县成立国家级的朱鹮自然保护区，当时还专门组织专家搞过一次调查。调查结果显示，所有的朱鹮栖息区内，全都住有农户，这与国家的审批标准正好相悖。

于是很自然地失去了资格。

此后的岁月中，尽管申报国家级自然保护区的想法始终不灭不绝，但是苦于“硬杠杠”放在那里，谁也无法改变。

丁海华上任时，曹永汉刚刚退居二线，接替曹永汉担任动管站站长的是周灵国。周灵国是位专家型干部，他非常热情也非常主动地推动申报工作，还多次跑到北京去和各路专家沟通。

丁海华和路宝忠紧随其后，密切地配合着他的工作。

在与各路专家的接触中，无论周灵国还是丁海华、路宝忠都逐渐发现，虽然北京的专家都视野开阔，学识渊博，但由于各人研究的方向和领域不同，所以相当多一些专家对朱鹮的特性并不了解。他们都是按照通行的对待野生动物的标准来进行国家级自然保护区的评审的，在这种情况下，要想得到专家们的认可，首先就要让他们熟悉和了解朱鹮。也因此，他们写申请报告就格外认真。他们把朱鹮的珍稀可贵、生存习性特征，包括为什么朱鹮自然保护区内必须有人，等等，从理论到实践都阐述得十分清楚。不仅如此，他们对申请报告的内容、形式，包括文字都全面要求。他们知道，要让专家认可，首先要把报告写好。他们递交的这份报告，不仅要有科学性，而且要有说服力。

一个耐人寻味的插曲是：郑光美是中国科学院院士，也是中国鸟类协会的理事长，还是大名鼎鼎的鸟类学专家。1999 年在汉中召开国际朱鹮研讨会时，会务组专门邀请他前来指导。结果在座谈会上，郑光美非常诚恳也非常坦率地说，从 1981 年在洋县发现朱鹮后，一直到 1994 年，他才头一次在相关刊物上看到保护朱鹮的研究文章，这让他非常震惊。朱鹮这么珍贵的物种，已经发展和恢复到如此程度，他却一点儿都不知道。①

郑光美说这件事情，主要是自谦和自责，却引发了护鹮人的深思。想想看，连郑光美这样专业从事鸟类研究的人都没有看到过保护和研究朱鹮的文章，连他都完全不知道拯救和保护朱鹮的现状，又怎么指望更多的人来了解和懂得朱鹮呢？

对朱鹮局的领导来说，郑光美的话同样从一个侧面提醒了他们，专家们虽然水平极高，但他们各有各的工作，平素他们忙得不可开交，根本不可能分神去特意关注朱鹮，因此，要想申请朱鹮国家级自然保护区，就不能坐着等待，而要主动向他们汇报情况，让他们搞懂朱鹮是怎样一种鸟，它的食物链在哪里，为什么它要与人相伴。这些问题虽然只是一层纸，但你不去捅破，

---

① 郑光美看到的文章，是曹永汉和卢西荣合著的《中国朱鹮保护现状与对策》。1994 年 2 月发表在《中国环境》杂志上。

专家们就难以看见，甚至看见了也不明白。在根本不明白的情况下，他们怎么可能轻率地同意将朱鹮保护区作为野生动物保护中的一个特例呢？

那一阶段，周灵国、丁海华、路宝忠，再加上张跃明——他是申报工作中具体事务的办理者——他们隔三岔五地去北京找专家。一方面向专家虚心求教，一方面热切地向专家汇报。他们不厌其烦地向专家们解释，朱鹮和其他野生动物完全不同，它们无法在深山老林里生存。因为那里没有稻田，没有河塘，没有湿地……应当说，他们面对的都是动物学方面的大家，这些大家尽管对朱鹮的具体情况不了解，但他们对整体事物的理解和分析都很透彻，既高屋建瓴，又通情达理。尤其郑光美和马建章两位院士，对朱鹮局当下的处境有着真诚的理解，对他们申请国家级保护区的要求也给予了高度的认同。

坚冰就这样一点儿一点儿被打破了。

2003 年，朱鹮局再次将申请报告送往北京。

无果。

2004 年继续申报。

依然无果。

2005 年初春，朱鹮局突然接到通知，请他们将申请成立国家级自然保护区的材料尽快送往北京，再次参加评审。

丁海华和路宝忠非常振奋。

尽管申请报告已经几次在北京上会，也几次未获通过，但他们心里有数，有资格参加评审，这就算上了台阶。如今北京方面主动通知他们参加评审，这意味着又上了一个台阶，而且是一个全新的台阶。

他们十万火急地忙碌起来。

按理说，材料全是现成的，往皮包里一装就是，但他们总想让自己拿出的是一份最好的报告，这就无形中给自己树起了一个很高的标杆。面对着已经写了无数遍的报告和材料，他们总觉得内容好了还可以再好，资料充分了还可以再充分，于是只要还有时间，就不停地修改，永远不满意，永远在修改。这一“永远”，就使得每次出发都匆匆忙忙，格外紧张。

此前，申请报告已经几次送往北京参加评审，但只有这一回，他们准备得最充分，怀揣的希望最大。申报材料中不仅有文字，而且有影像。影像除了精心组织去拍摄，还需要细致地剪辑和配音。好多个晚上，他们都整夜守在剪辑房里，一个画面一个画面地琢磨，一句解说一句解说地纠正，力图使之既生动有趣，能吸引评委；又深入浅出，能讲清道理。

由于朱鹮国家级自然保护区占地达37549平方公里，涉及洋县和城固两县，所以他们需要逐级申请，拿到土地及相关权利的批文；之后还要拿到汉中市和陕西省出具的相应批文。七七八八下来，事情就多如牛毛。

临动身去北京那天，司机闫建设早早就把车开到办公楼前等待，但丁海华和路宝忠却迟迟出不来。终于出来时，距离火车开车的时间已经很近了。闫建设半句话都没问，立即启动油门，一路风驰电掣地往城固火车站赶。

之所以往城固火车站赶，是因为洋县当时没有火车站。

按理说，阳安铁路①妥妥地经过洋县，为什么洋县没有火车站呢？采访中我们获知，当初修建铁路时，洋县的一些干部还缺乏现代理念，他们拒绝在洋县建站，觉得如果洋县有了火车站，会使洋县富庶的物资外流。多少年后，此事成为笑谈。

那天闫建设把小车开得飞快，但是遗憾，没等小车赶到火车站，已经老远就看见火车停靠在车站站台旁了。丁海华和路宝忠满头冒汗，觉得完了，肯定赶不上了。

闫建设一声不响，只是握紧方向盘，风驰电掣地继续朝前赶。

正赶着，火车一声长笛，启动了。

三个人彻底傻眼。

情急之下，闫建设出了个主意："咱们往西乡赶，在西乡上火车！"

没有人回答。

闫建设也不需要听到回答，他猛打方向盘，让小车就地来了个急转向，掉头朝西乡驶去。

那确实是急如星火！

---

① 指陕西阳平关到安康的铁路。这条铁路与襄渝线连接，可直达北京。

城固、洋县、西乡三县紧挨。火车是从汉中自西而东过来的，从城固开出后，前方第一个停靠站就是西乡。常识是，火车的线路远比公路直，况且火车不存在堵车，所以用汽车去追火车，就一般而言，是痴人说梦。

但是事到如今，他们没有别的选择。

正是傍晚时分，暮色在汉中盆地弥漫开来，四周的光线变得暗淡。闫建设是位老司机，开车技术一流。他一句话不说，只是注意力集中地掌握好方向盘。丁海华和路宝忠同样不说一句话，生怕影响和分散了他的注意力。那一刻，三个人全都眼皮不眨地盯着前方，感觉小车在飞。

快到西乡站时，他们同时看见火车也在驶入车站。

闫建设把小车开得像发疯，箭一般冲到火车站前，车刚停下，丁海华和路宝忠已经不约而同地拉开车门，就听闫建设喊了一句："你们先去，东西我送来！"

两人拔腿就往检票口飞跑。几乎同时，那列火车也停靠在站台上。

在检票口，检票员拦住了两人："不行不行！来不及了！"

两人同时喊："让我们进！我们去北京送材料！北京在等着呢！"

喊得检票员直发愣。

毕竟，去北京送材料这句话具有相当大的震撼力。看看两人急不可耐的表情，听听两人嘶哑呐喊的声音，恐怕他们要送的材料非同寻常，很可能事关国家大事。具体是什么样的大事，那是普通人不能随便问的。

这当口，闫建设已经抱着一大堆材料赶到了，一边用最快的速度递给他们，一边气喘吁吁地催促："快！快！"

此情此景，无形中创造出一种不容置疑的氛围。完全是出于下意识，检票员为他们放了行。

两人抱着材料，急匆匆地飞跑进站。2005 年的西乡火车站还比较简陋和空旷，他们一眼看见站台值班员已经将手里的绿旗举起，这是列车发车的信号，于是又扯开嗓子大喊："等一等！等一等！"

喊得站台上所有的人全朝他们扭过了脸。

值班员愣然停手，不明白发生了什么。

两人已经抓住这稍纵即逝的一瞬，用百米冲刺的速度跑近车门，登上火车。身后的车门刚刚关上，值班员手中的绿旗已经高高扬起，一圈又一圈地飞舞起来，随后列车“咯噔”一声响，启动了。

多少年后，路宝忠还牢记着当时的情形。他告诉我们：那一回太悬了！他们已经完全处在赶不上了的绝望中！但也正是这种绝望，使得他们终于在跨上车门那一刹那，突然迸发出一种绝地重生的感觉。当列车轻快地在初春的汉江两岸奔驰时，他心里当时就萌发出一种预感：这回有戏！

果然，申请材料交上去后，没多久便传来了好消息，申请被顺利通过。

路宝忠告诉我们，那一阶段，省林业厅那边是周灵国在跑，朱鹮局这边是丁海华和他在跑。当时丁海华身体不好，血糖高，无论跑北京还是跑其他地方，每次回来都心力交瘁，他总是习惯地把工作包随手一扔，仰天躺下，大口喘气。

丁海华则告诉我们，那一阵子，他们跑得相当频繁，确实很累。不过虽然累，却值得。不说别的，仅人员编制这一项，就招进来了十多位大学生！他在保护区前后工作了十多年，也做了不少事情，但让他最自豪的，是在他的任期内，洋县的朱鹮保护终于升格，成了国家级的朱鹮自然保护区！

调运风波

早在 2001 年，由于人工繁殖朱鹮技术上的突破，洋县的朱鹮数量已经突破了 300 只，其中人工饲养的朱鹮约占三分之一。

随着朱鹮数量的迅速增多，从国家到省上考虑问题的角度和侧重就自然而然地发生了变化。如果说从前反复强调的是保护，是数量，那么现在人们可以松下一口气来考虑更长远也更宏大的问题了。

不久，国家林业局做出了一个决定：把朱鹮向外省移送一部分。

这样一种做法，是国际上对于濒危物种实施安全保护的惯例。用通俗话来说就是，鸡蛋不要放在一个篮子里。自然界有很多现象是无法预料也猝不及防的，朱鹮全部聚于洋县，其潜在的风险实在太大。如果不在适当的时候将它们异地分散饲养，一旦来个传染病，很可能导致它们就地灭绝。

毫无疑义，这是一项具有前瞻意义的战略性决策。

陕西省对朱鹮钟爱有加，决定先在陕西境内选择适宜的地方引入朱鹮。经过与汉中行署、洋县县委县政府协商后，决定第一次先调 60 只朱鹮到秦岭北麓的周至县楼观台。

消息不胫而走。

2002 年 3 月初，在正式调运朱鹮的前几天，负责调运工作的省林业厅一位副厅长、林业厅保护处处长王万云和副处长徐振武一行三人，信心满满地来到洋县。之所以信心满满，是因为这项工作是陕西省政府和国家林业局决定的，他们是来执行上级命令。下级服从上级，这不是一句空洞的口号，而是必须遵守的纪律。

这一天，他们来到了饲养中心，很快看到了令他们惊诧的一幕：救护饲养中心门前围了许多农民！

三个人都觉得奇怪。正是农忙时节，农民怎么都聚到这里来了？

王万云顺口问了一句："老乡，出什么事了吗？"

几个农民顿时涌上来：

"听说朱鹮要调出去。"

"看你样子像干部，你说是不是要调出去？"

王万云心里有些明白，但他很沉着："调出去怎么了？"

农民七嘴八舌地吼起来：

"不能调，朱鹮是我们这里的！"

"我们保护朱鹮付出了那么多，不能说调走就调走！"

"哪个要调，让他先和我们讲理！"

……

越说越激昂，越说越有气。

那天翟天庆也在现场。致力于朱鹮保护的他，虽然也对朱鹮有感情，但更理解国家的做法。国家这个决定不仅出于好意，而且绝对正确。但是他心里这样认为，嘴上还不能这么直接说。许多时候，生活的复杂就在于你明明知道什么是对什么是错，但不能逆着潮流，而必须要用一种不被“潮流”强行冲开的方式，迂回地引导潮流。

他劝解了群众几句，很快发现，这绝对不是他所能劝解得了的。

林业厅的三位干部眼看着群情激愤，没有再说什么，只是抓紧时间赶往洋县县委和县政府，又把救护饲养中心所在地——洋县洋州镇的书记和镇长也叫来，详细地了解情况。

洋州镇书记说得很明白：闹事的主要是饲养中心周边的三个村：周家坎村、草坝村和孤魂庙村。自从朱鹮被调走的风声传出后，他们就陆陆续续来镇上诉苦，说他们辛辛苦苦保护朱鹮几十年，现在朱鹮发展起来了，国家说调走就调走，他们接受不了……

林业厅的三位干部陷入两难。既要执行陕西省和国家林业局的决定，又要照顾洋县老百姓的情绪，这谈何容易？无奈之际，他们协商，请镇书记和镇长回去给村民做工作。

谁知不做工作还好些，一做工作，农民反而闹得更凶了。即使明明耽误了农活儿，也都奋不顾身地在饲养场门口聚集。

正式调运的前一天，翟天庆作为朱鹮站的业务负责人，陪同林业厅三位领导到饲养中心去安排相关事务，谁知农民像是事先知道了消息，提前把饲养中心的大门封了，弄得他们连门都出不去。

这也闹得太不像话了！

作为本地朱鹮站的业务站长，翟天庆经常和村民打交道，他走出去准备和村民做些沟通，谁知村民的骂声扑面而来：

“翟站长，你不要吃里爬外啊！”

“保护朱鹮那么辛苦，别人不知道你总该知道！”

“朱鹮站也付出了好多，国家说调走就调走，你们是怎么想的？”

翟天庆很诚恳地解释说：“这个事情不是调走不调走的问题，是国家的统筹安排，你们聚集在这里没有任何意义。听我的，该散就散了。”

但是人在失控的时候，听不进去任何意见。

劝说了半天，无果。村民们说：这几天我们就不走了。不给我们一个交代，谁也别想出来。

那天，省林业厅的三位领导被堵了两个多钟头，后来还是打电话通知公安局，由公安局派人来疏导，才终于把大门打开，将一行人放了出来。

为了保证调动的顺利实现，也为了提前做好群众的安抚工作，省林业厅的领导在路宝忠和翟天庆的陪同下专程赶往汉中，与汉中市时任副市长朱静芝面谈此事。朱静芝很快召开了汉中协调会，把洋县县委书记和县长全部叫去。

就在汉中协调会召开的当晚，饲养中心门口又聚集了几百名群众。

朱静芝是一位女性，办事非常果断。她了解完情况后，口气坚决地给参加会议的洋县县委书记和县长下了死命令：调运朱鹮是国家林业局和省政府的重大决策，洋县县委县政府必须保证万无一失地执行。不得延误，不容推诿，不许扯皮！把话说透，谁耽误了这件事情，谁必须承担责任！

眼看着事情越闹越大，洋县县委书记和县长连饭都没吃，连夜就朝回赶，之后用最快的速度召集各乡镇书记、乡镇长和村干部开会。

成效立竿见影，聚集的群众很快散开了。

采访中，当听到朱鹮的调迁竟遭到农民如此强烈的反对时，我们确实感到惊讶和不解。

朱鹮是在洋县发现的，洋县人爱朱鹮，对朱鹮有感情，这都可以想象，也完全能够理解。但是说洋县农民对朱鹮的感情深厚到竟然要去封门堵路，竟然坚决不许上级单位将一部分朱鹮调迁到其他地方进行保护，这就令人匪夷所思了。

此前，朱鹮之所以濒临灭绝，其中一个非常重要的原因就是人类对它的伤害。即使在政府三令五申地保护朱鹮时，仍然不时有人开枪射杀它，并且在我们采访的过程中，除过听到农民对朱鹮全心全意的保护之外，也同样听到他们对朱鹮的厌弃。不止一位农民告诉我们：朱鹮糟害庄稼，是害鸟；朱鹮筑巢稀松马虎，是懒鸟。当初他们常常追打朱鹮，是后来政府不让打，大家才歇手的。我们在与姚家沟的农民庞朝贵聊天时，他告诉我们：朱鹮看着个头大，其实肉不多。我们问他怎么知道肉不多，他说田岭村有人吃过。

国家林业局调遣朱鹮的决定不是凭空臆想，而是建立在科学分析的基础上的。如果真正对朱鹮有感情，如果确实发自内心地热爱朱鹮，就一定会态度坚决地拥护国家林业局的决策。只有将朱鹮生存的领域扩大并分布开来，才能可靠地保护朱鹮。这么简单的道理，几句话就能说清，难道农民真的不明白？

显然，聚集起这么多的农民来围堵大门，仅仅用农民对朱鹮有感情来解释是说服不了人的。

后来，我们捕捉到机会，专门问翟天庆："你觉得调运朱鹮为什么会闹到这样一种程度？"

他说："农民对朱鹮有感情。不要说农民，我们都舍不得。"

我们又问："你们舍不得可以理解，农民舍不得也可以理解，但是舍不得到这种程度，就难以理解了。"

翟天庆没有说话。

"农民有什么具体要求没有？"

"也有一些。"

"什么要求？"

"要求给些补偿。"

"后来补偿了没有？"

"补偿了。在汉中的会议上，林业厅的领导答应了，说将来从天然林保护、公益林恢复建设方面，给洋县政府和洋县百姓一定的补偿。"

"补偿了多少？"

"我记不太清，好像有300多万吧。"

"这300多万都补偿给农民了吗？"

"应当吧。"

"朱鹮除过给洋县带来了损失，有没有带来好处？"

“这是肯定的。”

“都带来些什么好处？”

“洋县的朱鹮是世界上独一无二的景观，光这一条，就吸引了多少人！”翟天庆说，“为啥除过省上领导，连国家领导都肯来这里，不就是因为有朱鹮！客观地说，为了保护朱鹮，国家朝洋县也投了不少资。”

“那……农民闹事和干部有没有关系呢？”我们直接把话题挑明。

翟天庆摇摇头：“这个我就说不清了。”

他又叹了口气：“算了，已经过去20年了，是从前的事了。”

正式调运朱鹮那天，为了防止农民再来阻拦，天还没亮，所有的调运车辆就开进了饲养中心，而且开得很慢，不响喇叭，不开车灯。

60只朱鹮已经提前装进了笼里，静静地放在院子一侧。汽车一到，翟天庆带着工作人员小心翼翼也快手快脚地将朱鹮装上大卡车，又罩上篷布，这才将车开走。

庆保平当时担任着救护饲养中心主任，他至今记得，离开饲养中心的时候，天还没亮。

庆保平说：“其实那天早上一部分村民也来了，他们起得很早，四五点就到饲养场门口了，等到六点多朱鹮被运走的时候，他们主动让开了路。”

庆保平曾担任过饲养员，如果论感情，他是对朱鹮感情最深的人员之一。

他说：“原来满满当当的网笼，运走60只以后，一下子感觉空荡荡的。而且运走的基本都是2000年和2001年孵化出来的，确实舍不得。”

他说：“但是国家的决策是正确的，我们完全理解，也坚决执行！”

楼观台的“再引入”

60只朱鹮当天就调运到秦岭北麓的楼观台去了。

具体地说，是调运到位于周至县楼观台镇的陕西省珍稀野生动物抢救饲养研究中心（以下简称楼观台中心）去了。

楼观台中心是1993年由国家林业局批准建立，2001年经陕西省机构编制委员会批准成立的处级全额公益性事业单位。它位于终南山下的周至县楼观镇，主要承担国家重点保护野生动物的野外抢救、饲养繁殖、科学研究、宣传教育、开发利用等业务，具体设有大熊猫饲养繁育区、羚牛舍、中型兽区、鸟类区等。

工作人员清楚，之所以将朱鹮迁到这里，除过分散朱鹮，趋利避害，也为着建立起又一处对朱鹮深化探索和研究的基地。毫不夸张地说，朱鹮由洋县迁往楼观台，是一个标志性事件，它不仅奏响了朱鹮迁往外地、送往外省的序曲，同时拉开了人工种群稳步扩建、野化放飞不断进行的大幕。

楼观台中心迎来朱鹮后，很快就开始为朱鹮“再引入”做前期准备。

什么是“再引入”？

通俗地说，就是将人工饲养、人工繁殖的朱鹮放入历史上它们曾经生活过的地方，让它们“重归旧地”。

对恢复朱鹮种群来说，这是个天大的好事，但很有难度。它类似把温室里培育出来的花朵再放到野外去。在这个过程中，温室里的花朵除过要经受风吹雨打之外，还必须接受物竞天择，这就难免残酷甚至血腥。

60只朱鹮进入楼观台中心后，首先是继续饲养，促其繁殖——虽然朱鹮数量已经有了很大的增加，但远远不够。从本质上说，只有在朱鹮数量得到充分保证的前提下，放归才是安全和可行的。何况对楼观台中心来说，无论朱鹮的饲养还是孵化，都两眼一抹黑，他们急需懂行的人来协调和指导。

省林业厅事先已经考虑到这个问题，决定从洋县调人过去。

林业厅三位领导分头与路宝忠、翟天庆谈话做工作，看能先把谁的口撬开。路宝忠是站长，负责着全盘工作，确实难以离开，于是谈话的重点逐渐指向了翟天庆。

为了说服翟天庆，林业厅保护处正副处长轮流找他谈话。正处长谈了三次，副处长谈了两次。先是谈业务。业务很简单，就是去搞朱鹮的饲养和管理。接着谈待遇。那时洋县朱鹮保护站是科级单位。翟天庆属于副科级干部，但楼观台中心是处级单位，林业厅领导承诺，如果翟天庆能去楼观台，可以破格提职，担任副主任，级别副处级。

翟天庆 40 多岁，正是干事情的年纪。但他已经在洋县这片土地上生活和工作了半辈子，对这里不仅熟悉和了解，而且充满感情。听完林业厅领导诚恳的邀请，他同样诚恳地回话。

他说：“千万不要说副主任这些话。这样一说，我就更不好去了。我说说自己真实的想法，我不想离开洋县，洋县这边的情况我熟悉，而且这边的朱鹮保护也处在关键时候，我留在这边，能更好地发挥作用。”

林业厅的领导很为难：“你说的确实是事实，但是楼观台那边同样是大事，同样需要得力的人手呀！”

翟天庆问：“能不能再选其他人？”

处长回答：“选了。早就选了。实话说吧，我们选中的人，眼下都离不开。能够离开的，我们又觉得不够理想。”

……

就这样你一句我一句，是相互沟通，相互询问，也是相互建议。最终，林业厅领导答应不调动他的工作，但要求他先过去三年。这三年中他可以两面跑，洋县这边有事情就回洋县，楼观台那边有事情就去楼观台，包括来回的交通工具，都为他安排好。

翟天庆答应了。

翟天庆提出，最好从洋县带两名有实践经验的饲养员过去，因为培养饲养员需要时间，也需要实践；尤其实践，是不可能用其他任何方式代替的。

林业厅领导表示同意。

2002 年 3 月 5 日，翟天庆随着调运的 60 只朱鹮到达楼观台饲养中心。

省林业厅包括楼观台中心对他的到来都相当重视。尽管他只是临时在那里负责业务，但是从楼观台中心主任赵斌健到方方面面的工作人员，都既热情，又虚心，还好学，为他的工作创造出一种良好的氛围。

翟天庆带去的两名助手——曾经跟着何宝庆学习朱鹮人工繁殖的唐仕兴和黄治学，由于他们参与了朱鹮的人工饲养和人工繁殖事业，无论技术还是业绩都得到稳步的提升，最终成了到处都争抢的“香饽饽”。在楼观台干了几年之后，随着朱鹮事业的不断扩展，他们一个调往陕西宁陕，一个去了河南董寨。

那都是后话了。

引入楼观台中心的 60 只朱鹮，全是精心挑选出来的。

具体地说，这 60 只朱鹮是工作人员对整个朱鹮人工种群的谱系档案进行了分析，再按照科学的方法择优配对，进而挑选出来的。

其中 30 只朱鹮已经配对成功。

这 30 只配对成功的朱鹮身体都很健康，其中最稳定的 4 对从 1997 年至 1999 年间开始繁殖后代，表现良好。还有 3 对是 1999 年至 2000 年间配对成功的，繁殖表现一般。其他 8 对是 2002 年刚刚配对成功，准备年内在楼观台中心参与繁殖。

还有 30 只朱鹮尚未配对。

尚未配对的 30 只朱鹮里，除过 28 只健康的朱鹮之外，还有 2 只残疾的朱鹮。其中一只是腿骨折，另一只是翅膀残疾。

翟天庆告诉我们：这是他们特意安排的。当初为挑选这 60 只朱鹮，他们反复思考，除过挑选健康的朱鹮之外，还有意识地选择了这 2 只残疾朱鹮，以供楼观台中心研究使用。他们认为：一个全新的人工饲养中心，必须保证种群的多样性。只有这样，才会对引入的朱鹮在环境适应、疾病防治、人工饲养、人工繁殖、人工救护等方面，进行全方位的了解和把控。

令人惊喜的是，60 只朱鹮仅用半个月，就适应了楼观台的环境。

当年，这 60 只朱鹮育出雏鸟 26 只。

冬天很快来临。

楼观台位于秦岭北麓，气候条件与秦岭南麓的洋县截然不同。洋县冬无严寒，夏无酷暑，最冷时温度也只是在零下 3℃到零下 5℃。楼观台就不同了，在凛冽的冬季，檐下冰柱长久不消，气温常达零下十多摄氏度。而一年一度的冬季也恰恰是朱鹮生命力最弱的时候，对当年出生的雏鸟尤其如此。

翟天庆、唐仕兴、黄治学，以及楼观台中心的高更更、张军风等饲养员经过认真讨论，就引入朱鹮安全越冬的问题提出了 11 条措施。这些措施从观察和记录朱鹮的状态，到增加保温设施和通风设施，详尽而周密。

次年，楼观台朱鹮的育雏情况成绩惊人，达到了 46 只。

翟天庆告诉我们，楼观台中心虽说是个新建起来的朱鹮研究和饲养中心，但是相当不简单。他们曾选择了 3 对朱鹮开展自然孵化与育雏试验，先后产卵 7 枚，出壳 7 只，成活 7 只，成功率达到 100%。

100% 的成功率，令人振奋，但更令人振奋的还在于，他们通过对楼观台朱鹮的观察研究，又揭开了朱鹮生存中的一些奥秘。

从前，大家坚定地认为朱鹮奉行的是“一夫一妻制”，认为朱鹮对爱情“忠贞不移”，也正是出于这一点，大家约定俗成地将朱鹮称作“爱情鸟”。

1997 年，饲养员串金朝等人通过观察，首先发现了朱鹮也会“移情别恋”。

而楼观台中心通过对朱鹮的观察，则更加明确了，朱鹮在爱情上和现阶段的人类有很多相似之处。比如朱鹮巢窝里从来都只有一雄一雌两只朱鹮，这说明它们绝不允许第三者插足，也完美地体现出朱鹮奉行的是“一夫一妻制”。但是另一方面，朱鹮同样会“出轨”，同样会“喜新厌旧”，同样会“闹离婚”……

2002 年，楼观台中心刚刚迎来 60 只朱鹮，就发现其中已经配对的 15 对朱鹮夫妻中，有 6 对比较勉强。

怎么办?

是扎紧藩篱，让它们继续维持，还是打开大门，允许它们自由择偶?

经过一番讨论，工作人员最终采取了比较人道也比较宽容的办法，将众多的朱鹮放入同一个大网笼内，让它们扩大交友的范围，自由地去寻找心目中的配偶。

十多天后，结果出来了。这六对感情不好的朱鹮夫妇中，除过两对维持了原状，其余四对全都重新选择了伴侣。

换句话说，三分之二“感情不合”的朱鹮选择了离婚和再婚。

对朱鹮异地再引入工程的实施和研究，常秀云举双手赞成。

常秀云说："将洋县部分朱鹮迁调出来的决策绝对是正确的。之所以在秦岭北麓的楼观台进行朱鹮异地人工饲养，就是为了避免传染病感染或其他自然灾害导致朱鹮全军覆没。

"一个物种要在地球上长期永续地生存下去，必须扩大它的分布范围，如果困囿于某一个地域进行保护，将充满危险。

"人工饲养和繁殖朱鹮最终的目标肯定是回归自然。而且随着条件的具备，人们正越来越急迫地希望实现这个目标，就这一点而言，无论人工饲养、人工繁殖还是野化放飞，都是实现这个目标的中间过程。但是要真正恢复朱鹮的历史分布，必须有强大的人工种群做基础，否则一切都无从谈起。也正是这个原因，朱鹮仅仅分布在洋县不够，仅仅扩展到楼观台仍然不够，甚至扩展到整个陕西还是不够。中国那么大，世界那么大，作为一个鸟类种群，朱鹮仅仅只有几百只，可以说太少了，实在太少了！"

华阳避难

几乎是一语成谶。

2002 年刚刚迁移走 60 只朱鹮，2003 年底至 2004 年初，包括中国在内的亚洲多个国家突然暴发了禽流感。

禽流感并不是一种新的疾病，人类发现它已经有 100 多年的历史了，以往人们挂在嘴上的"鸡瘟"，有的就属于禽流感。禽流感主要传染禽类和鸟类，但是通过不断变异，也会偶尔传染人类。这种传染病的流行速度极快，势头极猛。

1 月 23 日，广西隆安县丁当镇个体养鸭场发生疫情，家禽大面积死亡。这一疫情被国家禽流感参考实验室确诊为 H5N1 亚型高致病性禽流感。

消息传至洋县，所有的人都感到了担忧。

"这件事我记得很清楚，"庆保平说，"因为 2003 年上半年发生了非典，我是拖到农历腊月二十六才结的婚。2004 年正月初五，我还在休婚假，路宝忠站长的电话就打来了，说国内发现了禽流感，很严重，要把朱鹮紧急搬往山里。他让我赶快收假，抓紧回去上班。”

第二天一早，庆保平急急忙忙往回赶。赶到才发现，从正月初三开始，大伙儿已经筹备着把朱鹮搬到华阳镇去。据说当时禽流感正在飞快地蔓延，已经传染到陕西临潼了，所以大家普遍感到了压力。第一批工作人员于正月初四去华阳镇选定了地方，初五购买了搭建朱鹮笼舍需要的材料。庆保平赶到后，第一件事就是和大家一起做运输笼箱，商量怎样把 100 多只朱鹮稳妥地运入华阳。

为什么选择去华阳?

因为华阳不仅生态良好，植被繁茂，而且地处深山，环境闭塞，是一块躲灾避难的世外桃源。

华阳镇位于秦岭南麓，平均海拔 1700 米，属于秦岭深山区，距离洋县县城 76 公里。它北靠太白县和周至县，西邻留坝县和城固县，东接佛坪县，最重要的是那里拥有国家级自然保护区——陕西长青国家级自然保护区。

陕西长青国家级自然保护区总面积达 3 万公顷，森林覆盖率在 90% 以上，其中仅竹林面积就达 21358 公顷，因此成为秦岭大熊猫的“天然庇护所”。

华阳镇特殊的优势在于：它处于中国南北气候的分界线和动植物区系的交汇过渡地带，北边有秦岭主峰太白山作为天然屏障，有效地阻挡了北方寒流的入侵；南边暖湿气流沿汉江河谷袭来，可直达中高山地带。那里人烟稀少，环境天然，全年雨量充沛。在禽流感暴发之际，无疑是一块寄养朱鹮的风水宝地。

对朱鹮是风水宝地，对护鹮人来说，情况就完全不同了。

“华阳的正月特别冷，零下二十几度。”庆保平告诉我们，“你想，搬得那么急，什么都顾不上，所以条件很差，连住的地方都没有。”

庆保平说：“我们临时在市场上买了彩条篷布，就地搭了个人字形的帐篷。因为太冷，晚上老同志身子下面都铺着两三床被子，上面又盖上两三床被子，就这仍然冻得睡不着，一些人就干脆戴着帽子睡。第二天早上醒来，发现鼻子和嘴巴跟前的被子上都结了冰……”

由于禽流感持续暴发，即使朱鹮已经转移到华阳的深山老林里，大伙儿仍然不放心。经过商量，决定将朱鹮再次分散转移。

为了有效地躲避疫情，他们将朱鹮分散在三个地方。

一、在华阳镇吊坝河村堰塘湾的一处坟地附近，饲养 60 多只朱鹮。

二、在华阳镇小华阳村的姚卢沟，饲养 20 多只朱鹮。

三、在接近太白地界的石峡沟，饲养 12 只朱鹮。

需要说明的是，石峡沟壁立千仞，没有人烟，是绝对的深山幽谷。这里是朱鹮局为防止禽流感而设立的最后一道防线。放入这里的 12 只朱鹮全都是格外精心地挑选出来的。就一般而言，即使疫情万一蔓延到了深山区的华阳镇，也很难蔓延到这里。如果真的蔓延到这里，那只能说是天意了！

那段时期，情况特殊，工作人员必须 24 小时守候着朱鹮，至于要在当地住多长时间，大家心里都没数。从上到下只是反复强调，要做好长期准备。

庆保平说：

“我们在石峡沟搭了两间供朱鹮住的网笼，又用石棉瓦搭了一个供人住的简易屋。当时仅有的一台小发电机都搬上去了，一方面它要为储存朱鹮食物的冰柜供电，另一方面也可以供工作人员夜间照明。

“就这也没人敢去住。

“后来是秦培军和李昌明主动报名。他俩从小在山区长大，比一般人胆子大得多。就那到了石峡沟，心里也是发毛，晚上两人睡觉不敢关灯。那一带常有羚牛活动，有时候夜深人静，可以听见羚牛在朱鹮网笼的木柱上蹭痒痒和挂角。他俩听着害怕，可又不能不操心朱鹮的安全，于是干脆拿起做饭的盆，叮叮当当乱敲，先用声音把羚牛吓跑，这才提心吊胆地走出去，打着手电检查。”

“不能不出去吗？”

“那不行。万一网笼被挂破，朱鹮就飞跑了。”

“他们在那里住了多长时间？”

“有小半年。”

“这么长呀！平素生活怎么办？”

“吃的用的我们找人背上去。那会儿人手拉不开，是单位最困难的时候。说到这，你不能不佩服老一辈人。整个华阳三个饲养点，虽然条件各不相同，但全都很艰苦。可是他们勤勤恳恳，硬是守在那里苦干，确实敬业。”

“是什么时候撤回来的？”

“石峡沟这个点是七八月份撤回华阳的，堰塘湾是国庆节前后撤回洋县的。姚卢沟的朱鹮没有全部撤回来，留了一部分。”

“为什么要留一部分？”

“因为我们想在那里做野化放飞的试验。”

庆保平告诉我们：姚卢沟饲养点的地势不错，前面有一片开阔的水田。他们先是在沟口两侧的山顶上埋下地锚，拉起钢索和围网，把部分水田和山体用围网罩起来，在此基础上建了一座高 15 米、面积 1800 平方米的野化大网，又在网内的水田里模拟自然环境，加固了池塘和小河流，有意识地往里面投放了些泥鳅、小鱼等，所有这一切，全是为朱鹮的野化放飞做准备。

“放飞的朱鹮都是经过你们挑选的吗？”

“当然呀。有些朱鹮明摆着没有野外的生存能力，你把它放出去，它必死无疑，所以先要挑选。挑选完成后，先放进大网笼进行野化训练。直到 9 月中旬才正式放飞。”

“具体怎么操作呢？”

“简单。把大网笼前面的网片掀开，朱鹮就能出去，它们可以想飞就飞，想走就走，我们不催不赶，是在不知不觉中完成的。”

“野化放飞成功与否，有标准吗？”

“当然有。”

“是什么？”

“看它们能不能在野外生存。最核心的指标是它们能不能在野外繁殖后代。”

总算是起步了

早在1999年的汉中朱鹮国际论坛上，鸟类专家们就提出：朱鹮达到100只以后，就可以开展野化放飞。

无论国家林业局还是陕西省林业厅，都坚定地支持这个想法，唯独没有想到的是，朱鹮野化放飞的试验是从洋县的华阳镇首先开始的。

2004年，疫情刚一稳定，他们就在姚卢沟野化放飞了12只朱鹮。

2005年，他们又在姚卢沟野化放飞了11只朱鹮。

朱鹮放飞之前，一般先要让它们在特制的大网笼内进行野化训练。

以觅食为例。人工饲养的朱鹮吃的大都是现成的饲料，虽然也吃活泥鳅，但是很少。野化训练的时候就要有意识地多给它们吃一些野外能够捕捉到的东西，比如小青蛙、小鲫鱼、蝌蚪、蚂蚱等。工作人员把这些小动物抓回来，先在大网笼里给它们投放。

至今许多人记得：第一次投放青蛙时，朱鹮始终无动于衷，整整几个小时过去，才有一只朱鹮漫不经心地走过去，满怀诧异地对着青蛙看，看了相当长的时间，这才探嘴啄食。

所有人都为朱鹮着急，所有人心里也都明白，成功需要在反复的尝试和耐心的等待中实现。虽然这只啄食青蛙的朱鹮神态散漫，懒洋洋的，但只要它注意并捕食了青蛙，那就一定会有第二只、第三只朱鹮跟上来，并且只有通过这种不着痕迹的觅食训练，最终才能让朱鹮知道什么能吃，什么不能吃，直至学会怎样去捕捉它们。

除了捕捉食物，工作人员还要训练朱鹮自行营巢的能力。饲养员一般会依据朱鹮在野外大树上搭巢的原理，在大网内朱鹮栖息的树木枝杈上绑挂起一只筐子，引导朱鹮去衔材筑巢。

训练这个，训练那个，就像妈妈不放心没长大的孩子。

回忆当初，庆保平说：

“其实朱鹮野化放飞的目标我们定得很早。

“2003年，洋县大网笼投入使用，里面就完全模拟了野外环境，有水塘，有农田，还有树木，就是为了训练朱鹮的野外取食能力。

“刚开始我们把笼养的朱鹮放进去，没有人知道它会飞多高，能飞多久。有的朱鹮进去以后六神无主，扑棱棱一直飞，根本就不知道该咋样降落，直到飞久飞累，一头扑到地上去了。还有的朱鹮根本就不敢在树上停歇，因为之前笼养的时候，它们都是在笼内人工横放的栖杠上栖息，进入大网笼后，没有栖杠了，结果它们就傻傻地站在地上，殊不知这才是最危险的。

“当然也有的朱鹮胆子大，刚进笼不久就扑棱扑棱地飞上树了，但只要一刮风，树枝一晃，马上吓得又飞走了。我们能明显地感觉到，人工饲养的朱鹮，许多原本的能力都退化了，而且退化得很严重。如果不进行有效的训练，它们在野外很难生存。”

……

不管怎么说，朱鹮的野化放飞总算起步了！

看着那些被放飞的朱鹮展翅高飞，大伙儿的心里既自豪又忐忑。

自豪的是，朱鹮终于离开人类的怀抱，回归本来就属于它们的大自然了。它们解放了，自由了！

忐忑的是，它们就像温室里长大的花朵，娇羞可爱，但是缺乏自生能力。如今让它们独自去应对天敌的侵扰，独自去寻找食物并经受风吹雨打，它们必将经受比原本野生朱鹮多得多的痛苦。它们能适应吗？甚至……能活下去吗？

而在这一切之外，工作人员心里还多少有一些淡淡的惆怅和留恋。此前，他们像照顾自己的孩子一样精心照料着它们，在日复一日的接触中，他们和它们已经建立起感情，已经将它们视作自己日常生活的一部分，如今它们“长大成人”，一飞冲天，它们还会记得饲养中心吗？还会记得那些嗷嗷待哺的岁月和天天蹲守在它们面前的饲养员吗？

多希望在隐入山林之前，它们能回眸一望！

多希望在难舍难分之际，它们能多盘旋几圈！

不久，人们就发现放飞的朱鹮常常在华阳中心小学教学楼边的一棵古松上集体休憩。它们身姿矫健，顾盼从容。

看着它们这股卓尔不凡的气概，工作人员不由得就想起它们这几十年中走过的道路。它们原本是在低海拔的平原或丘陵地带生存的，为了躲避人类的猎杀和对环境无节制的破坏，它们只好飞往了高海拔的金家河和姚家沟。十年后，随着人们对它们的善待，它们又重新迁回低海拔丘陵区。如今又过去了十年，随着躲避禽流感，它们再一次适应了高海拔区域的生活环境，并且勇敢地摆脱了对人类的依赖，在茂密的山林里寻找自己的巢树和开拓自己的领地。

有两个情况值得一说。

一是华阳放飞的这两批朱鹮，从 2006 年就开始在野外繁殖了。

二是华阳放飞的这两批朱鹮，在生活习性上也表现出来了自己的特色——2007 年 3 月至 7 月，工作人员在监测中发现，有三对华阳镇野化放飞的朱鹮在同一棵树上集群筑巢并繁殖成功。这是自 1981 年发现野生朱鹮以来，首次记录到朱鹮集群营巢的现象。

这个现象意义非凡！

20 世纪 80 年代发现的野生朱鹮，由于数量稀少，全部是单独营巢，而且表现出较强的领域性。常常是一对朱鹮占领一条山沟后，通过鸣叫或飞行来追逐和驱赶进入巢区的其他朱鹮。这一时期的朱鹮性格孤傲，排他性强。但是随着朱鹮数量的增加，它们的营巢逐渐密集起来，一对对的朱鹮在同一活动区域内已经能够友好地相处了。以花园繁殖区为例，1991 年整条沟里只有一个朱鹮巢，但是到 2000 年，已经不知不觉中增加到 11 个巢。2001 年更是增加到 23 个巢，其中最近的两个巢相距竟然不到 10 米。

而华阳镇这三对野化放飞的朱鹮，则进一步打破了距离间隔，它们已经直接在同一棵树上筑巢。这充分说明，朱鹮的食物链已经大大延伸，朱鹮生存的习性已经大大改变。同时说明，朱鹮的行为和习惯是可塑的，它们也在随着生存环境的变化而变化，并且这种变化，从外在的行为到内在的观念，都是那样的自然，那样的鲜明。

第九章 大思路，大战略

当朱鹮在宁陕放飞取得成功以后，无论是国家林业局，还是陕西省林业厅，；无论是曹永汉、丁海华、路宝忠、翟天庆、常秀云、庆保平、王超，还是朱鹮局现任领导张亚祖、牛克胜、孟海龙等人，都不约而同地瞄准了下一个目标——恢复朱鹮野外的历史分布地。

首次异地放飞

朱鹮在华阳野化放飞试验的成功，让国家林业局看到了希望，进而从战略层面对朱鹮的野化放飞工作进行了更大的布局。

首先是选择新的野化放飞试验基地。

朱鹮对生态环境的要求近乎“挑剔”，这使寻找新地点费了很大的周折。

陕西省林业厅多次组织中外专家和院士考察论证，最终选定的是安康市宁陕县城关镇寨沟村。

先看宁陕县。

宁陕县地处秦岭南麓，这里除了大面积的林地外，在低山和河岸边缘的常用耕地有 3216 公顷，其中水田有 1069 公顷。此外，流域面积在 5 平方公里以上的河流有 120 条，均属于长江流域汉江水系，其中大的河流有 5 条，即汶水河、旬河、池河、长安河和蒲河。这样一种大面积的河流流域，能够基本保证朱鹮的觅食。

再说寨沟村。

寨沟村位于城关镇的北部，距县城约 7 公里，是一个仅有百十人的自然村，这里森林植被好，对朱鹮的干扰少，而且坡势蜿蜒，地貌灵秀——走进窄小的山沟里，前方逐渐出现了一个铺满绿茵的盆地。盆地渐次抬高，呈葫芦状。一条溪流从两座山的延缓地带流过，溪流两岸是层层叠叠的梯田，由于海拔较高，这里只种一季稻子，冬水田很多。

常秀云全程参与了朱鹮在宁陕县的野化放飞工作。

当时，陕西省林业厅和野生动植物保护协会为了能尽早开展朱鹮的野化放飞工作，在朱鹮保护的老朋友——日本友人村本义雄先生的积极支持下，申请到了日本大使馆的援助项目，筹集到 1000 万日元（折合人民币 75 万元），宁陕县也同时拿出了一部分配套资金。几家合力，寨沟村很快建成了宁陕朱鹮野化放飞基地。

常秀云说：

“我们首先要建一个足够大的网笼，要能把山都包进去，这样才能真正模拟自然环境，也才能真正训练朱鹮的飞翔能力。另外还要对朱鹮进行筛选、野化训练、监测，只有这些工作做好做足了，放飞才有可能。

“当时朱鹮的野化放飞正处在关键时候，阻力和压力都非常大。其中一个重要的压力是日本已经对外宣布，2008 年他们将野化放飞朱鹮。中国作为朱鹮的发现地，许多经验都是最先探索和最先形成的，包括日本的朱鹮，也都是洋县朱鹮的后代，所以我们总有一种心理，觉得不该落在他们后面。何况我们在洋县的华阳镇已经进行了野化放飞的试验，当时我们给自己定了一条，要争取在日本野化放飞之前，做好我们的野化放飞工作。具体地说，是在 2007 年搞好这件事。”

一句后话是：2008 年，日本如期进行了朱鹮的野化放飞。日本人做事情极其认真，一丝不苟，这使得整个放飞进行得十分顺利。但是非常遗憾，日本在朱鹮保护的问题上屡屡受挫，而且受挫的原因全都是人们无法预料的。2008 年，日本共放飞了 10 只朱鹮，其中 5 只雄性 5 只雌性。放飞后，雌鸟很快扩散，扩散是朱鹮雌鸟的天性，也是朱鹮雌鸟突出的生态生物学特点。由于雌鸟全部扩散，而雄鸟没有跟上雌鸟扩散的速度，结果日本野化放飞的朱鹮竟没有一对孵卵繁殖的。

没有实现繁衍后代的野化放飞，也就谈不上成功。

次年，中日合作项目——《人与朱鹮和谐共存地区环境建设项目》启动，日本大力推动这个项目，其中一个很重要的想法，就是想通过这个项目，了解中国朱鹮的栖息地环境是怎样一种情况，又是怎样维护并建设起来的。他们真诚地希望学习并借鉴中国朱鹮成功野化放飞的经验。

2007年3月30日，洋县举办了一个特殊的欢送仪式。仪式上，洋县政府郑重地向宁陕县政府移交了20只即将放飞的朱鹮及相关资料。这些朱鹮都经过了半年以上的半野化训练，具备了一定的野外生存能力。

宁陕县郑重地接收了这20只朱鹮。他们清楚，即将在宁陕开始的野化放飞，是经国家林业局批准、由省林业厅组织实施的。拯救朱鹮的终极目标无疑是放归自然，但眼下的放飞，却不单纯是为了让它们回归自然，而是为今后在更大区域内实施放飞提供科学依据，进行科学研究。

5月，从洋县调拨的20只朱鹮与从周至县楼观台调拨的40只朱鹮，共同来到了宁陕县。为了保证异地野化放飞稳妥进行，宁陕方面决定先留下34只朱鹮继续笼养，其余的26只放飞。

一个小插曲是，从洋县调来的20只朱鹮，由于曾在饲养中心的野化训练大棚中生活过，因此具有一定的野外生存技能。而来自楼观台的朱鹮则明显逊色一些。它们一旦步出网笼，就有些茫然，最令人担心的是，它们对潜伏在身边的各种危险既不了解，也无恐惧。

曾经担任过多部纪录片撰稿人的科普作家陈旭，在他撰写的《拯救朱鹮》一书中，非常传神地写到寨沟村放飞的朱鹮状态：

> 为了给寨沟村的朱鹮加餐，保护者们在稻田里投放了许多泥鳅。水田食物的丰富，甚至改变了周围鸟儿的觅食方式。在宁陕分布着许多白颈鸦，我发现它们三三两两地来到寨沟村觅食，它们停栖在稻田边的树干上，然后聚精会神地盯着稻田。
>
> 忽然，一只白颈鸦飞落到田埂边，它向田中猛啄，头抬起来时，我发现它的嘴里叼着一只泥鳅，另一只白颈鸦看到后立即飞来争抢，两只白颈鸦便在空中撕打着飞远了。目睹白颈鸦争抢食物，在一旁觅食的朱鹮似乎无动于衷，大概这些被人喂养大的朱鹮，还没有强烈的生存竞争意识，所以它们不会认为白颈鸦抢走了它们的食物。

通过技术监测，2007 年 5 月 31 日放飞的 26 只朱鹮中，有 4 只由于飞行和觅食能力太差，只好收回大网笼继续人工饲养。随后的一个月内，有三只相继死亡，一只是意外受伤，一只被天敌咬伤，一只患了肠道疾病。

再后来，进一步确认了 26 只朱鹮中，能够适应野外生活环境的只有 14 只。

14 只朱鹮能够回归自然，已经是一个了不起的成就了！

由于海拔相对较高，宁陕的气温要比洋县低。对朱鹮来说，冬天是最难熬的。作为研究朱鹮的专家，常秀云深知这一切，也就非常担心。

她说：

“那些天我们背着无线电接收器，骑着摩托，抱着天线，一个劲儿跟着朱鹮跑。结果发现这批朱鹮还真是很争气，除个别的出现意外，大部分都实现了安全越冬，而且这十几只朱鹮也没有扩散得很厉害，基本就集中在寨沟村的水田附近。”

常秀云感慨：

“那片水田真的很适合它们，它们在那里很好地生存下来了。”

惊心动魄的绞杀

冬天很快过去，春天姗姗到来。

和万物一样，经历了严冬的朱鹮也恢复了活力，它们朝气蓬勃，带着青春的梦想和激情，进入了 2008 年的繁殖期。

好消息接踵而至。

有两对野外朱鹮已经组成了“家庭”，在大树上愉快地营巢。

“一听消息，我赶紧跑过去看。”时隔十多年，面对我们的采访，常秀云仍然难掩内心的激动。“当时我既高兴，又紧张。整个朱鹮繁殖期，我一直待在宁陕，待了三四个月，天天上山，就是观察朱鹮育雏的情况。”

从产卵到孵化，从破壳到站立，小朱鹮一天天长大了，每天都张着嘴巴，贪婪地等待着成鸟衔食回来。

所有人都为此而激动。

2008年4月27日中午，常秀云正在老乡家的院子里，突然听见一种不祥的朱鹮叫声从林中传来。

“我对朱鹮太熟悉了，所以一听见成鸟‘哇哇’直叫，马上就能判断出这是一种异常的、非常惊厥的叫声。”常秀云说，“我根本来不及思考，转身就往山坡上跑，用望远镜一看，当时就把我吓傻了。”

原来是一条王锦蛇钻进了巢内。

怎么办？怎么办？！

常秀云大声急叫，引得一群人火速赶来。年轻的工作人员李夏已经飞快地搬来一架梯子，直接朝巢树跑去。其他人也纷纷涌去，大家围着巢树拉开一条面积相当大的保护网，防止受伤的雏鸟掉落。

此时，常秀云从望远镜中清楚地看见王锦蛇已经紧紧地缠住了一只小朱鹮，另一只小朱鹮正拼命扇动着翅膀挣扎，显然也受到了伤害。

李夏搭起梯子上树，树太高，梯子很快及顶，他只好弃梯爬树，爬得极为艰难。爬到一半，他气喘得越来越紧，不得不半途放弃。

雌鸟继续在空中惊叫盘旋，又降落在距离鸟巢一米开外的枝头上，眼睁睁地看着幼雏在竭力挣扎却又无能为力，它不断高声哀鸣，又扑扇着翅膀，朝蛇身猛啄。

但是不顶用。

“那会儿联系谁都来不及了。”常秀云说，“后来，我突然一想，用竹竿弥[①]上几节，看能不能把巢里的蛇捅下来。”

很快，工作人员找来一根长竹竿。但是这根竹竿太粗太重，举起后东摇西晃，控制不住。没等常秀云发话，已经有人转身朝回跑，去拿细一些的竹竿。

树上，王锦蛇和小朱鹮的拼搏已经进入白热化的程度，小朱鹮没有了求救的哀鸣和尖叫，只剩下激烈而无声的挣扎。

树下，所有的人都仰着头，揪着心，目睹着这场生死搏斗。

① 弥：地方口语，连接之意。

突然有人喊起来：“看蛇的头，是不是在吃小鸟？”

“没没没，它在看我们。”

“快看快看！旁边那只小鸟在动！”

“看见了看见了，是蛇咬住它了！”

“竹竿来了没有啊？怎么还不来呀？”

“来了来了！”随着坡下的一声喊叫，有人拿着竹竿，急急忙忙地跑过来。一个身手敏捷的年轻人很快登上梯子，拼命向上爬，爬到合适的高度后，用绳子把自己草草往树上一绑，举起竹竿去捅鸟巢里的王锦蛇。

树下的人就一个劲儿喊：

“朝右！朝右！再右！”

“差一点！一点点！”

“抓紧捅，抓紧！手拿稳！竹竿不要抖！”

……

此时雌鸟已经不再哀鸣，它紧张地站在树枝上，一边望着巢窝里，一边朝树下张望，似乎它也懂得人们在帮助它。当它向树下张望时，眼神竟然是凄婉的。

蛇终于被竹竿挑出来半截身子，头朝下悬吊着，但嘴里仍然贪婪地、死死地咬着雏鸟的头。雏鸟的身体明显已经长大了，蛇无法将它一口吞下。

年轻人举着竹竿，不停地朝蛇猛戳，又看准目标，用力抽打。

一下，两下，三下……终于打中了，蛇的身子一颤，本能地松开口，小朱鹮无声地掉落下来。蛇不再恋战，慌慌张张地顺着树枝溜走。几乎同时，工作人员飞速从防护网里捧起小朱鹮，发现它已经窒息。

常秀云一直紧张地观察着，她发现蛇溜走后，朱鹮巢内没有丝毫动静，显然雏鸟已经全军覆没。再看那只成年朱鹮，似乎也不想目睹惨状，在巢树上空盘旋两圈后，哀鸣几声，飞走了。

她当时就哭起来。

多少年后，常秀云回忆起那一次的情景，仍然满是悲伤：“我心里太难过了！这窝朱鹮寄托了我们多大的希望呀！ 2007 年野化放飞的朱鹮总共就产出了两窝卵，其中一窝还没有成活。我们全部的希望就寄托在这一窝上，谁能想到，蛇还把小朱鹮咬死了……”

那天，常秀云在寂然无声的巢树下站了很久，又坐了很久，她总觉得痛心，总觉得不甘心。

林区的温度渐渐升高了，她依然在坚守。不知过了多长时间，她终于从地上站起，拍了拍身上的土，本能地走到高倍望远镜前，通过望远镜朝巢里看。

10 分钟，她一动不动地看着。

20 分钟，她依然一动不动地看着。

大约半个小时后，巢里突然有什么东西微微抖动了一下。

像小鸟的脑袋！

常秀云心里一颤，她不敢相信！

屏住声息，继续观察，果然又动起来……天哪！小朱鹮！一点儿不错，是小朱鹮！常秀云激动得大叫起来，连声音都变了调：“哎呀活的，是活的呀！还有一只活的！”

所有人都听见了，不约而同地看着她，又不约而同地抬头朝树上看。

“还在动，快看快看，头抬起来了！”常秀云继续欣喜地叫着，叫着……突然又哭起来。

李夏已经从旁边跑过来，凑近望远镜，边喘气边俯着身子看。

不一会儿，那只成鸟也飞回来了。出人意料的是，当成鸟给雏鸟喂食时，常秀云和工作人员发现，巢里争吃食物的居然是两只小朱鹮！

那一刻，所有的人都惊呆了。短短几秒钟沉寂后，每一个人都禁不住忘情地欢呼起来！

非常巧的是：这一年中央电视台《大家》栏目摄制组从 4 月初开始，就紧随着常秀云的脚步，跋山涉水地拍摄她和她所从事的工作。那天王锦蛇偷袭小朱鹮时，摄制组恰好也在现场，于是把这惊心动魄的一幕用镜头完整地拍摄下来了。

从 2007 年到 2010 年，常秀云在宁陕县共参与放飞了 50 只朱鹮，成活率达到 58%。

当我们听到这个数字时，内心的感受是复杂的。

58%，这意味着将近一半的朱鹮野外放飞后没有成活。

是什么原因使得它们没有成活呢?

被蛇吞吃?

被鹰隼撕绞?

被闪电击亡?

被冰雹砸毁?

被大雪冻毙?

被活活饿死?

原因千头万绪也千变万化，生活的离奇，只有我们想不到，没有造物主做不到。

但是无论属于哪一种，都让我们感到悲伤。在不知不觉的采访中，我们对朱鹮也产生出一种难以言喻的感情了。

但是又能怎么办？

我们已经了解到，发展到 2021 年，中国已经有 5000 多只朱鹮了。这么多的朱鹮，不可能都靠人工来饲养。何况如果都由人工来饲养，那么千辛万苦地拯救并保护朱鹮的意义是什么呢?

有很多时候，残酷是必须的。

一个令人惊奇的现象是，宁陕的海拔比华阳还要高，但人工繁育的朱鹮却不仅没有退缩，反而显示出更加旺盛的繁殖能力。从这一点来看，高海拔和比较寒冷的气候并不是困扰朱鹮生存的核心因素。

2010 年，此时距离 2007 年在宁陕放飞朱鹮不过短短三年，工作人员惊喜地发现：宁陕朱鹮在野外的自然繁殖已经诞生了子二代。

放飞的朱鹮生下了儿女，这些在野外长大的儿女又再接再厉地继续生儿育女。这个现象最大的意义在于：它标志着朱鹮在野外生存的能力已经大大地提高了。与三十年前日本将最后5只野外朱鹮捕捉归笼不同，如今人类是将越来越多的笼中朱鹮放归自然。这个事实本身就最有力地说明：野外朱鹮已经脱离了极危状态。

大思路，大战略

负责宁陕县朱鹮保护工作的是李夏。

李夏告诉我们，从2016年3月开始，他们对野外朱鹮的繁殖情况进行了长期的跟踪检测，当年发现了11个野外的朱鹮繁殖巢，全年成功繁殖出雏鸟29只。由于刚出生的雏鸟还不能飞翔和觅食，他们只能通过摄像监控和拍摄照片来观察。观察中他们看到，部分雏鸟体态幼小，羽毛尚未长出，在鸟巢里相互依偎，略显胆怯，那种啾啾待哺的姿态，太可爱了！

令人惊讶的是，如此幼小的雏鸟，出生仅40天就可以在崇山峻岭中尽情飞翔。

常秀云告诉我们，朱鹮的野化放飞工作，是在没有任何现成的资料、经验、数据可参考的情况下进行的，因此需要冒很大的风险，也需要承担很大的责任，但这个工作一定要去做。朱鹮在哪里发现，当然说明了那里适合它生存，但这不应该固守，更不是绝对的。一定要打破朱鹮故土难离的观念，千方百计地扩展朱鹮的生存范围和生存样式，否则这个种群就永远面临着极大的风险。

当朱鹮在宁陕放飞取得成功以后，无论是国家林业局，还是陕西省林业厅；无论是曹永汉、丁海华、路宝忠、翟天庆、常秀云、庆保平、王超，还是朱鹮局现任领导张亚祖、牛克胜、孟海龙等人，都不约而同地瞄准了下一个目标——恢复朱鹮野外的历史分布地。

这是一个拯救朱鹮物种的大思路和大战略！

让时光倒溯一下。

1981年，世界各国有无数人在寻找朱鹮，大家踏遍了山山水水，最终在中国洋县发现了 7 只朱鹮。

有谁会相信，此后的 20 年中，这 7 只朱鹮以令人难耐的缓慢和空前的顽强，逐渐增长到 9 只、11 只、15 只……又有谁会相信，40 年后，全中国的朱鹮竟增长到 5000 多只，并逐渐向它曾经生活过的历史分布地扩散。

朱鹮在为自己选择生存繁衍的地方时，自有天然而严格的标准。如今，它越来越多地在中国各地安家落户，这从一个侧面说明：中国已经具有越来越好的生态环境了！

可以看一下全国范围内朱鹮种群扩展的顺序。

第一站，河南董寨。

董寨国家级自然保护区位于河南省南部的信阳市罗山县境内，它的前身是 1955 年建立的国营罗山董寨林场，这里夏天不会太热，冬天不会过冷。境内群山连绵，其间河流溪涧，四季长流，塘湖堰坝，星罗棋布，是中国南北候鸟重要的迁徙停歇地和栖息繁殖地。

朱鹮来到这里，无论觅食还是越冬，都不成问题。

不仅如此，董寨国家级自然保护区内分布着 1879 种植物，237 种鸟类，其中国家重点保护鸟类 39 种，是一个专门以保护山区森林珍稀鸟类及其栖息地为主的自然保护区。

显然，朱鹮来到这里，会有很多的伴生鸟，也会在一种融洽的氛围中，悄然无痕地融入大自然。

除此而外，董寨还有一个极大的优势——当地群众和员工对鸟类的保护意识非常强。区内每一位管护员都既是鸟类保护员，又是鸟类宣传员。识鸟、爱鸟、护鸟是他们必备的业务技能。由于董寨林多鸟多，加之爱鸟、护鸟，这里已经成为许多“鸟友”每年必来观鸟和拍鸟的胜地。

2007 年，经国家林业局批准，董寨成为全国除陕西以外的第一个朱鹮迁地和保护地。

所谓“迁地”，意即朱鹮要离开原产地来到这里。通俗地讲，“朱鹮”这块大蛋糕，原本归陕西一家独有，如今有人要切了。

会顺利吗?

那一阶段，董寨的迎鸟工作准备好了，可不知朱鹮从哪里来？

春节过后，首先是北京动物园人工饲养的 4 只朱鹮被调往董寨，随后国家林业局计划从陕西调 10 只朱鹮——此时距洋县往楼观台调运朱鹮的风波虽然过去了 5 年，但在人们心里留下的印象依然深刻。何况上一回再怎么说，只是省内调迁，而这一回是调往省外。国家林业局似乎也考虑到这个因素——11 月，根据中日共同繁殖朱鹮的协议，日本把佐渡岛繁殖的 13 只朱鹮，送回中国。这 13 只朱鹮没有送回洋县，直接运往了董寨。

至此，中国第一个陕西境外的朱鹮异地种群正式建立。曾经跟随翟天庆去楼观台参与人工饲养的黄治学，以人才引进的身份，成为董寨的一员。

截至 2020 年底，董寨仅野外朱鹮就已经超过了 200 只。

第二站是浙江德清。

2008 年 4 月 9 日，浙江大学与浙江德清县政府联合启动了“浙江朱鹮易地保护暨野外种群重建”工程项目。4 月 16 日，从陕西周至县楼观台朱鹮饲养中心引进的 10 只朱鹮运抵浙江省德清县下渚湖湿地，由此拉开了浙江朱鹮人工迁地保护暨野生种群重建工程的序幕。

第二年 11 月，德清县又从日本迎来了 10 只朱鹮，和董寨一样，它们是在日本生长，却具有“中国血统”的小朱鹮。

2014 年，德清野化放飞了第一批 33 只朱鹮。这批在自然山水中生活的朱鹮，次年便实现了成功繁殖。

截至 2020 年底，德清朱鹮种群数量已经达到 491 只。最令人惊奇的是，其中野外朱鹮有 159 只，而人工圈养的竟达到了 332 只！

这从一个侧面反映出浙江省的经济状况，它确实是大户、富户！

第三站，朱鹮来到了广州。

2011 年，广州长隆飞鸟乐园引进了朱鹮。

长隆凭借自身的地理和气候优势，还原了朱鹮原生态的生活环境。这里不仅植被丰茂，环境安谧，而且特意种植了高大的乔木供朱鹮栖宿，又专门挖出小水池，为朱鹮供养鲜活的小鱼虾。

为了保护朱鹮，长隆飞鸟乐园采取了一个出乎所有人意料的措施——足足7年时间，他们始终不对外展览朱鹮。7年后，他们确认方方面面都有了把握，这才终于向游客们揭开了朱鹮美丽的面纱——这已经是2018年7月11日，落户长隆的朱鹮已经繁殖出了第三代儿女。

截至2020年底，在侧重人工饲养和科普观光的中国各地的动物园中，北京动物园有50只朱鹮，其他动物园一共有50只朱鹮，而广州长隆飞鸟乐园则有160多只朱鹮，成为拥有朱鹮最多的动物园，并借此形成了朱鹮在华南地区最大的种群。

第四站，朱鹮来到了四川乐山。

2015年，国家濒危野生动植物种质基因保护中心、董寨国家级自然保护区、四川峨眉山生物资源实验站经过协商，共同组建了“四川省峨眉山朱鹮饲养繁殖技术研究中心”，通过科研协作的方式，推进朱鹮在西南地区的种群重建工程。

次年，四川省峨眉山生物资源实验站陆续从河南董寨、陕西楼观台、浙江德清引进了50只朱鹮。

截至2020年底，四川乐山共有人工繁殖的朱鹮120只，这还不包括引向四川沐川县的63只。

……

就这样，从陕西洋县、周至、宁陕，到河南董寨、浙江德清、广东广州、四川乐山和沐川，朱鹮以日益蓬勃的趋势向四面八方扩展。尽管在个别地区，这种扩展还暂时局限在人工饲养和人工繁殖的范围内，但可以预言，在不久的将来，朱鹮在那里同样会以蓬勃而自由的姿态野化放飞，翱翔山林。

秦岭以北的美丽展翅

当朱鹮美丽的身影挟风裹云，在中国大地一路飞翔时，时任陕西省林业厅厅长的李三原满怀希望地提出：朱鹮能否在西安周围尝试放飞？

2012 年 12 月，在陕西省林业厅的委托下，由路宝忠、常秀云、于晓平、高学斌和金学林等人组成的专家团队，先后在周至县的田峪河湿地、就峪河湿地、黑渭湿地，西安的浐灞湿地、泾渭湿地和铜川市耀州区的沮河流域进行了考察。

考察结果，专家们一致认为，铜川市耀州区沮河流域是秦岭以北地区朱鹮再引入的最佳区域。

一个小插曲是，当专家们意向明确地认定铜川最适合引入朱鹮时，许多人难以置信。

多少年来，铜川一直被称为“煤城”，城市形象备受诟病。这是一座因矿而建、因矿而兴的城市，高峰期仅煤炭开采企业就达到 500 多家，再加上建筑石料企业 400 多家，水泥企业 30 多家……作为能源的主要供给地，铜川赢得了声誉，却也付出了沉重的代价。许多人至今记得，截至二十世纪八九十年代，每当汽车从铜川经过，就会扬起冲天灰尘，以致行人的白衬衣领口很快会变黑。用遍野尘垢来形容当时的铜川，一点儿也不过分。

直到 2009 年，铜川市被国务院确定为资源枯竭城市，才终于迎来了环境治理的转机。

幸运的是，铜川煤炭开采对环境造成的只是物理污染①，而不是化学污染和大面积的水质污染。但无论如何，在相当长的一段时期，脏乱差都是这座城市的“特色”，如今环境治理不过几年，真的可以放飞朱鹮吗？

质疑的声音太多了！

常秀云说：

“铜川放飞前，我们去北京参加答辩，有专家就不同意在铜川放飞。当时我们还针对铜川做了一个河流多样性调查，结果发现铜川的鱼塘比较多，比如沮河流域有不少荷塘，荷塘里有很多螺、虾、贝等水生动物，这是事先我们完全没有想到的。”

---

① 所谓物理污染，是与化学污染区别而言。这里专指煤炭所造成的污染。煤炭颗粒遇水后，尽管有污染水质的一面，但也有沉淀微粒甚至淀清水质的一面。它与化学污染对鸟类造成的毒害是完全不同的。

常秀云心系朱鹮，所以很快就抓住了关键点：河流、鱼塘、水生物、伴生鸟、乔木。

历史上，铜川曾经是朱鹮的分布区，如今随着生态环境的改善，沮河流域已经出现了多种朱鹮的伴生鸟——白鹭、苍鹭、黑鹳等。不仅如此，新世纪的第一个十年以来，陕西加快林业生态建设，森林覆盖率迅速提高，大体上以铜川为界，绿色林带径直向北推进了400公里。黄土高原的“黄”，已经迅速被“绿”替代，这就为野生动物提供了最好的生存大环境。

2013年，朱鹮正式在铜川放飞。

放飞数量32只。

之所以选定这个数字，是因为2013年是发现朱鹮第32年。如果说除过纪念意义，那么另一个因素就是：第一次放飞的数量大一些，有利于形成稍大些的朱鹮群体，以便它们互通讯息，取长补短，更好地适应野外环境。

放飞时间是7月3日。

这是放飞朱鹮最好的时间段。如果再早，朱鹮还处在繁殖期；再晚，冬季将很快来临。盛夏7月初，气候温暖，食物丰盛，又恰逢朱鹮的游荡初期。在这个时间段放飞它们，可以让朱鹮有更充裕的时间来调整自己，熟悉周边，适应自然。

放飞地点选在了铜川市耀州区柳林林场的场部。

常秀云说：

“这些放飞的朱鹮，都是我们精选出来的。它包括了不同的年龄结构，适当的雌雄比例，也包括比较远的血缘关系和比较好的外形条件，像身体健壮和外形优美的，我们就首选。还有一些事前的工作，比如适应性训练，佩戴野外观测环志和信号发射器，等等，也都事先做好。朱鹮迁移过来以后，首先进行30天左右的训练，让它们增强觅食、飞翔、躲避天敌的野生能力。”

常秀云接着说：

“要感谢铜川市野生动物保护站。为了保证朱鹮能更好地适应当地的气候和环境，他们特意修建了一个大网笼。朱鹮来到这里后，全部采取先饲养，后放飞的方法。这对朱鹮是一种保护，对提高野化放飞的质量是一种保证。”

终于到了放飞的这一天。

常秀云记得很清楚。那天，水池里的水是经过净化的。饲养员进入网笼后，拿着扫帚，轻轻地转圈，用悄然不觉的方式把朱鹮往网笼外赶。朱鹮毫无戒备，慢吞吞地朝前走，直到走出网笼外，才陡然警醒。它们站在原地，不解地朝四周张望，好一会儿，才张开双翅，一只接一只地飞上蓝天。

那天是电视直播，画面非常精彩。

常秀云为我们讲述朱鹮的放飞情景时，时不时笑出了声。她告诉我们，她在野化放飞的实践中，积累了一些小知识、小窍门。这些小知识、小窍门都不是什么关键技术，但是很有必要。举个例子，在铜川放飞朱鹮以后，第二年又在宝鸡千阳搞了一次野化放飞，效果就不如铜川。之所以不如，是因为当时大家都考虑的是朱鹮放飞的核心技术问题，没有去注意其他细节，比如朱鹮的“颜值”。

我们听得入神，也觉得不解，朱鹮的“颜值”还用得着考虑吗？鸟类的公主，天生的高贵。

常秀云直摇头：“不行。千阳那次放飞不行，朱鹮‘颜值’很低。”

“为什么？”

“因为网笼里的池子是脏的，有水有泥有泥鳅。朱鹮在水池里觅食，踩来跑去，满身都粘着黄泥，湿漉漉，脏兮兮，所以放飞的时候，一个个拖泥带水，灰头土脸，狼狈不堪……”

我们想象到朱鹮那种模样，忍不住都笑起来。

“铜川的为什么漂亮？”

“因为他们特意清理了水池，没让泥水和水生物搅和在一起，所以放飞的时候，朱鹮既优雅又干净，确实招人喜欢。”

“其他地方怎么样呢？”

“浙江也不行。”常秀云说，“我是浙江朱鹮那边的技术顾问，论证的时候去了几次，但是我看电视直播放飞的时候，发现他们把事情想简单了……”

“哪些地方想简单了？”

“朱鹮有自身的特点，也有生活中的禁忌。浙江放飞的时候，他们在朱鹮网笼的四周挂了一些红绸彩带，本来这是为了渲染喜庆氛围，但他们不知道朱鹮害怕红色，结果红绸子一挂，朱鹮死活不朝笼外走，赶都赶不出去。当然之所以不出去，还有一个原因，估计你们想不到。”

我们都惊奇地望着她，在朱鹮的知识上，我们是零，不是想不到，而是连想象的基础都没有。

“朱鹮之所以不朝外走，是因为饲养员心肠太好，把它们喂得太饱了。”

我们都有些发怔。

这确实令人意外，喂饱了竟会产生负面作用。难道给朱鹮喂饱些，不正好为它们的放飞助力吗？

“不是的。”常秀云说，“喂得太饱，朱鹮就没有动力起飞了。结果从早上九点一直到下午四五点，整整七八个小时，朱鹮肚子不饿，赖在网笼里死活不往外面去。直到五点以后，才总算展开翅膀，飞向了大自然。”

或许是因为环境，或许是因为气候，再或许，放飞的 32 只朱鹮并不都是适育的年龄。总之，铜川放飞后第一年，朱鹮只建起了一个巢，孵化出两只小朱鹮。

即使这样，大家仍然感到欣慰。

毕竟，这说明朱鹮是能够在铜川生存的。

2015 年，又有 30 只朱鹮从楼观台运到铜川来。这使铜川放飞的朱鹮达到了 62 只。基数的增加让所有人心里都有了安全感，也生出更大的期待。

到 2020 年，这 62 只野化放飞的朱鹮先后繁殖出 85 只“铜川籍”朱鹮。

铜川地处西安以北，是关中平原逐渐融入黄土高原的连接地带。朱鹮能够在这里展翅，意味着它终于从秦岭之南走向了秦岭以北，这是中国生态环境的荣耀，还是自实施朱鹮保护工程以来一个非常突出、非常耀眼的高光时刻！值得所有朱鹮保护工作者自豪！

在秦岭北端放飞朱鹮的地点还有宝鸡。

2014年，朱鹮首次在宝鸡市千阳县千湖湿地自然保护区放飞。

六年以后——2020年4月18日，千湖湿地自然保护区的鸿沟朱鹮繁殖区，一对朱鹮陆续产下了四枚卵，这是当地六年中首次出现一窝四卵的现象，创造了湿地保护区的历史纪录。

保护区管理处副主任郭红说："以前，我们这里的朱鹮产卵有时只有一枚，最多两三枚，这次朱鹮夫妇一次产下四枚卵，我们都很意外，也觉得兴奋。"

更令人兴奋的是：通过环志发现，这只年轻的朱鹮妈妈与铜川还有着千丝万缕的联系。小朱鹮的爸爸是千阳2014年放飞的朱鹮个体"Q01"，而妈妈则是铜川2018年才出生的"024"。

妈妈是个体自然扩散到千阳的。

尽管雌性朱鹮的个性特点就是扩散，依然难以想象，一只出生仅两年的雌性朱鹮，孤零零地从铜川向西，如何独自飞越将近300公里，一路鸣叫着向自己并不熟悉的领域飞掠。它最先于3月16日在千湖湿地被人发现，从此在这里悠闲地生活，热烈地恋爱，幸福地成家。这只远道而来的雌性朱鹮，用它桀骜不驯也自由自在的飞翔，表明了野化放飞的朱鹮已经有能力实现跨区域的流动!

"朱鹮公主"的心声

采访中，几乎所有被采访者说到常秀云，都照例要向我们介绍一句："她有个绰号，叫'朱鹮公主'。"

我们了解到，获得这样一个高雅的称号，很不容易。

早在1983年，年轻的常秀云就受省林业厅动管站的委派，单枪匹马去了姚家沟，对一只小朱鹮的意外死亡进行调查。后来，她又跟着史东仇没日没夜地观察和研究朱鹮。再后来，她亲自参与并组织了宁陕的朱鹮野化放飞。采访中，每当讲到朱鹮，讲到姚家沟，讲到野外观察，讲到宁陕放飞，包括铜川、宝鸡，甚至浙江等地的放飞，她都兴致勃勃，笑声连连。那种感觉，朱鹮就是她可爱的孩子。

但是我们同样知道了，自2013年以后，她就不怎么去宁陕了。不去宁陕的原因，我们也做了些了解，但了解得很浅表，很初步。于是见面后，我们当面向她提出了问题：为什么后来不怎么去宁陕了？

她没有回答，只是叹了口气。

我们锲而不舍：为什么呀？

常秀云犹豫了一下，终于开口："2007年那次放飞很成功，连国家林业局的贾治邦局长都来了，他特别高兴，也特批了960万元的资金。当时洋县已经成为国家级的朱鹮自然保护区了，我们就想在宁陕也申请一个以寨沟为中心的高级别的自然保护区。谁知事情的变化出乎意料……"

她停住口，又是长长地叹气。

原来，那960万元资金是常秀云和宁陕县县长以及林业局局长拿着贾治邦的批文，去林业部计资司要到的。本来要的是2000万元，后来给了960万元。常秀云觉得这也很不错了。拿这些钱先把几个保护站、保护点的基础设施做起来，比如盖几间房子，聘一两位巡护员。她和同事们商量，按照朱鹮常去的地方先建四个保护站，每个站盖一两间房子，整个计划完成后，大致就会和洋县差不多。无论从近期还是从长远，也无论从保护朱鹮的角度，还是从有利于百姓的角度，这都是一件功德圆满的好事情，是一种双赢。

谁知计划还没来得及实现，水田不见了！

问：为什么会不见了？

答：因为当地老百姓听说我们拿到了960万，就以为是要给他们赔偿，结果整个寨沟的农民很快把水田改成了旱地，种上了银杏等比较值钱的树木。你想嘛，水田消失了，朱鹮连觅食的地方都没有了，它还能待得住吗？所以我一下子傻了，做梦都想不到呀！

问：这是什么时候的事情？

答：2011 年和 2012 年。

问：您是怎么发现的？

答：我去了呀。那时候我常去寨沟。也就是一两个月没去吧，心里还想着天气暖和了，是不是该插秧了。没想到去了以后才发现，没水田了。地里都是些大木桩子。银杏树太大，农民怕栽不活，所以把树枝都锯掉，结果看着就像一个个大木桩子戳在那里。

问：栽大树就是为了多得赔偿吗？

答：对，就为多得赔偿。当时我心里“哎哟”一声，什么话都说不出来了。你想嘛，要来这笔钱谈何容易。这笔钱又可以办多少事情呀！朱鹮是世界珍禽，如果朱鹮保护好了，尤其是建立起自然保护区了，最终对全村每个人都有好处呀！为什么要这样短视？你搞成这样，让人怎么办呢？

问：后来您怎么处理这件事的？

答：我没有处理，也没有权力去处理。我只是心疼。眼看着一个可以到手的保护区就这样弄不成了，这太让人痛心了。不瞒你们，我站了半天，气了半天，最后转身走了。不走也不行呀。这样做事，这样一种追求，你怎么朝下做呀？

常秀云讲到这里，声音有些发哽。

我们完全理解她的心情，都默默无言。

好一会儿，我们才重新进入话题。

问：后来呢？

答：后来我就很少去那里了。事实上，宁陕放飞是很成功的，很短的一段时间内，子一代、子二代都健康繁殖出来了，我本来对宁陕抱有很大的希望，后来不行了，心凉了，凉透了。

问：现在宁陕的朱鹮是什么情况？

答：也还好吧。我不是特别了解。在怎样野化放飞朱鹮上，我和宁陕那边理念上有些区别。

问：是什么区别？

答：宁陕坚持的是，放出去的朱鹮就不再给它们投食了。他们这个观点，跟日本人的观点是一样的。但是我有不同看法，我觉得至少在初期还应该投食。为什么？因为中国保护朱鹮成功的经验，就是一方面努力恢复它的栖息地生态，一方面在条件还不具备的时候为它提供一些人工帮助。

问：能说得更具体些吗？

答：比如朱鹮在越冬期和繁殖期，食物会比较短缺，这时候人工投放一些它所需要的食物，帮助它在过渡时期能够生存，对它的生长是很有好处的。当初在姚家沟是这样，到三岔河还是这样。这是我们长期实践获得的经验呀。包括宁陕的朱鹮，为什么最初繁殖得那么好，就是因为投食了呀。

问：宁陕为什么会产生另一种思路呢？

答：这里面原因就复杂了。各人的感觉、实践经验、理论基础，包括认识和思路都是不同的。其实就我本人来说，并不是绝对反对不投食，而是要区别情况，要区别时间、地点、条件、环境。所有的理论都不可能囊括一切，也都不是一成不变的。当种群建立起来了，自然环境恢复十年八年了，生物量够了，那就完全可以不投食。比如洋县现在就不投食了，城固、佛坪也都不投食了。铜川是刚刚开始不投食，但是最初不行。我们放飞朱鹮为什么首先要找环境？你到大戈壁滩上去放飞行不行？当条件还不完全具备的时候，通过一些人为的措施来帮助朱鹮适应环境，这不是娇惯它，而是让它先生存下来，等它建立起放飞以后的自然种群后，再逐渐减少投食，最终实现完全不投食。这样对朱鹮的健康成长更有利，这是我的观点。

问：寨沟后来你还去过吗？

答：去过。很少。

问：和从前相比，现在寨沟的朱鹮多吗？

答：差远了。原来寨沟我一上去，至少有十几只朱鹮，都在水田里，或者在荷花池里。现在上去，最多就是一两只。这一两只主要的觅食地还不是原来保留下来的那几块水田，而是放飞基地那个地方。

问：为什么朱鹮会待在放飞基地？

答：因为那里还有部分人工喂养的朱鹮呀！工作人员每天洗池子，会清洗出来一些死泥鳅什么的，放飞的朱鹮就去那里觅食。我去年去看了一下。宁陕繁殖的朱鹮都扩散到石泉、镇安，甚至汉中汉台等地方去了。

问：扩散的主要原因是什么？是缺少食物吗？

答：核心是缺少食物。鸟和人一样，以食为天。没有食物的话，它肯定就扩散了。有些鸟生存能力很差，有些鸟本身身体很差，结果只能饿死。那些有体力也有飞翔能力的，就自然扩散了。朱鹮其实非常聪明，比一般的鸟都聪明，它会拼命去找到适合它栖息的地方，也会拼命去找到适合它觅食的环境。

常秀云告诉我们：有一个挂靠在陕西省野生动植物保护协会的项目，是她从日本募集来的，主要是为朱鹮提供饲料费用。费用划拨的重点是洋县、宁陕、铜川和楼观台。这个项目是日本新潟县环境生活部辖属的朱鹮保护委员会捐助的，每年给中国捐助 250 万日元。汇率高的时候，这笔钱可以兑换 20 多万元人民币；汇率低的时候也能够兑换十几万元。省野生动物保护协会每年都会把这笔钱分下去，实报实销。尤其像铜川、宝鸡这些没有列入自然保护区，经费得不到保证的地区，协会每年都会给他们费用上的支持。

常秀云说：日本人做事很认真，很专注。饲料费就是饲料费，钱没问题，一分不少地给你，但手续不能马虎。包括为朱鹮买肉，买面包虫的发票都要复印清楚，由协会写出文字报告，再附上发票，包括经手人是谁，齐全以后给日本寄过去。这件事已经持续二十多年了，从未间断。

相当长的一段时间内，常秀云都在协会负责对外交流工作。她去日本期间，还曾经与日本的朱鹮志愿者一同走上街头募捐。她告诉我们，原来还有一个 500 万日元的项目，主要是帮助中国朱鹮的工作人员购买望远镜、摩托车等野外设备。这个项目也持续了十几年，后来随着设备的逐渐齐全，现在已经停止。这些项目都是她当年通过协会，以保护和研究朱鹮的理由向日本申请的，申请的过程非常不易，但是一旦申请下来，就年年按期给，从不间断。

随着年龄的增大，常秀云后来辞去了协会的职务，专职做朱鹮的业务技术顾问。经常这里跑跑，那里跑跑，但她的忧患意识始终如一。

她说：

“朱鹮虽然现在已经有 5000 多只了，但仍然是一个极小的物种，如果把各只朱鹮多样性的遗传基因白白浪费掉，就太可惜了，所以我主张还是要适当地进行人工干预。当然，这种干预要适度。如果朱鹮放出去以后，一年四季都投食，我同样不赞成。但是在它食物比较短缺的关键时段，或者在它繁殖期间，为它补充一些野外的食物，就很有必要。总而言之，要先让它活下来。

“日本曾经有一只雌朱鹮从佐渡岛飞到本州岛，但四年中只有这一只，再没有其他。朱鹮本身是一个极小物种，非常珍稀。不管朱鹮的身体状况如何，不管它能力如何，它的遗传基因一定要保存下来。至少要让它生育几个后代，把遗传基因保存在地球上，永久永续地保存下来。这非常非常重要。具体到我们陕西，千万不能因为朱鹮多了，就麻痹，不重视。否则我们迟早会后悔。”

当我们结束对常秀云的采访时，内心都很感动，有一种复杂而美好的感觉。

四十年了，她和许多同时代的护鹮人一样，在保护朱鹮的工作中付出了心血，流下了汗水，走过了弯路，也积累起经验。当我们在新的历史阶段、面临着新的问题和新的挑战时，听听她讲述以往，听听她对朱鹮现状的理解和剖析，是非常必要，甚至是非常重要的。

两种方法　多种结果

我们很快采访了李夏。

我们已经熟悉了李夏的名字，甚至事前就看到了人，是在中央电视台拍摄的《大家》栏目里看到他的。

2008年4月27日，也就是王锦蛇上树缠住小朱鹮那天，李夏听见常秀云的喊叫后，先是架着梯子往山上跑，之后自己往树上爬，又用肩膀支撑着另一名工作人员，力争让他站在更高的位置，用竹竿把蛇挑下来。后来，当他听到常秀云从望远镜中看到了活着的小朱鹮时，第一个跑到望远镜前观看。

所有这一切，都被中央电视台的记者用摄像机拍摄下来了，尽管那些珍贵的镜头经过剪辑，只是一个个断面，但我们看过后，对他的印象仍然深刻。

采访之初，我们并不知道镜头里那个眉清目秀、穿着迷彩服的小伙子就是他，也不知道他是从宁陕寨沟开启了守护朱鹮的征途的。更不知道十四年过去，他已经担任了陕西省宁陕朱鹮野化放飞基地管理站的站长。

我们向李夏提出的第一个问题是有关朱鹮数量的。

据我们粗略地了解，眼下宁陕人工饲养的朱鹮大约有30只，野外生存的数量大约150只。作为中国第一个异地放飞的区域，我们感到困惑，为什么时间已经过去了十多年，这里无论人工饲养还是野化放飞的朱鹮数量都不够多呢？

李夏告诉我们，宁陕人工饲养的朱鹮数量和我们知道的差不多，在30到40只左右，但是野生朱鹮不止150只，而是199只。

我们问：这199只是仅在宁陕的，还是包括了从宁陕扩散到外地去的？

不包括。李夏说，如果把扩散到汉阴、石泉、汉滨、镇安和柞水等地的都加上，从宁陕繁衍出来的朱鹮大约还要再加100只。宁陕前后共放飞了56只朱鹮，如今总体上有300多只吧。

我们顿时释然。

总体数量达到300多只，意味着宁陕是仅次于洋县的、国内野生朱鹮数量的第二名。这个名次，与它是朱鹮野化放飞的试验区和首个放飞地相匹配。

当然，这样去衡量成就，多少有些片面，有些机械……毕竟，数量的多少不能说明一切。各地的环境不同，条件不同，朱鹮的数量就一定会有不同。试想各地真的没有了差异和区别，真的实现了整齐划一，那会是一种什么情形？那除了弄虚作假，形式主义之外，就只能说明缺乏承担，不敢求实！

……

李夏告诉我们，之所以宁陕的人工饲养数量维持在30只到40只左右，有两个原因。一个原因是经费。宁陕没有固定的保护朱鹮的经费来源，所以不敢养得太多，也没有能力养太多。第二个原因是努力的方向。他们是把人工饲养的朱鹮当成野生朱鹮去饲养，无论繁殖还是育雏，都尽量减少人工干预。他们的理念就是让人工饲养的朱鹮尽快恢复野生朱鹮的本性。

我们都专注地听着。虽然话题还没有完全展开，但他讲的内容正是我们需要知道的。

李夏说：

“为什么我们急着让朱鹮恢复野生动物的本性？

“我举个例子你们可能就会理解。按照常理，孵化下一代是朱鹮爸爸妈妈的天职，但是由于现在人工干预太多，反而使得它们不会养孩子，甚至不习惯养孩子了。比如有些成鸟孵化到一定程度就不耐烦了，只要小鸟一动一叫，它就把小鸟啄死，结果雏鸟的成活率就很低，所以十年前我们就下决心不再人工孵化，让朱鹮自己去做它该做的事情。失败就失败了，让它自己去体验去总结。只要朱鹮逐渐恢复了成鸟的本性，它们会比我们更着急。从本性上来说，它们肯定特别想孵出自己的孩子，问题是现在它们不懂了，不会了，想孵化孩子也不知道该怎么去孵了。怎么办？只能通过它们自己的努力，在这个问题上，我们再努力，也代替不了它们。

“再说雏鸟。

“人工孵化器里孵出来的雏鸟，从出生到成长都始终没有见到父母，也没有感受到父母的存在，更不可能从父母身上学到丝毫生存和觅食的能力。我们在饲养过程中发现，越是不让朱鹮自己去生养，朱鹮的生存和繁殖能力就越退化。所以我们就下狠心放手，尝试着让它们自己去做。刚开始这些朱鹮特别依赖人，根本不像野生动物。野生动物见到人，见到天敌，它都有一个应激反应，比如不安地行走，惊恐地鸣叫，直到主动躲避，甚至张翅飞开，但是人工繁育的朱鹮没有。即使有，也非常弱，所以我们对人工饲养的朱鹮最先训练的内容不是别的，而是与人保持距离，仅仅这一点就训练了三年左右。”

李夏至今记得，有几只野化放飞的朱鹮，已经完全改变了原本的生物习性。它们几乎形成了条件反射，到时到点，就飞回来吃食了。有时候，你投食晚了，它们还主动来催。

我们问怎么催？

“就在基地办公房前面的树上大声叫，一个劲儿叫。要是你还不理它，它就干脆飞下来，在院子里来回走，一边走一边大声叫，感觉它愤怒不已。”

我们全笑起来。

“只要你拿着喂食的桶一出来，它马上不叫了，马上乖乖地跟过来了，就像养鸡场喂鸡一样。”李夏说，“正是这样一种越来越强的依赖，让我们意识到问题的严重性，所以下决心不再给它投食。”

“这个过程不容易吧？”

“肯定不容易，得下狠心。”李夏说，“我们狠着心让它饿。只有饿，才能激发出它最大的潜能。当然，这个过程也确实残酷。这几只朱鹮我们停止投食以后，大概两个月左右吧，全饿死了。”

我们都怔住了。

“你怎么确定是饿死了？”

“我找到了它们的尸体，很瘦很瘦，其中有一只送检后，胃里连食物的残渣都没有。”

我们一时都说不出话来。

大自然多么仁慈，多么宽厚；大自然也多么狭隘，多么残酷。优胜劣汰，物竞天择。作为人类，我们唯一能做的，可能就是接受它，尊重它，并期待朱鹮在宽厚而狭隘、仁慈而残酷的环境中奋斗……只是……只是这些朱鹮毕竟已经与人类长期为伴，毕竟它们这样一种缺乏能力的行为是人类培养和造成的，如今中途撒手，眼睁睁地看着它们丧失生命——那一瞬间，我们突然深切地理解了常秀云眼中的泪水，深切地理解了她的悲悯，甚至愤怒。

好长时间，我们才再次开口：“朱鹮自己孵化育雏，成功率高吗？”

“开始的时候不高。甚至可以说很低。好的时候百分之三四十，有时候才百分之十左右。”

“既然成功率这样低，为什么你还坚持用这种方式呢？”

“因为我一直在思考，人工饲养朱鹮的终极目的是什么。”李夏仍然是那么冷静，“即使是尝试，我们也非常想采用野外的生存方式去‘饲养’笼中的朱鹮，想让它们尽快地、无限地接近野生状态。其实后来的实践证明我们这样做是对的。”

“对在哪里呢？”

“这样的朱鹮放飞后，生存能力要强得多。”李夏的口气充满自信，“至少从目前来看，我们宁陕的野化放飞可以说是世界上最成功的！目前，我们野生朱鹮的繁殖率在70%左右，而且每一年野外的巢都在增加，包括每年成活出飞的朱鹮都在同步增加，这不是夸张，所有增加的巢和出飞的雏鸟都是肉眼能够看到的！”

此前我们已经听常秀云讲到过李夏，她告诉我们，李夏是个很不错的年轻人，特别能吃苦，至今十几年如一日地在做野外巡护工作，对宁陕朱鹮的情况，他了然于胸，最有发言权，唯独在朱鹮投食的问题上，他们的认识不同。

就这个问题，我们同李夏展开了讨论。

问：宁陕是从什么时候不投食的？

答：2009 年。2008 年我们还在投食，2009 年就不投了。

问：是什么原因使你们不投食？

答：不是说了吗？这些朱鹮太依赖人工投食了，结果是什么？是它们虽然从笼子里飞出去了，但人工投食又成为一道无形的网笼，还是把它们关起来了。当然，我们也不是绝对不投食。在冬天，在下大雪的时候，我们也会偶尔和零星地投那么一点儿。

问：那就是说，你们也在投食和不投食之间选择？

答：当然要选择。其实我们并不是一概反对投食，完全可以投食，今后仍然可以投，但是什么时候投？投多少？适当投食的这个适当应该怎么理解？我们也在投食的过程中不断反省，不断探索。我们当时的想法其实很简单，就是努力把它们推出去，让它们自己去寻找生存的地方，并且把各自的生存经验带给其他朱鹮。我们不局限自己的领域，不认为宁陕放飞的朱鹮，就一定要待在宁陕。我们的想法是，虽然放飞地在宁陕，但是它们可以随便去哪儿，哪儿适合它们生存就去哪儿。我们去监测、去观察它们就行了。坦白地说，我们的朱鹮确实扩散得比较厉害！有扩散到商洛和安康汉滨区的，有扩散到石泉、汉阴和佛坪的，甚至有飞回洋县去的。

问：你怎么知道它们飞回洋县了呢？

答：有环志呀。95% 都有环志，所以很好确认。扩散是野生动物的本能，朱鹮的扩散是正常现象。刚开始听到宁陕的朱鹮扩散到外县了，我们心理上也有些难以接受，宁陕作为第一个野化放飞的试验区，是有历史意义的，但是我们也清楚，宁陕属于高山地区，虽然从前水田面积比较多，但是朱鹮的栖息地环境不能局限于水田。

问：为什么？

答：如果局限于水田，那么每年的7月底到9月初，水稻长密了，又没有收割，这时候朱鹮就没有觅食地了。所以恰恰还需要小溪、河流、湿地来补充，要具有多样化的觅食环境和食物类型，这样朱鹮的营养才是全面和均衡的。

问：听说寨沟把水田都改为旱地了？

答：是的。改了不少。

问：具体能占到多大比例？

答：没有统计过。当然也还有一些农民在坚持种水稻。这个事情我们也很恼火，也去做工作，可是不顶用。

问：为什么不顶用？

答：你去干预他，不让他种。你就得从经济上赔偿他。我们哪有这个能力呀！所以我们也头痛。后来我们也了解到，农民不想种水稻的原因也比较复杂。有些家里只有老人儿童，青年人都外出务工了，他们缺少劳力种水田，就改种玉米了。再加上城市建设，好多建设规划都把水田占用了。总之，是各种因素交织在一起了……

采访李夏，使我们陷入了沉思。

生活是多么矛盾，工作又是多么复杂，很难用简单的一句话甚至几句话来判断对错。

常秀云说得好，作为朱鹮的研究和保护者，每个人都有自己的实践经验和理论基础，在学术问题上，可以百花齐放，和而不同。起码作为外行的我们，听了半天，觉得投食有投食的道理，不投食也有不投食的道理。

再想想，无论常秀云还是李夏，其实都既有区别点，又有共同点。比如常秀云说，她并不是一概反对不投食，而是要区别情况。要区别时间、条件和环境，要让朱鹮有个适应和过渡的过程；而李夏同样说，他也不是一概地反对投食，他们主要考虑的是什么时候投？投多少？适当投食的这个适当应该怎么理解。

显然，生活中非常重要的是“度”，最难把握的同样是“度”。他们的“和”，是在保护朱鹮、促进朱鹮回归大自然这个大目标上；他们的“不同”，是在“度”的权衡上。而恰到好处的“度”，是需要在长期和反复的实践中才能探索出来的。

我们注意到，关于投食不投食的选择，各地的思路不同，做法也不同。

洋县是保护朱鹮的第一站。野生朱鹮数量少的时候，他们一直是辅助性投食的，目前洋县野生朱鹮数量已经超过 4400 多只，他们不再投食了。

铜川起初也是投食的，目前野生种群数量已经过百，正在停止投食。

宝鸡和铜川一样，刚开始投食，现在不投食了。

我们还专门了解了河南董寨的情况。接受采访的是董寨管理局副局长、林业高级工程师朱家贵。当初就是他通过查阅大量资料，坚定地认为董寨有条件也有能力把朱鹮引进去。

朱家贵告诉我们：“董寨早就不投食了。我们只有第一年，也就是 2013 年放飞的时候投食。当时是冬天，朱鹮的饲养员已经跟朱鹮有感情了，总怕朱鹮饿着，所以就做了两个预案，一个是投食，一个是不投食，后来还是投食了。但是专家也告诉我们，这是小慈悲，只要给它投食，它的依赖性就比较强，反而不利于野生种群的成长。所以后来我们就总体不投食了。”

我们问：“不投食以后情况怎么样？”

“还不错。繁殖得挺好。”

……

两条思路，两种办法，却有太多不同的选择。

我们没有能力来判别哪一种办法和思路更正确。其实，也没有必要去判别。各个地区的环境不同，气候不同，生态特点不同，是不可能用一种万用万灵的对策去套用的。每个地区只能根据自身区域的特点，进行合理的规划，进而在各自相对独立的实践中去寻求答案。在这个问题上，最重要的不是具体的投食不投食，不是投多还是投少，而在于做任何事情，都要求实、求是。

探索与牺牲

采访李夏时，他为我们讲述了许多平素工作中积累起来的感悟和观点。

问：你刚才说，朱鹮既然是野生动物，就应当尽可能让它处于野生状态，这句话的内涵很丰富，我们该以一个怎样的向度去理解？

答：就直面理解。朱鹮该是什么状态，就让它处于什么状态。比如春季它该在哪里觅食，秋季它该在哪里游荡，包括冬季它该在哪里越冬，这些问题都是它自己的，也都由它们自己去解决。

问：这样做不怕出问题吗？比如死亡率怎么掌控？

答：刚开始朱鹮的死亡率和失踪率确实会有点高，但是要看长效。我的体会是，真正坚持下来以后，效果其实很好。鸟儿也是互通的，遇上灾难，只要有三四只朱鹮知道了、学会了怎么应对，那它们的后代也就懂得了。所以我总是觉得，2007 年我们放飞的那 26 只朱鹮，是勇者，是探路的。探路就会牺牲，它们的死亡率确实比较高，但它们也会给其他的朱鹮提供生存经验。其实，我们一开始的理念和方法就是这样的。

问：那 26 只朱鹮的死亡情况都有哪些？

答：多了。有被高压电击死的，有因为虚弱被老鹰吃掉的，有活活被撞死的，还有在河流里觅食，头卡在石头缝里出不来而死的，当然也有找不到食物最后饿死的。

问：26 只朱鹮中，现在还有活的吗？

答：没有了。

问：最后一只是什么时候死的？

答：今年 3 月份。

问：你怎么确定？

答：我最后一次见到它是 3 月 12 号，后面就再也没有见到了。

那是一对很稳定的繁殖个体，一般情况下是不会跟自己的配偶解散的，虽然它的年龄偏大了，但近几年的繁殖一直都很成功。我12号见到它时，它和它的配偶还在筑巢，但是巢筑好之后，它就再也不见了。后来，它的配偶又找到了另外一个配偶，那我们就基本可以推定，它已经死亡了。

问：你没有想办法去寻找吗？

答：没有。

问：为什么不去找一下呢？它身上佩戴着环志呢。

答：即使找到也没有意义了。我想的是，就让它从天地间来，再回到天地中去吧。我直接给它登记死亡了。

回答得干脆利索，却也多少让我们瞠目结舌。

我们转了个话题，询问李夏平素的工作。野外巡护都有哪些内容？是怎样进行的？

他告诉我们，每年的秋季，包括部分冬季是朱鹮的游荡期，这时候朱鹮会集群，在集群的过程中，没有配对的朱鹮会寻找自己的配偶。到12月份，朱鹮已经基本配对成功了，这些配对成功的朱鹮就成为他重点观察的对象。

他说，次年2月底，他已经能判断出这些配对成功的朱鹮大概会在哪里筑巢生育了。他要一边观察，一边确定这些朱鹮筑巢的准确位置以及产卵的准确时间，这些情况都掌握后，就可以推算出雏鸟出壳的时间了。当然，仅仅推算不够，一定要在这个时间节点中密切关注，雏鸟究竟有没有出壳，什么时候出的壳，因为务必在雏鸟出壳的第25天，为它们做好身体指标的测量并佩戴环志。佩戴环志的时间一般要控制在10—15分钟，之后迅速把雏鸟放回巢里，尽量不要让它们离开成鸟太久。

再下来，他要继续观察：成鸟会不会给雏鸟喂食，如果很长时间都不喂食，就只能把雏鸟拿下来，送到站上去进行人工饲养。

李夏说："不过这种情况还没有发生过。"

又过两三天，他会去把所有的朱鹮巢窝巡护一遍。

雏鸟生长到40—45天时，就可以出飞了。随着它们的翅膀长硬了，它们会越飞越高也越飞越远，这之后的观察就没那么细致了。这时候主要观察它们在哪里觅食，觅食的频次，食物量够不够等。这期间遇到受伤的、濒死的朱鹮，他们就要救助。如果朱鹮受的伤、生的病不足以影响它们生存，那就不管它，让它们去大自然里自行治愈。

采访中，李夏的不少想法都让我们觉得惊奇。

李夏说：

“工作中经常困扰我的是两个问题：第一，我们是不是对朱鹮有足够的了解？第二，朱鹮的能力真的已经退化到什么都需要我们帮助的地步了吗？可以说，这两个问题是我所有工作、所有想法、所有改变的基本来源，不管是野生朱鹮还是人工饲养朱鹮。”

为什么会产生这样的想法呢？

李夏说：

“我从事朱鹮观察保护这十多年来发现，朱鹮的生存能力并不是我们想象中那样弱。顺着这个发现继续想，我们人工饲养朱鹮的目的是什么？是恢复野生朱鹮种群。那么，恢复野生朱鹮种群的目的又是什么？是要发挥它们的生态价值和生态功能。如果朱鹮什么都要靠人的话，它的生态价值和生态功能还能发挥出来吗？

“有时候行走在山野里，我也经常会想，朱鹮的本性是我们现在所看到的样子吗？它是不是还有我们不了解、不知道的一面呢？我们又该如何去真切地了解它、去全面地知道它呢？或许在朱鹮已经没有了灭绝危机之后，还朱鹮最本真、最自然的样子，才是我们最该去做的。

“当然，这个过程肯定是残酷的，因为现在很多朱鹮都是用人工机器孵化出来的，它们已经成了温水里只负责无意识地活着的青蛙，和那些电箱里只负责产卵的小鸡一样，它们变成了数量的机器。所以，当需要让它们重新更换一种生存方式时，它们面临的挑战注定是非常艰难也非常残酷的！

“其实不光是朱鹮面临着挑战，我们同样面临着挑战。全世界的人都急切地等待着朱鹮数量的上升，只有我们自己清楚，我们不能一味追求数量，一定要追求质量，要让这些笼养的朱鹮拥有野生的状态和行为。我的指导思想很简单，就算笼养朱鹮，它也是野生动物，而不是宠物，我们不能把它当宠物养，更不能把它养成宠物。

“要说我目前的状态，我觉得比较好的一点是，我们的主管上级没有给我们下达硬指标，没有要求我们每年必须增长多少，成活多少。这样我们就可以根据自己的思路来实践。增长数量少，顶多年底考核时候不太好听而已，但是我知道我们的实践是有意义的。”

我们问他：“站上的工作忙吗？”

“当然忙。你得整天观察和跟踪朱鹮。它不歇，你就不能歇。基本全年都在外面跑。”

“除过宁陕，其他地方也要跑吗？”

“要跑。像汉阴、石泉、镇安等地，凡是朱鹮从我们这里扩散出去的地方，都要跑。”

“全站共有几个巡护员？”

“就我一个。”

“你一个？”

“对呀，全站一共四个人，三个人负责人工饲养，野外就我一个。”

“那你是四个人的站长？”

“对，四个人的站长。”

……

采访结束的时候，我们才知道，李夏出生于 1982 年，是安康石泉县人。算起来，在与朱鹮结缘的 2007 年，他只有 25 岁。或许因为父母都是医生，他从小耳濡目染地接受着治病救人的理念，如今也很自然地将这些理念身体力行地释放出来，只是，他救治的目标指向了“朱鹮”。

凑巧的是，我们在采访他期间，看到了一篇文章，发表于 2017 年 8 月 3 日的《安康日报》，题目为《我与朱鹮的十年》，作者李夏。

他是这样描述与朱鹮相处的十年的：

2007年5月30日，国家林业局、陕西省政府、陕西省林业厅、宁陕县政府和宁陕县林业局开始了一次大胆的尝试——建立朱鹮异地野化放飞试验基地。我有幸参与其中，现已坚守10年……10年，行程15万公里，我见证了38个朱鹮家庭的建立，193只朱鹮宝宝的出生，也看到了30多只朱鹮的生离死别……

我们一直在努力，因为一切才刚刚开始。

如今，又过去了四年，朱鹮依旧，李夏依旧！

值得一说的是，在整个采访过程中，我们接触到许多朱鹮保护的工作人员，也很自然地接触到许多朱鹮保护的不同观点。当我们讲到李夏或与李夏类似的观点时，有认同的，也有不认同的。

比较而言，不认同的人多一些。

我们认真请教，为什么不认同？

他们从各自不同的角度为我们讲述。归纳起来，核心是两点。

第一，朱鹮保护是一个渐进的过程，最终放归野外的终极目标谁都不怀疑，也都举双手拥护。但是怎样实现这个目标，却大有讲头。如果首先不是保护，而是任它死活，这个大目标就根本不可能实现。虽然对朱鹮的野化放飞不能只讲慈悲和娇宠，但同样不能只讲残酷，不能只讲物竞天择。毕竟，这是人类在朱鹮面临灭绝的特殊阶段对它进行的一场特殊拯救。这场拯救有许多极其特殊的情况，必须认真严肃地对待这些“特殊”。

第二，当初之所以将宁陕作为朱鹮野化放飞的试验区，是想让它承担起特殊的使命。这个特殊使命中非常重要的一环，是通过宁陕的野化放飞，在保证朱鹮异地扩展的同时，能够为其他地方提供种源。宁陕人工饲养和野外保护存在着经费少、人手少的现实困难，这完全可以理解，但是不能因为困难，就忽略了应当去争取的目标。从大的布局来说，朱鹮每隔两年就要向外放飞扩展，同时也就需要种源。如今问洋县要种源，洋县能够提供。但是宁陕能不能做到，就得打个问号了。如果连种源都缺乏，历史再引入这幕大剧该怎么往下唱呢?

应当说,这些观点从另一个不同的角度,又为我们打开了一扇新的窗户,让我们对如何饲养朱鹮的问题再认识，再思考。

其实，生活和工作就是这样，站在不同的角度，就会看到不同的事物，也会具有不同的认识,进而形成不同的观点,并促使一个人采取不同的行动。

现阶段的朱鹮保护究竟应当采取什么样的方式和策略?

未来的朱鹮保护应当怎样更稳妥也更合理地进行?

我们殷切地关注着，也热切地等待着。

第十章 朱鹮飞向世界

中国朱鹮是当之无愧的『友好使者』，也是当之无愧的『种群之源』，它们从中国出发，飞到了日本，飞到了韩国，人们都热切地期盼它继续振翅高飞，飞向亚洲，飞向全世界！

究竟是为什么

早在 1985 年 6 月，国家林业部就派出代表团远赴日本，与日本环境厅签署了《中日共同保护研究朱鹮会议纪要》。彼时中日两国在保护朱鹮的成就上相差悬殊——日本本土血统的朱鹮只剩下最后两只——除过雄鸟“阿绿”，再就是老奶奶“阿金”，而同期中国野生朱鹮则由 1981 年的七只，增加到 1985 年的二十只左右。

当年 10 月，中国将北京动物园饲养的雄性朱鹮“华华”借给日本，与日本的“阿金”配对。日本的“阿绿”则运到北京动物园，与中国雌性的“姚姚”配对。仅从这种悉心的交流中，我们就能体会到中日两国朱鹮保护工作者们的良苦用心。

遗憾的是，两对朱鹮均未配对成功。

下一步该怎么办?

没有人能给出答案。

次年 4 月初，以日本环境厅鸟兽保护课长佐野宏先生为团长的一行六人考察团，到洋县姚家沟、三岔河、金家河、黑峡等地对朱鹮的繁殖生态进行了为期一周的现场考察。

《陕西日报》于 4 月 15 日对这次考察进行了报道。

考察报道是《汉中日报》记者李斌写的。他用简洁的笔触，形象地描绘了考察团的实地调研场面：人迹罕至的密林里，重峦叠嶂，树木葱茏，山花遍野，溪流淙淙，日本考察团的队员们无暇顾及这些。此时恰值朱鹮的繁殖期，他们一心想追寻朱鹮产卵和育雏的踪迹。

很难想象，洋县朱鹮保护工作人员的工作环境和条件给日本考察团带来了多大的触动，人们能够看见的是：考察结束后，中日两国围绕朱鹮的合作行动立即展开并迅速落实。

1988年3月，中华人民共和国林业部与日本国环境厅在北京签署了为期三年的《中日共同保护研究朱鹮及栖息地计划确认书》。同年7月，双方又签署了《会谈纪要》和《备忘录》，日本国际协力事业团主动为中方提供了监测仪器、饲养孵化设备和汽车等一批物资，日方民间组织则捐款3300余万日元。

事实上，中日政府就合作研究朱鹮项目达成的一致协议是：中日双方各投资150万元（按人民币计算），合计300万元，作为三年的朱鹮研究费用。由于中方的150万元是将此前已经开支的款项包括在内的，因此协议上虽然有300万元，实际上真正落实的只有日方的150万元，这150万元既要用于基础设施建设，还要用于朱鹮科学研究，这意味着陕西朱鹮拯救工程是在经济窘迫的情况下起步的。

1989年6月3日，日本山阶鸟类研究所标识研究室主任尾崎清明先生和日本新潟县朱鹮保护中心的近辻宏归先生一行十人来到洋县，对三岔河、牯牛坪朱鹮繁殖地及沿途生态环境进行了为期四天的实地考察。或许此前在日本客人的心里，对中国朱鹮的发现和发展不仅有纳闷，有好奇，而且有疑问，但是当他们看到了成年朱鹮带着新孵出的雏鸟在山林间飞翔，在稻田里觅食；看到了天然的田园风光和优美的自然环境，尤其在三岔河野外一次性看到了八只朱鹮群体活动的情景时，心里就只剩下兴奋了。

尾崎清明说：

“1986年我在三岔河只看到繁殖卵和刚出壳的雏鸟，今年一次就看到这么大的朱鹮群体，这真是中国的骄傲，世界的骄傲啊！”

也还是1989年，日方为洋县筹建朱鹮饲养中心提供了部分交通工具，并资助25万美元。这笔资金，既解了朱鹮饲养中心的燃眉之急，也使得朱鹮的人工饲养及相关科研能够深入开展。

耐人寻味的一个细节是：在陕西省人民政府办公厅陕政办〔1989〕55号关于同意接收日本赠送汽车用于朱鹮保护的复函中，非常具体地对此类捐赠物资做出了使用规定：

为方便工作，同意一辆尼桑、一辆丰田越野吉普车留项目办使用，其他三辆汽车由陕西洋县朱鹮保护观察站使用。鉴于相关情况，除省上调拨给洋县人民政府一辆越野吉普车外，其余两辆（丰田越野吉普车、小货车）由朱鹮站使用。

为什么对车辆的使用要规定得如此具体，如此明确？

当我们今天回过头来阅读这些具体而明确的规定时，仍然能够感受到当时省政府的良苦用心——那一阶段，正是世界上一些发达国家对中国进行大力支持的时候，这其中很突出的一个特点是，凡退耕还林、恢复植被、实施自然区保护等项目，对方支持的都少不了高档越野车。而在不少地方，这些高档越野车首先被当地政府的领导们拿去使用了。

显然，从省政府的角度，要一门心思地堵住这个漏洞，全力支持基层。

在中方各级政府的支持和日方的大力资助下，彼时行政级别不高的朱鹮站却盛极一时。不少朱鹮站的老员工告诉我们：当时沙漠王子、巡洋舰这一类好车，连地委书记都坐不上，但朱鹮站的人能坐上。这样一种现象，让基层员工自豪极了！

积极支持中国开展朱鹮保护工作的除了日本外，还有德国。

1985 年，德国鸟轻公园负责人布莱姆来到中国，是直奔洋县朱鹮而来。布莱姆主动提出每年给中国林业部资助 300 万人民币，专项用于中国保护朱鹮的支出，同时提出每年为中国定向培养两名朱鹮人工饲养技术人员，每期在德方学习一个月。除此而外，他还希望中国朱鹮一旦患病，可以送到他的公园进行救治，救治期间各项往返交通费用，以及其他全部费用均由鸟轻公园负担。

至今，我们不了解是什么原因，协议最终没有签订，但令人感动的是，布莱姆一直没有放弃参与中国的朱鹮保护项目。第二年，他再次与中国林业部联系，希望为中方培养两名朱鹮饲养技术人员。

这一回，中国林业部很快做出了许可的回复。

1986 年 4 月，林业部与德国布莱姆国际鸟类保护基金会签署了关于建立朱鹮驯养繁殖中心的协议。同年 7 月 1 日，北京动物园李福来、陕西朱鹮站翟天庆赴德国瓦尔斯内德市鸟轻公园学习。

鸟轻公园是当时世界最著名的十大动物园之一，也是全世界最大的鸟类公园。数据显示：全世界鹮科鸟类共有 26 种，鸟轻公园饲养的种类达到了 18 种。仅此一项，就是世界上其他国家无法比拟的。

提起往事，翟天庆感触很深。

他说："我和李福来能赴德学习，应该说是布莱姆有胸怀的表现。"

翟天庆告诉我们：学习期满回国时，布莱姆还向中国洋县捐赠了一辆日本 YMH 牌越野摩托车，并由德方出资空运到北京，又通过火车转运到洋县，这些捐赠设备，是专用于朱鹮的野外跟踪观察的。

我们问他："你们在德国学习了多长时间？"

回答："一个月。7 月 1 日出国，31 日回国。"

那一年，翟天庆 30 岁，正是而立之年。

而立之年的翟天庆意气风发，当时他从事朱鹮保护工作只有四年，由于始终坚守在第一线，所以积累了相当丰富的实践经验，也为此感到自豪，但是只有到了德国，他才发现，在鸟类的观察和保护方面，德国的技术太先进了。中国对朱鹮的观察和记录还在脚跑人追，还必须依靠 24 小时的不间断蹲守，而德国早已经采用了高科技跟踪技术。他们的无线电跟踪设备具有全天候远距离探测，以及随时传送信息等多项功能。

翟天庆说："虽然学习时间只有一个月，但是让人眼界大开。当时我只有一个念头，就是努力学习，把别人的先进技术都学回来，即使不懂，也先记下来，等回去以后慢慢消化，最终争取把技术引进来。"

1989 年 1 月 12 日，由德国无偿捐赠的一套无线电跟踪仪送抵洋县，共包括四个发射器和一套接收装置。朱鹮站把发射器安装在雏鸟背上，观察人员可以根据接收器发出的信号，判断出朱鹮活动的方位和距离。

对于经费和技术设备全面紧缺的朱鹮站来说，这是真正的雪中送炭。

翟天庆说："回过头看，在我们发展最艰难的阶段，太多的外国友人无私地、无偿地、不求任何回报地给予了我们人力、物力、财力和技术等多方面的支持，我有时候也经常想，他们这样做究竟是为了什么？"

是啊，为了什么呢？

村本义雄先生

在众多支持中国朱鹮保护事业的外国友人中，给朱鹮站工作人员留下最深印象的，是日本的村本义雄老先生。

1989 年，村本义雄在事先没有任何联系的情况下，通过江苏省野生动物保护协会向陕西朱鹮保护站转交了一些捐赠物资。

事情发生在当年 12 月，日本爱鸟教育考察团正在江苏考察。考察期间，村本义雄突然提出向中国朱鹮保护机构赠送 10 万日元及六卷彩卷、两张电话卡，还有一部他撰写的朱鹮研究专著《能登的朱鹮》。

粗粗看来，捐赠不多，而且很像是一种率性而就的即时性捐赠。但是谁也没有想到，就从这毫不起眼的捐赠开始，村本义雄为中国朱鹮事业捐赠的渠道竟越开越大，越拓越宽，并且持续至今。

村本义雄出生于 1925 年，是日本石川县羽咋市人，他从小就爱鸟入迷。1981 年，他从日本报纸上得知中国发现了七只朱鹮，立即意识到，拯救朱鹮的希望在中国！

村本义雄很有胸怀，他想的是：国与国有差别，但鸟是没有国界的，无论朱鹮在哪个国家生存，它们都属于全世界。他要想尽办法，为中国的朱鹮保护事业尽到绵薄之力。相当一段时间内，他坚持同石川县爱鸟支部的成员一起义务上街，通过展览朱鹮照片、散发材料、口头演讲、举办文艺演出等形式，向民众宣传保护朱鹮的意义。

那是一丝一缕的濡染，也是一点一滴的募捐。

热爱朱鹮的外国朋友——村本义雄（日）（张跃明摄影）

当他年事渐高，退休离岗以后，他便利用一年一度的“爱鸟周”活动，和支部成员一起，奔走在距离更远些的大街小巷宣传募捐，有时还主动到一些财团和企业去宣传，争取他们的支持。

1994 年 5 月 4 日，村本义雄来到陕西，在曹永汉和卢西荣的陪同下赶往洋县，并怀着巨大的兴趣对朱鹮栖息地进行了为期八天的实地考察。

考察期间，村本义雄在距离朱鹮巢树 40 余米的山坡隐蔽观察棚里，用望远镜看到了三只雏鸟，并拍摄了朱鹮饲喂雏鸟、展翅飞翔等镜头。在三岔河朱鹮栖息地，当村本义雄看到巢区内树木葱茏，雏鸟出壳数量稳步增长时，非常振奋。他说：“你们做了你们该做的，我也要做我该做的！”

具体该做些什么，他没有说。

他选择了用实际行动去做。

村本义雄做的事情太多，也太琐碎，无法逐一细述。我们只大致概括。1994 年 7 月 2 日，《人民日报》（海外版）发表了一篇报道《拯救朱鹮的希望在中国——记日本鸟类保护联盟石川县支部长村本义雄先生》。这篇报道用翔实的内容，热情地报道了他为保护朱鹮而做出的种种努力。

次年7月，《汉中日报》又发表了一篇报道《日本鸟类保护联盟村本义雄募捐450万日元拯救保护朱鹮》。

报道说：

> 日本鸟类保护联盟石川县支部长村本义雄先生为拯救中国的朱鹮，于今年4月和6月中旬，将募捐的180万日元捐赠给陕西省野生动物保护协会。据统计，近7年来，他将募捐的450万日元全部交给中国政府，用于保护和发展朱鹮事业。同时，他还邀请日本的两个协会组织，近日向陕西朱鹮保护观察站捐赠了6台双筒望远镜、2辆摩托车、10辆变速自行车，价值28万日元。
>
> 今年6月中旬，村本义雄先生又来到洋县，给南街小学的1000多名师生讲述了爱鸟护鸟知识，教育小朋友从小养成爱鸟护鸟的习惯。他还拍摄了县城附近汉江河边6只朱鹮取食和草坝村朱鹮集群夜宿的珍贵镜头，准备回国后，向日本人民做好宣传，搞好募捐活动。

村本义雄给翟天庆留下了极为深刻的印象。

翟天庆说：

“村本义雄先生是朱鹮的朋友，也是我们朱鹮保护站的朋友。他看似从小的方面着手帮扶工作，但都是非常精准也非常到位的帮扶。从1993年开始，他每年都会给朱鹮巢区的小学，比如桂峰小学、花园小学、刘庄小学、安丰小学等捐赠学习用品。有书包、铅笔、文具盒、作业本、桌椅板凳，等等，无所不包。

“他给学生捐赠课桌，不是表面和象征性地捐赠，而是有一个学生就捐赠一套课桌。比如你有20名学生，他就捐赠你20套。有120名学生，就捐赠120套。后来，我也在想，他为什么要这样捐赠？最大的可能就是让每一名学生都通过这样一种间接的捐赠，提高对朱鹮的认识和重视程度，让更多的村民和孩子自觉地参与到朱鹮保护工作中来。”

我们一边听翟天庆讲述，一边情不自禁地陷入沉思。

是呀，为什么有一个学生就捐赠一套课桌？为什么从不多捐一套，也从不少捐一套呢？

细细品咂，给每位学生捐赠用品，确实能引起学生的兴趣，这是用潜移默化的方式，在提高孩子们对朱鹮保护的认识和重视程度，但仅仅这一点，还不足以解释村本义雄的行为。

想来想去，他之所以这样做，恐怕还有两点。

第一点，他非常求实。

求实是一种行为，但首先是一种思维。明明只有20名学生，我为什么非要捐21套课桌呢？多捐出来这一套又有什么意义呢？日本是一个高度发达的国家，一个国家的发达和先进绝非凭空可得，它的种种优点，哪怕是潜伏的，都一定会反映在国民生活的所有细节中。村本义雄的行为，或许在中国会被讥笑“抠门”和“小气”，但恰恰是这种“抠门”和“小气”，需要我们学习。

第二点，他需要节约。

村本义雄不是企业家，不是富豪，而只是日本农林省一名普通的公务员。他收入不多，要捐赠给朱鹮站的东西却很多，这就需要节约。事实上，只有建立在节约基础上的捐赠，才是真正有益的捐赠。这样捐赠出来的物品，往往最切合实际，最符合需要。

其实，两点归结起来，最终还是一点：求实。

翟天庆告诉我们，村本义雄的捐赠非常实在，每次都捐赠在点子上。

他说：

“他给朱鹮站捐赠摩托车，先后捐赠了两次，共30辆左右。头一次有几辆摩托是125型的，动力不强，爬山较慢。他一看，马上转换。后来捐赠的就全是那些块头大、动力足的250型大摩托。他还捐赠了10万块钱，让安丰村修路。为什么捐钱修路？因为每次我们去花园村看朱鹮，都必须从安丰村走，偏偏安丰村的路况不好，他看见了这个情况，很快就捐钱修路。”

……

不是一次两次的来，也不是只做一两件事，时间一长，洋县的农民都知道了村本义雄。茶余饭后，他们无不感慨，天底下竟然有如此大公无私的人，为了一只鸟，不远万里来到一个小县城，竭尽全力地为保护朱鹮提供各种帮助。

洋县纸坊乡草坝村一组南山坡有一片近300亩的青冈树林。自1994年12月中旬以来，朱鹮常来这里夜宿。有人统计了一下，夜宿最多时达到了28只。这是自1981年开展朱鹮保护以来，朱鹮诸多夜宿地中新出现的夜宿时间最长、集群数量最多的一处夜宿地，并且它与朱鹮救护饲养中心相距仅一公里，中间只隔了一条瀛河。

这28只朱鹮深深地吸引着70岁高龄的村本义雄。

每天清晨7点，这里的朱鹮就会离开大树，成群结队地飞往瀛河边和汉江边觅食。下午6点左右返回。返回的途中恰好要经过朱鹮救护饲养中心。每每听到救护饲养中心里的朱鹮鸣叫，这些返程的野外朱鹮便会情不自禁地停下，或者在附近的树枝上小憩，或者在饲养中心的网笼上驻足，似乎用这种停留的方式，彼此相互慰藉。直到半个小时后，它们才依依不舍地飞回自己的夜宿地。

村本义雄拿着相机，一早一晚都在这里蹲守。他想通过自己的努力，拍到朱鹮最美的照片。他知道，这些照片在日本的街头募捐中会起到很大的作用。

常秀云对村本义雄先生的印象同样深刻。

常秀云在野生动物保护协会负责对外交流工作，几乎每一次村本义雄来中国，她都会全程陪同。起初，村本义雄到达陕西，常秀云第一件事就是找翻译，不然没法沟通。找完翻译再找司机，但是找现成的翻译和司机谈何容易，后来常秀云干脆利用业余时间，去西北大学的夜校自学日语。那时她的孩子还小，家中无人照顾，她就背着孩子上夜校。

常秀云付出了常人难以付出的努力，也收获到常人难以收获的果实。后来村本义雄再来陕西就非常方便了。她身兼两职，既当翻译，又当司机。

常秀云告诉我们：村本义雄有一套非常专业的登山装备，当时朱鹮站的人连见都没见过，非常羡慕，尤其是他有一双独特的登山鞋，那鞋穿上后，感觉他爬山特别稳也特别快。二十世纪八九十年代的中国，朱鹮站的巡护员连最简单的双肩包都没有，大家本能地羡慕日本的富裕。有一回说起这个话题，村本义雄却直摇头，说："不不不，我们不富裕，我们环境破坏了，朱鹮消失了。你们好，你们有朱鹮，你们有自然环境……"

常秀云说：

"能不能想象，退休以后的村本义雄先生来中国了多少次？

"22 次！

"每次从洋县回日本后，他都为朱鹮募捐。为了给朱鹮站捐赠，他甚至一年连来洋县两次。他捐的都是巡护员实用的物品，比如双肩包、摩托车。摩托车也有区别，125 摩托上不了山，要 250 摩托，250 摩托动力足，但是贵。村本先生开始捐赠了 3 辆，以后看大家特别欢迎这个，又陆陆续续捐了 20 多辆……

"说心里话，村本先生对朱鹮的爱，在很大程度上影响了我。后来我到日本去，还和他一起上街募捐过几次。我的感觉，日本人对中国朱鹮非常了解，每个朱鹮保护工作者的脖子上都挂着一个捐款箱，他们一边向市民介绍朱鹮，一边说'为了中国的朱鹮，拜托你。'"

常秀云回忆：她第一次见到村本义雄的时候，他已经 67 岁了。这个年纪对中国人来说，已经是在养老了，但是村本义雄却以年轻人的热情，使出年轻人的劲头，做着年轻人做的事业。

有一回村本义雄又到了洋县，是个大热天，由于没来得及搭帐篷，他趴在地上，顶着烈日用长焦镜头拍摄朱鹮，拍完后又热又渴，于是吃了一根农村自制的土冰棍，结果回西安的路上不停地拉肚子。所幸路宝忠和常秀云伴随在身边，两人主动承担起照护责任。当晚路宝忠在医院整整陪护了一夜，常秀云则帮助村本义雄洗衣服和处理杂务，直到他身体恢复。

常秀云说：

"村本先生当时说了一句话，让我太感动了。他说：'如果我死了，请把我埋在姚家沟的巢树下，我的情人是朱鹮。'

“今年[1]村本先生应该95岁了，4月26日是他的生日。他的肺十多年前出了问题，换了一个‘假肺’，但不管身体状况怎样，从来没有影响到他为保护朱鹮出力。

“朱鹮保护三十周年的时候，他也来了，我还带着他去洋县的超市，有些年轻的收银员一眼就认出了他。因为当时他捐助了巢区的好多学校，又是捐手风琴，又是捐音响，加上那些年他经常去，所以孩子们对他印象深刻。现如今孩子们都长大了，见到他都特别开心，也特别热情。

“村本先生觉得洋县的农民很有牺牲精神。朱鹮把秧苗踩倒了，他们就扶起来；踩死了，就重新补种，这一点真是了不起。他说日本的农民没有做到这样。有一个阶段日本农民非常讨厌朱鹮，打朱鹮，吃朱鹮，而且日本为了发展经济，开金矿，排出汞等有毒化学物质，化学污染非常严重，这对朱鹮的繁殖系统损害很大。所以在洋县的时候，每当他看到农民在插秧，就直接下田去帮助。他说农民太辛苦了，种粮食很不容易，他经常从日本买一些治疗腰腿疼的、特别高级的膏药送给洋县农民……”

1997年11月中旬，应日本鸟类保护联盟石川县支部的邀请，陕西省朱鹮保护友好考察团东渡日本进行考察访问。

翟天庆作为村本义雄的老朋友，也在访问队伍中。

石川县紧靠日本的能登半岛。资料显示，一百多年前，能登半岛的朱鹮曾数以万计，吵得岛上的居民人心不安，以后环境遭受破坏，加上人为猎杀，导致朱鹮数量骤降。从万只减少到千只，又从千只减少到百只。1960年，能登半岛上的朱鹮已经只剩下三只。等到1964年，只剩下最后一只。这只后来被叫作“能里”的雄性朱鹮非常顽强，它单身独个，在能登半岛的山林中生活了整整六年，直到1970年被捕获进行人工饲养。

那一年，日本朱鹮饲养中心人工饲养的“阿金”四岁，刚刚捕获进笼的“能里”九岁，正是配对繁殖的大好年华。两只生死相依的朱鹮，由此开始了一场别无选择也心甘情愿的恋爱。

① 指2020年。

次年 1 月，两只朱鹮不约而同地开始涂抹自己的脖项和后背，它们背项的颜色也逐渐变得灰杂，这表示朱鹮即将进入繁殖期。

喜事尚未开始，寒潮陡然降临。谁也没有料到，随着气候的剧变，“能里”很快就病倒了。虽经医务人员全力救治，终归不抵。

1971 年 3 月 13 日上午 8 点 53 分，“能里”停止了心跳。

应当说，日本在保护朱鹮的过程中碰到的全是些无法预料的大坎！

还应当说，正是这一连串的不幸，才导致日本的鸟类专家们胆战心惊，并终于在 1980 年年底采取坚决措施，将最后五只生存在佐渡岛的野外朱鹮全部捕获，期望通过人工圈养来繁育保存。

但是此后二十三年，虽经千般努力，期望仍然落空，而且是彻底落空！

翟天庆到达日本后，与村本义雄结伴考察。两人相处融洽，无所不谈，他们共同感到困惑的一个问题是：日本的朱鹮种群为什么会如此迅速地消失？

一个事实是，佐渡岛于 1601 年发现了金矿，并迅速成为日本最大的金矿产区，不仅产金量一度占到整个日本黄金产量的一半，而且成为世界上持续采掘寿命最长的金矿，直到 1989 年由于矿脉枯竭才停止了采掘。

两人分析认为，日本朱鹮由盛而衰的主要原因还是环境污染。第二次世界大战后，发达的化学工业污染了空气、水分、土壤，导致了朱鹮种群逐渐走向灭绝。当朱鹮已经处于岌岌可危的状态时，日本仍沿用“重个体拯救，轻生存环境”的保护措施，最终导致了朱鹮生存状况的每况愈下。

翟天庆认为，中国保护朱鹮的模式是双管齐下。一方面全力拯救和保护个体朱鹮，一方面全力保护朱鹮整体生存的环境。实践证明，这样的保护措施是全面和有效的。后来日本借鉴了中国的朱鹮保护经验，严格控制了朱鹮分布地的生态环境污染，朱鹮数量也开始猛增。

与此同时，两人也面临着许多目前尚无法合理解释的困惑。还以环境为例，如果说日本由于工业发达、化学污染严重而使得朱鹮绝迹，那么俄罗斯远东一带，包括朝鲜半岛——尤其是三八线附近划出的非军事区，那里无论植被还是湿地，包括空气，都相当的原生态，为什么这些地方的朱鹮也绝迹了呢？

采访中，翟天庆为我们拿出一张他精心保存的照片，指着照片上的人说：“这就是村本义雄先生。”

我们都凑近去看。

是翟天庆访日期间和村本义雄的合影。

村本义雄戴着眼镜，头上扣了一顶迷彩渔夫帽。照片上，他和翟天庆坐在岩石畔，背后有大树，大树后是辽远的旷野。

翟天庆告诉我们：在共同的工作中，他和村本义雄结下了深厚的友谊。村本义雄已经近百岁了。他很希望能在有生之年再次见到老先生，并向他表示深深的感谢。

2021 年 4 月，当我们再一次去洋县采访时，翟天庆把自己多年来收集的保护朱鹮和大熊猫的 56 张照片，47 册研究资料和期刊，还有 57 本荣誉证书和 3 个奖杯，都悉数捐赠给了汉中市档案馆。

其中有一封村本义雄先生于 1994 年 8 月 29 日写给他的信：

翟天庆老师：

残暑未尽秋已至，很高兴您还一如往日强健，为保护朱鹮而奔走。

我回国后，仍然每日挂念着在洋县和三岔河村所受到的照顾。

此次翟老师在三岔口村接受采访，聊了一些我的事情，并且上了中国的报纸，我倍感荣幸。您送来的报纸和照片我也会小心珍藏，非常感谢您。

昨天的（日本）报纸上讲到，洋县送来的一对年幼朱鹮——“龙龙”和“凤凤”，将于 9 月 27 日移送至佐渡朱鹮保护中心，我非常高兴。同时也期待着它们来年能够在日本诞下幼崽。

正如我 5 月在洋县所讲的，朱鹮的交流或许会跨越未来，助力于中日友好关系的结交。此外，9 月 27 日和朱鹮一同来日的四名工作人员中，有两名是饲养员。听说他们会在日本驻足一个月，所以想请教一下他们的名字。

……

短短一封信，只是讲述和询问简单的事情，但已经让我们多少窥见了村本义雄先生的风采。按年龄计算，村本义雄比翟天庆大得多，但他却恭敬而认真地称呼翟天庆“老师”。仅此一个细节，就让我们看到了他的内涵，他的修养和境界。

“龙龙”和“凤凤”

“龙龙”和“凤凤”是一对体型健美、气质高雅的朱鹮，有关它们的故事，中日双方的朱鹮工作人员都非常熟悉。

早在 1985 年 10 月，中日双方就朱鹮繁殖的问题进行过交流。四岁的雄鸟“华华”首开先河，远赴日本与“阿金”联姻。日本的雄鸟“阿绿”也远赴重洋，来到中国北京动物园，和中国雌鸟“姚姚”配对。

可惜均告失败。

人们为此困惑，也为此焦急。

1994 年 3 月，日本首相细川访华时，再次向中国政府提出，希望借中国的朱鹮来挽救濒临灭绝的日本朱鹮。

中国政府表示赞同。

于是就有了雄鸟“龙龙”和雌鸟“凤凤”的出征——当年 9 月 27 日，“龙龙”“凤凤”飞赴日本。

此时，中方与日方达成的协议是出借——让“龙龙”和“凤凤”移居日本三年，为日本繁殖朱鹮后代，任务完成后即按期收回，毕竟当时中国朱鹮的数量还远没有达到能够大方赠送的地步。

洋县朱鹮站的工作人员依依不舍地送“龙龙”和“凤凤”出国，也期盼着它们在陌生的国度里喜结良缘。为了更好地实现技术交接，朱鹮站还特意派出了饲养专家何宝庆和饲养员刘义，跟随“龙龙”和“凤凤”一道去日本。这也是村本义雄给翟天庆写信询问饲养员的缘由，他显然是想和饲养员取得联系。

不久，《汉中日报》报道了一则新闻：

相亲相爱喜结良缘　互敬互助早得贵子

——“龙龙、凤凤”在日本安家

9月27日，由西安乘航班飞抵日本的朱鹮“龙龙”和“凤凤”，于当日下午5时许，在新泻县新穗村举行了隆重的中日双方交接仪式。随后，将其送到佐渡朱鹮饲养中心，这对朱鹮经过相亲相爱，终于喜结“良缘”，它们将在这里居住三年。当“龙龙”“凤凤”羞答答进入大笼子，立即来了个亲切的接吻，表现出喜结“良缘”后的爱慕之情，赢得了在场日本朋友的喝彩……

第二天中午，艳阳高照，喜气盈盈，合笼后的“龙龙”“凤凤”情投意合，精神焕发，互敬互让，首次进食泥鳅50克，日方饲养人员十分高兴，企盼它们早得“贵子”。

这天下午，日方在新穗村郑重地召开了新闻发布会。陕西省林业厅领导代表中国政府介绍了朱鹮的饲养繁育情况，何宝庆就朱鹮的饲养繁殖技术做了认真而详细的说明。

所有的消息都令人振奋。

但是谁也没有想到，突然就传来了噩耗。

1994年12月13日10时14分，雄鸟“龙龙”意外夭折。

事情发生得非常突然，两个多月中一直表现正常的“龙龙”，不知出于什么原因，突然在铁笼中乱飞乱撞，造成头部和颈部重伤，经抢救无效而死亡。

猝然出现的事故，使日本对繁育朱鹮后代最后的一丝希望化为泡影，而远隔万水千山的洋县，也在第一时间得知了消息，朱鹮站所有的人都伤心不已。对他们来说，除了耐心等待“凤凤”归来，别无其他选择。

“龙龙”死亡后，日本方面曾让四岁的“凤凤”与日本唯一的雄鸟、已经二十一岁的“阿绿”进行交配。此时的“阿绿”，已经可称“老爷爷”。“老爷爷”仍然在努力繁衍下一代，这确实是想创造奇迹。

1995 年 4 月中旬，奇迹真的出现了——“凤凤”连续产下五枚卵。日本媒体以极大的兴趣广泛报道了此事。

“凤凤”产卵没几天——4 月 30 日清晨 5 时 23 分，“阿绿”突然死亡。这使得人们在嗟叹之余，对“凤凤”产下的五枚卵寄予了更热切的期待——几乎同时，日本专家在解剖“阿绿”时，发现它的睾丸发育不全，进而断定“凤凤”产下的五枚卵很可能都是无精卵。

不久，在佐渡朱鹮保护中心进行孵化试验后，果然没有一枚卵发育成胚胎。

日本方面非常遗憾，也非常无奈，只好将“凤凤”送归中国。此时，日本本土只剩下最后一只活着的朱鹮“阿金”。在当初捕获归笼的最后六只朱鹮中，它是最早被捕获归笼的，也是年纪最大、活得最长的。直到 2003 年，其他五只朱鹮已离世多年后，它才抱憾而终。许多内行评价，它完全可称朱鹮群体中的“百岁老人”，在拯救和保护朱鹮的历史上，还从来没有一只朱鹮能够活到它这样的年纪。

1995 年 6 月 9 日凌晨 4 时，“凤凤”从日本佐渡朱鹮保护中心走进木笼，在日本环境厅生物课长小林光先生等四人的护送下，从名古屋登上了飞往西安的国际航班。

《陕西日报》为此刊登了消息。与一年前《汉中日报》语气振奋的报道相比，这一回的标题——《“凤凤”东瀛失郎君　孑然一身归故里》分外伤感：

（9 日晚 8 点整）路宝忠一见到 8 个多月前自己亲手设计指挥制作的木笼子，飞快地扑上前，一把抱住木笼，揭开包在木笼上的帘子，看到里面只有“凤凤”，而没有了“龙龙”的身影，心里顿时涌起一股酸楚。“凤凤”抬起头看了他一眼，并向他扇动了两下翅膀。

路宝忠和卢西荣带着“凤凤”星夜兼程，经过8个小时的车程，于10日凌晨4时45分回到洋县朱鹮饲养中心。

曾经饲喂过“凤凤”的席咏梅、任文明、覃培军等人一拥而上，望着孤身归来的“凤凤”，心里五味杂陈。他们从车上抬下“凤凤”，进行全面检查后，本要放进大铁笼中，但心细的席咏梅见天还未亮，怕“凤凤”不能很快适应环境，提出等到天亮后再放。

天亮了，“凤凤”也终于迈腿走进笼子了。进笼后它先环视了一下熟悉的环境，在地上从容地叼起两个小石子，展展翅膀，扭头将背上的羽毛捋顺，这才表情愉悦地望着铁网外的饲养员，“嘎”地大叫一声。

这声大叫，既是热情的招呼，又是严肃的提醒。席咏梅赶紧取来它最爱吃的泥鳅，放进笼中。

“凤凤”望着泥鳅，继续开心地“嘎嘎”大叫起来。

中午，“凤凤”的交接仪式在洋县朱鹮救护饲养中心举行。当日方代表小林光先生讲述“龙龙”“凤凤”在日本期间的生活经历时，会议室里一片寂静。当小林光讲到“龙龙”不堪撞伤而抢救无效死亡时，全体听者都不约而同地流下了眼泪，整个会场陷入了长时间的沉默。沉默中，小林光低下头，声音充满了歉疚，他一声接一声地重复：“对不起，对不起，对不起……”

回到家乡的“凤凤”显然很惬意。

至当天下午3点，“凤凤”已经进食100克食物。它一会儿在绿草间安闲地捋理羽毛，一会儿在水池畔随意地捕食泥鳅。作为特殊种群中的个体，它当之无愧地成为人们关注的焦点。

“龙龙”的尸体，被日本鸟类学家分别制成“皮毛姿态标本”和“骨骼标本”，于6月26日，由日本环境厅空运到北京，送交中国林业部，后来又碾转送回地处洋县的陕西朱鹮保护观察站。

至此，漂泊海外9个月的“龙龙”魂归故里。

采访时，我们在洋县的朱鹮宣教馆里看到了“龙龙”的标本，这是一只体型健硕、羽毛雪白，翅旁伴有红晕的美丽朱鹮，它伸脖昂首，栩栩如生，仿佛仍然在向我们展示它生前的敏捷和活跃。

据工作人员分析，“龙龙”的死因很可能是碰撞到日本硬网时颅脑损伤，不治而亡。

翟天庆告诉我们，朱鹮是一种相当敏感的鸟，它常会因为笼舍内外偶尔出现陌生人或异物而惊飞大叫，有时还会因笼舍上空飞过其他大中型鸟类而乱飞，甚至风吹树枝摇晃，也会引起一些朱鹮乱飞乱撞，并引发其他笼舍的同类们跟着一起狂躁。

此前，洋县朱鹮饲养场已经发生过同样的事情。那一回，席咏梅为此而痛哭。后来经检查，那只朱鹮是因在乱飞乱撞中撞断了喙部、损伤了颈椎而死亡。正是有了那一回的教训，朱鹮站在以后的饲养工作中，才格外小心地在钢网笼中又加挂了一层尼龙软网，对朱鹮这种难以预测的行为进行防护，即使朱鹮的喙不小心陷于软网中，也可轻松退出。

而日本采用的是硬网——钢丝网。

翟天庆认为，“龙龙”从习惯的软网突然转入硬网生活，碰撞也就难免。至于为什么日本没有为“龙龙”“凤凤”添置软网，很可能是当时中日双方在技术交流中并未注意到软硬网的问题，从而出现了疏漏。

“龙龙”死后，日本方面很感内疚，主动把保险公司赔付的 70 万元人民币全部交给了朱鹮站。日本国利民工程后来还特意资助援建了朱鹮饲养中心的宣教楼。

异国他乡的喜讯

1998 年，中国国家主席江泽民应邀出访日本，并赠送日本一对朱鹮。

此时，中国朱鹮已经是第三次东渡日本。

对于日本来说，即使经过了多次失败，仍然热切地盼望着朱鹮的到来。如今，中国朱鹮又一次落户日本，并且将永驻日本，这无疑是一个令人喜出望外的好消息。

为迎接朱鹮的到来，日本方面做出了极大的努力。他们接受之前的教训，将朱鹮在洋县的生存环境进行了全面的照搬，甚至连网笼的大小都仿照洋县的样式来制作。包括网笼的材质，在硬网之内，也采用了与洋县相同的软网。

朱鹮保护站的工作人员没有居功自矜。他们很理性地告诉我们：中国的朱鹮数量能够在 1998 年突破 130 只，日本友人功不可没。如今中国国家主席以赠送朱鹮的方式来表达中国人民的心意，这也同样符合他们的愿望。他们专门从饲养中心现有的 52 只朱鹮中，精心挑选了体质和体型皆优的一对——“友友”和“洋洋”——这对朱鹮是 1996 年春天在饲养中心繁殖成功的，已经参与了朱鹮子二代繁殖，并成活了 5 只雏鸟，正处于繁殖能力最强的青春期。

之所以叫“友友”和“洋洋”，意指友好的使者来自中国陕西洋县。

尤具内涵的是，雄鸟“友友”的母亲就是 1994 年东渡日本后只身返回中国的“凤凤”。

人们殷切地希望“友友”的再渡日本，能够实现母亲未了的心愿。

1999 年 1 月 30 日，“友友”和“洋洋”正式启程。日本方面为了避免再次出现事故，恳切地请求长期饲养“友友”“洋洋”的中方饲养专家，随它们一同前往，并且希望中方饲养专家能够在日本较长时间地饲养朱鹮，直到他们熟悉并学会中国式的饲养方法。鉴于此，席咏梅和傅文凯作为中方派出的专家，随“友友”“洋洋”一道前行。

“友友”和“洋洋”在日本愉快地度过了“蜜月”。

3 月 27 日，东京的主要报纸都在头版刊登了它们的照片。从照片中可以看到，“友友”和“洋洋”从脖子到后背的羽毛已经明显地由白变灰。

这是朱鹮即将进入繁殖期的征兆。

知道它们即将孵化小宝宝了，工作人员对它们格外上心。此时两只朱鹮的“变妆”虽然只完成了 30%，却已经“集万千宠爱于一身”！

4 月 22 日，“洋洋”产下了第一枚卵。

4 月 24 日，产下第二枚。

4 月 29 日，产下第三枚。

似乎是对从前赴日朱鹮繁殖不成功的补偿，5 月 5 日“洋洋”又产下了第四枚卵。

就在人们热切地盼望着朱鹮小宝宝诞生时，第一枚卵突然自然损裂。

再下来，经技术人员检测，第三枚卵是无精卵。

形势惊飙裂电般突变，满怀着的希望转瞬只剩下 50% 了。

人们密切地关注着——尤其是那些具体负责朱鹮繁殖的工作人员，几乎紧张得要屏住呼吸。

谢天谢地，东京时间 5 月 21 日 15 时 30 分，第二枚卵终于破壳——是一只体重为 55 克的小朱鹮！

那一刻，所有守候在现场的工作人员都激动得热泪盈眶。席咏梅通过电话，用最快的速度向家乡报告了这一喜讯！

小朱鹮的出生轰动了日本！

日本明仁天皇，包括环境厅长官、日本新潟县知事等，都在第一时间向日本新潟县佐渡朱鹮饲养中心发出了贺电，陕西省林业厅和陕西朱鹮保护观察站也相继发去贺电。

当天下午 4 时许，日本广播协会（NHK）中断了正在现场直播的相扑比赛，抢播这只起名为“优优”的小朱鹮诞生的消息。

同日下午，日本政府发言人、内阁官房长官野中广务对此发表讲话，他向参与人工繁殖朱鹮的有关人士表示敬意，并再次向中国人民表示感谢。

当年 7 月，日本发行了“佐渡的朱鹮”邮票一套两枚，其中一枚就以中国赠送给日本的“友友”和“洋洋”为主要素材。而中国也发行了一套五枚的“朱鹮”连体明信片，同样以“友友”和“洋洋”为主题。这是全国第一套集自然、艺术和外交于一体的珍禽系列邮资片。

8 月 2 日，汉中市西关机场迎来了 41 位特殊的客人，他们是来自日本新潟县新穗村的朱鹮友好交流代表团。新穗村一共有 4800 多人，村长本间权市曾三次来到洋县，每次他都把中国在朱鹮保护方面取得的成就拍成录像带回去，让更多的人观赏。“优优”的出生，让新穗村的民众激动不已，如今41位客人作为全村的代表，带着浓浓的欣喜和深深的谢意，专程来到了朱鹮的故乡洋县。

整个交流活动中，重点内容是观看朱鹮。当日本客人来到朱鹮饲养中心时，个个都睁大了眼睛。他们难以置信，中国的饲养中心竟然有这么多朱鹮！

那正是洋县朱鹮突破了繁殖的低谷期，数量开始明显增长的时候。仅1999年当年，野生和人工饲养新增的雏鸟就将近70只，加上此前的130多只，中国朱鹮种群数量首次突破了200只。

而此时的日本，历经20年的努力，也终于繁殖出来了幼雏“优优”。

好消息不止一个。

2000年5月，“友友”和“洋洋”又产下一雄一雌两只雏鸟，分别命名为“新新”和“爱爱”。“新新”二字出自日本朱鹮保护饲养中心所在地——新潟县新穗村，同时具有面向新世纪，满怀新希望之意。“爱爱”则寓意着“喜爱、爱心”。

令人感动的是，当“新新”和“爱爱”诞生后，日本环境大臣栗原博久竟于当月专程赶到陕西，向陕西人民致谢。这一举动，赢得了陕西人民对日本人民的尊敬。

同年秋天，朱镕基总理代表中国政府从洋县选择了一只雌性朱鹮“美美”，送往日本进行合作，它将与“优优”配对。

合作是有协议的，在日本繁殖成功的朱鹮，其中部分要送回中国。具体是：如果提供的是雌鸟，那么朱鹮后代的奇数个体要送还中国；如果提供的是雄鸟，那么朱鹮后代的偶数个体要送还中国。之所以这样做，根本原因是为了改善在日本的中国朱鹮后代的基因，避免近亲繁殖。

由于“美美”是雌鸟，所以孵化的第1、3、5……只雏鸟属于中方。

次年繁殖期，喜讯传来，“美美”与“优优”竟一次成功地繁育出五只雏鸟。

中方独得三只。

随着中国朱鹮数量的不断增加，朱鹮越来越多地走向国外了。

2007 年 4 月，国务院总理温家宝在访问日本期间，代表中国政府宣布，再向日本提供两只朱鹮。

当年 11 月 18 日，为了将两只朱鹮顺利地运送至日本，同时也顺利接回在日本孵出的、属于中方的 13 只朱鹮，中日双方经过磋商，确定赴日的两只朱鹮乘包机从西安咸阳国际机场运至上海浦东机场，随后转乘日航班机赴日。而于 11 月 20 日乘日航班机接返我国的 13 只朱鹮，也同样将被运至上海浦东机场，转乘包机送至郑州新郑机场。按照国家林业局的安排，这 13 只朱鹮直接送往河南董寨。

次年——2008 年 9 月，日本在新潟县佐渡市举行了首次朱鹮野化放飞仪式。

常秀云应邀参加了放飞仪式。

一个小细节是，那一回常秀云住在附近的日本渔民家里，发现日本渔民家里非常干净，连蚊子都没有。

按理说，在一个靠近水域并以水域为生的家庭里，居然没有蚊子，这充分说明了他们的环境卫生特别好。

但是常秀云多少有些不放心。她特意去水田里看了一下，发现水田里的黄鳝也不多，连蜻蜓、蝗虫之类都很少见，倒是有不少朱鹮的伴生鸟白鹭。诧异之余，她心中也生出疑问：蚊子少，黄鳝少，蜻蜓和蝗虫都少，这表明朱鹮在这一区域内的食物是匮乏的。在这种情况下，朱鹮该去哪里觅食？

她没有囿于观察，而是决定寻找原因。

她很快就搞清了：日本水田的情况和洋县完全不同。日本从水库到稻田进水全部使用水泥管道，水生物根本就没有能够繁殖的地方，而洋县全是土渠。稻子不高的时候，朱鹮会很自然地去田里觅食；等稻子长高了，朱鹮又会很自然地去河滩湿地吃食。

常秀云将自己所了解的朱鹮习性与日方做了交流，直率地提出了自己的看法。她认为朱鹮雌鸟之所以飞走，除过天性及其他尚未查明的原因外，很重要的一条是食物短缺。让常秀云惊讶的是，日本方面非常重视她的意见。他们开始认真地改造水田，直到把田里那些水泥管子砸掉。

遗憾之处在于，尽管做出了巨大的努力，但此后四年，日本陆续放飞的朱鹮仍然没有孵化成功。

原因究竟在哪里？

常秀云的内心同样在煎熬。毕竟，朱鹮是不分国界的。保护好朱鹮，其中一个重要的标志就是要看它的分布。如果朱鹮仅能在洋县生存和繁殖，那就不能说大获成功，而只能说是局部成功，甚至只能说是发生在洋县的一个特例。

多次去日本，反复做调查，常秀云终于发现，朱鹮在日本有一个独特的天敌：乌鸦。日本的乌鸦特别大，是那种典型的大嘴老鸹。它们不仅经常干扰朱鹮的繁殖，而且有时直接吃掉朱鹮的幼卵。

她把自己的疑虑告诉了日方。

日方是否同意了她的判断并采取了相应的措施？

不知道。

能够知道的是，2012 年，日本野化放飞的朱鹮终于配对成功。

还值得一说的是，日本在朱鹮的饲养和保护上，进步同样迅速。从 1999 年“友友”和“洋洋”到达日本，短短五年，日本佐渡岛就孵化出 39 只朱鹮。又过了七年——2011 年，日本朱鹮数量已经突破了 200 只。

不仅如此，日本的护鹮人始终尝试着让朱鹮回归大自然。为此，他们先后进行了 18 次、共计 308 只朱鹮的野化放飞。截至 2020 年底，日本人工饲养的朱鹮达到了 177 只，野外可见的朱鹮则达到了 458 只，应当说，朱鹮种群在日本的增长势头已经越来越好，发展的态势也越来越稳定。

两名学生的牵缘

朱鹮同样飞到了韩国。

说起来离奇，中国朱鹮与韩国的结缘，始自两名学生。

郑在勇是韩国庆熙大学二年级学生，他业余时间兼任着一个青少年线上新闻节目的编导，这个节目既有趣味性又有科普性，吸引了很多中小学生。

昌宁高中的学生车永安就是其中之一。

车永安是被一期关于中国朱鹮的新闻吸引的。这个“吸引”可不是一个简单的“吸引”。他很快和节目的制作者郑在勇取得联系并不断交流，随后开始搜集关于朱鹮的各种资料。他们很快知道了：朱鹮是韩国第198号天然纪念物，即国家重点保护物种，已经在韩国绝迹了。

一个关于朱鹮的梦由此在两人心里发芽。

2007年，他们各自争取机会，一起来到北京参加世界青年文化交流活动。活动中，中国文化部的一位负责人也来到现场。19岁的郑在勇和17岁的车永安意识到机会来了。他们在活动结束后径直走向这位负责人，诚恳地告诉他，他们想致力于朱鹮在韩国的保护复原活动，恳请中国能够向韩国赠送一对朱鹮。

文化部的负责人很惊讶，他怎么也没有想到，这两个看上去礼貌而又低调的年轻人，竟带着一个关于朱鹮的愿景而来。他当即回答：我会尽到自己的努力。

回国后，郑在勇和车永安制作了一条长达百米的条幅，发起了一场大型签名活动。条幅上赫然写着：“为迎接北京奥运会，希望从中国青少年手中迎回和平与环保的象征——朱鹮重新在韩国复原！”

条幅获得了韩国两万多名中小学生的签名。

他们没有想到，他们的愿望得到了中方的高度重视。

2008年10月，中国国家主席胡锦涛应邀出访韩国，向韩国赠送了一对叫“洋州”和“龙亭”[①]的朱鹮，从此这对朱鹮在韩国昌宁郡牛浦沼湿地安家落户。

牛浦沼湿地是韩国最大的天然湿地，这里空气清新，环境优美，森林、草地、湿地分布得错落有致。从远处望去，山谷间整齐地盖起了两排绿色的房子，那是朱鹮的爱巢。

据说，历史上牛浦沼曾经有许多朱鹮，后来由于自然环境遭到破坏，于20世纪70年代灭绝了。令人不解的是：朱鹮的灭绝似乎不期而然地集中在同一时段，却又不分地域，否则何以短短的几十年中，全世界的朱鹮都同时在急剧减少。包括具有辽阔国土面积的中国，也只剩下孤零零的七只呢？

① 洋州和龙亭是洋县所辖的两个乡镇地名，也是这两只朱鹮的出生地。

和日本一样，新一代韩国人对朱鹮抱有一种特殊的情感，他们从小就学唱《朱鹮》童谣，几乎人人都听说过朱鹮，却没有人见到过朱鹮。

据韩国朱鹮复原中心的工作人员介绍：韩国在每一个环节上都小心翼翼。政府特别在牛浦沼为中国赠送的这两只朱鹮建造了总面积近两万平方米的居所。朱鹮刚来韩国时，一些政府官员压力重重，表示："朱鹮能来到韩国实在太难得了，如果因为我们没有管理好而导致它们生病甚至死去，我们将颜面尽失。一想到这些，我们连觉都睡不着啊！"

为保证朱鹮健康生长，韩国专门邀请中国专家赴韩共同饲养"洋州"和"龙亭"，陕西朱鹮救护饲养中心的鲁钊、任文明、覃配军、李长明先后作为中方专家赴韩国，用手把手的方式向韩方传授朱鹮的饲养和繁殖技术。经过一年左右的磨合，才改由韩方人员独立饲养。由于担心天然的泥鳅和鱼类会有农药残余等有害物质，韩方的工作人员连投食的泥鳅和小鱼也全是自己饲养的。

2009 年 4 月初，这对朱鹮首次产下两枚受精卵和一枚无精卵，昌宁郡将受精卵移往孵化基地进行人工孵化，无精卵则作为生态教育道具被妥善保管。

4 月中旬，"洋州"和"龙亭"再次产下三枚卵。

5 月 4 日，第一只小朱鹮破壳而出。它是朝鲜半岛自三十多年前朱鹮消失以后诞生的首只朱鹮。

紧接着，第二批产的三枚卵也陆续破壳露头。

……

和日本一样，韩国对朱鹮的到来不仅重视，而且用心。

短短四年，韩国就拥有了 19 只朱鹮，平均每年增加 4 只多。

在相当一段时期内，韩国朱鹮始终不向观众开放。之所以这样做，是为了保证朱鹮的绝对安全，韩国的工作人员很清楚国民想见到朱鹮的心情，但为了更远大的目标，他们坚持让朱鹮与外界隔离。

韩国护鹮人的目标很明确：他们要尽快让朱鹮超过 100 只，到那时候，他们就开始野化放飞，让牛浦沼的上空再次呈现朱鹮翱翔的盛景。为了实现目标，他们已经为"洋州"和"龙亭"的一对子女准备了一间单独的爱巢，希望它们配对产卵，繁殖出第三代朱鹮。

大自然多么深邃神奇，也多么不可思议。

中国朱鹮在韩国蓬蓬勃勃地繁衍了五年后，突然又出现了一个任何人都想象不到的情况：韩国新一代朱鹮“雌多雄少”。

雌雄两性，必须保持基本的平衡。一旦失衡，繁殖后代就成了空谈。

韩国诚恳地向中国请求，希望中国能够再赠送两只雄鸟。

2013 年，中国雄性朱鹮“白石”和“金水”[①] 被紧急送往韩国。

所有护鹮人都清楚：人工种群的最终目标是野化放飞。韩国也不例外，他们从 2010 年起，就在牛浦沼附近的沼泽地带建立起野生饲场和繁殖空间等设施，紧锣密鼓地开始了对人工饲养朱鹮的野化训练。

2018 年 5 月 22 日，韩国终于在牛浦沼湿地上野化放飞了 40 只朱鹮。这一天，也恰好是每年一度的“国际生物多样性日”——生物多样性是地球上各种生命经过几十亿年发展进化的结果，韩国人选择这一天放飞朱鹮，借以表明他们保护朱鹮的宏远旨义。

不仅如此，选择在牛浦沼放飞还有另一个蕴意——牛浦沼是一个符合《拉姆萨尔公约》标准的湿地。

1971 年 2 月，全世界 100 多个国家在伊朗的拉姆萨尔召开了一次“湿地及水禽保护国际会议”，会上通过了《拉姆萨尔公约》。由于湿地具有独特的水域和陆地交错并存的生态环境特征，又是鱼类和水禽等生物栖息、活动及繁衍的重要场所，它能够有效地调节洪水、稳定地区微观气候和净化水质，是保护生物多样性的重要组成部分，因此《拉姆萨尔公约》对所有被列入其中的湿地都必走一道程序——进行高标准、严要求的考核。

韩国把朱鹮的饲养和放飞选在这样一个经过高标准和严格考核过的湿地，是韩国护鹮人的有心，也是朱鹮的幸运！

时间没有停步。

2019 年，经过十多年的人工培育和繁殖，韩国牛浦沼朱鹮复原中心已

① 白石和金水也是洋县辖属的两个乡镇地名，是这两只朱鹮的出生地。

经将中国赠送的 4 只朱鹮增加到 363 只。他们再次选择了“国际生物多样性日”这一天，在牛浦沼举办了第二次朱鹮的野化放归活动。

和第一次相同，还是放飞 40 只。

从中国和日本的前例来看，野化放飞的三年，朱鹮平均存活率约为 40%，所以韩国的朱鹮保护者非常谨慎。在朱鹮放飞后相当长的一段时间里，每天都有 80 多名护鹮人密切观察着朱鹮在野外的情况，并根据反馈的信息来决定营建朱鹮栖息处辅助设施的规模。

2021 年 5 月，一对 2019 年放飞的朱鹮成功孵化出两只幼雏，这是韩国野生朱鹮消失近半个世纪后，首次在野生环境中自然孵化成功。这时韩国朱鹮的种群数量已经从最初的 2 只增加到 432 只，增加了 200 多倍！

此时此刻，人们不由得想起了中国朱鹮：

翩翩兮朱鹭，
来泛春塘栖绿树。

中国朱鹮是当之无愧的“友好使者”，也是当之无愧的“种群之源”，它们从中国出发，飞到了日本，飞到了韩国，人们都热切地期盼它继续振翅高飞，不仅飞向亚洲，而且飞向世界！

国际大舞台

让我们倒转一下时光。

1997 年，中国的朱鹮数量达到了 100 只，这在当时是一个历史性的突破，尤其是日本方面，听到消息后非常振奋。这一年，应日方邀请，钟高适、翟天庆、常秀云和洋县书院初一学生高飞组团赴日本考察访问。

访问期间，钟高适向日本方面做了“拯救朱鹮，造福人类”的报告，介绍了中国保护朱鹮的历程，同时忙里偷闲，与村本义雄、佐藤春雄等热心朱鹮保护的日本人士会面。

经过与日本多方人士的接触，大家普遍感觉，中国的朱鹮保护已经凸显成就，应当通过一种形式，把有关情况全面地介绍给国内外，与国外实现技术的交流和知识的共享。与以往一般性的宣传交流不同，这一次应当以论文为主，并且这些论文应当是高水准的、国际化的。要通过论文的宣传和交流，让国际上看到中国为保护朱鹮所付出的艰辛努力，所采取的具体措施，所取得的现实成果。

此时的李玉铭，已经担任了中国野生动物保护协会的副秘书长。他对这件事情非常上心。1998 年，李玉铭组织人手，首先在国际刊物《湿地通讯》上，向世界发布了 1999 年将在中国汉中召开朱鹮保护国际会议（论坛）的通知。

陕西随即开始了会议筹备。

重中之重的大事首先是写论文。陕西是朱鹮保护的参与者和实践者，最有发言权，在会议众多的论文中，理所当然地将以陕西的论文为主。

曹永汉几乎是强行要求，给朱鹮站主要技术骨干都分配了写论文的任务。对许多人来说，这是一道大难题。他们大都是农业技校和中专毕业的，不要说研究生，连大学本科生都极少，虽然勤勤恳恳地做了十几年的朱鹮保护工作，也写过一些探讨和研究性质的文章，但要拿到国际会议上去进行学术交流，显然还欠火候。

面对现实，曹永汉强硬地提出了三点要求：

第一，论文必须写。

第二，既然知道不行，就早早动手，笨鸟先飞。

第三，反复打磨，精益求精，全力上台阶。

接下来，朱鹮站的人早早动手，写出论文，完成后先交给曹永汉看。曹永汉看完后，发现他们虽然善于埋头苦干，却不善于归纳总结。具体地说，这些所谓的论文无论研究的方法、研究的深度，包括叙述的方式、观点的提炼，都过于粗略和简单，距离国际标准还有着相当一段距离。

怎么办？

他想到了一个办法：请专家指导。

这些专家曹永汉都认识，但是请他们修改论文是一件非常严肃的事情。

想来想去，这件事情最合适的搭桥铺路者，还是李玉铭。

于是再次搬援军。

果不其然，通过李玉铭的介绍，他先后联系到郑光美、李福来、王岐山等北京专家；陕西方面，他联系到王廷正、陈服官、晏培松、王中裕等专家。曹永汉将众多专家请到洋县，一方面聘请他们担任拯救与保护朱鹮的顾问，一方面把论文情况如实地讲给他们听，诚恳地提出，请他们帮助修改论文。

专家们都很豁达，纷纷表示愿意助力。

曹永汉迅速做出安排，请每位专家负责指导一篇论文。

再下来，专家们认真地阅读论文，提出各自的意见，手把手地进行指导。

就一般而言，事情至此，理应顺风顺水地进行，只等结果就行，让曹永汉完全没有想到的是：站上一些工作人员对专家们提出的修改意见并不认可，进而不愿意修改论文。

为了慎重起见，曹永汉把朱鹮站工作人员的论文重新细读了一遍，也再次做出了自己的判断。应当承认，基层员工置身一线，有着相当丰富的实践经验，因而也有着一定的发言权。但是另一方面，对于许多问题，基层员工习惯于阐述现象，罗列事实，却无法用科学的方法去进行剖析和说明。比如同样的雏鸟在同一时段，为什么这只比那只长得高大壮实？除过遗传基因，其他因素在哪里？这些因素是因为什么形成的？再比如两只雏鸟每天的进食量不同，会导致什么样的结果？这样的结果有没有翔实的数据支撑？对这些数据的研判深入到什么程度？有没有理论上的说服力？所有这一切，都必须精细到极致，并且也只有在精细到极致的基础上，才能够形成具有理论深度的观点和结论。

他耐心地做工作：请来的专家都是顶级的，其中不少在国际上都有影响力。国际会议的论文自有它的写法和要求，这些写法和要求同样是一种规范。对不熟悉不了解的事务，我们首先应当是学习和理解，而不是心浮气躁地排斥。专家不可能十全十美，但他们的高度不是我们轻而易举就能够达到的，要虚心，要服气。

关键时候，曹永汉还拿着站上一线人员的论文，对照着专家意见，一条一条地解释问题在哪里，为什么要修改……随着沟通的深入，一些人多少意识到自己的不足，进而心悦诚服地进行了修改。

修改完成之后，曹永汉再寄给各位专家，专家们则继续提出意见。

就这样连续修改了三次。

随着论文越来越成熟，北京的专家们终于发话了："论文已经可以了。陕西方面的论文就请陈服官先生、王廷正先生和王忠裕先生最后把一下关，不用再送到北京来看了。"

1999 年 9 月，"国际朱鹮保护研讨会"在陕西省汉中市召开。来自中国、日本、美国、俄罗斯及国际自然保护联盟的专家及政府官员近百人参加了会议。

会议交流的主要内容有四项：

一、交流朱鹮生态学、生物学研究成果。

二、探讨朱鹮保护与当前经济的协调发展问题。

三、实地参观考察。

四、交流中国朱鹮保护的方式和成绩。

应当说，每一项内容都很有针对性。

一些过于专业和学术的问题比较艰深，我们就看一些通俗的。

以第二项内容"朱鹮保护与当前经济的协调发展"为例。

许多人都曾经有过误解，认为外国人一旦热心于朱鹮保护工作，就会重鸟轻人，尤其会忽视当地民众的生活福祉。实际情况恰恰相反。此前国际组织——包括日本的各类鸟类团体、国际自然保护联盟、世界自然基金会、国际野生生物基金会等，在长期的实践中都深切地体会到，野生动物的保护必须和保护百姓利益同步。具体到朱鹮，如果损害到老百姓的利益，朱鹮的保护工作就很难良性和持久地发展。正是这个原因，凡他们来洋县调研，总是要询问保护朱鹮和周边老百姓的生活怎样协调的问题。在相当长的一段时期内，他们对中国保护朱鹮的成果都极不放心。令许多中国人意外的是，这"极不放心"的首要一环，竟是担心损害甚至剥夺了当地老百姓的利益。

为了解疑释惑，朱鹮站的工作人员带着他们到山里调研，并随机走访农民。有些外国鸟类保护者甚至在山上跟农民住在一起，随农民一道耕田翻地，进而深入地了解保护朱鹮和保证农民利益之间的关系。当国际组织的专家们看到朱鹮保护在洋县的具体实践，听到“社区参与”“社区共管”这些在国际上刚开始流行的新理念、新方法已经应用到实践中时，都非常感兴趣。

再比如第四项。

中国保护朱鹮的方式和所取得的成绩——这是国际鸟类学界非常关心的问题。

“国际朱鹮保护研讨会”召开之际，中国朱鹮的拯救与保护已经取得了巨大的成就，这成就不是自吹自擂，而是国际公认。尤其是日本，他们在将近半个世纪内，对朱鹮的拯救和保护历经坎坷，饱受挫折，最终还是失败了。他们亲身经历了一次次惊心动魄的变故，目睹了一只接一只的朱鹮在身边死去，所有这一切，对他们内心的冲击都是非常巨大而强烈的。当他们了解到中国在只剩七只朱鹮的情况下，并没有慌张失措地将它们捕获归笼，而是让它们继续留存野外，并通过种种举措，最终使朱鹮一步一步走出险境，进而繁衍壮大时，他们的佩服是由衷的。

也正是由于中日在保护朱鹮上的强烈反差，他们非常想知道：

当初中国为什么能够选择这样做？

中国避开了哪些日本所犯的错误，所走的弯路？

在中国采取的诸多保护朱鹮的措施中，哪些是次要的，哪些是主要的，哪些是他们能够学习，甚至直接复制的？

……

在这次会议上，全世界研究朱鹮保护的专家齐聚一堂，满怀着巨大的兴趣共同审视、研讨并学习中国保护朱鹮的成功经验。他们不仅在论文中看，在会议上谈，而且更重视现场去看。他们不仅去了朱鹮圣地姚家沟，还去了汉江滩涂、灙河水库，以及草坝朱鹮夜宿地和朱鹮救护饲养中心。当他们在汉江两岸的稻田里看到集群的朱鹮时，不由得发出阵阵欢呼。

经过一次次规范的考察、审视、讨论，国际鸟类专家们对中国保护朱鹮有了真切而深入的了解，也自然而然地得出了自己的结论。

国际自然保护联盟琵鹭类专家组主席柯德逊认为：中国的朱鹮保护“是自然保护成功的典范”。

他说：

“现在是回顾和评价拯救朱鹮历史的一个很好的时刻，其他濒危物种的保护工作有许多地方需要向朱鹮项目学习。”

北京师范大学生命科学学院教授、中国科学院院士郑光美完全赞同柯德逊的评价。他特意为朱鹮保护站题词——“朱鹮保护是拯救濒危物种的成功典范。”

……

会议形成了《汉中宣言》，对中国朱鹮保护成功的经验和未来的目标进行了总结和昭告。

此后，中国朱鹮保护的势头越来越好，可思考、可借鉴、可形成结论的东西越来越多。鉴于此，2011 年 5 月——刘荫增在姚家沟发现朱鹮第三十年——由国家林业局和陕西省政府联合举办了“朱鹮保护三十周年国际研讨会”。

会议在洋县召开。

与 1999 年第一次国际会议不同的是，这次会议规模更大。国家林业局和各省市的相关部门、日本驻华大使馆及日本环境厅、韩国庆尚南道环境政策科等百余名国内外嘉宾如期而来。开幕式结束后，全体与会代表来到了洋县梨园景区，共同参加朱鹮的放飞活动。

工作人员早早做好了准备，放飞之际，箱笼打开，20 只美丽的朱鹮犹如盛妆登台的演员，仪态万方地相继出笼。那一刻，除过惊喜的赞叹声，再就是密集的闪光灯。

20 只朱鹮已经习惯了万众瞩目的场面。出笼后的它们左右张望，前后照应，扭扭脖子，捋捋羽毛，磨磨蹭蹭地自怜自爱了一番，随后才展开双翅，一只接一只地飞上蓝天。

顿时，欢声雷动。

又过了七年——2018年，由中国人民对外友好协会、日中协会、韩中文化友好协会共同主办的“首届朱鹮国际论坛”再次在洋县举行。相比前两次的国际朱鹮保护研讨会，这一次的规模最大。会议形成了《首届朱鹮国际论坛朱鹮保护与发展（洋县）宣言》。与上两次《宣言》不同的是，这一次的《宣言》删繁就简，站在哲学的高度，诠释了保护朱鹮的本质意义：

> 朱鹮生息繁衍与人类生产生活高度相关。保护朱鹮及其栖息地，保护人与朱鹮和谐共存的生态环境，就是保护人类赖以生存的自然环境，就是保护人类自己。

寥寥数语，是精到的诠释，也是科学的引领！

可以清楚地感受到，从当初发现并保护世界濒临灭绝的珍稀物种，到对朱鹮实施大规模的保护拯救，人类正一步一个台阶地向高处攀登。这个“攀登”不仅是保护的具体举措，更是认识的宏远境界。一个可喜的现象是：随着对浩瀚宇宙的涉步渐深，人类已经从对大自然居高临下、舍我其谁的不可一世，转变为热爱动植物，保护大自然的谦恭敬畏。人类迅速而主动地改变了对大自然一味征服和利用的单向索取，开始了与大自然休戚与共，同生共荣的友好选择。

许多人总结说：前后三次朱鹮国际会议所探讨的问题，所形成的理念，充分说明了中国生态保护意识的进步和提高，也充分说明了整个中国的进步和提高！

第十一章　绝不能功亏一篑

在更大的范围内持续不断地推进野化放飞，让朱鹮在曾经生活过的历史分布区渐次出现，最终实现它们在历史分布区的圆满复原。这是一个很大的目标。唯其大，所以难。唯其难，所以更要做。要持之以恒，久久为功。

和时代同步

1990年连续三只朱鹮被猎杀，国家林业部森林公安局局长董庆余在破案后召开的座谈会上，旗帜鲜明地讲道：朱鹮之所以被猎杀，原因固然很多，但其中最重要的原因是宣传不到位。因此，要杜绝猎杀现象继续发生，就要加大宣传力度，做到宣传不留死角，不留空白。

事实证明，40年朱鹮保护的杰出成就，离不开媒体和宣传部门的支撑。

采访汉中市文联主席贾连友时，他恰值退居二线，正忙着整理东西和清退办公室。为了我们的采访，他专门翻出了自己历年所写的有关朱鹮的文章，并拿出一张照片，向我们讲述了朱鹮第一次对外展览的情况。

1994年，贾连友在参与筹备汉中市（现汉台区）一年一度的秋季商品交易会时，向时任汉中市市长赵恒扬建议：把洋县朱鹮请到汉中来搞一次公益展览。

之所以提出这个建议，是他觉得搞这个展览好处很多。一方面可以借此丰富秋交会的文化活动，另一方面也可以进行保护朱鹮的宣传教育，尤其是通过实物展览，可以让广大市民，特别是中小学生亲眼看到朱鹮，这就为避免伤害朱鹮奠定了广泛的群众基础。汉中市和洋县相距只有60公里，已经不断有朱鹮飞到汉中来。

赵恒扬采纳了他的建议，很快通过洋县政府与朱鹮站联系。

联系中，贾连友才发现自己把事情想得太简单了。朱鹮是极危物种，它的展出不仅需要省林业厅审批，而且要惊动国家林业部。

但事已至此，只能迎难而上。

经过相关部门的大力配合，也经过与朱鹮站的反复协商，最终展览策划成功。

那是洋县朱鹮外出展览史上的第一次。

遗憾的是，朱鹮站只能送两只朱鹮前来展览。

秋交会开幕的前两天，两只朱鹮从洋县运往汉中。一路除过朱鹮站的工作人员陪同，还配备了武警战士保卫。尤其是在展览现场，警戒几乎达到了“十步一岗”的密集度。可以说，朱鹮尚未露面，已经轰动了汉中。

那是贾连友第一次近距离看到了活体朱鹮。

怀着巨大的兴趣反复观察，贾连友突然生出一种感觉，这两只朱鹮怎么木呆呆的，和电视上看到的那些美丽灵动的朱鹮完全不能相比。他有些疑惑：是不是朱鹮关在笼子里一路颠簸，累了？病了？

现场忙碌，他没有时间多想，但心里留下了问号。

每天来看朱鹮的人很多，大家都很好奇，国宝朱鹮到底长什么样子。至今许多人留有印象，现场高度戒备，也就形成了十分紧张的氛围，所有的参观者走到朱鹮跟前，只能短暂地扫两眼，之后便匆匆离开。现场规定不许拍照，不能大声喧哗，以免惊扰朱鹮。贾连友属于工作人员，所以找机会抓拍了两张照片。一张是两只朱鹮正从木箱里出来，另一张是有关人员在水池上搭建朱鹮网笼时与朱鹮的合影。

展览持续了半个月，反响热烈。

展览结束后，贾连友抽时间对朱鹮站的工作人员说出了自己的疑虑，这两只朱鹮怎么有种“呆若木鸡”的感觉？

工作人员一听就笑了。

这一笑，贾连友就感觉自己问对了。

工作人员给贾连友揭开了谜底，说：“这两只朱鹮是属于有点伤残的。其中一只眼睛得了白内障，另一只听力有问题。”

贾连友有些愣怔："为什么不把好朱鹮拿来呢？"

"想都不要想！"工作人员回答得很干脆，"就是这两只朱鹮，也是经过省林业厅和洋县政府的双重审批才拿出来的！"

工作人员告诉他：这两只朱鹮都是人工饲养的，也都是当年不能繁殖的，虽然它们只出外半个月，但全程都处在监护中，不存在异地转移等问题，所以报批手续可以简化，真要是换成其他朱鹮或者另一种报批手续，那麻烦就大了。

路宝忠告诉我们：当时之所以同意送朱鹮到汉中去展览，是因为那几年在汉中北部的丘陵地带，发现有朱鹮长期在那里游荡。当地人向朱鹮站报告了这个情况，并且报告有人拿着猎枪跟踪朱鹮，这让他们很担心。那一阵，站上还专门派翟天庆带人到汉中梧凤乡一带追寻，结果确实发现了游荡的朱鹮。应当说，只有让更多的人认识朱鹮，才能够有效地保护朱鹮。恰好此时汉中方面联系举办朱鹮展览，和他们的想法不谋而合了。后来汉中市借着这次展览，掀起了关注朱鹮的热潮，朱鹮站也借着这股东风，不失时机地发布了保护朱鹮的通告，可以说，此呼彼应，联手共推，通过这样一种互动的方式宣传朱鹮，收到了很好的效果。

采访中，朱鹮站的人对众多媒体长期不懈地宣传朱鹮非常感激，他们多次向我们讲到一位媒体人，说从 20 世纪 80 年代开始，他就用手中的笔，锲而不舍地一直写朱鹮。

这位媒体人就是此前提到的《汉中日报》的主任记者李斌。

1983 年初，《新观察》杂志的一位编辑给洋县政府写信，想宣传一下洋县。洋县宣传部找到李斌，请他来帮助落实这件事情。经过商量，大家一致认为，宣传洋县最好的方式是"宣传朱鹮"。

李斌和洋县通讯干事张志廉、摄影记者胡迪生一起到姚家沟实地考察，他们一路行走，一路讨论。虽然朱鹮被发现已经两年了，但基本是神龙见首不见尾，人们对它的了解非常有限。

该怎样挖掘出不一样的素材，加大对朱鹮的宣传力度呢？

在洋县，他们和护鹮四人组及相关人士进行座谈，掌握了朱鹮从被重新发现到保护的第一手资料。采访完成后，李斌就住在县委招待所里，用三天时间写出了报告文学——《觅寻朱鹮的踪迹》，寄往北京后，很快就刊登在 1983 年第 13 期的《新观察》杂志上。

如今已经 80 多岁的李斌回忆起他们对朱鹮的最初报道，依旧热情不减。他说："通过接触，我们发现朱鹮这种鸟很有特点，它喜欢人，离不开人，同时又害怕人，若即若离，非常有意思。"

就从那一次报道开始，只要朱鹮有"动静"，李斌就会有"动静"。

日本人经常到洋县朱鹮站，由于语言不通，李斌无法和他们交流，于是他就一步一步地跟着他们走，在实际工作中观察和了解他们。包括村本义雄先生，也是在来往中熟悉起来的。后来李斌在《人民日报》（海外版）上发表的关于村本义雄先生的长篇报道，与其说是采访而得，不如说是脚步的书写。

1986 年 1 月，陕西省政府决定拍摄两部纪录片，一部以大熊猫为主角，一部以朱鹮为主角。时任陕西省省长李庆伟说："这是陕西的宝贝，是陕西的荣耀，我们愿意花一点钱，把它们拍成电影。"

拍摄朱鹮的任务落到了北京科学教育电影制片厂导演徐真的肩上。

10 月下旬，53 岁的徐真在林业部和省林业厅有关人员陪同下，首先查看了朱鹮巢地。12 月初，他带着助手巴托夫和田春明再次赶到洋县，第二天一早就去了三岔河朱鹮巢区，之后又赶往姚家沟朱鹮巢区。

真正拍摄朱鹮繁殖，需要等到春天，也需要躲在隐蔽的地方。徐真等人未雨绸缪，他们把竹子划成篾片，在距离朱鹮巢树三四十米外的山坡上搭起一座竹笆棚，从精神和物质上都做好了整个朱鹮繁殖期吃住在巢区的准备。

春天终于来临。

每天天刚放亮，他们就开始工作。那时洋县只有姚家沟和三岔河两个巢区，他们就围绕着这两个巢区拍摄。几乎每天都要绕山梁，爬高坡。原本以为整天窝在隐蔽棚里拍摄会很苦，真正投入工作时才发现，能够稳坐在隐蔽棚里拍摄，实在是幸福之极。朱鹮的出出进进是那样难以捉摸，用镜头去追踪并拍摄它们，非常困难。

但是又能怎么办？

他们只能全心全意地服从并服务于朱鹮，而且是全天候全方位的服务，分秒必争，寸步不离。

就这样一天天地拍，也一天天地跑。

巨大的付出，必将带来巨大的收获。他们用自己的镜头，忠实地记录了朱鹮交尾繁殖的全过程，拍下了许多宝贵的、令人难忘的镜头。其中最突出的是两个画面：一个是七只朱鹮在一起飞翔，那一刻它们逍遥飘逸，宛若天之骄子；另一个是九只朱鹮同时在树上栖息，那一刻它们敛翅相依，静如处子。

徐真等人绝对不会想到，十年以后，他们拍的这部片子在朱鹮人工饲养和人工孵化的科研探索中，能够起到远超原始记录和艺术审美的作用——朱鹮饲养中心的串金朝等人正是通过观看这部影片，发现朱鹮晾卵和翻卵是在大雪纷飞中进行的，是不需要太多地顾忌温度的。

徐真用镜头忠实地记录朱鹮生存状态之际，李斌同样用手中的笔在忠实地记录徐真的工作。他根据自己的实地采访，写下了《珍禽朱鹮抢拍记》，很快发表在 1987 年的《人民日报》（海外版）上。

当年 6 月，李斌因参加会议，住在洋县招待所，恰好徐真仍在，于是他再次对徐真进行采访。他发现徐真的屋子里养着三只小画眉和一只小松鼠，仅此一个细节，就表现出徐真喜欢动物的个性。

徐真告诉李斌，影片的拍摄筹备是从1986年冬天开始的，整个拍摄要到1987年的八九月份才能结束。拍摄朱鹮的难度很大，朱鹮有翅膀，它在天空不停地飞，但也恰恰是这样一种运动状态，很适合用电影的手段去表现。在拍摄朱鹮生态环境和栖息繁殖活动时，他们不能就物拍物和就事拍事，需要耐心等待，还需要不停地进行设计。可以说，每一个精彩的镜头都来之不易。

此时，徐真已经应英国广播公司（BBC）的邀请，于9月参加野生生物国际摄影讨论会。为了在影片中展现秦岭山脉壮丽的自然风光，他将乘坐直升机，航拍秦岭。

李斌向徐真提出了一连串问题，问他为什么对拍摄野生动物有这样大的兴趣，该采用什么方法去拍好朱鹮，拍摄中遇到了哪些问题和困难，怎样去克服，等等。之后根据徐真的讲述，写出了访问记。这篇文章在《汉中日报》刊出后，很快又被《人民日报》（海外版）刊登。

李斌非常谦虚。

在我们采访和查找资料的过程中，发现在众多宣传朱鹮的新闻消息和通讯报道中，他发表的作品数量是最多的，但是当我们提起这件事时，他却直摆手，说："这是职责。应该的，应该的。"

采访中，李斌深情地为我们回忆了小时候家乡勉县的情形。他说，20世纪50年代，勉县县城距离汉江边只有几里路。当时汉江两岸都是芦苇，芦苇长得又高又密。周边的树林也很多，大白天狼都敢跑到这里来觅食。那时候，勉县的生态真的很好，就像《诗经》中描述的"蒹葭苍苍"的情景。

作为一个资深媒体人，李斌说出了对朱鹮保护事业的期盼和祝愿。

他说："要发自内心地关爱和保护野生动物，不搞虚假。"

他说："野生动物繁殖发展起来以后，人类的生存环境也会同步变好，所以保护野生动物不仅是我们的责任，还应当成为我们的本能。从本质上来说，保护野生动物，就是在保护我们自己。”

一语让我们惊讶。

李斌已经退休多年，已经是80多岁的高龄，但他说出的话和思考的问题，和国际论坛上那些专家们说的话和思考的问题完全同步！

宣传朱鹮，升华自己

回到贾连友。

1998年夏天，贾连友到洋县朱鹮保护站去采访时，偶然听到消息：国家林业局和外交部来人考察，说有重要外事活动，需要提前挑选一对体型健美、发育良好、进入育龄期的朱鹮。

林业局来人挑选朱鹮，非常正常。

为什么外交部也要来呢？

出于职业敏感，贾连友马上意识到这恐怕是一个重大新闻。

当时中国朱鹮的数量正在迅速增长，朱鹮站的工作人员从52只人工饲养的朱鹮中精心挑选出两对。一对是“友友”和“洋洋”，另一对是备用的，取名“飞飞”和“翔翔”——当相关人员紧锣密鼓地进行挑选时，贾连友同步开始了准备。他主动与新华社陕西分社通联部主任、高级记者华年轮联系，诚恳地听取华年轮的意见——尽管谁都不清楚这个外事活动的具体指向，但是透过捕捉点滴信息，两人坚定地认为：极有可能是中日之间最高层的交流活动。

几个月后，中央电视台《新闻联播》播出重要新闻：国家主席江泽民与日本天皇亲切会见，同时播发了江泽民代表中国政府向日本人民赠送一对朱鹮的消息。由于事先做足了功课，两人第一时间就写出了通讯《朱鹮——中日友谊吉祥鸟》，迅速发往新华社特稿专线。第二天，除新华社全文播发外，香港《大公报》等多家权威媒体都在第一时间转发。

令人赞叹的是，在没有任何组织安排的情况下，凭着职业的敏感，贾连友几乎天衣无缝地配合了国家主席出访日本的重大国事活动，这在基层的新闻工作者中是罕见的。

事情至此，并没有结束。

当年11月，贾连友又去洋县朱鹮保护站采访，巧遇好朋友向涛也带着几个人来参观朱鹮。此前贾连友通过采访，深知随着人工繁育的朱鹮不断增多，正急切地需要建立更多的网笼和投放更多的饲料，而这一切都仰赖于资金。向涛是汉中名牌产品“伟志”西服的副总经理，当贾连友得知向涛是到洋县来收取货款，并且收款很顺利时，他便把朱鹮保护站经费紧张的情况告诉他，建议他支持一下朱鹮保护工作。

向涛很大气，问怎么支持?

贾连友告诉他：保护站现在正呼吁名人名企认养朱鹮。向涛所在的陕西日臻商社是名企，其产品“伟志”西服是名牌，他建议用3万元钱，以陕西日臻商社的名义挂牌认养一对朱鹮，这对企业同样是个很好的宣传。

向涛二话不说，当即去县城银行办理了捐赠认养朱鹮的转账支票。

有两个情况值得一说。

一是向涛认养的那对朱鹮，恰好就是为国家主席江泽民赴日备选的“飞飞”和“翔翔”。

二是后来陆续有企业和名人来认养了一批朱鹮。追溯起来，是从向涛认养这一对朱鹮起步的。

为宣传朱鹮立下汗马功劳的，还有汉中市现任网络信息中心总编辑杨建平。

杨建平曾经是《陕西日报》驻汉中站的记者，以后又担任《汉中日报》总编辑。很巧的是，20世纪90年代初他写出的第一篇获奖作品，就是关于朱鹮的。

那一年，洋县人工繁殖朱鹮刚好成功，杨建平写了一篇《人工繁殖朱鹮目击记》，发表后获得了全国好新闻二等奖。那是他人生中第一篇获奖作品，对他产生了极大的激励。此后的岁月中，他每年都持续不断地写朱鹮，这些稿件基本上都被权威媒体所采用和转发。

朱鹮使洋县出了名，但是在相当长的一段时间里，保护朱鹮的事业却举步维艰。这个“艰”体现在物质上，是缺乏资金。有一年，城固烟厂生产了“朱鹮牌”香烟。那时中国刚兴起商标的注册和保护，朱鹮站认为城固烟厂属于侵权，坚决不同意。杨建平得知情况，主动去找烟厂的厂长陈德发。他和陈德发私交很好，也就能够诚恳地提出建议。他向陈德发建议：与其这样闹僵，不如想办法解决。烟厂生产“朱鹮牌”香烟，不仅说明了烟厂对朱鹮的认可，也说明了朱鹮这个商标的价值。既然这样，各退一步，实现双赢。他建议烟厂出钱认养一批朱鹮。既是为社会做好事，又获得了朱鹮商标的使用权，一举两得，何乐不为呢？

此前，陈德发并不知道朱鹮保护工作中的困难，一听他的建议，深以为然。杨建平取得了陈德发的认可，转身又去和朱鹮站协商。很快，城固烟厂与朱鹮站签订协议，出资 15 万元认养朱鹮，并且每月固定为朱鹮保护站提供接待用香烟。

一桩双赢的好事就此落地。

采访中，杨建平告诉我们，他写了不少有关朱鹮的文章，为宣传朱鹮做出了一些贡献，但这只是一方面，另一方面是朱鹮成就了他。他在宣传朱鹮的同时，更多的是提高、净化和升华了自己。

这让我们深感好奇。

问：您这句话该怎么理解？

答：你想嘛，通过这么多年写朱鹮、采访朱鹮，促使我不断思考问题。从前谁去想鸟类和人类的关系？谁去想生态环境和人类生存的关系？但是现在我就去想，这是不是升华了自己？

问：几十年的朱鹮保护工作中，给您留下最深印象的是什么呢？

答：最深的印象是，经过这几十年的熏陶，上上下下，无论官方还是民间，对保护朱鹮，包括保护生态环境的认识都有了翻天覆地的变化。还是那句话，从前谁把朱鹮当回事？它死了就死了，绝种了就绝种了，无所谓。但是现在呢？完全不一样了。

问：能不能说现在保护朱鹮已经在全社会达成了共识？

答：不光是达成了共识，而且是强烈的共识。我印象很深，前十几年汉中也搞了一个国际研讨会，但是比较冷清，没有多少氛围。那是第一届，当时我在现场待了几天，包括他们起草国际宣言，好像原稿还在我手里，但是来的人不多，媒体报道得也不多，总共四五十号人吧。但是 2018 年再搞，完全不一样了！不光规模大，国际专家来得多，而且所有的媒体全部关注。当时《汉中日报》也做了好几个版，不光整版报道，而且现场直播，无论规格还是氛围，完全不一样。包括洋县现在正大张旗鼓地在做有机产业，可以说保护朱鹮到今天，越来越进入良性循环了。

当我们无意中谈到 2002 年那场朱鹮调运风波时，杨建平态度明确地谈出了自己的看法。

“这件事做得不对。”他说，“这是一种狭隘意识在作怪，虽然都是我老家的群众，但我要说这个话。”

杨建平认为：从民众的心理上来说，是担心朱鹮一调出去，国家支持的各类专项资金，洋县就不能独享了。当时省上每年都有专项补贴资金，也都按田地的亩数给农民兑现补助，一旦朱鹮迁走，他们就担心享受不到了，最起码这笔资金会分散了。

杨建平认为：这件事归根结底还是人的理念有问题。是站在自己的角度，搞本位主义，搞地方保护主义，说穿了是为了得利和获利。

杨建平说：无论如何，国家采取这个措施是对的。万一在一个地区发生大的疫情，物种的保护难度就大了。所以一定要让部分朱鹮离开陕西，一定要在适合它的环境中进行再引入。这是为朱鹮好，也是为人类好。

杨建平告诉我们：他亲历了整个朱鹮的保护过程，他认为保护朱鹮的过程，也是整个中国的生态环境发生根本性变化的过程，而且这个变化是全方位的。几乎所有人的理念、所有的生态环境都在发生变化，这些变化又现实地转化为经济优势，是真正的双赢。

我们问经济优势体现在哪里？

他说：

“你可以看一下，现在洋县仅以朱鹮命名的有机农产品就有多少，这还只是其中的一部分，现在整个经济生产都转向了，除过工业上的低碳，包括农业上的粮食、水果、蔬菜，都在搞有机产品，这就给洋县的经济发展带来了深刻的变化，甚至可以说发生了一场巨大的变革。

“放在从前，谁能够想象这样一种变化。比如大家都在种橘子梨子，其他县的橘子梨子甚至种得更多。但是橘子卖不出去了，梨子卖不掉了，怎么办？你只要说这是洋县的橘子梨子，是不打化肥不施农药的，马上就有人要，而且价钱比其他橘子梨子高，这是不是生态优势转化成经济优势了？

“这种变化非常广泛，完全是在悄然不觉中进行的。我坚信，在可以预见的时期内，这种转化还会继续，会更加深入……”

他讲着，我们听着。突然就想起了他那句话：朱鹮成就了他，升华了他。

耀眼的名片

2003 年，世界自然基金会同意吸收陕西朱鹮自然保护区成为他们的项目合作单位。不久，他们邀请陕西一批自然保护区的工作人员前往武夷山自然保护区考察。

之所以去武夷山考察，是因为那里的社区共管做得特别好。

朱鹮局去的是张跃明。

那次考察，仅陕西一道去的就有周至、太白、长青等自然保护区的同行。

当他们进入武夷山时，第一个感觉是这里的风光真好！

武夷山自然保护区和景区既是一体的，又是独立的。那里不仅有绝美的南国风光，而且有绚丽的丹霞地貌，巨大的摩崖上镌刻着历代文人墨客咏诵这里的诗句。当他们在景区的湖面上乘坐竹筏畅游时，头顶是蓝天白云，眼前有碧波万顷。郁郁竹林，几条小路袅绕；绰绰山腰，一片雾岚暗浮。那情景，不由得就让人泛出苏东坡的一句诗："一年好景君须记，正是橙黄橘绿时。"

但是无论风光多好，他们始终牢记着此行的目的。他们是来考察武夷山自然保护区是怎样发展起来的。

他们注意到，武夷山自然保护区事实上形成了一个具有突出特点的社区。这里最大的资源是竹林，当地人也就根据竹子做出了长远规划——每家每户都分有竹山竹林，每家每户每年的竹林砍伐量不许超过两亩。包括采伐的地点、采伐的方法都由保护区和社区共同指导管理。比如不允许成片毁灭性地砍伐，而只能从密密麻麻的竹丛中局部砍伐和间歇砍伐。这样的好处是可以完整地保护植被，再就是可以使大竹小竹、老竹嫩竹形成有序的生长梯次，从而保证了满山植被的自然修复和有序循环。

武夷山自然保护区诸多的举措中，有一条是核心，即他们有效地利用了竹子资源，安置了富余劳动力。具体的流程是：各家各户砍伐的竹子被送到指定的加工厂，由加工厂用专业设备进行深加工。至此，农户和竹子之间的联系初步完成，等待的是利益的合理分配。值得赞许的是，加工厂上班的职工基本上就是本村村民，是竹林的主人或家人——就这样，从一根原本极不起眼的竹子开始，形成了一条完整的产业链，并在产业链的伸展中非常自然地将自身融入其中——当张跃明一行在武夷山自然保护区考察时，他们看到在这个特色浓郁的小社区里，几乎所有的产品都是竹子制作的。从筷子、茶具、笔筒、杯垫、茶几到竹席、竹桌、竹椅、竹墙、竹帘……用琳琅满目和美不胜收来形容，唯有不及，绝无过誉。

继续了解，每户每年间伐的两亩竹子，足以保证各户人家的小康生活。

什么叫双赢?

什么叫既保护了生态，又造福了百姓?

眼前活生生的事实，让考察组的成员们眼界大开。这样一种可循环利用的不竭资源，这样一种充满了活力的产业链，它破解了人类既需要资源又需要生态的两难，创造出一种人与自然友好共存、和谐共生的境界。

问题仅止于此，远远不够。

生活中，有许许多多的考察，都是公事公办地去，公事公办地看，再公事公办地回来向上级领导汇报，之后公事公办地消失。而这一回武夷山考察最难能可贵之处，就是将考察人员组织起来，除过听和看，还要进行对症下药的思考分析。

张跃明至今记得很清楚，考察即将结束，工作人员将大家组织起来开会——不是平素机关里那种正襟危坐的开会，而是以一种散漫而随意的形式，每个人或站或坐，或喝茶或抽烟，你一句我一句地说。这种说，是对眼见事物的评价，也是对各自思考的表达，还是对悬而未决问题的质疑和争辩。总之，在形式和内容这两者之间，重内容而轻形式。

张跃明最受益的是，就从那一回考察和讨论，他懂得了该怎样申报项目。

首先要搞清楚目标、冲突点（张跃明亦将之称作威胁点）。要一步一步地倒推，直到把整个问题推演清楚。

具体到朱鹮工作，目标非常明确，就是要保护朱鹮。但是保护朱鹮的威胁点是什么？是水田。要很好地保护朱鹮，就一定要多多地保护水田，否则朱鹮就失去了重要的食物源。与此相对立的是，在很多时候，农民的需求和朱鹮的需求是相反的。比如农民想尽可能地利用化肥农药来提高每亩的单产，但化肥农药恰恰板结了土地，并伤害了田里的水生物。

需要解决的问题明摆着：怎样既帮助农民增加收入，又保住良好的水田生态?

继续倒推，保住良好的水田生态较容易，不使用或者少使用化肥农药即可，但是如何帮助农民增加收入呢?

朱鹮巢区水田提倡施用农家肥取代当地农民施用化肥（张跃明摄影）

农民使用化肥农药，是为了提高产量和增加收入。如今不能使用化肥农药，也就无法实现高产。所以，接下来的问题是怎样做才能让农民在不使用化肥农药的情况下，实现收入的增加。

于是种植绿色食品的结论就非常自然地凸显出来。

回到洋县后，张跃明依照这个倒推的思路，有顺序地进行了一番调研。这其中，除了县上的农业部门，还包括种子、化肥、粮食销售等机构和部门。待一切都胸中有数了，他开始关起门来写项目申请报告。

报告的名称简单而直接——《朱鹮大米》。

一周时间，3 万多字的项目申请报告就完成了。为了慎重起见，他又利用半周时间进行了补充和修改。

写申请报告的过程是顺利的，原因在于一切都是清楚的。实践绿色水稻种植的过程已经了然于胸。需要什么样的种子，采用什么手段灭虫，施用什么样的肥料，包括对水田进行怎样一种治理……所有这些环节，都非常具体，且一环紧扣一环，其中每一个环节需要花费多少钱，同样是具体和明晰的。

张跃明深深地体会到，从本质上来说，写申请报告的过程，其实是一个调研的过程，学习的过程，思考的过程，提高自己综合认知的过程。

种植朱鹮大米是一项系统工程，其中任何一个环节的疏漏，都可能导致项目的失败。所有的评委都是行家，他们会敏锐地发现报告中的每一条疏漏和缺陷。张跃明不能有丝毫懈怠，他必须聚精会神，全力以赴。有一天，他在办公室里埋头写了一整天，不知不觉太阳就落山了，不知不觉午夜就来到了，等报告终于告一段落，已经是凌晨四五点钟，他紧绷着的心弦总算松弛下来。这一松弛，顿时四肢无力，周身疲软。为了缓解疲惫，他本能地趴在桌子上……

睁开眼，才发现自己是被上班来的同事叫醒的。同事看见了他的状态，很惊讶，却没有更多地表示什么，只是无声地叹了口气，又淡淡地冒了一句：别这样玩命！

那是张跃明自参加工作以来，写得最长的一份报告。

不久，项目申请得以顺利通过。世界自然基金会为项目资助了 40 万元。中国政府同时配套支持了 10 万元。张跃明为此自豪，这是自参加工作以来，他为单位申请到的最大的一笔公益组织资助资金。

2003 年项目正式实施，参加项目的合作单位有汉中市农业技术研究所、洋县农业局、双亚粮油公司等相关部门和企业。实施时首先选定了 600 亩水稻田作为试验区。这 600 亩水稻田又根据不同的情况分为三块，平均每块 200 亩。

第一块，地处花园乡刘庄村。位于秦岭低山区，海拔 700 米。

第二块，地处四郎乡田岭村。位于秦岭丘陵地带，海拔 500 米。

第三块，地处纸坊乡草坝村。位于汉江平坝区，海拔 450 米。

接下来是选择水稻种子。

他们没有选择生命力顽强且高产的杂交稻，而是选择了汉中农业专家自己培育出来的一种香米。他们想用这种高品质的香米，与泰国香米竞争市场。为做好种植这种香米的技术支撑，汉中市农业研究所专门为他们配备了两名高工。当他们正式实施这一切时，也正是整个中国在大力推广无公害农业之际。与传统农业相比，无公害农业是一个明显的进步和提高，但与绿色有机农业相比，无公害农业的进步和提高又显得有限。

张跃明告诉我们：绿色有机农业是当今世界上最先进的农业种植，它既能让群众增收，又能保护环境。之所以要认真做好试验区，是因为他们一心要将这种农业的理念和方法推向成功，进而形成一个民众看得见、摸得着、可实施、能受益的好做法。他们想通过自己的努力，让洋县农民在纷纭多元的种植竞争中，一步踏上最高端。

最高端体现在哪里？

张跃明告诉我们：现代农作物种植其实并不排斥使用化肥和农药。真正完全排斥化肥和农药，庄稼是长不好的。包括蔬菜水果，如果爬满了虫子，长满了虫眼，何谈优良品质。所谓无公害农业，是指在增加有机肥施用的同时，大力减少化肥和农药的使用量，尤其是对3911或者滴滴涕这一类毒害性比较大的农药，要少用或者不用，但是由于量和质的控制只是相对标准，所以农民在实际操作中很难避免超标。

与无公害农业相比，绿色有机农业对防污防害的标准不仅界定得更加严格，而且是全程控制的。绿色有机农业同样不排斥农药和化肥，但质的区别在于，它不允许使用化学性质的农药和化肥，而必须选用生物制剂的农药和肥料。

我们都听得好奇。这些年，满耳全是化肥农药的贬评，许多食品广告上经常诱人地带有一句“小时候”——“小时候的味道”“小时候的菜油香”——其实认真想想小时候，蔬菜叶片上常常满是虫眼，粮店所有的大米里都掺有沙粒，至于水果，无论苹果还是桃李，有虫的时候多，无虫的时候少。咬一口吐半口是常态……

生活，哪里会非黑即白。

我们问张跃明：“生物制剂的农药肥料都有哪些呢？”

回答：“比如味精厂和糖厂的下脚料。”

“这些下脚料能制成肥料吗？”

“当然可以呀。那都是很好的生物复合肥，是纯粹的绿色肥料。”

“农药呢？”

“也是从特殊植物中提取的。”张跃明说，“所谓绿色农业，最突出的特点就是只能使用生物化肥和生物农药，不许使用化学化肥和化学农药。再就是，即使你全部使用的是生物化肥和生物农药，也仍然规定了施肥用药的时间。”

“具体怎么规定？”

“必须在水稻抽穗前。一旦水稻开始抽穗，就不许使用。”

我们都觉得新鲜，整天听人争论粮食问题、化肥农药问题，就是不知道究竟是什么问题，又该怎样去解决。

“与传统农业相比，绿色农业还有哪些要求呢？”

“多了。”张跃明说，“我们不是搞了600亩试验田吗，这600亩试验田里的水必须来自河流或者水库，而且必须是直接流进来、自然流进来的，如果上游有污染性质的工厂或者矿区就不行；包括水稻收割后的加工设施，都有严格的环保要求。无论加工成米还是封装打包，过程中都不许出现污染。”

张跃明告诉我们：为了保证各个环节不出问题，洋县从行政和其他配套措施上都非常重视。比如专门聘请原副县长李天刚来负责绿色农业这一块的工作，又专门为此引入了洋县双亚粮油工贸公司来负责绿色水稻的销售，总之，要千方百计地让绿色有机农业形成一个靠得住的、完整的产业链。

李天刚是洋县主管财政、税收和食品安全的原副县长。

我们了解到，自他主管食品安全后，几十年中洋县再没有换过其他人。

这其中固然原因多多，但其中一个重要原因是，在他担任这个职务的几十年中，洋县的食品安全是“零事故”。

长期的工作实践，使李天刚对社会经济的进步和发展有着自己独到的理解。他深知，自从洋县发现了朱鹮，从此不能开矿，不能建化工企业，不能砍伐树木，不能使用化肥和农药——和张跃明一样，他认为化肥和农药具有两面性——舆论容易将化肥和农药说得一无是处，事实上适度的农药和化肥对农业的推进作用是巨大的。首先是产量。中国人口那么多，耕地面积那么少，吃饭问题怎么解决？以洋县为例，因为不能施用化肥和农药而造成的农作物减产，导致每年地方财政减少收入约 2 亿元，其中仅水稻减产所造成的损失就有 5000 万元以上。所有这一切因素的叠加，加剧了洋县经济社会发展的落后状况，使得洋县长期戴着“国家级贫困县”的帽子。

如何破解朱鹮保护和发展经济的两难？

应当说相当长的一段时期内，洋县一直在困惑，也一直在探索。

恰恰是世界范围内掀起的“绿色有机”革命，给洋县破解这道难题提供了新思路。在世界自然基金会的资助下，朱鹮保护局启动了“陕西朱鹮自然保护区社区共进发展项目绿色水稻产销子项目”，项目分三年实施。

排除掉其他不利因素，种植绿色水稻有利的因素有：

第一，价格可比普通水稻高出一倍；

第二，由洋县双亚粮油工贸公司负责收购，农民不用担心销售问题；

第三，世界自然基金会为鼓励农户种植绿色水稻，规定每种植一亩绿色水稻，基金会将为农户承担因减少使用农药和化肥所造成的减产补偿。

从此，洋县的“朱鹮牌”大米种植起来。

“朱鹮牌”大米的种植和销售绝非一帆风顺，但它毕竟代表着一种进步的方向。后来的实践证明：洋县生产的“朱鹮牌”大米、红薯、粉条、香菇、木耳等在京津冀和珠江三角洲卖得很好，甚至供不应求。有机黑米则远销到港澳台，甚至出口到日本和美国。与此同时，洋县迅速成为“国家有机产品认证示范区”和“国家农业绿色发展先行区”，开始领跑全国的绿色有机产业。

李天刚告诉我们：由于绿色农业的推广，洋县农民的观念也正在改变，如今的他们，已经不再抱怨无法使用化肥和农药。绿色农业为他们带来了一年比一年更高的收益，也为他们开拓了一条新的发展经济之路。现在洋县已经成为全国首批有机农业生态示范县，有机产品的产值从前些年的 40 亿元人民币增加到 2018 年的 70 亿元，进入 2021 年后，又增加到 90 亿元。

李天刚非常自豪地告诉我们：

“如今洋县有两张最耀眼的名片：一张是‘朱鹮’，一张是‘有机’。”

高铁与朱鹮齐飞

生活现象非常复杂。

我们刚去洋县时，满耳听到的都是“朱鹮是一种吉祥鸟”“朱鹮特别美丽”“朱鹮深受百姓喜爱”。让我们始料不及的是，后来真正走进山区，走近农民，才惊讶地发现，当初许多农民其实很讨厌朱鹮，把朱鹮看作“害鸟”“懒鸟”，甚至只要见到它就全力驱赶。

之所以如此，全部原因就在于每逢插秧季节，朱鹮就飞落到稻田里去觅食。

将心比心，不要说在粮食紧张的年代，就是在粮食宽裕的今天，它踩踏秧苗，农民会不会喜欢？

不仅是中国，日本同样如此。今天的日本，人们满怀欣赏地称朱鹮为神鸟和瑞鸟，也由衷地赞誉它的美丽和高贵，但是历史上，朱鹮曾在日本青森县泛滥成灾。它们飞入稻田，糟蹋秧苗，影响农民正常的农事活动，也因此被愤怒的农人们追打驱逐。日本护鹮老人村本义雄就非常坦率地说过：有一个阶段日本农民非常讨厌朱鹮，他们打朱鹮，吃朱鹮。

可以想见，朱鹮的绝迹固然与自然生态的恶化有关，但同样与人类对它的伤害有关。假设历史能够重演，我们会惊讶地发现，如果 1981 年刘荫增没有发现这七只朱鹮，而是任由这七只朱鹮自由地保持原样地继续生存，

在水田觅食的朱鹮（蔡琼摄影）

可以断定，今天连一只朱鹮都找不到了！

问题在于，当人们普遍缺乏爱鸟护鸟和生态保护的意识时，没有谁会细致入微地对朱鹮进行关注。后来的研究证明，朱鹮踩踏秧苗毕竟有限，它对水稻所造成的损失是轻微的，并且朱鹮的食物链中绝非仅有水生物，那些对农作物有害的蝗虫、蟋蟀、蝼蛄之类都是它食用的对象。从本质上来说，朱鹮不仅是靓鸟，而且是实至名归的益鸟。

但是在贫穷的年代，朱鹮的“害”会被直观地看见，而它的“益”却会被自然地忽略。

真正开始把朱鹮看作“益鸟”和“吉祥鸟”是什么时候？

是日本请求中国帮助寻找朱鹮以后，是大张旗鼓地宣传爱鸟护鸟以后，而最重要的，是中国改革开放以后，是群众生活好过起来以后——只有物质生活达到了一定程度，人们的思想意识，包括行为方式才会得到内在的提升，进而发生本质的改变！

一个非常能够说明生态保护意识得到空前提高的范本，是西安到成都高速铁路的建设。

西成高铁最大的难点和亮点，是它将翻越秦岭，穿经蜀道。规划中的西成高铁从西安出发，斜穿了秦岭南北麓的多条支脉，经过户县(今鄠邑区)、佛坪、洋县、城固、汉中，然后进入四川省境内，经广元、江油、绵阳、德阳等地，直抵成都。

细算下来，西成高铁穿经洋县的地段有29.8公里，其中穿越朱鹮保护区有16公里。这16公里涉及朱鹮的三处主要觅食地和两处主要夜宿地，外加一个朱鹮保护区的实验区。

建设高铁需要气魄恢宏地铺路架桥。毫无疑问，这对秦岭的生态环境和朱鹮的生存环境，将形成严峻的挑战。

在规划设计前，省政府首先举行了听证会。听证会由林业厅、朱鹮局、高铁建设项目方等联合组成。当时省林业厅打电话，请朱鹮局去一位懂技术的领导参加，翟天庆恰好在省上开会，于是就近参加了西成高铁的听证会。

听证会上，翟天庆了解到西成高铁的具体走向以后，直率地提出了自己的意见。他认为，将来朱鹮保护和西成高铁会涉及的问题主要是三点：

第一，朱鹮夜宿地会遭到破坏；

第二，噪音会对朱鹮的生存繁衍形成干扰；

第三，将来以朱鹮为主的鸟类会与高速列车碰撞。

以夜宿地为例，每天下午5点到7点，朱鹮要从四面八方回到夜宿地，那里集宿着100多只朱鹮。翟天庆提出：能否考虑让高铁列车的运行避开下午5点到7点这个时间段。

建设项目方的人很慎重地回答：这恐怕不行。西成高铁是连接西南西北的大动脉，不可能为了朱鹮每天停车两小时。停车两小时不仅经济损失太大，而且上上下下都不会答应。不说国家层面，不说两省之间，仅洋县自身，包括朱鹮保护工作者自身，将来也会觉得不方便。

经过讨论，首先确定了大原则：高铁一定要通，朱鹮一定要保护。

再下来，是围绕着大原则商量具体办法。

有些对铁路建设不太懂行的人提出，是否可以采用打隧道的方式，一站通过保护区。这样既可以避免噪音，又可以防止鸟类碰撞。

应当说想法很好，却是空中楼阁。

洋县朱鹮的活动区已经从高海拔区转向了低海拔区。这一转，大都转向了汉江两岸的平原丘陵地带。连山都没有了，何谈打隧道？何况即使真的能够打隧道通过，洋县还设不设站呢？如果洋县不设站，那就意味着在现代化的交通格局中，洋县是被甩出局的。毫无疑问，这一“出局”，注定将使洋县在滚滚不息的发展潮流中，先是闭塞，继而落后。所以首先不是铁路规划者和建设者答应不答应，而是洋县人民答应不答应，洋县政府答应不答应，包括朱鹮保护工作者自身答应不答应的问题。

承担朱鹮防护措施研究的是中铁第一勘察设计院。他们认真地坐下来，和朱鹮局面对实际谈问题。既然不可能每天限定两个小时不通车，既然不可能打一座隧道直接通过去，既然不可能不让洋县通高铁，那么剩下的选项就简单了：

第一，高铁在洋县朱鹮频繁来往的区域穿经时，在线路上建起隔音墙，将高铁运行的噪音降至最低。

第二，铁路以桥代路，以减少对朱鹮栖息地的生态环境的挠动破坏。

第三，在铁路运行区段安装防护网，避免鸟车相撞。

以防护网为例，后来西成高铁在洋县区段架设的防护网超过了16公里，且全部采用蓝色。之所以如此，是因为朱鹮对蓝色比较敏感，且蓝色不仅醒目，也与大自然更协调。防护网依据朱鹮的体型，将每个网格设定为30毫米 ×30毫米，选用的材质具有相当高的弹性。如果朱鹮撞上网，脑袋会伸进去，但是不会被卡住。即使朱鹮的脚伸进网内，也不会被绊住，不会影响它展翅飞离。为了避免朱鹮误撞误伤，防护网内侧还特意安装了黄色反光条，以对朱鹮形成警示。

防护网建成后，先进行测试。施工人员通过安装的红外相机和摄像机连续跟踪拍摄，看有没有伤害朱鹮的情况发生。

测试结果，没有一例发生。

后来西成高铁开通后，同样没有发生过一例朱鹮撞上防护网的事故。

西成高铁是连接中国西南、西北的第一条高速铁路，它的重要自不待言。但就是这样一条高等级的铁路，在建设中仍然充分照顾到环保，照顾到鸟类，这最有力地说明了今天中国在工程建设上的理念。许多参与和目睹了这项工程建设的人都感慨：这条高铁对生态和鸟类的保护，在世界范围内都达到了一流水平！

翟天庆告诉我们，西成高铁能够做到这样一种程度，这在从前是想都不敢想的事情。但是今天不仅想了，而且做了，确实了不起！

翟天庆说：任何事物都不可能绝对。即使做到今天这样的高水准，高铁的行驶也仍然会存在一些噪音，也仍然会对朱鹮形成一定的干扰，但是朱鹮本身也处在对环境的适应中，尤其是它们发现高铁虽然常常在眼前奔驰，却并没有对自己造成伤害时，就逐渐适应了。

他讲着，我们听着，脑子里不由自主就想起了一些往事。

在我们多年采访写作的经历中，曾碰到不少 20 世纪 90 年代去过欧洲的中国人。他们谈起当初去欧洲的感受，几乎不约而同地讲到一个细节——看见广场上的鸽子在自由自在地走，毫不惧人——令人惊讶的是，所有人讲到这个细节时，也无一例外地讲到了当时他们的困惑：为什么没有人将这些鸽子抓回去吃掉？

那时的中国人，吃是最重要的。

也正是由于要满足“吃”，朱鹮被猎杀了许多。仅我们在采访中听到的对朱鹮的猎杀，就足够多了。而更多被猎杀掉的，是不可能被发现的，它们注定将随着历史的渐远而消失。

令人感慨的是，同样是中国人，今天不仅没有人想着将鸽子抓回去吃，反而为了保护鸟类而大费周折。甚至在修建西成高铁这样一桩造福于民的大工程时，照样提出了保护朱鹮的要求，并且将这个要求理直气壮地摆上了铁路建设中重要的议题。无怪事情得到了圆满解决后，不少人感慨：这确实是发展与生态并翅，高铁与朱鹮齐飞！

另一件往事发生在 20 世纪 80 年代中后期，著名作家路遥随中国作家代表团访问德国。从德国回来后，他多次对友人讲到德国给他留下的深刻印象。尤其是其中两件事，一件是在德国访问期间，他曾专门去观看足球赛。彼时中国人都普遍拘谨和内敛。路遥目睹了德国人对足球的狂热。那种如痴如醉的现场投入感令他感到十分刺激，也大为惊讶。第二件事对他的刺激和震撼更大，这就是德国的高速公路。彼时中国还没有高速公路。路遥讲到德国的高速公路，尤其是讲到高速公路上为了防止伤害鸟类，还特意安装了防护网。至今一些人回忆，当他讲给身边的朋友们听时，听者穷尽思维也无法想象高速公路是怎样一种公路，高速公路上怎样才能建设起防护网，又怎样才能够保护飞鸟。

那确实是如听天书。

朱鹮慢直播

从 2015 年开始，张跃明担任了朱鹮管理局的宣传科科长。

张跃明不愧是朱鹮站的老员工，谈起朱鹮，如数家珍。采访中，他从宏观到微观，从抽象到具象，全面地为我们介绍了朱鹮的生存和发展状况，其中最吸引我们的一件事是“朱鹮慢直播”。

2020 年初，陕西广播电视台一个栏目组的负责人找到了朱鹮局，想对野生朱鹮的繁殖情况进行慢直播。这一想法和朱鹮局不谋而合。洋县电视台融媒体中心得知消息，也积极加盟。

这档节目的全称是《野生朱鹮孵化出壳慢直播》。节目除过全天候地拍摄朱鹮产卵、出壳和首次出飞的情况，还将在中、日、韩等多个国家的十多家电视融媒体上连续直播。观众可以通过电脑、手机观看。

朱鹮局首先派人去巢区踏勘，综合各方面条件后，选中了洋州镇文同村一棵百年榆树上的一对有建巢意向的朱鹮夫妇，摄影师围绕着它们的活动选择了一个视角开阔的拍摄点。为了不惊扰这对朱鹮，全部使用小型设备拍摄，并且对设备进行了精心伪装。当朱鹮夫妇出外觅食的一刻，他们用最快的速度架设起摄像机，以防它们受到惊扰而弃巢。

当天朱鹮夫妇飞回后，没有丝毫异常表现。

3月23日，摄像机刚装上不久，就拍到了两对朱鹮的“争巢大战”。原来这棵树上有两对朱鹮在做巢，一对年轻，一对年老。年轻的朱鹮夫妇显然占据了先机，巢已经基本搭建成型，正忙着在枝头整理加固，而那对年老的朱鹮也同样在这棵树上搭建巢窝，却只建起个大致的雏形。

这对年老的朱鹮显然思维还停留在过去时。它们很想独占这棵百年榆树，于是双双飞到已经成型的巢窝旁边，向巢窝的主人发起挑战。

保卫家园是每一个野生朱鹮与生俱来的本能，受到挑战的年轻朱鹮面对不速之客，立刻“嘎嘎”大叫着出击。和人类差不多，出战的主要是雄性。两只雄性朱鹮一边愤怒地大叫，一边快速向对方猛冲。争斗引来了喜鹊、白鹭等一群鸟儿，它们兴高采烈地在一旁围观，嘴里还叽叽喳喳地议论。

自然界同样不乏好事者。

两只朱鹮用长喙互啄对方头部，争斗中各有输赢。起初一只朱鹮站在上面的树杈上，拼命去啄站在下面树杈上的朱鹮；后来发展到两只鸟展开翅膀，用猛烈的扑扇去击打对方的身体；再后来，双方抢着站到对方的背上，用长喙猛啄对方头部。看得出来，都使出了浑身解数，为爱情而战，为家园而战。

相比之下，两只雌性朱鹮文明得多，它们没有动粗，只是站在一旁，用鸣叫来为自己的丈夫助威。

那天，张跃明一边看着镜头中的争夺画面，一边计算时间。战斗从开始到结束，足足有8分钟之久。

最终，那两只年轻的朱鹮守住了自己的巢窝。

张跃明说：

“我工作了这么多年，还是头一次看到这么激烈的场面，完全可以用‘惨烈’来形容。看的时候，我心里很震惊，也很高兴。震惊的是，朱鹮竟会以如此激烈的方式打架。高兴的是，这种现象说明了朱鹮原有的生态习性得到了恢复。”

我们问那两对朱鹮后来是什么结果。

张跃明说，接下来的每一天，那对年老的朱鹮仍然不时主动去挑起争斗，这说明它们不甘失败，只是这些争斗场面都比较小，不像头一次那么激烈。直到4月1日，双方又发生了一次长达11分钟的大战，这对年老的朱鹮再次落败。

谁也没有想到，虽然年轻朱鹮夫妇获胜，但第12天它们出外觅食时，巢中出现了相对长时间的空缺，恰巧这对年老的朱鹮此时又飞过来，经过几番试探，它们发现周边没有反应，于是心安理得地住了进去。

当天下午，那对年轻的朱鹮夫妻回来了。返回后的它们，不知所措地看着巢窝里这对年老朱鹮，随后继续讲理和拼争。但是无论它们怎么用翅膀扇打和嘎嘎大叫着谴责，这对年老的朱鹮始终稳居在巢里，既不激烈反抗，也不愤怒发声，只是坚守着已经属于它们的领地。就这样在树上持久地干耗，最终那对年轻朱鹮夫妻只有无可奈何地弃巢离去。

张跃明告诉我们，在此之前，虽然他也常常接触朱鹮，但很少见到朱鹮“打架”。而这一回的慢直播才让他领教到，为了争夺自己的地盘，朱鹮的争打同样激烈，并且它们和人一样，每当耍横时，也常常不顾体面，骑在对方身上连喊带叫，大打出手。

张跃明为我们分析，之所以这对年老朱鹮一心要在这里营巢，也有一种可能，即往年它们是在这里营巢的，它们不想丢弃已经适应了的家园。而年轻的朱鹮近两年才组成家庭，经验不足。虽然新巢是它们搭建的，但也正是它们，无意中侵入了对方多年居住的领域。

孰是孰非，没有定论。

“朱鹮和人有相似之处。”张跃明笑着总结，“它们也会不讲理！”

为方便观众记住朱鹮的名字，直播团队特意给这对年老的朱鹮获胜者取名。雌性叫“红红”，雄性叫“火火”。“红”既是“红鹤”的谐音，又具“红火”的意蕴。“红红”的环志编号是242号，这个编号能够让护鹮人确认它是2003年生于“人工繁育中心”、2011年放归自然的。截至2020年，它已经17岁，相当于人类的五六十岁。如此高龄还要产子，实属难得。

由于是实况直播，所以吸引了千千万万的人。“红红”“火火”久战成名，老而弥坚，晋升为大网红。

4月6日下午，“红红”不负众望，产下了一枚卵。

所有人都翘首以盼。

此前，日本曾让4岁的“凤凤”与21岁的“阿绿”进行交配，惨遭失败。如果“红红”“火火”能够成功孵化，这将打破洋县朱鹮野外繁殖年龄的纪录。

又过了两天，“红红”产下第二枚卵。

第四天，第三枚卵降生。

镜头里，“红红”“火火”不停地秀着恩爱，时不时给窝里添些柴，彼此梳理羽毛。确实是相敬如宾，岁月静好。

网友们天天“云守候”，期待新生命的降临。

经过20多天的孵化，夫妻俩把第一枚卵衔出巢外，丢在树下，原来这是一枚没有受精的卵，自然破裂了。

几天后，第二枚卵被小朱鹮啄出一个孔。眼看着一只小朱鹮就要出壳了，却始终没有破壳。

又过了两天，第三枚卵静悄悄的，同样没有生命迹象，也再次被夫妻俩丢在树下。

网友的心都揪紧了。

现在，只剩下第二枚卵还存在希望。大家都殷切地盼着……谁知等来的仍然是失望。最终第二枚卵里的小朱鹮还是出不来壳，生生地卡在壳内，直到死亡。

成鸟只好用嘴将它衔出巢外。卵落地破碎时，壳内的小鸟已经成形。

张跃明为我们解释，据他估计，“红红”“火火”之所以没有繁殖成功，大概是三方面的原因。第一是“红红”的年龄偏大，已经处在繁殖年龄的上限。第二是它们在产卵和孵化过程中，恰逢天气失常。当时最低气温只有8℃，最高气温却接近40℃，这样一种过于激烈的气候变化，对朱鹮的孵化可能会产生影响。第三是前期的争巢大战，使它们的身心都受到了很大的摧残，以致直接影响到“胎气”。

全程目睹了这一切的网友们，情绪像过山车般，由最初的喜悦，变成了担忧，又由担忧变成了惋惜和遗憾。

大家纷纷留言：

我想它们能在五点之前回来告别一下！几百万人等着和它们说再见呢！明年见！

从3月23号看到新闻，断断续续关注一个多月了，真遗憾，希望“红红”“火火”夫妇来年还有机会。

孵了一个月了，没有宝宝，红红得多伤心啊！

天，失败了。我想哭……

“红红”“火火”很快离开了巢区，很可能它们也想尽快远离这个伤心之地。

“演出”进行到这里，似乎已经进入结局。谁能想到，剧情却仍在一波三折地继续。

5月下旬，还是朱鹮的产卵孵化期，这对“网红”朱鹮突然再次回到巢里，也再次以出色的“表演”，给人们带来惊喜。

5月20日，产下了当年的第四枚卵。

5月22日，产下了第五枚卵。

就在人们满怀着惊喜，再次凝聚起精神时，天公突然变脸。6月16日，狂风猛吹，暴雨骤降，风雨飘摇中，巢窝随着树枝剧烈地颤动。且不说出外觅食，朱鹮连站立都很困难。在这样的情况下，人们看到了朱鹮的坚韧。“红红”不惧风雨，稳卧在巢窝里孵化宝宝。

雨过天晴，阳光明媚。

三天之后，第四枚卵孵化失败。

四天之后，第五枚卵终于破壳，成为历经磨难后唯一成功孵化的小宝宝。或许是因为太珍贵了，刚刚出壳的小宝宝被爸爸妈妈慈爱地护在肚子下，不时低头看它，替它梳理羽毛。小朱鹮活泼好动，发出求食的鸣叫声。

它得天独厚，没有其他雏鸟争食，因此每顿都吃得很饱。

小朱鹮一天天长大，开始仿照着爸爸妈妈的样子，先是梳理羽毛，继而在巢边的树枝上练习走路，等翅膀上长出了初级飞羽后，又不停地展翅扑扇。一切都令人惊喜，令人激动，但是张跃明通过观察，意外地发现小朱鹮的初级飞羽有些外翻下垂。

这让所有人又开始揪心。

张跃明解释说："前面说了，'红红'的年龄相当于人类的五六十岁，已经过了最佳育龄期，所以产卵的质量肯定在下降。加上当时野外孵化周期超过了 30 天，小朱鹮的出壳比正常时间晚，所以有些先天不足。在育雏的过程中，巢内没有其他小朱鹮争食，这是件好事。但任何事情都有两面，缺乏竞争也客观上导致小朱鹮缺乏活动，进而导致它不够矫健灵活，而且还使它营养过剩，影响到翅膀的健康发育。"

多么神奇！多么辩证！多么不可思议！

一只朱鹮的成长，同样有先天因素，有后天影响。那一段时间，网友们惊呼，每一个生命，都是如此的珍贵和不易！朱鹮育雏，就是一部人类自己的育儿史。观察朱鹮的艰难诞生，何尝不是在解读人类自身！

一波三折的剧情仍未收尾。

一天半夜里，不知什么原因，这只小朱鹮突然从巢中惊恐地飞出来，毕竟双翅无力，它扑扇了几下，还是掉落在地，被当地的村民捡拾后，用最快的速度送到朱鹮饲养中心观察治疗。最终，它得以存活。

至此，整个慢直播结束。

在慢直播的 100 多天里，张跃明和他的团队每天要给网友们讲 10 分钟的朱鹮科普知识，全片共做了 44 集。他需要把朱鹮的繁殖动态和相关知识结合起来讲解，使观众更深入地了解朱鹮的生态习性。整个直播过程中，有上亿人观看，平均每天有 2000 万网上观众，共有 5300 多万观众参与讨论互动，30 多个互联网媒体转播，日本和韩国的互联网平台也同时在转播，可以说达到了"空前"的宣传效果。

一个慢直播，把全世界喜欢朱鹮的人聚集在了一起。

通过慢直播，他们也同时发现并验证了一些新知识。他们基本确认了：野外朱鹮最高的繁殖年龄为 17 岁，能够证明这一点的是，第二年他们再看不到“红红”“火火”来筑巢产卵了。

而另一个值得人们关注的现象是：经过反复观察，他们发现雌性朱鹮 20 岁时仍然可以产卵，甚至每年都照常产卵，但此时产下的卵中，真正有效的受精卵不多。他们猜测，之所以如此，有两种可能：一种是在年龄相同的情况下，雌性朱鹮比雄性朱鹮的生殖能力要强，否则何以雌性朱鹮总是产卵却无法受精；另一种就是 20 岁的雌性朱鹮产下的卵确实质量不高了，即使是受精卵，生出的雏鸟也质量堪忧。还以“红红”“火火”为例，固然最后一只雏鸟破壳而出，也出飞了，但毕竟飞羽外翻，是畸形的。

张跃明告诉我们，所有这些细节，都说明了人类对朱鹮的观察研究还远未达到可以松劲儿的时候，也说明了人类对朱鹮的研究未有穷期，攀登尚在途中。

中国有多少只朱鹮

整个采访中，我们最关心的一个话题是现有朱鹮的数量。

2020 年 8 月刚到洋县，我们就问：中国现在到底有多少只朱鹮？

截至采访接近尾声的 2021 年末，我们还在问：中国现在到底有多少只朱鹮？

答案始终没有一个统一的标准。有说接近 7000 只，有说超过 7000 只，也有说在 5000 只左右。

我们注意到，中央电视台在 2021 年 10 月报道联合国在中国昆明举办的世界《生物多样性公约》第十五次缔约方领导人大会时，同时播出了一组有关中国野生动物的画面，伴随着这些画面出现的是这些野生动物的现存状况以及数量。

引起我们关注的有这样几点：

第一，大熊猫野外种群数量 40 年间从 1114 只增加到 1864 只。

第二，“国宝”大熊猫受威胁程度等级从“濒危”降为“易危”。

第三，中国境内的朱鹮已经由最初的 7 只增长到野外种群和人工繁育种群超过 5000 只。

第四，亚洲象野外种群数量从 20 世纪 80 年代的 180 头增加到目前的 300 头左右。

第五，在青藏高原，藏羚羊数量大幅增加。

第六，“微笑天使”长江江豚频繁现身。

……

内行告诉我们：各家单位在统计朱鹮数量时，由于调查时间不同，统计方法不同，所以很难形成绝对统一的数字。但大多数专家认为，截至目前，中国朱鹮的数量应当在 5000 只以上，这比较接近真实。之所以说接近真实，而不说非常真实和绝对真实，是因为在现有的技术条件下，朱鹮的数量统计无法做到绝对精准。

统计朱鹮的数量是一件相当麻烦的事情。

朱鹮数量少的时候，比较好统计，因为它飞出去活动的地方就那么几个。后来数量渐多，觅食的地方也就相应增多。这时候工作人员的统计就困难了。朱鹮不是圈在围栏里的鸡，可以一只一只去数，数错了还可以重来。朱鹮除过人工饲养的之外，绝大多数都是活跃在野外的。这些野外的朱鹮翱翔天空，来去无踪。即使知道它们的存在，也很难统计它们的数量。

但是护鹮人又不能不统计它们的数量。

毕竟，许多决策需要在掌握数据的基础上进行。

于是在长期的统计过程中，他们就不断地摸索，不断地发明创造，土洋结合地采取各种措施。

路宝忠告诉我们，要想把野生朱鹮的数量统计得准确，必须掌握好两个关键的时间点，这就是春季和秋季。

先说春季。

春天是朱鹮的繁殖期。所以这个季节的统计也叫繁殖期统计。一般从3月份开始，7月份结束。

统计分为两部分进行。

第一部分是调查朱鹮的营巢情况。朱鹮营巢虽然分散，但它是固定的。每发现一个巢，就统计这个巢里当年产下了多少枚卵，出壳了多少只雏鸟，最终出飞了多少只小朱鹮，这就能够精确地统计出当年朱鹮的增加量。

起初，整个洋县只有几个巢，所以统计比较简单。后来随着朱鹮的增多，统计的难度就变大了。但无论难度有多大，紧紧地盯牢巢数和巢内繁殖的个体数，新增朱鹮的数字就是确切的。

第二部分是统计那些处于流动状态的朱鹮。

和人类一样，由于年龄太大或者太小，还由于疾病和性格等各种原因，总有一批朱鹮处于单身自由状态，即使在春季的繁殖期，也有不少朱鹮根本不去筑巢，而是无拘无束地单飞。在这种情况下，工作人员只能找到它们的夜宿地，通过夜宿地去挨个统计。统计这些游荡状态中的朱鹮，要比统计巢窝里的朱鹮难度大得多。同样夜晚回来栖息，有些朱鹮回来得早，有些回来得晚；有些今天回来，明天和后天不回来；有些则今天明天不回来，隔上五六天才回来。这种散漫和无序，给精确统计带来了很大困难。

几经摸索，工作人员最终采取的是最原始也最可靠的统计办法：每天下午早早就在各个夜宿地等待。每归来一批朱鹮，统计人员就各自为战，逐个清点。

我们表示怀疑：这样清点，能够准确吗？

工作人员回答得很诚实：不可能太精准，但能够做到八九不离十。

他们告诉我们：每天统计的数字都会不一样。比如今天回来了30只，明天回来了28只，你无法说清这没回来的两只发生了什么情况。是它们恋爱成功去做巢了，还是在游荡中遭遇了不测。但是排除特殊性，考量一般性，基本能够测出一个相对准确的数字。

再说秋季。

春季统计刚结束，工作人员就要立即着手秋季统计。

秋季统计一般从每年的8月开始摸底，9月中下旬正式开始，到国庆节前后结束。

秋季统计采取的是同步统计方式。

所谓同步统计，就是将工作人员按照朱鹮夜宿地的多少，分成若干个统计小组，这些小组统一时间，比如从当天下午5点直到天黑为止，在所有的夜宿地同时开始计数，回来一只计一只。由于朱鹮每天夜归的数量并非绝对一致，因此这样的统计往往要持续多日，之后将各处统计的数据综合起来，将多日统计的数据抽取出一个相对稳定值。由于秋季朱鹮不会去筑巢守窝，而是集群夜宿，因此这种统计有85%以上的准确率，但它得出来的朱鹮数量通常是一个保守的数字。

我们问：为什么会是保守的数字？

回答：因为总有一些朱鹮不回来栖息，总有一些朱鹮会不在工作人员的视线内，而工作人员的统计遵循的是眼见为实。

2020年我们第二次去洋县采访时，秋季统计刚刚结束。负责这项工作的王超告诉我们：他们安排人手，同时在100多个朱鹮夜宿地进行了计数。计数结果，仅汉中和安康地区，就发现有4100多只朱鹮。

王超说：现在的秋季统计，一般都取最大值。

我们问：为什么？

他说：因为那是朱鹮的肉眼直观数量。如果继续统计，涵盖面只会加大，不会缩小，数量只会增多，不会减少。

值得一说的是，就在我们采访期间，陕西省政府新闻办公室召开新闻发布会，发布了《朱鹮保护蓝皮书》，蓝皮书中的各项数据，都经过了数据的汇总、分析和实证，具有权威性。

蓝皮书显示：

截至 2020 年底，陕西省共有朱鹮 5200 多只。

全球范围内共有朱鹮 7600 多只。

全球范围内的朱鹮中，野外朱鹮有 5600 多只，人工饲养朱鹮有 1900 多只。

还值得一说的是，在全球 5600 多只野外朱鹮中，通过人工繁殖并野化放飞的有 1200 多只，剩下 4400 多只是在野外天然地诞生并天然地成长起来的。这 4400 多只天然的野生朱鹮全部出自洋县，全部源于秦岭！

此时此刻，由不得让人感慨万千，也由不得让人想起动管站首任站长许树华，在当时一切条件都不具备的情况下，他看准了环境，下定了决心，坚持就地保护，坚持不把全世界仅存的 7 只朱鹮捕捉归笼。

要知道，简简单单的一句“坚持”，需要承担多么巨大的风险，需要承受多么巨大的压力！

绝不能功亏一篑

当朱鹮数量已经明显增长起来时，新的问题自然而然地出现了。

早在 2001 年，中国政府实施“野生动植物保护和自然保护区建设工程”时，就加大力度对 15 种珍稀濒危物种进行拯救和保护。大熊猫和朱鹮理所当然地被列入其中。后来朱鹮数量不断增长，国际自然保护联盟将朱鹮的受威胁等级由极危降为濒危。

如今，当朱鹮在中国国内已经超过了 5000 多只时，人们开始议论：朱鹮要到多少只才不再属于濒危呢？

专家们的认识并不一致。有的认为 10000 只就可以了；也有的认为，一个种群的数量最低需要达到 20000 只。他们认真地计算：20000 只朱鹮中，雌性个体大约占到 10000 只，再加上大约 10000 只雄性个体，这样才能够实现朱鹮的有效繁殖。即使这样，也只是理论上的算法。生活中无论何种动物，雌雄的比例都不会绝对平衡，何况还有一些朱鹮天然不能配对繁殖，因此 20000 只这个数字不能算多。

专家说，数量是考量朱鹮生存风险的重要指标，但绝非单一指标。真正考虑朱鹮的物种风险，还要看它们是否有足够的分布带宽[1]，还要考虑环境的因素，以及自然灾害和疫病的因素，尤其是疫情一来，鸟类一死就是一大片。从这个意义出发，保护朱鹮虽然已经取得了巨大的成绩，但是不能停步。

翟天庆告诉我们：一个明显的现实是，由于朱鹮的数量极大地增多了，所以人们的保护意识也就不强了。2017 年汉江进行综合治理，全段禁止采挖沙石，一些人认为这是为了保护朱鹮，就发怨言说，朱鹮把洋县人民害苦了。有些熟人更是直接给他打电话说："你们保护朱鹮，害得汉江的沙石都不能采了，你们给洋县人民带来了多大的不便呀！"

有一天，翟天庆到汉江边散步，看到汉江沿岸的不少沙石场都关闭了。恰巧这时，一个熟人走过来，两人就这个问题聊起来。

熟人问他："听说都是为了保护朱鹮才关闭的，以后洋县老百姓建房的沙石从哪里来呀？"

翟天庆解释："关闭沙石场不能说没有朱鹮的原因，但不是主要原因。汉中市已经把全市境内的汉江沿岸——从勉县到西乡这么大的地段全部划为湿地保护区，就是没有朱鹮，沙石场照样要关闭。"

话音刚落，周围就有人与他辩论起来："你敢说关掉沙石场和朱鹮没一点儿关系？"

"当然有。"

"那不就对了，说来说去，还是朱鹮的原因！"

翟天庆很诚恳："我刚才说了，肯定有朱鹮的原因，但不是主要原因。"

"就算是次要原因，也是原因。"对方很气愤，"说到底，是朱鹮害了洋县老百姓！"

"话不能这么说。"翟天庆还是态度平和，"事情都要两面看。朱鹮给洋县造成了损失，但也给洋县带来了福利和机遇。眼下汉江正处在集中整治阶段，老实说，对整治措施，我也在思考和学习。不过我相信一条，

① 指地球的经度和纬度。

任何事情都有一个发现和解决的过程。洋县今后肯定要继续发展，也肯定需要沙石，所以要相信政府会在实践中拿出好的解决办法，你说呢？”

旁边有人逮住空子，插了一句：“翟局长，你认识不认识和你说话的？”

翟天庆摇头。

“他就是沙石场老板。”

翟天庆“哦”了一声，急忙转向这位沙石场老板：“怪不得你生气，我完全理解。不过眼下没有更好的办法，只能委屈你。我再说一遍，汉江整治有朱鹮的原因，但绝不单纯因为朱鹮。这一点你要相信。也请你带个头，先积极配合整治。这样对国家、对社会，包括对自己都有利。”

沙石场老板的态度也缓和下来：“理我认，不过你们当干部的，应该如实向上面反映情况，搞‘一刀切’，不是个办法。”

翟天庆说：“你放心，能反映的我们一定反映。”

一个月后，翟天庆去牛头坡，在广场上又听到几个人在议论朱鹮。

一个人说：“现在朱鹮遍地都是，从上到下都不重视了，就洋县傻，还一个劲儿强调保护。”

周边的人听见了，七嘴八舌地表示赞同。其中一位60多岁的男子认识翟天庆，看见他走过来，急忙打招呼说：“翟局长，大家正在说朱鹮呢，你来给大家聊聊吧。”

翟天庆笑了：“好呀，你们都有什么问题？”

有人问：“现在洋县朱鹮多得不得了，出门就可以看见。国家是不是已经不重视朱鹮了？”

翟天庆说：“谁说不重视了？现在不光中国照样重视，全世界也一样重视。”

“不可能！”对方说，“物以稀为贵，这是规律。朱鹮一多，肯定不值钱！”

翟天庆认真地告诉对方，洋县朱鹮的多少，要看站在哪个角度去说。如果仅从洋县人的视角看，朱鹮确实不少了。但是站在濒危物种的角度看，那还差得远呢。

他问大家：一个濒危物种种群的最低数量要求是多少，你们了解不了解？

一听这话，大家都感觉有些新鲜。虽然耳朵里整天听的都是朱鹮，但是把问题提得这样专业的却很少。

那天，翟天庆从朱鹮的数量到质量，从个体到种群，再到种源的输出和种群的扩展，为他们讲述了很多，直到他们心悦诚服。

翟天庆告诉我们，就从这两件小事上，可以看出社会上人们对保护朱鹮存在着一些不正确的认识和看法，这些认识和看法在所难免，但是很让人担心。

翟天庆说：“朱鹮保护 40 年，步履太艰难了，进程太曲折了，如果由于我们的粗疏大意和掉以轻心，让保护朱鹮的成就功亏一篑，我们将犯下历史性的大错误！”

带着翟天庆提出的问题，我们采访了朱鹮保护区管理局副局长牛克胜。

我们的提问很直接：当世界有了 7600 多只朱鹮、陕西有了 5200 多只朱鹮后，保护朱鹮的工作该向什么方向去探索和发展？

牛克胜告诉我们，这件事要说复杂，相当复杂；要说简单，也相当简单。

之所以说复杂，是因为这是一项浩大的系统工程，其中每一项政策的制订和措施的落实，都需要下大功夫，花大力气。

之所以说简单，是因为朱鹮局给自己预定的有目标。

大致概括，起码有三条。

第一，依托洋县和陕西朱鹮的优势，就近扩大朱鹮生存的范围。

牛克胜告诉我们，陕南已经有不少朱鹮了。以汉中为例，除过略阳县和镇巴县，其他各县全部有朱鹮了。包括同处汉江边的安康市，朱鹮也越来越多了。尤其是 2021 年在地处黄土高原的陕北，在延安市富县的葫芦河流域也发现了朱鹮，这确实出人意料，也确实令人振奋。下一步朱鹮局要做的是，在秦岭北麓连续放飞朱鹮，一放 10 年，持续不断。去年朱鹮局在华阴放飞了 21 只朱鹮。今年还将继续放飞。目标是，要让朱鹮栖息地从秦岭南麓跨越到秦岭北麓的同时，也从长江流域扩展到黄河流域。

第二，利用朱鹮国家级自然保护区的优势，为朱鹮良好的生态环境拓开新路，创建样板。

眼下朱鹮局正在制订规划，先是在洋县范围内，把已经搁浅的湿地都恢复起来，把已经撂荒的稻田都蓄水管理起来，持续地为朱鹮创造更好的生存环境，从而保证朱鹮的优质生长。

牛克胜告诉我们：从前大家有一个说法，“朱鹮不过汉江”。但是实践证明，朱鹮完全可以过汉江，关键是要保证它的食物。眼下朱鹮局正在和有巢树的老百姓签订协议，对有一定规模的朱鹮夜宿地和营巢地实现有效的保护和管理。从 2018 年开始，他们又与“阿拉善 SEE（生态协会）西北项目中心”签订协议，实施“鹮田一分”项目。具体做法是，农民每种一亩地，都要留出一分地。这一亩地除过全部使用有机肥外，还要在余出的一分地里养殖泥鳅等水生物。这个项目和绿色水稻项目的实现一样，是在保证农民收入更高的基础上，为朱鹮提供更好的生存环境。

第三，持续不断地为各地的朱鹮放飞提供优质种源，稳步实现朱鹮“重现历史分布地”。

目前朱鹮局除了给日本、韩国以及河南董寨、浙江德清等地提供了种源之外，还给上海动物园、沈阳动物园、南通动物园、北戴河动物园提供了一些种源。下一步他们准备在黄河入海口的东营再放飞 30 只朱鹮。总之，在更大的范围内持续不断地推进野化放飞，让朱鹮在曾经生活过的历史分布区渐次出现，最终实现它们在历史分布区的圆满复原。当然，这是一个很大的目标。唯其大，所以难。唯其难，所以更要做。要持之以恒，久久为功。

……

采访结束的时候，牛克胜特意给我们每个人送了一本《朱鹮保护蓝皮书》。

翻开蓝皮书，第一页上醒目地印着国家主席习近平 2021 年 10 月 12 日在昆明召开的《生物多样性公约》第十五次缔约方大会领导人峰会上的两段讲话：

生物多样性使地球充满生机，也是人类生存和发展的基础。保护生物多样性有助于维护地球家园，促进人类可持续发展。

人与自然应和谐共生。当人类友好保护自然时，自然的回报是慷慨的；当人类粗暴掠夺自然时，自然的惩罚也是无情的。我们要深怀对自然的敬畏之心，尊重自然、顺应自然、保护自然，构建人与自然和谐共生的地球家园。

牛克胜告诉我们：这两段话把拯救保护野生动物的意义，把人和大自然的关系，都讲到了，也讲透了。如果说拯救和保护朱鹮的本质目标，其实就是这个。

尾声 再访姚家沟

站在这里，姚家沟一览无余。从地势地貌和森林的郁蔽度看，这里确实不像朱鹮栖息的佳境，倒更像猛兽出没的场所。

离开洋县前，我们特意去了一趟“朱鹮圣地”姚家沟。

整个进山的行程中，我们只是在山脚和沟口看到了稻田。

一个明显的感觉是，越往上走，风景越好；越往上走，稻田越少。沟谷越来越狭窄，植被越来越茂密，小路越来越盘旋，光线也越来越暗淡了。

朱鹮局保护科的小薛为我们当向导。他带着我们顺着小路不断向前，也不断攀高。

足足走了几个小时，才终于钻出了深峡密林。

完全是不经意间，眼前变得开阔些，明朗些了。

小薛说：这就是姚家沟。

我们都停住脚。

尽管听说姚家沟已经没有人，也没有朱鹮了，但是由众人多次讲述而形成的印象，使我们固执地觉得，发现世界上最后七只朱鹮的姚家沟，一定是百鸟的乐园，一定有湿地和稻田，一定能看到朱鹮在飞舞……

真正走进这里，才发现我们太理想化了。

如今的姚家沟，已经没有一只朱鹮了。抬眼四望，群山叠嶂，幽谷浮岚，眼前只有随着山势起伏的浩瀚植被。密林中不时传出不知名的鸣叫声，其中最多的是蝉鸣。

突然想起，我们采访刘荫增时，他提起姚家沟已经无田无人时，多少有些惆怅的表情。

黄鹤已去，往事渺渺，这里只剩下了昔日的传奇。

为什么会变化这样大，这样快？

刘荫增向我们解释：朱鹮是与人伴生的鸟类，人离开了，朱鹮自然也就走了。其实这里本来就不是朱鹮待的地方。当初它之所以待在这里，是被人逼来的。如今它从这里消失，除过说明它已经恢复了自己本来的习性之外，还说明低海拔区的生态环境变好了，这不是什么坏事情。当然，在这里发现了朱鹮，又在这里陪伴了它们几年，相互之间都有了感情。所以……所以……

站在半山坡上，我们久久地望着周围的一切。有了这样一场采访的经历，不知不觉中，我们对姚家沟也有了一种源自心底的感情。

小薛站在一边，静静地等待着我们。或许，他看出来我们波澜起伏也忧喜参半的心绪。

不知过了多久，他才招呼我们继续往上走。

终于走近了当初朱鹮筑巢的那片坟地。

杂草长满了小路，那块道光年间和紧挨着它的光绪年间的墓碑依然残立。坡崖前那几棵高大的青冈树下，是一片相对平坦的场院。场院上有三间显然经过了翻修的房子，门框上方挂着一块木牌，上面写着“陕西省洋县朱鹮保护站姚家沟观察点”。

而最早，牌子上写的是“秦岭一号朱鹮群体临时保护站”。

站在这里，姚家沟一览无余。从地势地貌和森林的郁蔽度看，这里确实不像朱鹮栖息的佳境，倒更像猛兽出没的场所。天清气朗，云白风高，面对着这样一个山深林密、凶险莫测的环境，我们禁不住仰天长舒。

朱鹮真是太幸运了！

在朱鹮保护站姚家沟观察点前（莫伸摄影）

想想看，此前刘荫增已经跑了整整三年，跑了 14 个省份 5 万多公里，其间仅洋县就来过两回，但为什么始终没有找见朱鹮？为什么这一次来就能够顺利地看见朱鹮？当整个事实已经清楚无误地呈现出来时，你会发现原因其实很简单：他来的不早不晚，正是时候。

他是春天来的！

他是在朱鹮繁殖期来的！

如果不是春天，不是繁殖期，朱鹮就不会筑巢搭窝，就不会固定地待在姚家沟这棵青冈树上。那样的话，即使何丑旦看见了朱鹮，也只是飘忽一掠，转瞬即逝——如此浩瀚，如此峻伟，如此幽深，如此博大的秦岭山区，有几只孤零零、居无定所、需要整天东游西荡去觅食的朱鹮，你去哪里找它？即使你看见了它，只要扭一次身，凝一下神，掉头再看，也一刻千金，踪迹难觅了！

但是何丑旦偏偏就在合适的时间、合适的地点看见了朱鹮。甚至直到大家已经明确了有七只朱鹮时，仍然在怀疑：难道中国真的仅有这七只朱鹮吗？会不会还有一些没有被发现的呢？

最初的一刹那，包括刘荫增自己，同样在怀疑是不是存在着遗漏，同样去发现了五根羽毛的地方继续搜寻，但是事实比任何美丽的遐想更强大也更坚实——自从发现这七只朱鹮以后，整个发现朱鹮和保护朱鹮的热潮就掀起来了，有无数的老百姓睁大着眼睛在寻找和发现朱鹮，却再没有发现过任何一只。不仅如此，在相当一段时间内，朱鹮的数量始终徘徊在十只左右，这就极大地增强了人们分辨和确认新朱鹮的可能，但是仍然没有任何一只新朱鹮出现。再后来，等朱鹮已经戴上环志以后，对朱鹮的分辨和确认就达到了精准的程度，却照样没有出现任何令人惊喜的意外——当我们从不同的角度，不同的层面，用不同的方式方法将所有的信息汇聚起来后，它就用铁一般的事实证明了：尽管山川浩渺，秦岭博大，但是隐身其间的朱鹮确实只有这最后的七只了！

静心细想，这多么神奇，多么可喜！又多么危险，多么可怕！

仅有的七只朱鹮中，除过三只雏鸟，真正能够繁殖下一代的只有两对。而这两对成年朱鹮中还有一对由于受到自然界的各种干扰而经年不育。

这意味着什么？

意味着在 1981 年到 1983 年的整整三年中，全世界仅有一对朱鹮夫妇在繁殖下一代！

不仅如此，它还意味着这对朱鹮的儿女长大后，继续繁衍的下一代将是绝对的近亲繁殖！这就不仅令人担心，而且让人胆战心惊！

好在，不是所有的生物都忌讳近亲繁殖。对有些生物来说，甚至血缘越近越好，比如汗血马就讲究血缘近，讲究纯种。

朱鹮呢？

当初，刘荫增将那只在姚家沟受伤的小朱鹮“华华”送往北京动物园饲养，后来林业部又要求把在三岔河受伤的小朱鹮“青青”往北京补送——所有的举措都为着一个目的，让朱鹮繁衍生存。而另一个隐含着的因素是，希望它们尽可能有血缘上的疏离。

一般而言，哺乳类动物普遍对血缘有忌讳。

鸟类对血缘有禁忌的同样有许多。

但是谢天谢地，截至目前，朱鹮没有！

这几乎是天意！

站在姚家沟的半坡上，我们不由得就想起了刘荫增写下的一首诗。那是他于 2011 年 5 月，为纪念发现朱鹮三十周年而写的。平素大家习惯于把朱鹮的保护工作者叫作护鹮人或者养鹮人，他却独辟蹊径，极具诗意地将朱鹮保护工作者比作牧鹮人。他为这首诗起的标题就叫《牧鹮谣》：

洋洲有红鹤，冠名曰朱鹮。
筑巢于岩树，涉戏在河滩。
春锄随犁后，觅食禾苗前。
农民喜其祥，世代永相传。
因逢“大跃进”，改掉冬水田。
伐木“大炼钢”，巢卵岂存焉。
为避时之乱，举家去深山。
沟深冷彻骨，涧曲觅食难。
物种坎尽没，唯盼换人间。

短短几句，写出了现实，也写出了历史；写出了朱鹮随犁觅食的喜悦，也写出了朱鹮躲避时乱的辛酸。当生存环境恶劣到朱鹮一个劲儿往深山区逃窜时，它们别无选择，只能盼望着人类作出改变。

而改变也终于盼来了。

我有何所为，亦不侍农桑。
肩背干粮袋，踏察走四方。
只因为朱鹮，几越秦川岗。
寻迹姚家沟，闻鹮鸣凄凉。
残存仅七只，虽喜更黯殇。
种群濒灭绝，何以言复壮。
权作牧鹮人，深知路漫长。
尤谢乡里助，天时亦肯帮。
县府急通告，媒体广传扬。
更有四青年，同把重任当。
念此歇肩时，如愿已有偿。

短短一首诗，写出了一个回味悠长的故事，绘出了一幅值得永久珍藏的朱鹮变迁长卷，更留存了一段慷慨悲歌又荡气回肠的历史！

从姚家沟出来后，天已近黄昏。

我们在沟口的村民庞朝贵家歇脚。

庞朝贵热情地为我们沏茶倒水。他告诉我们，他在姚家沟的沟坡上养了 30 多箱蜂，有时候还会去沟里住。

我们问他还进沟去种庄稼吗？

回答不种了。

玉米和豆子也不种了吗？

不种了。他说，耕地都荒了。山上的野猪太多了，总是糟蹋粮食，糟蹋了也没得补偿，谁还去种呢？

短短几句，让我们沉默——他说的和任万枝一模一样。

尽管野猪不是朱鹮，更谈不上濒危物种，但毕竟也是野生动物。是野生动物就需要保护，而保护野生动物，常常会损害老百姓的利益。虽然我们常常讲双赢，但双赢绝不是时时都有，更不会唾手可得。

静心思考，人类和野生动物的关系已经说了无数遍，每一遍都说得那么辩证，那么准确，那么全面，那么清楚。但是真正面对实际，你会发现仍然有好多好多的事物需要继续思考，继续权衡，继续探索……

突然意识到想远了，赶紧收住。

从1981年至今的40多年中，以洋县为代表的政府和众多的机构与民众，为保护朱鹮付出了巨大的努力。正是这些努力，将已近灭绝的朱鹮拯救过来，从而为这个斑斓多彩的世界存续了一个宝贵的物种。无论从哪种意义上去衡量，这都是卓越之举，可颂之功。

但是生活从来不会停步，并且每往前迈动一步，就会让你置身新的平台，有了新的视野，看到新的境界，也面临新的问题。40多年前，全世界仅存7只朱鹮，那时候，保护是唯一的目标，没有任何人持异议。但是当朱鹮已经超过7000只，并且它已经相对广泛地分布在中国多处，甚至分布到国外去了，这时候浮现在我们脑海中的，是许多人都在共同思考的老问题：眼下的朱鹮保护究竟应当持一种什么样的态度呢？

大多数专家在这个问题上的意见都是一致的。千万不能松劲儿，一定要再接再厉，把保护朱鹮的事业继续往前推，推到数量更多、安全系数更高的程度。比如朱鹮局副局长孟海龙就反复强调：当下对朱鹮的宣传存在着一个误区，认为朱鹮已经摆脱了濒危处境了，可以松口气了。这种看法不能说错，但不可取。过早的乐观，只会导致保护意识的松懈，一旦保护意识松懈，就很可能出现失误，而在拯救濒危物种的进程中，最怕的就是失误！恰如二十世纪六七十年代的日本，总是怀着侥幸心理在等待着朱鹮繁殖，一等两等，失去了最好的时机。当他们终于回过神儿，将最后5只朱鹮捕获归笼时，为时已晚！

可怕的是，在物种保护的问题上，可以容错，却无法纠错！

孟海龙说：除过研究怎样为朱鹮创造更好的生存条件之外，当下应该更加深入地研究和探索朱鹮本身存在的问题。千万不要忽略了，如今的7000多只朱鹮，是在仅有7只的基础上繁殖起来的。7只，这是一个令人倍感珍惜的数字，却又是一个令人倍感担心的数字。究竟在壮大种群的过程中，会不会出现近亲繁殖的遗传病？包括如今朱鹮已经存在的一些白化病、眼病、翅膀残疾等问题，和近亲繁殖到底有没有关系？都需要高度警惕。

朱鹮管理局局长张亚祖同样谈到了这个问题。

张亚祖告诉我们，朱鹮的眼病、翅膀残疾、羽毛白色等问题，眼下出现的不多，但分布的面积很广。不仅在洋县有，在日本佐渡岛同样有，所以必须加强科研，并且这种科研不能流于表象，不能急功近利。朱鹮近亲繁殖的血缘究竟会不会以极隐秘的方式潜伏着，酝酿着，等待着，需要旦夕枕戈，百倍小心。

张亚祖为我们举出实例：历史上有一种猴子，所剩无几。在人类千方百计的保护下，总算恢复到一二百只。谁知就在这时，突然发生大面积的死亡，很快又缩减到极少的几只。人类锲而不舍，继续千方百计地保护它，使得猴群又恢复到一二百只。谁知紧跟着又一次发生了大面积的死亡，使得猴群再一次所剩无几。

这到底是什么原因？

是不可思议的巧合，还是难以觉察的基因在作祟？

张亚祖告诉我们：专家和朱鹮局的业务人员都对朱鹮的基因问题进行过反复探讨，不能排除朱鹮是耐基因鸟种。大自然气象万千，丰富无比。有些动植物在基因问题上的表现是完全不同的。同样是粮食，远距离的血缘对小麦的品质和产量就不起作用，即使起作用，也微乎其微；但是水稻和玉米则完全相反，需要杂交。具体到朱鹮，有些现象我们还得不到科学的解释，所以无法放心。比如现在有些朱鹮，无论羽毛还是脸颊上的颜色都有些变化，不像从前那样鲜艳夺目了，这和基因丢失有没有关系？

张亚祖说：根据文献资料和专家提醒，有些鸟类近亲繁殖造成的基因危害不仅是千奇百怪的，而且是潜性和隐藏的。目前随着朱鹮越来越广泛地飞回它历史上曾经生活的地方，这些潜在和隐藏的基因危害会不会突然爆发，这谁都不能预测。

张亚祖告诉我们：经过 40 多年的努力，中国的朱鹮保护业绩卓著，非常成功。这不是一般的卓著和成功，而是国际高端、世界一流。放眼看看，再有哪个物种能够像朱鹮这样，从仅剩的 7 只恢复到现在的 7000 多只。说中国的朱鹮保护为全球生物多样性作出了一份杰出的贡献，树立了一个难得的样板，这丝毫不是什么夸张。

张亚祖说：时代发展到今天，理论上说，科技的大发展，使得保护朱鹮的条件越来越好了。但是反过来，也正是科技的大发展，使得朱鹮生存的环境远比从前复杂。比如养殖渔业给鱼投放的人工饲料都是什么成分，会不会造成水生物的污染？农作物使用的农药和生长素又有多少毒素，会不会在朱鹮吃旱地昆虫时，给它们造成伤害？包括很多农民进城了，昔日的稻田在急剧减少，这势必造成朱鹮觅食困难……所有这一切，都需要了解，需要研究，需要在新的历史条件下继续探索并解决。这是一个永无止境的攀登过程，也是一项慢功出细活儿的事业。

张亚祖告诉我们：目前朱鹮局正在着手的工作有很多。但是从当下和长远来看，除过牛克胜说到的三条外，还有一个需要及时布局的事情，那就是努力实现朱鹮管理局的工作转型。具体地说，要让朱鹮管理局在管理好朱鹮自然保护区的同时，努力成为朱鹮科研的专业机构，向朱鹮科学研究的高端领域发展。

张亚祖说：对护鹮人来说，仅仅维持从前的保护方式已经远远不够了。如果条件具备，朱鹮管理局很想筹建一个朱鹮保护的国家创新联盟，搞个高规格高等级的朱鹮重点研究室。朱鹮和其他所有物种都不同，它是在濒危的边缘被人类拯救过来的，这种拯救也是在相当有限的条件下进行的。拿朱鹮的基因序列来说，至今他们仍然担心，在漫长的今后，会不会突然爆发一些不可预测的危险。目前朱鹮管理局最大的困扰是缺乏高层次的科研人才，更没有形成深入而系统的、多层次的科研力量。这是他们多年来一直想努力解决的方向性难题。

我们问张亚祖：动物有那样多，仅鸟类就多到不可胜数，人类不能仅仅研究和保护朱鹮呀！

张亚祖点头说：对的，所有的鸟类都需要研究和保护。但是反过来，你不可能有那么大的力量去把每一种鸟都研究透。鸟类同样是相通的。朱鹮是稀缺鸟类在 20 世纪和 21 世纪获得拯救和保护的一个代表，如果我们把朱鹮研究透了，那是不是鹮科鸟类，甚至更大范围的鸟类研究也就上台阶了？

显然，他的思路早已经超越了一般，他的视野也由于思路的超前而拓展到了更远、更广阔的地方。

我们突然想到，采访牛克胜时，他为我们讲了一个很有意思的细节。他说张亚祖有一次很感慨地对他说："不知道到我退休的时候，朱鹮能不能增长到 10000 只。"

又说："要是能到 10000 只就好了！我们就可以放心了。"

当时牛克胜回答他："放心吧！从前 40 年的历程来看，达到 10000 只是有把握的！"

其实，这也是我们想说的话，在中国，朱鹮的保护是如此成功，取得的成就是如此巨大，在本土 5000 多只、世界 7000 多只的基础上，实现万只无须多虑，只需静心等待。

问题在于，实现了 10000 只以后呢？

我们向张祖亚提出了最后一个问题："你个人觉得，保护朱鹮什么时候是个头呢？"

他一听就笑了："这个问题问得好。这么说吧，当我们'消灭自己'之时，也就是保护朱鹮成功之日！"

我们都有些发怔。

好一个"消灭自己"之时，就是护鹮成功之日！

从本质上说，今天护鹮人所有的工作，都是朝着这个宏远的目标努力！

后记

四十多年的中国朱鹮保护史，本身就是一部充满了科学精神和人文内涵的现实传奇，但这并不等于所有的一切都现成地摆在那里。我们必须从头开始，一点一滴地深入。

毫不夸张地说，全世界再也没有哪一种鸟类，能比朱鹮更幸运。

一个基本事实是，当人类开始关注并全力拯救朱鹮时，全世界已经只剩下最后七只朱鹮了，就从这样一个危险万分的基数上，人类开始了拯救朱鹮的起步，并且经过几十年如一日的努力，最终使之走出了几乎注定了的命运——尽管我们不是鸟类学家，但是依据常识，仍然可以坚定地认为，这样一种近乎奇迹的保护和拯救，是史无前例的。

也正是这个原因，我们一直想写一部有关朱鹮的书。写它怎样被发现，怎样被保护，怎样发展壮大并恢复种群的全过程。这是一个很大的目标，也是我们长久以来的一个心愿。

但是如果没有行动，心愿只能是心愿。生活中永远有许多事情在前方向你招手，也永远有许多事情在期待着你去试去做，这时候需要选择，这种选择既有个人的主动，也有随波逐流的被动。当一件事情由于种种的干扰而不停地朝后拖时，它往往就从你的视野中消失了。

正是这个原因，我们首先要感谢西安出版社的屈炳耀社长和李宗保副总编辑。他们非常敏锐地认定了这是一个值得去写的好题材，并用最快的速度找到我、韩红艳、齐安瑾，将他们的想法讲给我们。那时事情还处在启动的初期，有许多准备工作根本来不及做，但他们却充满了热情也充满了信心。有时候，热情和信心就是一种力量。他们的热情和信心影响了我们，唤起了我们心中萌动已久的愿望，于是几乎没有任何犹豫，我们就开始了采访。

从 20 世纪 70 年代末算起，寻找并保护朱鹮已经走过了不短的历程。对我们而言，这意味着采访量的浩大。2020 年 7 月商定此事，8 月我们就走进了洋县。客观地说，40 多年的中国朱鹮保护史，本身就是一部充满了科学精神和人文内涵的现实传奇，但这并不等于所有的一切都现成地摆在那里。我们必须从头开始，一点一滴地深入。小小七只朱鹮，牵动着上上下下无数人，其内容千头万绪。我们无法知道哪个人哪件事是重点，无法确认应当从哪里迈出第一步。当左右徘徊和进退维谷之际，最终我们只能依靠最笨拙却也最稳妥的办法——摸着石头过河。我们先打听谁是这桩事业的参与者和知情者，之后向他靠拢，进行采访，再根据采访中牵涉出来的新事件和新人物，顺藤摸瓜，逐步扩展。当对前方的一切都完全不清楚时，这样一种前行的方法使得我们稳接地气，也脚踏实地。

要感谢朱鹮管理局的领导和职工，是他们引导我们倾听年逾八旬的刘荫增老师讲述这段动人心魄的往事。

要感谢“护鹮四人组”，是他们不厌其烦、一次又一次为我们回顾当初。

要感谢翟天庆，在很大意义上，他是我们“过河”时摸到的第一块“石头”——在接受采访时，他不仅真诚地为我们介绍了朱鹮保护的情况，而且推荐了许多值得采访的人物。这些人物有林业厅的主管领导，有农村最基层的农民，有为朱鹮治疗伤病的医生，也有为猎杀朱鹮破案的公安干警……正是在他这里，我们捕捉到许多新的线索和新的人物，于是在一步一步的前行中，更多的“石头”被我们相继“摸到”，从而为我们的采访拓展了空间。可以说，整个发现和保护朱鹮的历史就是以这样一种方式，在我们眼前逐渐展开的。

非常意外的是，当我们越来越摸到了门路并准备将采访和写作持续地推向深入时，新冠肺炎也时起时伏地肆虐，这让我们的采访和写作陷入了极大的被动，也使许多原本的采访计划只能放弃，还让许多原本面对面的采访，最终变成了电话中的沟通。而我们的体会是无论电话沟通多么有效，永远无法像面对面的畅谈那样令人收获更多。只是，许多事情不是凭我们的主观愿望就能够实现的，在许多有形和无形的限制面前，我们只能感到遗憾。

谨向许多我们应该采访却没有采访、应该写入却没有写入本书的朱鹮保护功臣们致以深深的歉意和最大的敬意。

还要抱歉的是，按原本的计划，这本书会配有许多照片。也正是这个原因，最初我们去洋县采访时，专门请擅长摄影的赵莉渭和韩丽娟两位女士一道前往。但是当深入到采访的实际中时，才发现拍摄朱鹮哪里会那样容易和简单呀！那完全和写作一样，是需要耐下心来，进行长期蹲守和艰苦捕捉的。我们邀请她们一道前往，却未能创造条件让她们静下心来拍摄。谨向她们表示歉意，也向她们说声感谢。

由于距离遥远，人们对拯救保护朱鹮这个珍稀物种的必要性，普遍只有一种抽象的认识。我们同样如此。所幸在于，我们参与了这本书的采访和写作，也就踏入了一个此前完全陌生的领域，从而了解和认识了许多。这些了解和认识都是关乎鸟类、关乎生态、关乎物种、关乎大自然的。我们深切地体会到，采访和写作朱鹮非常辛苦，却也非常值得。之所以说值得，是因为它让我们完成了一次知识的补课。我们感受尤深的是，一方面，我们是在采访和写作朱鹮；另一方面，我们也是在充实和提高自己。这种充实和提高完全不是刻意的，却又那样的扎实。从本质上来说，每一位作家的成长和成熟，都是伴随着他对生活、对社会、对许许多多事物的认知而逐渐实现的。完成这部书稿，我们就在提升自身的道路上又迈出了一步。就这一点而言，是付出，也是收获。

最后，还要感谢西安出版社的编辑王娟和赵郁芬。当她们介入本书的编辑工作后，立即以一种精益求精的态度对本书进行审读，并且陪同我们去洋县及其他地方听取护鹮人对书稿的意见，甚至陪同我们再次进行补充采访。她们和我们抱有相同的信念：一部好的书稿，永远是深入实际和反复锤锻的结果，也永远是脚踏实地和共同努力的结果。

是以为记。

莫伸

2022年4月12日星期二

2022年7月30日星期六又看